Save Me

Biografía

Mona Kasten nació en Alemania en 1992. Antes de dedicarse a la escritura, estudió Biblioteconomía y Ciencias de la Información. Vive con su familia, sus gatos y su enorme colección de libros en Hamburgo. Le encantan todas las formas de cafeína y dar largos paseos por el bosque. Sus aclamadas series, *Again* y *Maxton Hall*, y su bilogía *Scarlet Luck*, formada por *Lonely Heart* y *Fragile Heart*, se han convertido en todo un fenómeno editorial en su Alemania natal, donde ya han conquistado a más de cuatro millones y medio de lectores. Seis veces ganadora del premio de las lectoras de la plataforma LovelyBooks, sus novelas han traspasado fronteras y llegado hasta países tan distintos como Italia, Francia, Holanda, Polonia, Rumanía, Bulgaria, Serbia, Eslovenia, República Checa, Rusia, Hungría, Croacia, Letonia, Portugal y Taiwán. Prime Video ha llevado a la pequeña pantalla la adaptación de la novela *Save me* con el título *Maxton Hall*, convirtiéndose en un rotundo éxito en todo el mundo, siendo la serie de habla no inglesa más vista de la historia de la plataforma, incluida España. El estreno de la segunda temporada se prevé para mediados de 2025. *La princesa encantada*, primer volumen de su nueva serie *Colegio Everfall*, se publicará próximamente en Editorial Planeta.

Mona Kasten

Save Me

Serie Save, 1

Traducción de Andrés Fuentes

Planeta

Título original: *Save Me*

Adaptación de la cubierta: Booket / Área Editorial Grupo Planeta, basado en una idea original de © Claudia Puglisi
Fotografía de la cubierta: Shutterstock
Primera edición en Colección Booket: septiembre de 2022
Primera edición en esta presentación: febrero de 2025

Depósito legal: B. 266-2025
ISBN: 978-84-08-29852-6
Impresión y encuadernación: CPI Black Print
Printed in Spain - Impreso en España

A Lucie

I was the city that I never wanted to see,
I was the storm that I never wanted to be.

GERSEY, *Endlessness*

1

Ruby

- Verde: ¡Importante!
- Turquesa: Escuela.
- Rosa: Comité de actos de Maxton Hall.
- Lila: Familia.
- Naranja: Deporte y alimentación.

Lila (Hacer las fotos del modelito de Ember), verde (Comprar nuevos marcadores) y turquesa (Preguntar a la señora Wakefield por el tema para el trabajo de Matemáticas): por hoy ya está todo. Para mí, la mejor sensación del mundo es, con diferencia, poner el signo del «visto» en uno de los puntos de mi lista de tareas pendientes. A veces, hasta escribo alguna que ya hace tiempo que he cumplido sólo para poder tacharla a continuación, aunque en un discreto gris claro para no sentirme del todo una tramposa.

Si alguien abre mi agenda reconocerá a primera vista que mi día a día está compuesto en su mayor parte por el verde, el turquesa y el rosa. Sin embargo, desde hace apenas una semana, con el comienzo del nuevo curso, estoy utilizando un nuevo color:

- Oro: Oxford

La primera tarea que me he apuntado con el nuevo rotulador: Recoger la carta de recomendación del señor Sutton.

Deslizo el dedo sobre las letras de brillo metálico.

Sólo falta un año. Último en el Maxton Hall College. Me parece casi imposible que por fin vaya a ocurrir. Puede que dentro de trescientos sesenta y cinco días esté en un curso de política impartido por las personas más inteligentes del mundo.

Hasta me pica el cuerpo de los nervios cuando pienso en que ya no me falta mucho para saber si se va a cumplir mi mayor deseo. Si lo he conseguido realmente y si puedo estudiar... ¡en Oxford!

En mi familia todavía no hay nadie que haya estudiado en la universidad, y sé que no resulta lógico que mis padres no se limitaran simplemente a sonreír cansados cuando les anuncié por primera vez que quería estudiar Filosofía, Ciencias Políticas y Economía en Oxford. Entonces tenía siete años.

Pero ahora —diez años más tarde—, tampoco ha cambiado nada, salvo que estoy más cerca de alcanzar mi meta. Haber llegado tan lejos sigue pareciéndome un sueño. Me sorprendo a menudo con miedo a despertar de repente y comprobar que estoy yendo a mi antigua escuela y no a Maxton Hall, la escuela privada de mayor prestigio de Inglaterra.

Echo un vistazo al reloj que cuelga sobre la maciza

puerta de madera del aula. Faltan todavía tres minutos. Ayer por la tarde acabé los deberes que teníamos y ahora sólo he de esperar a que termine. Balanceo la pierna impaciente y al instante recibo un golpe en el costado.

—¡Ay! —digo entre dientes, y voy a devolver el golpe, pero Lin es más rápida y lo esquiva. Tiene unos reflejos increíbles. Yo supongo que es porque va a clases de esgrima desde primaria, y allí hay que pinchar con la velocidad de una cobra.

—¡Deja de moverte tanto! —me dice sin apartar la mirada de su hoja totalmente escrita—. Me pones de los nervios.

Esto me asombra: Lin nunca se pone nerviosa. Al menos, no tanto como para reconocerlo o mostrarlo. Aunque en ese momento sí que logro distinguir un asomo de inquietud en sus ojos.

—Lo siento. No puedo evitarlo.

Deslizo de nuevo los dedos sobre las letras. En los últimos dos años he trabajado a tope para ir al mismo ritmo que mis compañeros. Para mejorar. Para demostrar a todo el mundo que merezco estar en Maxton Hall. Y ahora que empieza el proceso de solicitudes para la universidad, me matan los nervios. No puedo hacer nada por mucho que lo intente. Aunque, por lo visto, a Lin le sucede lo mismo, y eso me tranquiliza un poco.

—¿Han llegado ya los carteles? —pregunta Lin.

Me mira de reojo y se le cae sobre la cara un mechón de su media melena morena. Se lo aparta con impaciencia de la frente.

—Todavía no. Esta tarde, seguro —contesto negando con la cabeza.

—De acuerdo. Mañana después de Biología los repartimos, ¿vale?

Señalo en mi cuaderno bajo la línea correspondiente al color rosa y Lin asiente complacida. Vuelvo a mirar el reloj. Tengo que hacer un esfuerzo por reprimirme y no mover la pierna. En su lugar, empiezo a recoger los rotuladores con la mayor discreción posible. Como todos tienen que apuntar en la misma dirección, necesito más tiempo para ordenarlos.

No guardo el rotulador dorado, sino que lo cuelgo ceremoniosamente en la delgada cinta elástica de mi agenda. Giro el capuchón de modo que apunte hacia delante. Es como queda mejor.

Cuando por fin suena el timbre, Lin salta de su silla más deprisa de lo que yo hubiera creído humanamente posible. La miro extrañada.

—No me mires así —dice mientras se cuelga la bolsa al hombro—. ¡Has empezado tú!

No contesto y sonrío mientras recojo el resto de mis cosas.

Lin y yo somos las primeras en dejar la clase. Cruzamos a paso ligero el ala oeste de Maxton Hall y giramos a la izquierda en el siguiente cruce.

Durante las primeras semanas, siempre me perdía en este edificio enorme, y más de una vez llegué tarde a clase. Me resultaba agobiante, incluso cuando los profesores no se cansaban de asegurar que a casi todos los recién llegados a Maxton Hall les sucedía lo mismo que a mí. La escuela parece un castillo: tiene cinco pisos, un ala sur, un ala oeste y un ala este, y tres edificios contiguos en los que se enseñan asignaturas como Música e Informática. Las bifurcaciones y caminos por los que uno puede extraviarse son incontables, y el hecho de que no todas las escaleras lleven automáticamente a todas las plantas puede resultar desesperante.

Pero, mientras que al principio me encontraba totalmente perdida, ahora conozco el edificio como la palma de mi mano. Incluso estoy bastante segura de ser capaz de llegar al despacho del señor Sutton con los ojos vendados.

—Yo también debería haberle pedido a Sutton que me escribiese la carta de recomendación —refunfuña Lin mientras recorremos el pasillo. A nuestra derecha, unas máscaras venecianas de un proyecto artístico del último curso adornan las altas paredes. Algunas veces me paro ante ellas para admirar la sofisticación de los detalles.

—¿Por qué? —pregunto al tiempo que apunto en la cabeza que tengo que decirle a nuestro conserje que guarde las máscaras en un lugar seguro antes del fin de semana, cuando celebremos justo aquí la fiesta de vuelta a la escuela.

—Porque le caemos bien desde que organizamos juntas la fiesta de fin de curso y sabe lo implicadas que estamos y que trabajamos duro. Además es joven, ambicioso y él mismo acaba de graduarse en Oxford. Dios, me daría de bofetadas por no habérseme ocurrido antes.

Le doy unas palmaditas en el brazo.

—La señora Marr también ha estudiado en Oxford. Además, imagino que es mejor que te recomiende alguien que ya tiene un poco más de experiencia profesional que el señor Sutton.

Me mira incrédula.

—¿Te arrepientes de haber acudido a él?

Me limito a encogerme de hombros. A finales del curso pasado, el señor Sutton se enteró por casualidad de lo mucho que yo deseaba matricularme en Oxford y me invitó a preguntarle todo lo que quisiera saber al respecto. Aunque él había estudiado otra carrera diferente de la que yo tengo intención de hacer, pudo darme una enorme cantidad de información interna que anoté cuidadosamente en mi agenda.

—No —respondo al final—. Estoy segura de que sabe lo que hay que decir en la carta.

Al acabar el pasillo, Lin tiene que girar a la izquierda. Quedamos en llamarnos por teléfono después y nos despedimos rápidamente. Echo un vistazo al reloj —la una y veinticinco—, acelero el ritmo. Tengo la cita con Sutton a la una y media, y no quiero retrasarme por nada del mundo. Paso junto a las altas ventanas renacentistas, a través de las cuales se proyecta la dorada luz de septiembre sobre el pasillo y me abro camino entre un grupo de alumnos que visten el mismo uniforme azul royal que yo.

Nadie se fija en mí. Así funcionan las cosas en Maxton Hall. Aunque todos llevamos el mismo uniforme —falda a cuadros azules y verdes las chicas; pantalones beige los chicos; y chaquetas cortadas a medida azul oscuro todos—, no se me pasa por alto que, en realidad, éste no es mi sitio. Mientras que mis compañeros de estudios llegan a la escuela con sus bolsas de diseño, la tela de mi mochila verde está tan gastada en algunos lugares que temo que se desgarre en cualquier momento. Procuro no dejarme intimidar por eso, tampoco por el hecho de que algunos se comportan como si la escuela fuese suya sólo porque provienen de familias adineradas. Para éstos, soy invisible y hago lo que sea para que siga siendo así. «Sobre todo, no llamar la atención»: hasta ahora, esto me ha funcionado bien.

Con la mirada baja, paso corriendo junto al resto de los alumnos y giro una última vez a la derecha. La tercera puerta de la izquierda es la del señor Sutton. Entre su despacho y el anterior hay un pesado banco de madera, y mi mirada oscila entre éste y mi reloj. Todavía faltan dos minutos.

Pero no aguanto ni un segundo más. Me aliso la falda con determinación, me coloco bien la chaqueta y compruebo si la corbata está en su sitio. Luego me acerco a la puerta y llamo. No responde nadie.

Suspiro, me siento en el banco y observo en los dos sentidos del pasillo. Quizá ha ido a buscar algo para comer. O un té. O café. Lo que me hace pensar que habría sido mejor que yo no me hubiera tomado uno. Ya estaba bastante nerviosa, pero mi madre había hecho de más y no quería tirarlo. Ahora me tiemblan un poco las manos cuando vuelvo a consultar la hora.

La una y media en punto, según mi reloj. Vuelvo a mirar el pasillo. Nadie a la vista.

A lo mejor no he llamado a la puerta lo suficientemente fuerte. O me he equivocado, lo que hace que se me acelere el corazón. A lo mejor no habíamos quedado hoy, sino mañana. Inquieta, abro la cremallera de la mochila y saco el cuaderno de tareas. Pero no, todo es correcto. La fecha correcta, la hora correcta.

Moviendo la cabeza, vuelvo a cerrar la mochila. No suelo agobiarme tanto, pero la idea de que algo salga mal con mi solicitud y que por eso no me acepten en Oxford me vuelve loca. Me obligo a mí misma a serenarme. Vuelvo a levantarme decidida, voy a la puerta y llamo de nuevo.

Esta vez oigo un ruido. Suena como si se hubiera caído algo al suelo. Abro con prudencia y miro al interior de la habitación.

Se me para el corazón.

He oído bien. El señor Sutton está allí. Pero... pero no está solo.

En su escritorio hay sentada una mujer que lo besa apasionadamente. Él está entre sus piernas, con las manos alrededor de sus muslos. Un momento después, la coge con más determinación y tira de ella hacia el canto de la mesa. Ella gime con suavidad en su boca cuando sus labios se funden y hunde las manos en el cabello oscuro de él. No distingo dónde empieza uno y acaba el otro.

Me gustaría poder apartar la vista de los dos, pero no lo consigo. No, cuando las manos de él se deslizan por debajo de la falda. No, cuando lo oigo respirar con fuerza y a ella suspirar: «Por Dios, Graham».

Cuando por fin me recupero del impacto, ya no me acuerdo de cómo mover las piernas. Tropiezo en el umbral y la hoja de la puerta se abre de golpe dando un porrazo en la pared. El señor Sutton y la mujer se separan de un salto. Él vuelve la cabeza y me ve en el marco de la puerta. Abro la boca para disculparme, pero todo lo que consigo emitir es un resuello seco.

—Ruby —dice sorprendido el señor Sutton. Tiene el cabello revuelto, los botones superiores de la camisa abiertos y el rostro enrojecido. Me parece alguien extraño, como si no fuera mi profesor.

Siento que un calor sofocante me sube por las mejillas.

—Lo... lo siento. Pensaba que teníamos una...

Entonces la joven se gira y el resto de la frase se me

queda bloqueado en la garganta. Abro la boca y un frío gélido se extiende por todo mi cuerpo. Me quedo mirando a la chica. Sus ojos color turquesa están, como mínimo, tan abiertos como los míos. Aparta la vista de golpe, la dirige a sus caros zapatos de tacón, la desliza por el suelo y mira luego desamparada al señor Sutton, a Graham, como decía antes entre suspiros.

La conozco. Conozco sobre todo la coleta de un rubio cobrizo y con una onda perfecta que en clase de Historia siempre se balancea delante de mí.

En la clase del señor Sutton.

La chica que se lo estaba montando con mi profesor es Lydia Beaufort.

La cabeza me da vueltas. Además, estoy segura de que de un momento a otro voy a vomitar.

Me los quedo mirando a los dos y me esfuerzo por borrar de mi mente los últimos minutos; pero es imposible. Lo sé, y el señor Sutton y Lydia también lo saben, lo distingo claramente en sus rostros descompuestos. Doy un paso atrás, el señor Sutton da uno hacia mí con el brazo extendido. Vuelvo a tropezar en el umbral y recupero el equilibrio.

—Ruby... —empieza a decir, pero el zumbido que siento en los oídos es más fuerte cada vez.

Giro sobre los talones y me marcho corriendo. Detrás de mí oigo que el señor Sutton vuelve a pronunciar mi nombre, en esta ocasión mucho más alto.

Pero yo sigo corriendo. Más y más y más.

2

James

Alguien me aporrea el cráneo con un martillo neumático.

Es lo primero que noto según me voy despertando lentamente. Lo segundo es el calor del cuerpo desnudo que descansa a medias sobre el mío.

Echo un vistazo al lado, pero lo único que distingo es una melena color miel. No recuerdo que me fuera de la fiesta de Wren acompañado. Si he de ser franco, no recuerdo haberme ido de la fiesta. Vuelvo a cerrar los ojos e intento evocar imágenes de la noche pasada, pero lo único que acude a mi mente son jirones incoherentes de pensamientos: yo, borracho sobre una mesa; la fuerte carcajada de Wren cuando me caigo y aterrizo en el suelo delante de sus pies; la mirada de advertencia de Alistair cuando bailo agarrado a su hermana mayor y me aprieto con fuerza contra su espalda.

Joder.

Levanto la mano con cuidado y aparto el cabello de la frente de la chica.

Joder, ¡joder!

Alistair me va a matar.

Me siento de golpe. Un dolor punzante me atraviesa la cabeza y durante unos segundos me envuelve la oscuridad. Elaine murmura algo incomprensible junto a mí y se gira hacia el otro lado. Al mismo tiempo, me doy cuenta de que el martillo neumático es en realidad mi móvil, que vibra encima de la mesilla de noche. No le hago caso y busco mi ropa por el suelo. Encuentro un zapato al lado de la cama, el otro justo delante de la puerta, debajo del pantalón negro y el cinturón. La camisa está encima del sillón de piel marrón. Cuando me la pongo y voy a abrocharme, veo que le faltan un par de botones. Suspiro hondo y espero con toda mi alma que Alistair ya no esté por ahí. Mejor que no vea ni la camisa rota ni los arañazos rojos que Elaine me ha dejado en el pecho con sus uñas pintadas de rosa.

El móvil vuelve a vibrar. Echo un vistazo a la pantalla y se ilumina el nombre de mi padre. Fantástico. Falta poco para que den las dos en un día de escuela, parece como si la cabeza fuera a explotarme en cualquier momento y es bastante seguro que esta noche me he enrollado con Elaine Ellington. Lo último que me falta ahora es oír la voz de mi padre. Decido rechazar la llamada.

Lo que sí necesito es una ducha. Y ropa limpia. Salgo con sigilo de la habitación para invitados de Wren y cierro tras de mí la puerta con el mayor silencio posible. Voy al piso de abajo y me voy cruzando con los indicios de la noche pasada: un sujetador y varias otras prendas cuelgan en la barandilla de las escaleras; en el vestíbulo hay repartidos vasos, copas y platos con restos de comida. En el aire flota el olor a alcohol y humo. Es evidente que hasta hace unas pocas horas aquí se ha celebrado una fiesta.

Me encuentro con Cyril y Keshav en el salón. Cyril está

sobado en el caro sofá blanco de los padres de Wren, y Kesh está sentado en el sillón junto a la chimenea. En su regazo está cómodamente instalada una chica que tiene las manos hundidas en su largo y moreno cabello, y lo besa apasionadamente. Al verlos se diría que la fiesta está a punto de volver a empezar. Cuando Kesh se desprende un instante de ella y me ve, echa la cabeza hacia atrás y suelta una carcajada. Al pasar por su lado le muestro el dedo corazón.

Las imponentes puertas de cristal que conducen al jardín de los Fitzgerald están abiertas de par en par. Salgo y he de entrecerrar los ojos. La luz del sol no es especialmente deslumbrante, pero me sienta como un petardo en las sienes. Miro a mi alrededor con cautela. El aspecto del exterior no es mejor que el del interior de la casa. Más bien al contrario.

Descubro a Wren y Alistair en las hamacas que hay junto a la piscina. Tienen los brazos cruzados detrás de la cabeza y se protegen los ojos con unas gafas de sol. Dudo unos segundos, pero luego me dirijo hacia ellos.

—Beaufort —dice Wren levantándose las gafas y colocándoselas sobre el cabello negro y rizado. Aunque sonríe ampliamente, distingo la palidez de su piel morena. Debe de tener una resaca tan fuerte como la mía—. ¿Qué tal has pasado la noche?

—La verdad es que no lo recuerdo bien —respondo, y me atrevo a mirar a Alistair.

—Que te jodan, Beaufort —dice éste sin dirigirme la vista. Bajo el sol del mediodía, su cabello emite unos brillos dorados—. Ya te dije que mantuvieras las manos lejos de mi hermana.

Ya contaba con que reaccionara así. Impasible, arqueo una ceja.

—No la he obligado a que se metiera en mi cama. No hagas como si ella no pudiera decidir por sí misma con quién quiere enrollarse.

Alistair hace una mueca de fastidio y murmura algo incomprensible.

Espero que lo encaje y que no me eche en cara eternamente este tema, a fin de cuentas no puedo dar marcha atrás. Y en realidad tampoco tengo ganas de justificarme delante de mis amigos. Bastante lo tengo que hacer en casa ya.

—Cuidadito con romperle el corazón —dice Alistair al cabo de un rato mirándome a través de los cristales de espejo de sus gafas de aviador. Aunque no logro distinguir sus ojos, sé que no me mira enfadado, sino más bien resignado.

—Elaine conoce a James desde los cinco años —interviene Wren—. Sabe perfectamente lo que puede esperar de él.

Wren tiene razón. Tanto Elaine como yo sabíamos en qué nos estábamos metiendo. Y aunque apenas recuerdo nada, todavía me resuena en el oído su voz jadeante: «Esto sólo pasa una vez, James. Una sola vez».

Alistair no quiere aceptarlo, pero a su hermana le gusta tanto disfrutar de la vida como a mí.

—Cuando tus padres se enteren, correrán a anunciar vuestro compromiso —añade Wren al cabo de un rato, divertido.

Tuerzo la boca malhumorado. Mis padres llevan años empeñados en que me comprometa con Elaine Ellington o con cualquier otra hija de una familia pudiente con una herencia enorme. Pero está claro que con dieciocho años tengo cosas mejores que hacer que malgastar mi tiempo pensando siquiera en qué o quién se cruzará en mi camino cuando me gradúe.

También Alistair resopla despectivo. Parece tan poco entusiasmado como yo ante la idea de tener que saludarme en el futuro como un nuevo miembro de su familia. Me llevo la mano al pecho haciéndome el ofendido.

—Se diría que no quieres que me convierta en tu cuñado...

Se coloca las gafas en el cabello ondulado y me fulmina con los ojos. Lentamente, como un depredador, se levanta de la hamaca. Aunque está delgado, sé lo fuerte y rápido que puede llegar a ser. Lo he experimentado varias veces en mis propias carnes durante los entrenamientos.

Por el modo en que me mira, sospecho lo que se propone.

—Te lo advierto, Alistair —protesto dando un paso hacia atrás.

En un abrir y cerrar de ojos se coloca delante de mí.

—Yo también te lo he advertido —contesta—. Pero, por desgracia, no hiciste caso.

Y acto seguido me da un fuerte empujón en el pecho. Voy dando traspiés hacia atrás y caigo directo en la piscina. El impacto me deja sin aire en los pulmones y durante unos segundos no sé dónde están arriba y abajo. Se me mete líquido en los oídos y el dolor que me palpita en la cabeza se agrava mucho más todavía debajo del agua.

Pero no subo enseguida a la superficie. Relajo el cuerpo y permanezco en la misma posición, boca abajo. Contemplo los azulejos de la piscina, que sólo percibo de forma borrosa, y cuento mentalmente los segundos. Cierro un instante los ojos. Reina un silencio apaciguador. Sin embargo, al cabo de medio minuto me quedo sin aire y crece la presión sobre mi pecho. Dejo escapar una última y dramática burbuja de aire, sigo esperando, y entonces...

Alistair salta a la piscina y me coge. Me saca a la superficie y cuando abro los ojos y compruebo su mirada asustada, no puedo evitar reírme al tiempo que tomo aire.

—¡Beaufort! —grita encolerizado abalanzándose sobre mí. Me propina un puñetazo en el costado (joder, pega fuerte), e intenta inmovilizarme con una llave. Pero, como es más bajo que yo, el resultado no es el que él espera. Forcejeamos un rato y al final consigo agarrarlo. Lo levanto con facilidad y lo lanzo lo más lejos posible de mí. La carcajada de Wren penetra en mis oídos cuando Alistair se sumerge con un fuerte chapoteo. Cuando sale de nuevo a la superficie, durante unos segundos me mira con tal rabia que vuelvo a echarme a reír. Alistair, como todos los Ellington, tiene cara de ángel total. Incluso cuando quiere parecer amenazador, sus ojos de un castaño claro, junto con los rizos rubios y los rasgos de su cara, de una perfección que da asco, se lo impiden.

—Eres un gilipollas —dice salpicándome.

Me paso la mano por la cara.

—Lo siento, tío.

—Está bien —contesta, aunque sigue echándome agua por encima.

Extiendo los brazos y lo dejo hacer. En un momento dado se detiene y cuando lo miro está moviendo sonriente la cabeza. Entonces sé que todo está en orden.

—¿James? —Oigo una voz familiar.

Me doy la vuelta. Mi hermana melliza está al borde de la piscina y me tapa el sol. Ayer no estaba en la fiesta y por un momento creo que va a armarme una buena, porque hoy los chicos y yo no hemos ido a clase. Pero luego, cuando la miro con más atención, me quedo helado: tiene los hombros caídos, y los brazos le cuelgan flácidos junto al cuerpo. Evita mirarme con la vista clavada en sus pies.

Nado hacia ella tan deprisa como puedo y salgo de la piscina. Me da igual estar todo mojado: la agarro por los brazos y la obligo a levantar la cara y mirarme. Se me encoge el estómago. Lydia tiene la cara roja e hinchada, debe de haber estado llorando.

—¿Qué ocurre? —pregunto estrechándola un poco más fuerte.

Quiere volver la cabeza, pero no se lo permito. La sujeto por la barbilla para que no pueda evitar mi mirada. En sus ojos brillan unas lágrimas. Noto la garganta seca.

—James —susurra con voz ronca—. La he cagado.

3

Ruby

—Aquí está perfecto —dice Ember colocándose para posar entre la aulaga y el manzano.

Nuestro pequeño jardín está completamente lleno de manzanas diseminadas que todavía tenemos que recoger. Sin embargo, aunque nuestros padres llevan días pidiéndonoslo, en mi cuaderno de tareas hasta el jueves no está marcado en lila Recoger las manzanas.

Sé desde ya que en el momento en que Ember y yo metamos el cesto en casa, mamá y papá se pelearán por quién se lleva la mayor parte. Como todos los años, mi madre está planeando hacer pasteles y empanadillas para que los prueben en la panadería, mientras que mi padre quiere preparar cientos de mermeladas de los más osados sabores. Él, a diferencia de mi madre, no puede dárselas a probar a nadie en el restaurante mexicano en el que trabaja. Esto significa que Ember y yo volveremos a actuar de conejillos de Indias, lo que en el caso de una nueva receta de tortilla sería genial, pero no tanto en el de una mermelada de manzana con cardamomo y guindilla.

—¿Qué opinas?

Ember se coloca en una estudiada pose frente a mí. Siempre me sorprende lo bien que lo hace. Su actitud es natural y sacude un momento la cabeza para que los rizos de su larga melena castaña clara caigan algo más rebeldes. Cuando sonríe, los ojos verdes le brillan, literalmente, y yo me pregunto cómo es posible que justo después de levantarse esté ya tan despierta. Yo ni siquiera he conseguido peinarme todavía y seguro que tengo el flequillo tieso hacia arriba. Y mis ojos, del mismo color que los de Ember, no brillan. Al contrario, los tengo tan secos y cansados que he de parpadear constantemente para intentar que se me pase ese molesto picor.

Apenas son las siete de la mañana y he pasado media noche despierta en la cama dándole vueltas a lo que vi ayer por la tarde. Cuando Ember ha entrado en mi habitación hace una hora, he tenido la sensación de que acababa de dormirme.

—Estás muy guay —respondo levantando la pequeña cámara digital. Ember me hace una señal y disparo tres veces; luego cambia de pose, se gira de lado y me lanza (mejor dicho, le lanza a la cámara) una mirada por encima del hombro. El vestido que lleva hoy tiene un cuello Peter Pan y un llamativo estampado de color azul. Se lo ha birlado a mamá y le ha hecho algunos arreglos para adaptarlo a su talla.

Desde que tengo uso de razón, Ember tiene sobrepeso y lucha de forma constante por encontrar ropa que se ajuste a su constitución. Por desgracia, ésta no abunda en el mercado y tiene que andar improvisando constantemente. Cuando cumplió trece años, les pidió a mis padres una máquina de coser con la que desde entonces se confecciona la ropa que le gusta.

A estas alturas, mi hermana sabe lo que le sienta bien. Tiene muy buena mano para ello. Por ejemplo, hoy ha combinado el vestido que lleva con una chaqueta tejana y unas deportivas blancas con talones plateados que ella misma ha pintado.

Hace un par de días, ojeando una revista de moda, me llamó la atención una chaqueta de un tejido similar al material de las bolsas de basura. Arrugué la nariz y seguí echando un vistazo, pero cuando ahora pienso en ello estoy bastante segura de que Ember luciría la chaqueta como una supermodelo y triunfaría con ella. Seguro que eso tiene mucho que ver con esa seguridad en sí misma que irradia no sólo ante la cámara, sino también en la vida real.

No siempre ha sido así. Todavía me acuerdo de los días que pasaba encerrada en su habitación, tristísima porque en la escuela se reían de ella. Entonces parecía pequeña y vulnerable, pero con el tiempo ha aprendido a aceptar su cuerpo y a no hacer caso de lo que los demás digan de ella.

No le causa ningún problema calificarse de «gorda». «Es como en Harry Potter —suele decir cuando alguien se sorprende por la palabra elegida—. El nombre Voldemort es terrible sólo porque nadie se atreve a pronunciarlo. Lo mismo sucede con *gorda*, es sólo un adjetivo como *delgada*. Sólo es una palabra, y no una negativa.»

Ember tuvo que recorrer un largo camino hasta aprenderlo, y ésta es la razón por la que ha abierto un blog. Quería ayudar a otras personas en su misma situación a aceptarse a sí mismas. Desde hace algo más de un año, comparte con la gente su sentimiento de satisfacción consigo misma, y ha formado una comunidad con sus apasionados artículos en torno al tema moda XL dentro de la cual desempeña la función de pionera y fuente de inspiración.

También mamá, papá y yo hemos aprendido muchísimo de ella —además, nos sigue proporcionando artículos sobre el tema— y estamos superorgullosos de lo que ha logrado.

—Creo que ya está —digo después de haber fotografiado la tercera pose. Ember se acerca enseguida y coge la cámara. Con mirada crítica, arruga la nariz mientras va pasando las imágenes. Pero sonríe ante una de las fotografías en las que mira por encima del hombro.

—Me quedo con ésta. —Me estampa un beso en la mejilla—. Gracias.

Volvemos a casa por el jardín intentando sortear las manzanas caídas.

—¿Cuándo colgarás el artículo en la red? —pregunto.

—He pensado en mañana por la tarde. —Me mira de reojo—. ¿Crees que tendrás tiempo de echarle un vistazo esta noche?

En realidad, no. Hoy tengo que colgar los carteles para la fiesta del fin de semana y luego seguir trabajando en mi ponencia de Historia. Además, tengo que trazar un plan sobre cómo conseguir la carta de recomendación sin tener que volver a cruzar palabra con el señor Sutton. Sólo de pensar en lo de ayer —en Lydia Beaufort sentada sobre su escritorio y él entre sus piernas— me entran ganas de vomitar. Y esos ruidos que hacían los dos...

Intento sacudirme esos recuerdos de la cabeza, lo que provoca que Ember me mire sorprendida.

—Será un placer —digo a toda prisa deslizándome junto a ella hacia la sala de estar.

No puedo mirarla a los ojos. Como se fije en mis ojeras, enseguida sabrá que hay algo que va mal, y lo último que necesito ahora es que me pregunte. No cuando los gemidos sofocados del señor Sutton me siguen resonando en los oídos por mucho que me esfuerce en no escucharlos.

—Buenos días, cariño. —Me sobresalto al oír la voz de mi madre e intento rápidamente que mi cara recupere un aspecto normal. O, al menos, el que sea que se tenga cuando no has pillado a tu profesor enrollándose con una de sus alumnas. Mamá se me acerca y me da un beso en la mejilla—. ¿Todo bien? Pareces cansada.

Por lo visto, tengo que practicar más lo de poner una expresión normal.

—Sí, sólo necesito cafeína —murmuro, y dejo que me conduzca a la mesa para desayunar.

Me llena una taza de café y, antes de colocarla delante de mí sobre la mesa, vuelve a acariciarme la cabeza. Entretanto, Ember se acerca a papá para enseñarle las fotos que le he sacado. Él deja inmediatamente a un lado el diario y se encorva sobre la pantalla. Sonríe y se le marcan más las arruguitas que tiene alrededor de la boca.

—Muy guapa.

—¿Reconoces el vestido, querido? —pregunta mamá. Coloca la mano sobre el hombro de él, al tiempo que se inclina por encima de su espalda.

Papá levanta la cámara, detrás de los cristales de sus gafas de lectura su mirada se vuelve reflexiva.

—Es éste... ¿Es éste el vestido que llevabas para nuestro décimo aniversario?

Vuelve la cabeza para mirar a mamá y ella asiente. Mamá y Ember tienen una constitución parecida, por eso mi hermana tenía mucha ropa a su disposición al comienzo de su carrera con la máquina de coser. Al principio mamá se entristecía cuando Ember no cosía bien y medio destrozaba los vestidos, pero ya apenas ocurre. Ahora le encantan las maravillas que consigue con sus viejos vestidos y blusas.

—Lo he entallado y le he cosido un cuello —dice mi hermana mientras se sienta a la mesa y se echa unos copos de avena en el cuenco que mi madre nos ha puesto.

En el rostro de mi padre se dibuja una sonrisa.

—Ha quedado muy bonito —dice cogiendo la mano de mi madre; tira de ella hasta que el rostro de mamá está a su lado y le da un beso lleno de ternura.

Ember y yo nos miramos y sé que piensa lo mismo que yo: puaj. Mis padres están tan enamorados el uno del otro que a veces hasta da asco. Pero lo llevamos con serenidad. Y cuando recuerdo lo que ha pasado con la familia de Lin, sé apreciar el hecho de que la mía esté intacta. Sobre todo porque tuvimos que esforzarnos por proteger el fuerte vínculo que nos une.

—Avísame cuando hayas subido el artículo —dice mamá después de sentarse junto a papá—. Quiero leerlo enseguida.

—Vale —responde Ember con la boca llena.

Tenemos que darnos prisa si queremos coger a tiempo el autobús de la escuela, así que entiendo que devore de este modo.

—Pero antes le echarás un vistazo, ¿verdad? —pregunta mi padre volviéndose hacia mí.

Aunque ya ha pasado un año, mi padre todavía ve con escepticismo todo lo relacionado con el blog. Desconfía de internet, sobre todo si una de sus hijas expone allí imágenes y pensamientos. A Ember le costó lo suyo convencerlo de que un blog de moda para tallas grandes era una buena idea. No obstante, comenzó su blog *Bellbird* con tanto ahínco y valor que a papá no le quedó otro remedio que permitirle que siguiera. Su única condición fue que yo —como la sensata hermana mayor— hiciera una primera lectura de los artículos del blog y comprobara las imágenes antes de que ella las colgara para que no fueran a parar a la red detalles de nuestra vida privada. Sin embargo, sus temores son injustificados. Ember trabaja con cuidado y profesionalidad, y yo la admiro por todo lo que ya ha conseguido hacer con *Bellbird* en tan poco tiempo.

—Pues claro. —Me meto una cucharada de copos de avena en la boca y me los trago con un buen sorbo de café. Ahora es Ember quien me mira con repugnancia, pero paso de ella—. Hoy vendré un poco más tarde, lo digo para que no os extrañéis.

—¿Tanto jaleo hay en la escuela? —pregunta mamá.

«Si tú supieras...»

Me encantaría contarles a mamá, papá y Ember lo que ha ocurrido. Sé que después me sentiría mejor. Pero no puedo. Mi casa y Maxton Hall son dos mundos distintos que no van de la mano. Y me he jurado a mí misma no mezclarlos jamás. Por eso en la escuela nadie sabe nada acerca de mi familia y por eso mi familia tampoco sabe nada de lo que sucede en Maxton Hall. Tracé ese límite el primer día en la escuela y fue la mejor decisión que pude haber tomado. Sé que Ember se enfada con frecuencia porque soy muy cerrada, y siempre tengo mala conciencia cuando mis padres no consiguen disimular lo suficiente su decepción cuando yo no respondo más que con un «bien» a su pregunta de «¿Cómo te ha ido el día?». Pero mi hogar es mi oasis de tranquilidad. Aquí lo que cuenta es la familia y la lealtad, la confianza y el amor. En Maxton Hall sólo cuenta una cosa: el dinero. Y tengo miedo de dañar nuestro plácido hogar si me traigo los asuntos de allí.

Sin contar con que no es de mi incumbencia lo que tengan el señor Sutton y Lydia Beaufort, nunca los delataría. El que en Maxton Hall nadie sepa nada de mi vida privada funciona sólo porque me atengo firmemente a una regla que me he impuesto a mí misma: «Sobre todo, no llamar la atención». Desde hace dos años invierto todos mis esfuerzos en conseguir ser invisible para gran parte de mis compañeros y pasar desapercibida.

Si le contara a alguien lo del señor Sutton o fuera con ese asunto al director de la escuela, se armaría un escándalo. No me puedo arriesgar, sobre todo ahora que estoy tan cerca de alcanzar mi meta.

Lydia Beaufort y toda su familia —sobre todo su horrible hermano— son precisamente el tipo de gente con la que debo guardar kilómetros de distancia. Los Beaufort dirigen la mayor y más antigua tienda de ropa de caballero de Inglaterra. No sólo están metidos en todo el país, sino también en todo Maxton Hall. Incluso diseñaron nuestro uniforme escolar.

No. Ni hablar de discutir con los Beaufort.

Haré como si no hubiese pasado nada, así de sencillo.

Cuando sonrío a mi madre y le contesto a media voz que no hay para tanto, soy consciente de lo forzada que suena la respuesta. Así que todavía le estoy más agradecida por que no insista y, sin hacer más comentarios, me sirva otra taza de café.

La escuela es un horror. Intento concentrarme, pero no hago más que divagar. Entre una clase y otra estoy muerta de miedo por si me encuentro al señor Sutton o a Lydia por el pasillo, y cambio de un aula a otra volando. Lin me mira de reojo más de una vez, por lo que me recuerdo a mí misma que he de moderarme. Lo último que quiero es que empiece a bombardearme con preguntas a las que no puedo responder. Sobre todo porque estoy bastante segura de que no se ha tragado la excusa que le di de que ayer me equivoqué con la hora y por eso todavía no tengo la carta de recomendación.

Cuando termina la última clase, nos vamos juntas a secretaría a recoger los carteles que llegaron ayer por correo. Yo habría preferido ir a comer —el estómago me sonaba tanto en Biología que el profesor incluso se ha vuelto una vez hacia mí—, pero a Lin se le ha ocurrido que camino del comedor ya podemos colgar un par y así ahorrar algo de tiempo.

Empezamos en el salón de actos, donde ponemos juntas el primer cartel en una de las columnas. Cuando estoy segura de que la cinta adhesiva aguanta, me separo un par de pasos y me cruzo de brazos.

—¿Qué te parece? —pregunto a Lin.

—Perfecto. En este sitio, todo el que entre por la puerta principal se fijará en él. —Me mira sonriente—. Ha quedado muy bien, Ruby.

Me quedo mirando un rato más las letras negras y sinuosas que anuncian la fiesta de vuelta a la escuela. La verdad es que Doug se las ha ingeniado para hacer un diseño gráfico genial. El texto, combinado con unas sutiles motas doradas sobre un fondo plateado, se ve elegante y glamuroso, y, al mismo tiempo, lo suficientemente moderno para encajar con una celebración de regreso a la escuela.

Maxton Hall es conocida por sus legendarias fiestas. En esta escuela se celebra todo: el comienzo del curso, el final del curso, el aniversario de la fundación, Halloween, Navidad, Año Nuevo, el cumpleaños del director Lexington... El presupuesto del que dispone el comité de actos es vertiginoso. Pero, como nos recuerda siempre Lexington, la imagen que proyectamos con tales eventos de éxito no se paga con dinero. Porque las fiestas de Maxton Hall, en teoría, no son sólo para los alumnos. Su objetivo es atraer a los padres, patrocinadores, políticos y gente adinerada que financian nuestra escuela y, con su apoyo, garantizar que los alumnos se inicien de la mejor manera posible en la vida y acaben directamente en Cambridge u Oxford.

Cuando entré en la escuela tuve que escoger una actividad extracurricular y el comité de actos me pareció la mejor: me encanta planificar y organizar, y en esta área es donde puedo actuar desde un segundo plano, sin que mis compañeros de estudios se fijen en mí. No había esperado pasármelo tan bien. Ni tampoco que, dos años más tarde, fuera a compartir con Lin la dirección del equipo.

Lin se vuelve hacia mí con una amplia sonrisa en la cara.

—¿No te parece la mejor sensación del mundo que este año nadie nos diga lo que tenemos que hacer?

—Creo que no habría soportado ni un día más estar

bajo las órdenes de Elaine Ellington sin molerla a palos —admito, y Lin suelta una risita—. No te rías. Lo digo en serio.

—Me habría gustado verlo.

—Y a mí hacerlo.

Elaine era una jefa insoportable, autoritaria, deshonesta y perezosa, aunque yo nunca le habría hecho daño, claro. Sin contar con que no tengo un buen concepto de la violencia, habría infringido mi propia regla de esforzarme lo máximo posible por no llamar la atención aquí.

Pero, de todos modos, eso ya se ha solucionado. Elaine ha terminado sus estudios y ha dejado la escuela. Y que al resto del equipo le gustaba su estilo dictatorial tan poco como a nosotras quedó demostrado cuando nos eligieron a Lin y a mí sus sucesoras. Algo que todavía me parece irreal.

—¿Colgamos los otros dos carteles y nos vamos a comer? —pregunto, y Lin asiente.

Por suerte, cuando entramos en el comedor ya hace tiempo que ha pasado la hora punta. La mayoría de los alumnos va camino de las clases de la tarde o está aprovechando los últimos rayos de sol en el jardín de la escuela. Sólo hay unas mesas ocupadas, de modo que podemos pillar un buen sitio junto a la ventana.

A pesar de todo, evito apartar la vista de la lasaña cuando llevo en equilibrio mi bandeja a través de la sala. Sólo cuando me he sentado y he dejado los carteles sobre la silla de al lado y la mochila en el suelo, me atrevo a mirar a mi alrededor. Ni rastro de Lydia Beaufort.

Frente a mí, Lin despliega su agenda y empieza a repasarla mientras va bebiendo a sorbitos su zumo de naranja.

En las páginas distingo caracteres chinos, así como triángulos, círculos y otros signos, y me maravillo una vez más del sistema que utiliza, mucho más guay que los colores con los que yo trabajo. Aun así, me acuerdo de una vez que le pedí que me explicara qué significaba cada signo y para qué acontecimiento lo empleaba, y al cabo de media hora yo ya había perdido la visión general y arrojado la toalla.

—Nos hemos olvidado de dejar un cartel de muestra en el cajón del director Lexington —murmura recogiéndose el cabello negro detrás de la oreja—. Es lo primero que tenemos que hacer en cuanto hayamos comido.

—Claro —digo con la boca llena.

Creo que tengo salsa de tomate en la barbilla, pero me importa un rábano. Tengo un hambre canina, posiblemente porque, salvo por unos pocos copos de avena, no he comido nada desde ayer por la tarde.

—Hoy todavía tengo que ayudar a mi madre a preparar una exposición —dice Lin señalando un carácter chino. Hace algún tiempo, su madre abrió una galería de arte en Londres, que funciona bien, pero en la que Lin tiene que echar a menudo una mano, incluso durante la semana.

—Si tienes que marcharte antes, ya colgaré yo sola el resto —me ofrezco, pero ella hace un gesto negativo con la cabeza.

—Cuando asumimos este trabajo acordamos repartírnoslo de forma justa. O lo hacemos juntas o no lo hacemos.

—Entendido —contesto sonriendo.

Al empezar el curso, ya le dije a Lin que no me importaba ocuparme de vez en cuando de una parte de su trabajo. Me gusta ayudar a los demás. Sobre todo a mis amigos, que tampoco son tantos. Y sé que la situación en casa de Lin no es fácil y que muchas veces se le exige más de lo que en realidad es justo. Sobre todo si se tiene en cuenta que tiene que cumplir a la vez con los numerosos deberes de la escuela. Pero Lin es, como mínimo, tan esforzada y terca como yo, probablemente una de las razones de que nos entendamos tan bien.

Es casi un milagro que nos hayamos encontrado. Cuando llegué a Maxton Hall, ella frecuentaba otros grupos totalmente distintos. Entonces, en el descanso de mediodía, se sentaba a una mesa junto con Elaine Ellington y sus amigas, y a mí nunca se me habría ocurrido dirigirme a ella, aunque las dos estábamos en el comité de actividades y yo ya me había fijado un par de veces en que era tan meticulosa con su cuaderno de tareas como yo.

Pero luego su padre protagonizó un gran escándalo por el que su familia no sólo perdió su fortuna, sino que también fue relegada de los círculos que frecuentaba. De repente Lin estaba sola durante los descansos: no sé si sus amigas ya no querían tener nada que ver con ella o si ella simplemente estaba demasiado avergonzada por lo sucedido. Lo que sí sé, de todas formas, es cómo se siente una cuando de golpe y porrazo pierde a todos sus amigos. Es lo que me ocurrió a mí cuando dejé mi vieja escuela de Gormsey para venirme aquí. Me sentía desbordada con todo, con la elevada exigencia de las clases, las actividades extraescolares, el hecho de que aquí todos eran muy diferentes a mí, y al principio no conseguí conservar los contactos de Gormsey. Mis amigos de allí me dieron a entender con toda claridad lo que opinaban sobre ello.

De todas maneras, ahora sé que un auténtico amigo no

se burla constantemente de ti sólo porque te guste implicarte en la escuela. Les he quitado importancia con una sonrisa a palabras como *trepa* y *sabionda*, aunque no las encuentro nada divertidas. Y sé también que el hecho de que alguien no pueda entender que una se encuentra en una situación especial no tiene nada que ver con la amistad. No me preguntaron cómo estaba o si podían ayudarme ni una sola vez.

Entonces me hizo mucho daño ver lo frágiles que eran esas amistades, y más aún porque tampoco en Maxton Hall había nadie que quisiera relacionarse conmigo o que al menos advirtiera mi presencia. Yo no provengo de una familia rica. En lugar de bolsas de diseño tengo una mochila de hace seis años; en lugar de un resplandeciente MacBook, tengo un portátil que mis padres me compraron de segunda mano antes de que empezara el curso. Los fines de semana no estoy en las fiestas de moda de las que todos hablan durante la semana siguiente; para la mayoría de mis compañeros yo no existo, así de simple. Esto ahora me va bien, pero las dos primeras semanas me encontré terriblemente sola y marginada. Hasta que conocí a Lin. Lo que nos unió no fue sólo el hecho de que nos había sucedido algo similar con nuestros amigos, sino también que Lin comparte mis dos mayores aficiones: le gusta organizarse la vida y le encantan los mangas.

No puedo decir si habríamos coincidido de no haberles pasado a sus padres lo que les ocurrió. Pero incluso cuando, a veces, tengo la sensación de que echa de menos la época en que disfrutaba de la fama aquí y salía con gente como los Ellington, me siento agradecida de tenerla.

—Pues ve tú al director y cuelga de camino los carteles

en la biblioteca y en el centro de aprendizaje. Yo me encargo del resto, ¿de acuerdo? —propongo.

Levanto la mano. Por un instante parece como si fuera a objetar algo, pero luego sonríe agradecida y choca los cinco.

—Eres la mejor.

Alguien separa la silla que está a mi lado y se sienta. Lin se pone blanca como la leche de golpe. Frunzo el ceño cuando me mira con los ojos muy abiertos, luego a la persona que se ha sentado junto a mí, y otra vez a mí.

Me giro despacio y veo directamente unos ojos azul turquesa.

Como todo el mundo en la escuela, conozco esos ojos, pero todavía no los había visto tan de cerca. Forman parte de un rostro peculiar, con cejas oscuras, pómulos marcados y una bonita boca con un mohín arrogante.

James Beaufort acaba de sentarse a mi lado. Y me mira.

De cerca parece todavía más peligroso que de lejos. Es uno de los que se comportan como si Maxton Hall fuera de su propiedad. Y ése es su aspecto. Erguido, seguro de sí mismo, con la corbata perfectamente puesta. El familiar uniforme de la escuela le sienta estupendamente, como hecho a la medida de su cuerpo. Debe de ser porque lo ha diseñado su madre. Lo único que no acaba de encajar es el cabello rubio cobrizo que lleva alborotado, al contrario que su hermana, siempre con un corte perfecto.

—¡Ey! —dice.

¿Lo había oído hablar alguna vez? Gritando en los partidos de lacrosse o borracho en las fiestas de Maxton Hall, sí; pero no de este modo. Su «ey» suena confiado, al igual que el brillo de sus ojos. Actúa como si fuera totalmente normal que en el descanso del mediodía se sentara a mi lado y me hablara. Y, sin embargo, nunca hemos intercambiado ni una sola palabra. Y así debe seguir siendo.

Miro a mi alrededor con cautela y trago saliva con dificultad. No todas, pero un par de cabezas sí se han vuelto hacia nosotros. Es como si la capa de camuflaje que llevo desde hace dos años se hubiera desplazado un poco.

«Esto no va bien, esto no va bien, esto no va bien.»

—Hola, Lin. ¿Te molesta si secuestro a tu amiga unos minutos? —pregunta sin apartar ni un segundo la vista de mí. Su mirada es tan intensa que un escalofrío me recorre la espalda. Tardo un rato en asimilar lo que ha dicho. Acto seguido vuelvo la cabeza hacia Lin e intento hacerle entender sin palabras que a mí sí me molesta, pero ella no me mira, sólo mira a James.

—Claro —farfulla—. Marchaos.

Sólo consigo levantar la mochila del suelo, luego James Beaufort me pone la mano en la parte inferior de la espalda y me empuja fuera del comedor. Acelero el paso para desembarazarme de su mano, pero incluso después siento su contacto, como si me hubiera quemado la piel a través de la tela de la chaqueta. Me conduce alrededor de la gran escalinata del vestíbulo y se detiene detrás en un lugar donde nuestros compañeros, que entran y salen del comedor, no pueden vernos.

Ya me imagino lo que quiere. Dado que en los dos últimos años ni siquiera me ha mirado una vez, esto tiene que ver con el asunto entre su hermana y el señor Sutton.

Cuando estoy segura de que nadie puede oírnos, me vuelvo hacia él.

—Creo que ya sé lo que quieres de mí.

Sus labios dibujan una leve sonrisa.

—¿Lo sabes?

—Escucha, Beaufort...

—Temo que debo interrumpirte en este punto, Robyn. —Da un paso hacia mí. Yo no retrocedo, sino que me lo quedo mirando con las cejas arqueadas—. Vas a olvidarte lo antes posible de lo que viste ayer, ¿entendido? Como me entere de que se te escapa el más mínimo comentario, me encargaré de que te largues de la escuela.

Me pone algo en la mano. Como atontada bajo la vista y me crispo cuando me doy cuenta de lo que es: un grueso fajo de billetes de cincuenta libras. Trago con la boca seca. Nunca he tenido tanto dinero en la mano.

Levanto la vista. La sonrisa arrogante de James lo dice todo. Expresa sin ambages que sabe perfectamente lo mucho que yo podría necesitar ese dinero. Y que no es la primera vez que compra el silencio de alguien. Su mirada y toda su actitud son tan autocomplacientes que de repente me invade una cólera increíble.

—¿Lo dices en serio? —pregunto con los dientes apretados levantando el fajo de billetes; estoy tan enfadada que me tiemblan las manos.

Su mirada es ahora reflexiva. Se lleva la mano al bolsillo interior de la chaqueta, saca otro fajo y me lo tiende.

—Hasta diez mil. —Miro perpleja el dinero y luego su cara—. Si mantienes el pico cerrado hasta el final del semestre duplicaremos la cantidad. Si lo consigues hasta el final del curso, la cuadriplicaremos.

Sus palabras resuenan una y otra vez en mi cabeza, y la sangre me hierve en las venas. Que esté ahí frente a mí, me tire diez mil libras a los pies y quiera cerrarme la boca de este modo... Como si eso no fuera nada. Como si eso fuera lo que se hace cuando uno viene de familia rica. De repente lo tengo claro: no soporto a James Beaufort. Lo detesto. A él y todo lo que representa.

Su modo de vida, sin consideración o miedo a las consecuencias. Cuando uno lleva el apellido Beaufort, no importa lo que hagas, el dinero de papá lo arreglará todo de algún modo. Mientras que yo hace dos años que me dejo el culo aquí para tener una diminuta oportunidad de que me acepten en Oxford, para él el bachillerato no es más que un paseo. Eso es injusto. Y cuanto más lo miro, más rabia me da.

Se me agarrotan los dedos alrededor del fajo de billetes. Aprieto fuertemente los dientes y arranco las delgadas tiras de papel que sujetan el fajo.

James arruga la frente.

—Qué...

De golpe, levanto la mano y lanzo el dinero al aire.

James devuelve inflexible mi mirada firme; un pálpito en la mandíbula es su única reacción. Mientras los billetes van cayendo lentamente, me doy media vuelta y me marcho.

4

Ruby

Una coleta de tono rubio cobrizo se balancea delante de mi cara. Dirijo toda mi rabia hacia ella.

¡Lydia es la culpable de todo! Si no se hubiera enrollado con nuestro profesor, no los habría pillado a los dos y ella no se habría chivado a su hermano. Entonces podría concentrarme en la clase y no me pondría nerviosa pensando en que me llamó «Robyn». O que lancé al aire cinco mil libras.

Hundo la cara entre las manos. Alucino al recordarlo. Por supuesto, no aceptar el dinero estuvo bien. Pero, a pesar de eso, desde ayer por la tarde se me ocurren multitud de cosas en las que podría haberlo empleado. Por ejemplo, en nuestra casa. Desde el accidente de papá, hace ocho años, la hemos rehabilitado poco a poco, liberándola de obstáculos, pero todavía podríamos mejorar un par de rincones. Además, nuestro coche está a punto de exhalar su último suspiro y todos dependemos de él. Sobre todo papá. Con las cuarenta mil libras que James me habría dado al final del curso podría haber podido comprar un monovolumen nuevo.

Sacudo la cabeza. No, los Beaufort nunca comprarán mi silencio. Yo no me vendo.

Saco mi agenda de debajo del libro de Historia y lo abro. Todos los puntos del día tienen ya su visto bueno. Sólo uno sigue centelleando burlón: Recoger la carta de recomendación en la oficina del señor Sutton.

Contemplo las letras apretando los dientes. Me encantaría hacerlas desaparecer, igual que el recuerdo del señor Sutton y Lydia.

Por primera vez desde que ha empezado la clase, me atrevo a apartar la vista de la cabeza de Lydia y mirar hacia delante.

El señor Sutton está junto a la pizarra blanca. Lleva una camisa a cuadros con un cárdigan gris oscuro encima, así como las gafas que siempre lleva puestas. La barba de tres días está cuidada, y en las mejillas se le ven esos hoyitos que todos en nuestro curso adoramos.

De repente resuena a mi alrededor una carcajada, ha hecho una broma.

Una de las razones por las que siempre me ha gustado tanto.

Y ahora ni siquiera puedo mirarlo.

No lo entiendo. El señor Sutton es lo suficientemente bueno para haber conseguido ir a Oxford, ha estudiado años allí, está dando clases en uno de los colegios privados de más renombre de Inglaterra, ¿y lo primero que se le ocurre hacer es montárselo con una alumna? ¿Por qué, si se puede saber?

Su mirada se cruza con la mía y un instante después su sonrisa se desvanece.

Delante de mí, Lydia se tensa. Los hombros se le contraen, igual que el cuello, como si luchara con todas sus fuerzas para no darse media vuelta.

Bajo la mirada tan rápido que el cabello me cae sobre la cara como una nube oscura. Mantengo esa postura el resto de la clase.

Cuando por fin suena el timbre, me siento como si hubieran transcurrido días y no sólo noventa minutos. Me tomo todo el tiempo posible. Recojo mis cosas como a cámara lenta y las voy metiendo meticulosamente en la mochila. Luego cierro la cremallera con tal lentitud que puedo oír cómo encaja cada uno de los dientes.

Sólo cuando los pasos y voces de mis compañeros se alejan me levanto. El señor Sutton introduce ensimismado los papeles en una carpeta. Parece tenso, toda pizca de ese humor que acaba de mostrar ha desaparecido de sus rasgos.

La única alumna que todavía está con nosotros en el aula es Lydia Beaufort. Permanece en la puerta, mirándonos en vilo al señor Sutton y a mí.

Siento los latidos en el cuello cuando me echo la mochila al hombro y camino hacia delante. Al llegar a cierta distancia del pupitre, me detengo y carraspeo. El señor Sutton me mira. Sus ojos, de un castaño dorado, están llenos de pesar. Percibo su mala conciencia. Se mueve como un robot.

—Lydia, ¿podrías dejarnos solos? —pregunta sin mirarla.

—Pero...

—Por favor —añade él con suavidad deslizando una bre ve mirada hacia ella.

Ella asiente con los labios apretados y se da media vuelta. Cierra la puerta de la clase sin hacer ruido. El señor Sutton se vuelve de nuevo hacia mí. Abre la boca para decir algo, pero yo me adelanto.

—Quería recoger mi carta de recomendación para Oxford —digo deprisa.

Parpadea perplejo y tarda un momento en reaccionar.

—Yo... claro.

Nervioso, rebusca en la carpeta en la que antes ha guardado los papeles de la clase. Como no encuentra lo que está buscando, se inclina hacia delante, levanta del suelo la cartera de piel marrón y la coloca sobre el pupitre. La abre y escarba un rato. Le tiemblan la manos y le distingo una pizca de rubor en las mejillas.

—Aquí está la copia —murmura cuando por fin saca un portafolios transparente con una hoja dentro—. Quería discutirla antes contigo punto por punto, pero después... —Carraspea—. Ya la he enviado, porque no sabía si todavía querrías recogerla.

Con los dedos rígidos, cojo la hoja. Me cuesta tragar.

—Gracias.

Él vuelve a aclararse la voz. Es una situación incómoda.

—Me gustaría que supieras que yo...

—No. —Mi voz emite un sonido ronco—. Por favor... no.

—Ruby... —Junto a la de pesar, distingo de repente otra emoción en los ojos del señor Sutton: miedo. Tiene miedo de mí. O mejor dicho, de lo que puedo hacer con lo que sé sobre él y Lydia—. Yo sólo quería...

—No —digo, y esta vez mi voz es más firme. Levanto la mano a la defensiva—. No tengo intención de contarle nada a nadie. De verdad que no. Yo... yo sólo quiero olvidarme. —Abre la boca y vuelve a cerrarla. Su mirada es a un mismo tiempo sorprendida y dubitativa—. No es asunto mío —prosigo—. Ni tampoco de nadie.

Nos sumimos en un silencio durante el cual el señor Sutton me observa de una forma tan intensa que no sé adónde mirar. Es como si quisiera ver en mis ojos la confirmación de que realmente hablo en serio. Al final me dice en voz baja:

—Sabes que seguiré siendo tu profesor.

Claro que lo sé. Y la perspectiva de tener que pasar varias horas a la semana con él y Lydia en una sala no me atrae nada. Pero la otra opción sería acudir al director de la escuela, y el encuentro con James Beaufort me ha dado una idea clara de lo que me ocurriría. Sin contar con que realmente soy de la opinión de que la vida privada del señor Sutton no es de mi incumbencia.

—Quiero olvidarme de todo, nada más —repito.

Suelta un largo suspiro.

—Y sin... ¿condiciones?

Cuando ve mi cara de indignación, añade a toda prisa:

—No porque no fueras a aprobar mi asignatura. Eres una de las mejores de esta clase, ya lo sabes. Sólo pensaba que... yo...

Con un suspiro abatido, se interrumpe, tiene las mejillas sonrojadas, está inseguro y su forma de mirar es casi desesperada. De repente lo veo increíblemente joven, y me pregunto por primera vez qué edad debe de tener. Cuento que veinticinco años como mucho. Intento sonreír, lo que no consigo del todo.

—Sólo quiero terminar el curso tranquilamente, señor Sutton —respondo guardando la copia de la carta en la mochila. Como no contesta nada, me voy hacia la puerta de la clase. Allí, vuelvo la cabeza para mirarlo otra vez—. Por favor, tráteme como siempre. —Me observa como si fuera una aparición y no de las buenas. Su mirada es desconfiada y no se lo puedo reprochar—. Muchas gracias por la carta de recomendación.

Veo que traga con dificultad. Luego hace un gesto de asentimiento. Me doy media vuelta y salgo del aula. Después de haber cerrado la puerta, apoyo en ella la espalda, cierro los ojos y respiro hondo varias veces.

Justo después me percato de que no estoy sola. Un leve sonido me empuja a volver a abrir los ojos al instante.

Frente a mí, James Beaufort está apoyado en la pared. Tiene los brazos cruzados sobre el pecho y un pie en la pared. Su mirada está posada sobre mí, es más dura, más sombría. No queda huella de la sonrisa de complicidad con que quería endosarme el dinero.

Se da impulso en la pared para enderezarse y acercarse a mí. Camina despacio y a un paso casi amenazador. El tiempo transcurre a cámara lenta. El corazón se me empieza a acelerar. Éste es su reino. Y yo aquí me siento como una intrusa.

Se detiene muy cerca de mí. Baja la vista sin decir palabra y por un momento me olvido de respirar. Cuando vuelvo a hacerlo, me percato de lo bien que huele. Como a anís estrellado. Picante y ácido al mismo tiempo, pero agradable. Me habría encantado acercar un poco más la nariz hacia él, pero vuelvo a recordar quién es el hombre que tengo delante.

James se lleva la mano al bolsillo interior. Eso me libera de la inmovilidad del susto. Entrecierro los ojos y lo miro.

—Como vuelvas a ponerme dinero en la mano te lo haré tragar.

Su mano se detiene un segundo justo donde está, luego se retira. Sus ojos se ensombrecen.

—Deja de hacer el número de la madre Teresa y dime qué quieres de mi familia. —Su voz es aterciopelada y profunda, en extraña contradicción con la dureza de sus palabras.

—No quiero nada en absoluto de tu familia —digo, y me alegro de tener la puerta a la espalda—. Salvo, quizá, que me deje en paz. Y la madre Teresa habría cogido el dinero y lo habría repartido en el comedor o se lo habría dado a los necesitados de la calle. Ya sabes. Lo del amor al prójimo y eso.

El rostro de James se petrifica.

—¿Lo encuentras divertido? —pregunta.

Está furioso y se percibe claramente en su voz. Vuelve a dar otro paso hacia mí, está tan cerca que las puntas de sus zapatos tocan las de los míos. Como se acerque un milímetro más a mí, le daré una patada en sus partes, me da igual que se enteren de quién soy en Maxton Hall.

—No quiero malos rollos contigo, Beaufort —digo esforzándome por conservar la calma—. Ni tampoco con tu hermana. Y sobre todo no quiero vuestro dinero. Lo único que quiero es terminar este último año de escuela.

—¿De verdad no quieres el dinero? —dice, y parece tan incrédulo que me pregunto automáticamente qué habrán vivido en el pasado él y su familia. O con qué tipo de personas se relacionan.

«¡A mí me resbala, me resbala, me resbala!»

—No, no quiero tu dinero. —A lo mejor me cree si se lo repito un par de veces mirándolo fijamente a los ojos.

Se me queda mirando lo que me parece toda una eternidad, como si estudiara cada uno de los centímetros de mi rostro e intentara descubrir cuáles son mis intenciones.

Luego baja la vista a mi boca, después a mi barbilla y el cuello, y más abajo. Centímetro a centímetro.

Cuando vuelve a levantar la mirada, los rasgos de su rostro reflejan algo diferente. Se aleja un poco.

—Entiendo. —Suspira y mira en ambos sentidos del pasillo—. ¿Dónde quieres?

No tengo ni idea de a qué se refiere.

—¿Qué?

—Que donde quieras. —Se rasca la nuca—. Creo que ahí detrás una de las salas de profesores está libre. Tengo una llave maestra. —Me estudia con la mirada—. ¿Gritas mucho? Ahí al lado está el despacho de la señora Wakefield y suele quedarse más tiempo.

No puedo hacer otra cosa que quedarme mirándolo mientras me pregunto qué diablos quiere de mí.

—No tengo ni la más remota idea de lo que me estás hablando.

Arquea burlón una ceja.

—Claro. Oye, yo ya me conozco el truquillo de «no quiero dinero».

Entonces me coge de repente de la mano y me arrastra por el pasillo. Delante de la sala que ha mencionado se saca la llave del bolsillo del pantalón y abre la puerta. Con la mano libre empieza a soltarse la corbata.

«¿Dónde quieres?»

Cuando entiendo a qué se refiere, el horror me deja sin respiración. Pero entonces me coge de la mano y tira de mí hacia el interior de la sala. Me agarro al marco de la puerta y me libero de él.

—¿Qué haces? —le increpo.

—Estamos volviendo a negociar —replica él. Echa un

vistazo a su reloj de muñeca. Una correa negra y una esfera de bronce, muy elegante. E increíblemente caro—. Dentro de nada tengo entrenamiento, así que sería estupendo si pudiéramos agilizar el trámite.

Me sostiene la puerta abierta y señala la sala con la barbilla mientras se deshace del todo el nudo de la corbata y empieza a desabrocharse la camisa. Cuando muestra el torso desnudo y veo la musculatura que hay debajo, mi cerebro sufre un cortocircuito. Tengo serrín en la boca.

—¿Se te ha ido la olla? —pregunto con voz ronca dando un paso atrás antes de que se desabroche el último botón de la camisa.

Me atraviesa con la mirada.

—No finjas que no sabes de qué van las cosas aquí.

Suelto un soplido despectivo.

—Estás chiflado si piensas que vas a hacerme callar gracias a un servicio sexual. Pero ¿quién te has creído que eres, vanidoso de mierda?

Parpadea varias veces seguidas. Abre la boca y vuelve a cerrarla. Al final se encoge de hombros. Me arden las mejillas. No sé si esto me asquea o si estoy avergonzada. Creo que siento una mezcla de asco y vergüenza.

—Pero ¿a ti qué te pasa? —murmuro moviendo la cabeza.

—Todo el mundo tiene un precio, Robyn. ¿Cuál es el tuyo? —contesta resoplando.

—¡Me llamo Ruby, joder! —exclamo pegando un bufido y apretando los puños—. A partir de ahora lo único que tienes que hacer es dejarme en paz, éste es mi precio. Y, la verdad, no puedo permitirme que me vean contigo.

Sus ojos lanzan chispas.

—¿Tú no puedes permitirte que te vean conmigo?

En realidad, la incredulidad que resuena en su voz debería indignarme, pero a estas alturas sólo puedo sentir pena por él. Casi.

—Ya es suficiente con que me hayas hablado en el comedor. No quiero ser parte de tu mundo.

—Mi mundo —repite él secamente.

—Ya sabes... las fiestas, las drogas y todas esas chorradas. No quiero tener nada que ver con eso.

De repente resuenan unos pasos en el pasillo. El corazón me da un vuelco y se me desboca. Empujo a James hacia el interior y cierro la puerta a nuestras espaldas. Conteniendo la respiración, escucho atentamente mientras espero que la persona que se acerca no entre en esta habitación.

«No, por favor; no, por favor; no, por favor.»

El sonido de los pasos es cada vez más alto, y cierro los ojos con fuerza. Se detienen delante de la puerta. Luego vuelven a alejarse y se apagan del todo. Suspiro aliviada.

—Lo dices realmente en serio. —El tono de voz de James es insondable, al igual que su mirada.

—Sí —contesto—. Así que ya puedes abrocharte la camisa, por favor.

Hace lentamente lo que le pido, sin apartar la vista de mí. Como si fuera a buscar una puertecita trasera que a lo mejor me he dejado abierta. No parece encontrar ninguna.

—Está bien.

La presión que siento en el pecho se calma de repente.

—De acuerdo. Estupendo. Ahora debo irme a casa, me esperan mis padres.

Señalo hacia atrás con el pulgar por encima del hombro. Como no dice nada, levanto la mano torpemente para despedirme. Luego me giro hacia la puerta.

—De todos modos, no confío en ti. —El sonido de su oscura voz me pone la piel de gallina.

Empujo hacia abajo la manilla de la puerta.

—Lo mismo digo.

5

James

El ambiente en el vestuario es tenso, hay como electricidad en el aire por la adrenalina que nos inunda. Estos minutos, poco antes de que el entrenador nos hable y por fin salgamos al campo, son, al mismo tiempo, los peores y los mejores. En estos minutos todo parece posible: victoria y derrota, orgullo y vergüenza, alegría por el triunfo e insoportable frustración. En ningún otro momento el espíritu de equipo es mayor o la motivación, más elevada.

Nos llegan desde fuera los gritos de apoyo de nuestros compañeros, al igual que los de los seguidores del equipo contrario. Parece increíble que hace cinco años nadie se interesase por el lacrosse en Maxton Hall. Entonces era el deporte de los perdedores: quien no convencía ni como jugador de rugby ni como futbolista se destinaba al lacrosse, por lo que el equipo era malo. Consistía en un montón variopinto de flacos y acneicos adolescentes que no sabían qué hacer con sus brazos y piernas demasiado largos.

Pensé que sería divertido inscribirme allí. Esperaba sobre todo sacar de sus casillas a mi padre. Nunca habría pensado que en realidad fuera a pasármelo bien. O que a las pocas semanas sintiera la ambición de hacer algo más de ese equipo. Convencí a mis amigos para que cambiasen, amenacé al director Lexington con la cólera de mis padres si no nos facilitaba un entrenador mejor y pedí a nuestro mejor diseñador que creara una camiseta nueva.

Fue la primera vez en mi vida que pude involucrarme apasionadamente en algo. Y valió la pena. Porque hoy, cinco años más tarde, después de entrenar varias horas a la semana, a base de sangre, sudor, lágrimas, algunos huesos rotos y tres campeonatos ganados, somos el puto buque insignia de la escuela.

Todos nos hemos partido el culo para llegar hasta aquí. Y siempre me llena de orgullo observar el rostro decidido de mi equipo antes de cada partido. Como ahora.

No obstante, hoy experimento otro sentimiento. Es oscuro y doloroso, y conlleva que, por primera vez en todos estos años, me cueste cubrirme la cabeza con el casco: éste va a ser el primer partido de mi último año en la escuela.

Cuando haya concluido la temporada, ya no volveré a jugar. Entonces el lacrosse no será una parte de esta cuenta atrás lenta y cruel que no puedo detener. Por mucho que lo intente.

—¿Está todo claro? —pregunta Wren golpeándome el hombro con el suyo.

Haciendo un gran esfuerzo, aparto los pensamientos a un lado. Aún falta, todavía tengo ante mí todo un año en el que podré hacer lo que se me antoje. Con una sonrisa medio forzada, me vuelvo hacia él.

—Vamos a darles una lección a esos mamones de Eastview.

—McCormack es mío —se entremete Alistair al momento, como si hubiera estado esperando la entrada—. Todavía tengo una cuenta pendiente con él.

—Alistair —interviene Kesh a mi izquierda. Se frota con los dedos el dorso de la nariz, justo donde se la fracturó hace un año—. Déjalo estar. —El tono de su voz y la significativa mirada que lanza a Alistair no dejan lugar a dudas de que no es la primera vez que ambos tocan ese tema.

—No —contesta escueto Alistair.

McCormack, con quien lamentablemente comparto el nombre de pila, propinó a Kesh, con toda la mala intención, un golpe con el *stick* en la cara, justo después de que se hubiera quitado el casco. Todavía me acuerdo del susto cuando Kesh se desplomó en el suelo. De cómo la sangre le salía a borbotones de la nariz y le salpicó la camiseta. De los minutos en que estuvo inconsciente delante de nosotros.

Aunque McCormack fue sancionado y pasó los siguientes tres partidos en el banquillo, basta el recuerdo de la cara lastimada de Kesh para que me invada la rabia y es evidente que a Alistair le sucede lo mismo, y mira a Kesh con una expresión decidida.

—No hagas nada sin pensar —dice éste mientras se pone la camiseta azul. Luego se recoge el pelo en un moño bajo y desordenado, y cierra la puerta de su taquilla.

—Ya lo conoces —musita Wren y se apoya de lado contra la taquilla con una mueca en los labios.

—Me da igual que me sancionen para el resto de la temporada. McCormack lo pagará caro. —Alistair le da un golpecito a Kesh en el hombro—. Ya puedes alegrarte de que me preocupe tanto por ti y tu honor.

Antes de que pueda retirar la mano, Kesh se la agarra. Le lanza una mirada por encima del hombro.

—Te lo digo en serio.

Alistair entrecierra los ojos ambarinos formando dos estrechas rendijas.

—Yo también.

Ambos se miran un rato demasiado largo, y el aire, ya de por sí cargado, se vuelve todavía más denso. Ha llegado el momento de irnos.

—Más vale que ahorréis vuestra energía para el partido —digo en un tono que deja claro que en ese momento no hablo como su amigo, sino como el capitán del equipo. Dos pares de ojos indignados se vuelven hacia mí y, antes de que puedan replicar, doy unas fuertes palmadas.

El equipo se reúne al instante en el centro del vestuario. Mientras camino, me pongo por la cabeza la camiseta con el número diecisiete. El contacto con la tela me resulta familiar, como si formara parte de mí mismo. Ese sombrío sentimiento pretende imponerse de nuevo, pero lo reprimo con todas mis fuerzas y me concentro en el entrenador Freeman, que en ese momento sale de su vestuario y se acerca a nosotros. Es un hombre alto y flaco, a quien por la longitud de sus extremidades alguien tomaría más bien por un corredor de fondo o un atleta que por un jugador de lacrosse. Se cubre con una gorra el cabello, que en estos últimos años cada vez es más escaso y clarea, se endereza la visera y nos rodea con los brazos a mí y a Cyril, al capitán y al cocapitán.

Desliza la mirada por la sala.

—Para algunos de vosotros es la primera temporada y para otros, la última. Nuestro objetivo es el campeonato

—gruñe—. Todo lo demás es inaceptable. Así que procurad acabar con esos tíos.

El entrenador Freeman no es un hombre de grandes palabras, pero tampoco es necesario. Las pocas frases que pronuncia son suficientes para provocar un fuerte grito de aprobación entre nuestras filas.

—Ésta debe ser la mejor temporada que Maxton Hall haya visto jamás —añado yo, algo más alto que el entrenador—. ¿Está claro?

Los chicos vuelven a gritar, pero para Cyril todavía no gritan suficiente.

—¿Está claro?

Esta vez el vocerío es tan fuerte que me resuena en los oídos. Es decir, justo como debe ser.

A continuación nos ponemos los cascos y cogemos los *sticks*. Al dejar el vestuario y emprender el camino de salida a través de un estrecho túnel, uno siente como si estuviera buceando: los sonidos del exterior llegan apagados, casi como al sentir presión en los oídos. Sujeto con más fuerza el *stick* y guío a mi equipo hacia el campo, al exterior.

Las gradas están hasta los topes. El público vitorea cuando salimos al campo de juego, las animadoras bailan. La música retumba por los altavoces y hace que el suelo vibre bajo los pies. Me entra aire fresco en los pulmones y me siento vivo por primera vez en semanas.

Mientras los suplentes y el entrenador se colocan en el borde del campo, nosotros vamos al centro y nos plantamos delante de los miembros del otro equipo, que parecen igual de motivados que nosotros.

—Va a ser un buen partido —murmura Cyril a mi lado expresando lo que yo pienso.

Mientras esperamos al árbitro, deslizo la mirada por las gradas. Desde aquí casi no reconozco a nadie, salvo a Lydia, quien como siempre se sienta arriba del todo con sus amigas y hace como si todo el espectáculo no le interesase lo más mínimo. Miro el borde del campo, observo a los sustitutos del otro equipo y a su entrenador, que ahora se dirige a Freeman para saludarlo.

Entonces una melena castaña atrae mi atención. Una chica se acerca a los dos. Intercambia un par de palabras con ellos y señala algo que tiene en la mano. Cuando el viento le retira el cabello de la cara, la reconozco.

«No puedo permitirme que me vean contigo.»

El recuerdo de esas palabras me sienta como una patada en el estómago. Nadie me había dicho algo así jamás.

Por regla general suele sucederme precisamente lo contrario. La gente quiere que la vean conmigo a toda costa. Desde el primer momento en que entré en la escuela, mis compañeros me han estado persiguiendo para atraer mi interés. Eso es lo que sucede cuando uno se apellida Beaufort. Desde que mi familia por vía materna fundó hace ciento cincuenta años la tienda de ropa clásica para caballeros y, a partir de ahí, logró erigir un imperio que vale millones, no hay nadie en este país que no conozca nuestro apellido. Beaufort va unido a riqueza. A influencia. A poder. Y en Maxton Hall hay toda una serie de personas que creen que yo puedo facilitarles estas cosas —o una pizca al menos—, si me hacen suficientemente la pelota.

Ya no puedo contar con los dedos de las manos cuántas veces, tras una noche de juerga, alguien me ha enseñado sus esbozos para trajes. Cuántas veces se han dirigido a mí con cualquier pretexto para pedirme, en el transcurso de la conversación, los datos para contactar con mis padres. Cuántas veces han intentado abrirse camino en el círculo de mi familia para facilitar a la prensa información privilegiada sobre mí y sobre Lydia. Hace dos años, la imagen del decimosexto cumpleaños de Wren, en la que estoy esnifando una línea de coca, es sólo un ejemplo entre muchos. Ni que decir de todo lo que Lydia ha tenido que sufrir.

Por eso elijo con mucho cuidado a mis amigos. Wren, Alistair, Cyril y Kesh no se interesan por mi dinero, van sobrados. Alistair y Cyril proceden de la antigua aristocracia inglesa, el padre de Wren ha amasado una fortuna increíble con la compraventa de acciones, y el padre de Kesh es un famoso productor de cine.

La gente reclama nuestra atención.

Todos salvo...

Mi mirada se detiene en Ruby. El cabello oscuro le brilla a la luz del sol y el viento se lo revuelve. Mantiene una pelea inútil con su flequillo, aplanándolo con la mano, aunque eso no sirve de nada porque dos segundos después se arremolina en todas direcciones. Estoy bastante seguro de no haberme fijado en ella antes de lo de Lydia. Ahora me pregunto cómo ha sido posible.

«No puedo permitirme que me vean contigo.»

Todo en ella me provoca desconfianza, así de simple, sobre todo esos ojos verdes y penetrantes. Quiero acercarme a ella para cerciorarme de si mira a otras personas como me mira a mí: con fuego en los ojos y un desprecio total.

Esta chica ha visto a mi hermana montándoselo con el profesor. Me pregunto qué tendrá en mente. Si espera el momento justo para hacer estallar la bomba. No serían los primeros titulares que aparecen en la prensa sobre mi familia.

«El *affaire* de Mortimer Beaufort con una veinteañera.»

«Cordelia Beaufort cae en una depresión.»

«¡Lo destruirá la adicción! ¡La dependencia de James Beaufort!»

Después de que mi padre cenara con una empleada, la prensa le atribuyó una relación sentimental; de una pelea entre mis padres hicieron una depresión profunda; y de mí, un yonqui al borde de la sobredosis al que había que salvar urgentemente. No quiero ni pensar lo que se leería en los diarios si los periodistas se enterasen de lo de Lydia y el señor Sutton.

Sigo observando a Ruby. Saca una cámara de la mochila y hace una foto de los entrenadores mientras ellos se estrechan la mano otra vez. Aprieto con tanta fuerza el *stick* que los guantes me crujen. No puedo evaluar a Ruby, no tengo idea de si dice la verdad o si detrás de su fachada hay una persona fría y calculadora.

Tal vez tendría que haberle ofrecido más dinero. O a lo mejor quiere otra cosa y está esperando el momento apropiado para pedírmela.

No me gusta nada que el destino de mi familia, en especial el de Lydia, esté en manos de esta chica.

«No puedo permitirme que me vean contigo.»

Ya veremos.

Ruby

Estoy totalmente superada.

El lacrosse es un deporte rápido. La pelota va de una

red a otra y yo apenas puedo seguirla ni con la cámara ni con la vista. Ya desde el principio debería haber comprendido que sin Lin no conseguiría documentar yo sola este partido. Normalmente nos repartimos los artículos sobre actividades deportivas: una describe cómo se desarrolla la competición y la otra hace las fotos. Pero la madre de Lin le ha pedido de repente que fuera a Londres y en un plazo tan breve no hemos conseguido a nadie del comité de actos que pudiera reemplazarla.

Como los artículos sobre el equipo de lacrosse son con diferencia los más visitados en nuestro blog de actividades, no queríamos dejar de publicar este encuentro. El problema es sólo que yo, para escribir una crónica con el titular de «Maxton Hall contra Eastview: duelo de gigantes», debería entender lo que ocurre en el campo. Pero, entre los gritos de los jugadores, las maldiciones que lanzan los entrenadores y los vítores y abucheos de los espectadores, me resulta complicado mantener una visión general de las jugadas concretas, y para qué hablar de obtener las fotos adecuadas de las escenas importantes. Sobre todo porque tengo que hacerlas con una cámara que seguro que tiene más de diez años.

—¡Me cago en todo! —exclama a voz en cuello el entrenador Freeman tan fuerte que me llevo un susto de muerte.

Levanto la vista con la cámara en la mano y compruebo que me he perdido el segundo gol del Eastview. Mierda: Lin me matará. Me acerco un poco más al entrenador. Cuando estás viendo un partido en directo, no hay repeticiones de las jugadas como en la televisión, pero a lo mejor él me explica qué ha sucedido. Sin embargo, antes de que pueda abrir la boca, se pone a vociferar de nuevo:

—¡Pasa la pelota de una maldita vez, Ellington!

Vuelvo la vista al área. Alistair Ellington corre en dirección de la mitad del campo rival, tan deprisa que ni intento levantar la cámara porque resulta imposible plasmar la jugada en una imagen. Intenta abrirse camino entre dos defensas, pero luego aparece un tercer jugador y se cruza en su camino. Aunque Ellington es increíblemente veloz, es bajito en comparación con sus compañeros. Hasta yo veo claro que no tiene posibilidades de salir airoso contra tres contrincantes.

Uno de los defensas arremete pesadamente con el hombro contra él. Ellington aguanta, pero retrocede medio metro largo.

—¡Pásala! —vuelve a gritar el entrenador.

Alistair sigue enfrentándose al jugador, incluso desde el borde del campo oigo que los dos se pinchan mutuamente. De repente la actitud de Alistair, ya en esos momentos tensa, se vuelve todavía más rígida y por un segundo su rival y él se quedan congelados en sus posiciones. Freeman toma una profunda bocanada de aire, seguramente para poder seguir gritando más indicaciones, pero entonces Alistair levanta su *stick* hacia atrás, se da impulso y golpea con toda su rabia a su oponente en el costado.

Horrorizada, me quedo sin aliento. Alistair vuelve a golpear una segunda vez, ésta en el estómago del otro jugador, que grita de dolor y cae de rodillas. El otro defensa se abalanza sobre Alistair, cae con él al suelo y empieza a golpearlo con los puños enguantados. Alistair también lo golpea con el *stick*. Suena el estridente pitido de un silbato, pero se necesitan varios jugadores para separar a los combatientes. Oigo la voz oscura de James Beaufort. Grita a Ellington y puedo imaginarme que, como capitán del equipo, estaría encantado de decapitarlo.

A mi lado, el entrenador Freeman no deja de soltar improperios. Entre otras, «me cago en todo» es la más floja, las demás son definitivamente no aptas para menores. Se ha quitado la gorra y se tira con tal brutalidad de los cabellos que creo ver cómo caen al suelo un par de ellos. Poco después, el árbitro expulsa a Alistair del terreno de juego.

Éste se aproxima a nosotros por el borde del campo, se quita el casco y la protección de la boca. Los tira despreocupado al suelo.

—¿Qué demonios ha sido eso, Ellington? —gruñe el entrenador.

Yo retrocedo con prudencia un paso para no estar en medio de un fuego cruzado.

—Se lo merecía —responde el joven. Su voz está totalmente serena, como si no acabara de verse envuelto en una pelea.

—Estás...

—¿Sancionado para los tres próximos partidos? —Alistair se encoge de hombros—. Si opina que el equipo podrá soportarlo... —Luego pasa de largo junto al entrenador, tira su *stick* al suelo y se quita los guantes. Descubre que lo estoy mirando y se detiene—. ¿Pasa algo? —pregunta desafiante.

Niego moviendo la cabeza. Por suerte, el silbato del árbitro me libra de tener que dar una respuesta. Vuelvo lo más rápidamente posible a mi posición inicial. Necesito un par de segundos para distinguir dónde está la pelota: en la red del *stick* de Wren Fitzgerald. No es tan rápido como Alistair, pero sí más fuerte. Aparta de su camino a un jugador del Eastview con el hombro, aunque poco después otro le quita la pelota. Pero Beaufort le pisa los talones y vuelve a recuperar la pelota cuando su oponente va a pasarla.

Levanto malhumorada la comisura del labio. Beaufort es realmente bueno. Muy bueno, incluso. Se mueve con agilidad y elegancia, ajusta sus pasos a los del contrario y es brutal cuando alguien se interpone en su camino. No puedo distinguir su rostro tras el casco, pero estoy segura de que disfruta en el campo de juego. Cuando compite, parece como si en toda su vida no hubiera hecho otra cosa que correr con un *stick* de lacrosse en la mano.

—¿Qué haces tú aquí? —resuena de repente la voz de Alistair a mi lado. No sólo me sobresalta, sino que me recuerda por qué estoy aquí. Vuelvo a abrir corriendo mi cuaderno de notas.

—Escribo el artículo sobre el partido para el *Maxton Blog* —respondo sin alzar la mirada—. ¿Cómo se llama el defensa que acaba de quitarle la pelota a Wren?

—Harrington —contesta Alistair.

Percibo su mirada posada sobre mí mientras el entrenador Freeman lanza otra retahíla de improperios. Por lo visto, Beaufort ha perdido la pelota mientras yo me dedicaba a mis apuntes. La pelota vuelve a estar en poder del Eastview.

—Venga, Kesh —murmura Alistair.

El delantero del Eastview salta metro y medio por el aire para coger la pelota. De nuevo en el suelo, da dos pasos cortos y la lanza hacia delante con un potente movimiento. Todo sucede tan deprisa que en un primer instante no puedo decir si ha caído en la red o no. Pero entonces, en las gradas, el área de Maxton Hall aplaude fervientemente cuando Keshav sostiene el *stick* en alto. Por lo visto, ese ruego a media voz de Alistair ha sido de ayuda, Kesh detiene la pelota.

—Deja que lo lea cuando hayas escrito el artículo —señala Alistair mientras yo escribo en mi cuaderno «Kesh detiene la pelota en el último segundo».

Lo miro escéptica. Es la primera vez que lo veo tan de cerca y me llama la atención que sus ojos sean de color whisky.

—Has golpeado a otro jugador sin razón alguna. ¿Por qué voy a dar por buena tu opinión?

Una sombra se desliza por su rostro, su mirada vuelve a detenerse en Keshav.

—¿Quién dice que lo he golpeado sin razón?

Me encojo de hombros.

—Al menos desde aquí no parecía que hubieras reflexionado mucho sobre lo que hacías.

Alistair me mira levantando una ceja.

—He estado esperando meses el momento de darle una buena a McCormack. Y cuando ha abierto la boca y me ha ofendido a mí y a mis amigos, por fin he encontrado la ocasión.

Uno de sus rizos rubios le cae sobre la frente y él lo aparta con la mano. Luego su mirada se detiene en mis notas. Arruga la nariz.

—¿Cómo vas a descifrar todo esto después? Es imposible leer nada.

Me gustaría protestar, pero tiene razón. En circunstancias normales mi caligrafía es buena, y si me esfuerzo es realmente bonita. Pero a la velocidad con que he tenido que documentarlo todo ha mutado en garabatos.

—Normalmente somos dos —me justifico, aunque debería darme igual lo que Alistair Ellington piense sobre mi caligrafía—. Y no es tan fácil hacer fotos, observar el juego y percatarse de todas las jugadas al mismo tiempo para poder describirlas después.

—Y ¿por qué no te has limitado a grabar el partido? —pregunta. Parece realmente interesado y no que esté buscando una razón para burlarse de mí. Sin hacer comentarios, sostengo la cámara en lo alto. Alistair arruga la nariz—. ¿De cuándo es eso?

—Creo que mi madre la compró antes del nacimiento de mi hermana —respondo.

—Y... ¿cuántos años tiene tu hermana? ¿Cinco?

—Dieciséis.

Alistair parpadea un par de veces, luego una sonrisa se extiende por su rostro. Así no parece el duro jugador de lacrosse que hace apenas un par de minutos abatía con su *stick* a un contrincante. Más bien parece un... ángel. Tiene unos rasgos faciales bonitos y armoniosos que, junto con sus rizos rubios, le dan un aspecto inofensivo. Pero yo sé que es engañoso. Alistair es uno de los mejores amigos de James Beaufort, por lo que se acerca bastante a ser todo lo contrario a inofensivo.

—Espera un momento —dice de golpe, se da media vuelta y desaparece por la puerta que lleva a los vestuarios. Antes de que pueda preguntarme qué planea, ya vuelve a estar a mi lado. Sostiene en la mano un iPhone negro.

—No tengo espacio de almacenamiento suficiente para grabar todo el partido, pero puedo hacer un par de fotos —explica. Desbloquea el aparato, abre la app de la cámara y gira el móvil de modo que la lente señala el área de juego.

Cuando se da cuenta de que no me muevo, arquea una ceja—. Eres tú quien debe mirar el partido, no yo.

Parpadeo perpleja. Estoy tan sorprendida que ni siquiera me resulta molesto que me haya descubierto de nuevo mirándolo.

—¿Vas a ayudarme?

—De todos modos, ahora no tengo nada mejor que hacer —contesta encogiéndose de hombros.

—Es... es muy amable por tu parte. Gracias.

Intento que no se me note demasiado desconfiada, pero no me sale del todo. La situación me resulta simplemente irreal. No puedo creer que sea el hermano de Elaine Ellington. Ella nunca me habría ayudado. Al contrario, se habría burlado de mi cámara y se habría encargado de que todo el mundo lo supiera al día siguiente.

Durante un rato, observo a Alistair con el rabillo del ojo, y parece tomarse en serio su nueva tarea. Hace una foto tras otra y a veces baja el móvil para dar ánimos al equipo o abuchear al contrario.

Yo me dedico a mis apuntes, lo que ahora me resulta más fácil. Cuando el entrenador se acerca a nosotros, pienso en un principio que va a expulsar del campo a Alistair por las obscenidades que le ha gritado a uno de los delanteros del Eastview. En cambio, se me acerca y empieza a explicarme las jugadas y a mencionar por su nombre algunas de las maniobras.

Durante los últimos diez minutos se pone a llover, pero eso no parece desalentar a nadie ni en las gradas ni en el campo, más bien al contrario. Cuando, después de un pase de Cyril Vega a Beaufort delante de la portería, Maxton Hall gana el partido, el público enloquece. El árbitro lanza un grito de animal salvaje, se vuelve hacia ellos con los puños apretados y levanta los brazos.

Cierro el cuaderno a toda prisa y lo meto en la mochila. A estas alturas tengo el cabello empapado y el flequillo pegado a la frente. Es absurdo enderezarlo y me niego a retirármelo hacia atrás, ya que he heredado la frente alta de mi padre.

Uno tras otro, los jugadores van saliendo del campo y aplauden a Alistair, todos menos Keshav, que pasa en dirección al vestuario sin ni siquiera mirarlo. Por el rostro de Alistair asoma una emoción que no sé definir. Durante una fracción de segundo desaparece su sonrisa, y sus ojos se oscurecen y se vuelven opacos. Pero parpadea y todo se ha desvanecido tan deprisa que temo habérmelo imaginado.

Alistair vuelve a sorprenderme mirándolo. Arquea las cejas.

—Gracias de nuevo —me apresuro a decir antes de que él se me adelante. No sé si seguirá siendo amable conmigo cuando tenga a sus amigos cerca y prefiero no esperar a que suceda—. Por las fotos.

—De nada. —Da unos toques en la pantalla táctil de su móvil y luego me lo tiende. En el monitor aparece el teclado numérico—. Dame tu número para que pueda enviarte las fotos.

Cojo el móvil. Antes de que haya pulsado la última cifra, oigo una voz que ahora ya me resulta familiar.

—¿Qué estáis haciendo?

Levanto la mirada. James Beaufort está delante de mí. Empapado por la lluvia: su cabello rubio cobrizo está más oscuro que de costumbre y le cubre la frente, lo que marca aún más los rasgos de su cara. En una mano sostiene el *stick* y en la otra el casco, y no parece importarle que el agua resbale desde su cara por todo su cuerpo y se mezcle con el barro que se ha acumulado en su camiseta durante el partido.

No quiero, pero me quedo mirando su cuerpo mojado. Esa visión despierta algo en mí que no tiene nada que ver con la desconfianza ni con el rechazo. Es una emoción que no conozco, pero estoy bastante segura de que James Beaufort es la última persona en cuya presencia debo experimentarla.

Aparto con determinación cualquier pensamiento relativo a qué debe significar esa sensación e intento mostrarme lo más indiferente posible. Por suerte, Alistair responde a su pregunta.

—Está escribiendo un artículo sobre el partido para el *Maxton Blog*. —Me coge el móvil, mira el número y el nombre bajo el cual lo he introducido. Dudo que antes supiera cómo me llamaba—. Luego te envío las fotos, Ruby.

—Genial, muchas gracias —digo, aunque ya me preparo mentalmente a que casi con toda probabilidad no vaya a hacerlo. Por mucho que me haya sorprendido en la última media hora, no deja de ser Alistair Ellington.

—Voy a ver lo enfadado que está Kesh —anuncia volviéndose a James.

—Enfadado de verdad —advierte James dirigiendo una fría mirada a su amigo y compañero de equipo—. Tanto como yo y todos los demás. Te he dicho que no tocaras a McCormack.

—Y yo no te he hecho caso. —Alistair se encoge de hombros—. Puede que seas mi capitán, James, pero no eres mi madre.

Se diría que le da totalmente lo mismo lo que James piense de él, pero cuando le propina un golpecito en el hombro me da la impresión de que se está disculpando. Luego se gira para ir al vestuario.

James vuelve a posar la mirada en mí, más gélida que nunca. No sé si es por mi causa o por la breve discusión, pero me gustaría largarme de aquí lo antes posible.

—¿Qué significa esto? —pregunta.

De golpe, la lluvia me parece mucho más fría.

—No sé a qué te refieres —digo con un tono más audaz de como me siento en realidad.

Suelta un breve sonido que se supone que es una risa. ¿O un ladrido? No estoy del todo segura. Sólo me doy cuenta de que está más tenso y de que en su rostro hay una expresión más inflexible.

—No te acerques a mis amigos, Ruby.

Antes de que pueda responder, pasa por mi lado y, entre las aclamaciones de los espectadores, pone rumbo al vestuario.

6

James

—Esta fiesta es patética.

Wren bebe un buen trago de la petaca y se la tiende a Cyril, que está a su lado, apoyado en la balaustrada y con la misma expresión asqueada en el rostro.

A nuestros pies se extiende el Weston Hall, un salón de baile amplio y ostentoso con las ventanas renacentistas de Maxton Hall, parqué trenzado y adornos de estuco en las paredes. Como el resto del campus, de esta sala se desprende una atmósfera tal que uno diría que ha retrocedido al siglo XV... al menos habitualmente.

Pero hoy la sensación es de haber aterrizado en una fiesta de cumpleaños infantil. La decoración es alegre, y en el bufé hay ponche sin alcohol y entremeses en pequeños tarros de cristal con lazos de colores. La música es horrible. Lo que hace el DJ ahí abajo en su mesa es como un enigma para mí. No hay ninguna transición entre las canciones, parece como si hubiese puesto una lista de reproducción de Spotify y le hubiera dado al aleatorio. Espero que, de un momento a otro, una voz irritante promocione a otro novato mediocre que está triunfando. Además, los invitados no parecen tener claro el código de indumentaria de la fiesta. Algunos van demasiado arreglados y otros, demasiado informales.

Resumiendo, la fiesta es un fracaso total. Da la impresión de que alguien ha intentado traer aire fresco a Maxton Hall, pero no se ha atrevido del todo a tirar por la borda la tradición. De ahí que haya salido una curiosa mezcla de refinamiento e innovación que desconcierta a los invitados e impide que se produzca una pizca de ambiente.

—Va, venga. Tampoco está tan mal. —Alistair interrumpe mis pensamientos.

Esconde las manos en los bolsillos y se balancea hacia delante y hacia atrás sobre las puntas de los pies con la mirada clavada debajo de la balaustrada, sobre la pista de baile a la que acaban de salir un par de personas.

—Eres el único al que le apetece venir a estas fiestas —señala Kesh poniendo los ojos en blanco.

—Porque son divertidas —replica Alistair encogiéndose de hombros.

Kesh contrae la boca. Coge la petaca que le da Cyril y me la pasa sin beber.

—Hazme caso, se animará. —Me permito echarme un buen trago de whisky y disfruto de la quemazón que me va descendiendo por la garganta.

Wren nos mira a Alistair y a mí alternativamente. Sus ojos se vuelven más grandes.

—¿Has planeado algo?

Ignoro la pregunta y encojo los hombros vagamente, pero, como siempre, Alistair no sabe disimular. No hay que conocerlo demasiado para ver que está tramando algo.

Sus ojos brillan conspirativos, y su inquietud lo delata por completo.

—No me lo puedo creer. ¿Has planeado algo, y se lo has contado a él pero a mí no? —Wren señala acusador con el dedo, primero a Alistair y luego a mí—. Eres mi mejor amigo. Lo considero como una traición a mi persona.

—¿Traición? —pregunto sonriendo satisfecho.

Asiente con vehemencia.

—Alta traición. Una vulneración contra la sagrada fraternidad que nos une desde la infancia.

—Chorradas.

Mi tono seco me vale un buen puñetazo en el hombro.

—Tienes que verlo así, Wren, te está preparando una sorpresa estupenda —dice Alistair pellizcándole la mejilla. Wren hace una mueca.

—Espero por vuestro bien que valga la pena.

Ya está arrastrando un poco las palabras y, sin embargo, no es más que la tercera ronda de petaca. Aun así, cuando Wren tiende la mano de nuevo, yo se la paso. En realidad es un pecado tener que estar bebiendo aquí arriba a escondidas ese caro Bowmore en lugar de hacerlo en un vaso de cristal, pero en las fiestas de Maxton Hall sólo se sirven bebidas alcohólicas a los padres y a los exalumnos. Está terminantemente prohibido que los alumnos beban y que se acerquen siquiera al bar. Esto todavía no nos ha impedido nunca que nos apañemos para pasárnoslo bien, y la mayoría de los profesores cierran los ojos cuando se dan cuenta de que hemos bebido. Lo peor que nos ha ocurrido hasta el momento ha sido que nos hicieran una advertencia.

Mis padres donan todos los años tanto dinero que a la

escuela no le queda otro remedio que ser tolerante. Simplemente no puede permitirse ponerse a malas con nosotros o con nuestros amigos.

—¿Dónde se ha metido Lydia? —pregunta Cyril.

Hay una despreocupación forzada en su tono de voz, pero no nos engaña. Lleva años colgado de mi hermana. Y desde que hace dos años hubo algo entre los dos, ha empeorado un montón. Lydia, que sólo quería pasárselo bien, acabó con la historia al cabo de dos semanas, sin sospechar que Cyril estaba locamente enamorado y que le rompía el corazón.

A veces me da auténtica pena. Sobre todo cuando pienso que desde hace más de dos años no se ha interesado por nadie más y que es evidente que todavía está triste por haberla perdido.

—¿No crees que ya ha llegado el momento... no sé... de mirar hacia delante? —pregunta Alistair.

Cyril le lanza una mirada asesina desde sus ojos azul hielo.

—Lydia ha ido a casa de una amiga, creo que vendrá más tarde —respondo antes de que la situación se agrave. Cada vez que mencionamos siquiera el tema Lydia, Cyril responde como si lo hubiésemos ofendido en lo más hondo.

No debe enterarse bajo ningún concepto de que mi hermana ha tenido algo que ver con ese memo de profesor.

Lo que me recuerda que tengo que decirle un par de cosas al señor Sutton. Ese cabrón no tiene que volver a tocar ni un pelo a mi hermana o haré que el resto del tiempo que le queda en Maxton Hall sea para él un infierno.

Me da rabia no haberle echado una bronca antes. Pero asegurarme de que Ruby mantendría el pico cerrado era prioritario. Sobre todo porque esa chica tiene algo que me provoca desconfianza.

Hace un par de días me encontré con ella en el pasillo, cuando iba con Lydia a Filosofía. Mientras mi hermana bajaba la vista al suelo, yo observé a Ruby. Nuestras miradas se cruzaron, pero ella ni siquiera pestañeó, me atravesó como si fuera transparente. Yo hice lo contrario, fijé la vista en ella hasta que tuve que girar la cabeza. Me llamó especialmente la atención su actitud orgullosa. La manera en que cogía con firmeza su carpeta bajo el brazo, el paso seguro, el mentón hacia delante. Parecía como si fuera a salir a pelear.

Automáticamente la busco con la mirada. Mis sensores deben de estar orientados hacia ella porque, entre una muchedumbre de más de cien personas, no necesito más que unos pocos segundos para encontrarla. Me apoyo con los brazos en la barandilla de la balaustrada y me inclino un poco hacia delante.

Ruby está al borde del bufé y apunta inquieta algo en una hoja sobre un portapapeles. Levanta la vista, mira a su alrededor y empieza a escribir de nuevo. Luego se gira bruscamente y corre en dirección al equipo de música tras el cual está el DJ. Intercambia un par de palabras con él y señala sus notas.

Ato cabos mentalmente. Mierda. Debe de estar en el comité de actos. Las comisuras de mis labios se levantan. Esto va a resultar divertido.

Ruby dice algo más al DJ y él asiente. Luego ella regresa por la pista de baile a su sitio junto al bufé, un poco apartada de todo. Busca algo en el escote de su vestido verde oscuro y saca un objeto. Un móvil. Teclea y lo vuelve a guardar. En ese momento un tipo con traje se acerca a ella. Cuando reconozco quién es, agarro con más fuerza la barandilla de madera.

Graham Sutton.

Sin contar con que recelo de todos los tíos que se acercan demasiado a mi hermana, tratándose de Sutton se me encienden muchas más alarmas. Sobre todo ahora que veo que habla con vehemencia con Ruby. Aunque ella evita su mirada, no parece especialmente enfadada.

Entrecierro los ojos y maldigo en mi interior por estar ahí arriba y no abajo junto al bufé, donde podría oír de qué hablan esos dos. A lo mejor de algo tan banal como de la fiesta. ¿O tal vez están hablando de mi hermana?

¿Y si están tramando hacer algo juntos? ¿Y si Sutton ha llegado a un acuerdo con Ruby? Eso todavía no se me había ocurrido y dudo que Lydia lo haya tomado en consideración. No me ha explicado cómo es que ha llegado a montárselo con su profesor, pero conozco a mi hermana lo suficientemente bien como para saber que ese hombre es para ella algo más que un poco de adrenalina temporal.

Siento nacer en mí una incontenible necesidad de proteger a mi hermana. De forma mecánica, llevo la mano al bolsillo interior de la chaqueta y saco el móvil. Lo desbloqueo con los pulgares y deslizo la pantalla hacia la izquierda para abrir la cámara.

El rincón en que se encuentran Ruby y el señor Sutton está oscuro. Él le ha puesto la mano sobre el hombro y tiene la boca bastante cerca de la cara de ella. Al observar con más atención, se ve que Ruby tiene el portapapeles entre los dos y que ambos están mirándolo. Por lo visto, en realidad están hablando del evento.

Lo que se ve en la vida real es totalmente inofensivo. Pero en la pantalla de mi móvil, desde un ángulo bien escogido y con una edición decente, la situación podría interpretarse de forma muy distinta. Pulso el disparador. Varias veces seguidas.

—¿Qué estás haciendo? —Justo detrás de mí resuena la voz de Alistair. Mira el móvil por encima de mi hombro.

—Asegurarme —respondo.

Frunce el ceño.

—¿Qué tienes contra ella?

Respiro hondo. Me habría gustado tomar algo más de Bowmore para calmar mi mente de una vez. Llevo días sin conseguirlo.

—Ha visto algo que no debería haber visto.

Alistair parece meditar unos segundos, luego asiente.

—De acuerdo.

—Como se lo cuente a alguien, le hará una auténtica faena a Lydia.

Mira hacia abajo y observa a Ruby, que sigue hablando con el señor Sutton.

—Entiendo.

Hago una última foto más y vuelvo a guardar el móvil en el bolsillo interior de la chaqueta. Luego deslizo la mirada hacia la entrada de la sala.

—Han llegado mis invitados.

En el rostro de Alistair se dibuja una sonrisa.

—Que empiece el espectáculo.

Ruby

La fiesta es todo un éxito. A las once, los invitados se apretujan en Maxton Hall, beben y comen, conversan o bailan. Hasta ahora no ha salido nada fatal y el director Lexington nos acaba de felicitar a Lin y a mí por esta estupenda velada. Me siento tan aliviada que por un breve instante pienso en la posibilidad de subir también a la pista de baile y relajarme un poco. Pero les he dicho a Doug y Camille que no hacía falta que trabajasen el resto de la noche y alguien tiene que vigilar el bufé para que a nadie se le ocurra la idea de echar alcohol al ponche.

En las primeras dos horas, la pista de baile estaba totalmente vacía y esto me ha causado una auténtica preocupación. Pero Kieran, que está conmigo en el comité de actos y se ocupa de la música, decía que era normal. Y tenía razón. Desde hace media hora, los invitados bailan al ritmo de las listas de los remixes más variados que a mí, personalmente, no me gustan nada, pero que aquí parecen funcionar bien.

Echo un vistazo a mi alrededor. Muchas de las caras no me resultan conocidas, pero eso es totalmente normal. El objetivo de estas fiestas es reunir a exalumnos, encontrar patrocinadores y atraer a padres de futuros estudiantes. Es lo primero que me explicó el director Lexington hace dos años, cuando me presenté para formar parte del comité de actos. Que los alumnos pasemos una agradable velada juntos no es más que un objetivo secundario entre las actividades de Maxton Hall.

De repente se apaga la luz. La música se detiene. Me quedo un segundo en estado de shock, luego saco el móvil del sujetador. «Mierda, mierda, mierda», murmuro mientras intento encender la linterna.

Un murmullo de descontento se extiende por la sala y resuena en mi cabeza como un eco. La fiesta debe seguir yendo sobre ruedas. No debe salir nada mal. Incluso si falla un generador, nos harán responsables a Lin y a mí, y ya oigo mentalmente a un decepcionado señor Lexington hablándonos sobre planificación y previsión, y el daño que hemos causado a la imagen de la escuela.

Abandono de inmediato el bufé. Ahora no tiene el menor sentido buscar a Lin, debo encontrar enseguida al conserje, Jones, para que me acompañe al sótano y revise la caja de electricidad...

La luz vuelve a encenderse. Suspiro aliviada y me llevo la mano al pecho. Pero cuando me doy la vuelta y veo a James Beaufort detrás de la mesa del DJ, el corazón me da un vuelco.

Habla con el DJ y le pone algo en la mano. Supongo que será dinero. Aprieto los dientes con fuerza. Estoy demasiado lejos para intervenir con suficiente rapidez. Miro la pista de baile. Un par de invitados observan curiosos a su alrededor preguntándose, seguramente, qué ha ocurrido con la música. Otros se dirigen al bufé o al bar.

Justo ahora, cuando ya es demasiado tarde, descubro a una gente que no tiene aspecto de pertenecer a la clientela de Maxton Hall.

—Amigos —se oye la voz del DJ—, según acaban de anunciarme, hoy tenemos reservada una sorpresa muy especial para todos vosotros. ¿Estáis preparados? —Se me contrae el estómago. Frente a mí, al otro lado de la pista, veo a Lin y Kieran, que, blancos como la leche, parecen estatuas—. ¡Que os divirtáis!

La luz se atenúa hasta que la sala queda en penumbra. Entre la gente circula un murmullo de asombro. La canción que está sonando tiene bajos profundos y un ritmo lento que hace tintinear las arañas de cristal. Me quedo con la vista clavada en la pista de baile. Dos mujeres y dos hombres inician un baile lascivo. De repente el ambiente de la sala se convierte en otro totalmente distinto al de dos minutos antes. Deja de ser divertido y refinado para volverse sucio y grosero. Estoy a punto de ir hacia Beaufort para cantarle las cuarenta cuando alguien me coge del brazo.

—¿Eres Ruby Bell? —pregunta el tipo que está junto a mí.

Asiento sin hacerle caso. En el otro extremo de la sala, una chica atrapa al señor Sutton y al señor Cabot, y tira de ellos hacia el centro de la pista.

—Esto es un regalo de tu amigo James Beaufort —prosigue y me pone detrás una silla para obligarme a que me siente. Perpleja, levanto la vista hacia él.

Debe de tener poco más de veinte años, el cabello rubio claro, peinado hacia atrás, y los ojos de un azul cristalino. Se coloca delante de mí y... comienza a bailar. Se me seca la boca. Tengo la mente en pausa. No puedo creer que esto esté pasando. Pero pasa. El tipo se desprende lentamente de la chaqueta y empieza a soltarse la pajarita negra. Cuando ya está suelta del todo y la lanza hacia atrás, un par de mujeres chillan encantadas. A continuación juguetea con los tirantes del pantalón, deja que uno le resbale por el hombro y mientras tanto me sonríe seductor. Cuando llega al segundo, gira una vez sobre su propio eje suavemente y deja desafiante que vuelva a su sitio sobre el pectoral. Entonces se inclina sobre mí y mueve las caderas al ritmo lento de la canción.

—¿Quieres ayudarme, Ruby? —me susurra envolviendo mi mano en la suya, que está sorprendentemente caliente, y conduciéndola al tirante.

—¡Venga, desnúdalo! me gritan.

Esto me arranca de mi inmovilismo.

Me pongo en pie. El tipo da un paso atrás. Por un instante parece inseguro, pero luego sus labios recuperan su sonrisa seductora. Sin vacilar, él mismo se pasa el tirante por encima del hombro y prosigue el espectáculo como si no hubiese pasado nada.

Se me para el corazón cuando deslizo la mirada desde él hasta la pista de baile. Dos muchachas, cubiertas tan sólo con unos tangas brillantes y unos finos sujetadores de encaje están bailando delante del señor Cabot.

Esto no puede ser más que una pesadilla de la que voy a despertar de un momento a otro bañada en sudor. Pero, cuando veo a Ellington con un hombre sentado en su regazo que se quita los tirantes y empieza a desabrocharse la camisa con ayuda de Alistair, ya no me hago más ilusiones. Es real.

Me giro furiosa. Lo descubro enseguida. James Beaufort está apoyado en un extremo de la sala contemplando el espectáculo. Sostiene un vaso con un líquido ámbar en la mano y la expresión de su rostro es cercana a la felicidad. Nuestras miradas se cruzan. Levanta sonriendo el vaso y brinda en el aire conmigo. La parte racional de mi cerebro me aconseja ir primero a buscar a Lin y luego acudir a los profesores para que podamos terminar de inmediato con esta locura. La parte irracional quiere hacerle algo malo a James, algo que vaya unido a un gran dolor. Pese a que esta parte es mucho más potente, cambio de idea y me doy media vuelta.

Puedo hacer daño a James Beaufort más tarde. Y sé muy bien de qué modo.

7

James

El lunes por la mañana no se habla más que de la fiesta. Después de que el foro *online* de la escuela casi explotase el fin de semana porque todo el mundo compartió fotos, vídeos y comentarios, nuestros compañeros nos aplaudían al pasar por su lado y nos daban las gracias por el éxito de la velada. El montaje no sólo ha sido titular de nuestro diario, sino que ha llegado a otras escuelas inglesas.

Por supuesto, mis padres no me creyeron ni una palabra cuando les aseguré que yo no tenía nada que ver con ese tema, pero al final estaban más enfadados con Lydia, que no apareció por la fiesta.

Así que, en general, el espectáculo fue todo un éxito.

Al menos hasta que los altavoces de los pasillos chirriaron y un anuncio resonó en la escuela: «James Beaufort, preséntese inmediatamente en el despacho del director Lexington».

Ya contaba con que eso sucediera. En la asamblea que se celebra todos los lunes en el Boyd Hall antes de que empiecen las clases, Lexington ha expresado su decepción por lo ocurrido y, con una voz de lo más expresiva, ha recordado a todos los alumnos el código de valores de Maxton Hall. Es siempre lo mismo: montamos un número, él explica delante de todo el alumnado lo afectado que está, nos convoca en su despacho para amonestarnos y cinco minutos después nos deja salir.

—A ver si suelta el mismo sermón de siempre —dice Wren echándome un brazo al hombro. Me estrecha contra sí un momento—. No te dejes intimidar.

—Nunca lo hago —respondo.

Me despido de él y de los otros, y emprendo el camino hacia el despacho del director. Cuando llego allí, la asistente me señala la puerta sin pronunciar palabra. Doy dos golpecitos sin vacilar.

—Adelante.

Entro y cierro la puerta a mis espaldas. Cuando me doy media vuelta, me llevo una sorpresa. Junto al escritorio del director está el entrenador Freeman y directamente enfrente... Ruby. Me lanza una breve mirada por encima del hombro y vuelve la vista de nuevo hacia delante.

—¿Quería hablar conmigo? —pregunto un poco asombrado por el público.

Lexington me indica que me siente a la derecha de Ruby, delante de su escritorio.

—Tome asiento. —El tono de su voz es distinto del habitual. Normalmente, cuando habla conmigo suena en la misma medida nervioso e irritado, como si todo le resultara una carga demasiado pesada y prefiriese dedicarse lo antes posible a las tareas importantes de su trabajo. También las arrugas de su rostro parecen más profundas. Por lo visto no he pillado un buen día para el discurso. Me siento en la silla delante de su escritorio—. ¿Es cierto que contrató usted a unos... —carraspea, es evidente que debe elegir la palabra adecuada para estos aposentos— animadores que causaron alboroto?

Debo contener la risa ante la palabra *animadores.*

—Depende de lo que quiera decir con *animadores*, señor —respondo lentamente—. Juro que no tengo nada que ver con el DJ.

Lexington asiente y me mira con unos ojos de un gris acerado.

—¿Cree usted que estamos de broma, señor Beaufort?

Me encojo de hombros, indeciso.

—Algunos días sí, señor.

Ruby resopla indignada. La miro, pero enseguida aparto la vista de ella.

El director Lexington se inclina sobre el escritorio de oscura madera de caoba. La luz que entra en la sala desde el exterior le ilumina sólo media cara. El silencio que reina en el interior se me antoja casi espectral.

—Diga, señor Beaufort, ¿qué consecuencias cree usted que tendrá este incidente en el prestigio de nuestra escuela?

Debo reflexionar brevemente acerca de la respuesta.

—Creo que algo así será muy beneficioso para nuestra imagen. Aquí todo es demasiado rígido, a nadie le perjudica un poco de relajación de vez en cuando.

—Tú no estás bien de la olla —farfulla Ruby.

—¡Señorita Bell! —ladra el señor Lexington—. Éste no es su turno.

El rostro de Ruby se vuelve blanco como la tiza. Aprieta fuertemente los labios y baja la vista a la mochila verde que tiene sobre el regazo. Parece que vaya a desintegrarse de un momento a otro.

—Señor Beaufort, lo que usted ha hecho ha superado el límite. No puedo tolerar tales hechos en Maxton Hall College.

«Por eso le advierto que, si vuelve usted a comportarse de este modo, tendrá que asumir las consecuencias.»

Me sé de memoria los discursos de Lexington. Me encantaría pronunciarlos a la vez que él y ver su reacción.

—Es usted un hombre adulto y éste es su último curso escolar. Debe empezar, de una vez por todas, a asumir responsabilidades y a percatarse de que sus hechos tienen consecuencias —prosigue Lexington. Oh, este fragmento es nuevo—. Puesto que ha arruinado usted el primer evento del curso escolar, creo que lo justo es que apoye a partir de ahora y hasta el final del trimestre al comité de actos. Digamos que realizará usted un servicio a la comunidad bajo la supervisión de la señorita Bell.

Un segundo de silencio. Luego:

—¿Cómo? —gritamos Ruby y yo al mismo tiempo.

Acto seguido nos miramos el uno al otro.

—No puede ir en serio —digo mientras Ruby murmura:

—Señor, no sé...

Lexington alza la mano y nos indica que guardemos silencio. Me mira por encima de sus gafas y sus ojos parecen perforar los míos.

—Señor Beaufort, lleva cinco años en esta escuela. Durante este tiempo se ha permitido usted hacer las cosas más inconcebibles —empieza— sin que ni una sola vez le haya pedido que rinda cuentas. He mirado a otro lado cuando usted ha organizado una carrera de coches en el patio de la escuela. He transigido cuando usted y sus amigos pensaron que sería una idea divertida disfrazar la estatua del fundador de la escuela con un uniforme de animadora y una peluca. O cuando creó usted un perfil de citas en internet de mí y de otros profesores. O cuando celebró sin autorización una fiesta en Boyd Hall. Ni que decir de las incontables ocasiones en que ha aparecido borracho en las fiestas oficiales. Pero debe aprender de una vez por todas que sus acciones conllevan consecuencias. Que Maxton Hall College se ha construido en los últimos dos siglos una reputación. Abogamos por la disciplina y la excelencia, y no puedo permitir que usted, con su insensatez juvenil, la ponga en cuestión una y otra vez. —Lexington mira ahora al entrenador Freeman, que asiente brevemente. Luego vuelve a dirigir la vista hacia mí. Se me extiende una desagradable sensación en el estómago—. Señor Beaufort, queda usted suspendido con efecto inmediato y durante el resto del trimestre del equipo de lacrosse.

Me zumban los oídos. Veo que Lexington abre la boca y sigue hablando, pero no me llega ni una sola de sus palabras.

En la última temporada, un jugador del equipo contrario arremetió tan fuerte contra mí con su *stick* que ambos nos desplomamos en el suelo, él con todo su peso encima de mí. Nunca había sentido un dolor tan fuerte y, durante medio minuto, me resultó imposible respirar.

Así es exactamente como me siento ahora.

—No... no puede hacer eso —grazno y odio el modo miserable con que resuena mi voz al decirlo. Carraspeo, tomo una profunda bocanada de aire y me obligo a ponerme la máscara de impenetrabilidad en el rostro, tal como me ha enseñado mi padre.

—Sí, señor Beaufort. Sí puedo —contesta contenido el director y cruza las manos sobre el vientre—. Y antes de que me amenace con sus padres: esta mañana ya he hablado con su padre. Y me ha asegurado que apoya cualquier castigo que le imponga.

Tampoco contaba con esto.

—Señor, con todos mis respetos, es nuestra última temporada. Soy el capitán del equipo, los chicos me necesitan.

Levanto la vista hacia el entrenador Freeman buscando su apoyo. El pesar que refleja su mirada me sienta como un puñetazo en el estómago.

—Tú mismo te lo has buscado, Beaufort.

—Alistair está suspendido en los tres próximos partidos. Si no estoy...

—Cyril ocupará el puesto de capitán y pondré a uno de los nuevos en tu posición.

Se me seca la garganta. Noto que me arden las mejillas de rabia y que empiezan a temblarme las manos. Aprieto los puños, hundo las cortas uñas en la piel hasta que me duele y me crujen los nudillos.

—Por favor, entrenador.

Con el rabillo del ojo veo que Ruby se remueve en la silla. Se diría que la situación le resulta incómoda en extremo, pero en ese momento me es indiferente lo que ella piense de mí.

Es mi último año en la escuela. Los últimos meses antes de que mi vida se precipite cuesta abajo. Por el lacrosse —por este último y despreocupado periodo con mis amigos— lo daría todo. Incluso si eso significa tener que suplicar ante los ojos de Ruby Bell.

Para mi horror, Freeman no se deja ablandar. Hace un gesto negativo con la cabeza y se cruza de brazos.

—Señorita Bell, confío en que le explique al señor Beaufort todo lo relativo al comité de actos —prosigue el director Lexington como si no acabase de destruirme la vida—. Debe participar en todas las reuniones e involucrarse en todas las celebraciones hasta que termine el trimestre. En caso de que se niegue o le cause problemas, acuda usted directamente a mí, ¿entendido?

—Sí, señor —responde Ruby en voz baja pero decidida.

—¿Cuándo se celebra la siguiente reunión? Así el señor Beaufort se lo podrá apuntar ahora mismo en su agenda.

Ruby carraspea y, aunque en realidad no quiero, vuelvo la cabeza hacia ella. Su mirada es dura. La mía lo es más.

—La próxima reunión es hoy, después de la pausa de mediodía, en la sala once de la biblioteca —dice sin expresar ninguna emoción en su voz.

Aprieto los dientes con fuerza. Busco desesperadamente una salida a esta situación, pero es imposible. Además, no tengo ni la más remota idea de cómo voy a explicarles esto a mis padres.

Esta vez la he jodido de verdad.

Ruby

«¿Cómo?»

Lin da un grito tan fuerte en la sala para grupos que seguramente la gente que está en la biblioteca también lo oye. El resto del equipo se me queda mirando después de comunicarles la noticia.

—A partir de este mismo momento, James Beaufort es miembro del comité de actos —repito tan neutral como en la primera ocasión.

Lin suelta una fuerte carcajada. Cuando más o menos se ha tranquilizado, prosigo.

—Por favor, comportaos con toda normalidad cuando venga.

Al pronunciar esta última frase veo a Jessalyn Keswick retocándose el brillo de labios. El rosa claro resulta muy favorecedor en su piel negra, al igual que todo su maquillaje. Jessalyn es una chica preciosa y carismática, y cautiva a todo el mundo, incluida a mí. Podría estar horas contemplándola.

—¿Qué pasa? —pregunta con una sonrisa inocente—. Sólo quiero tener el mejor aspecto posible cuando aparezca Beaufort por aquí.

Me envía un beso con la mano. Pongo los ojos en blanco, pero hago como si lo pillara y luego lo guardara cuidadosamente en mi estuche. El resto del equipo se ríe.

—¿Qué es lo que espera Lexington de esto? —pregunta Kieran Rutherford, un joven del curso anterior al nuestro. Con la tez blanca, la mirada perspicaz, los ojos color ónix y el cabello una pizca demasiado largo, parece un vampiro, un joven conde Drácula de rasgos afilados. También es becario en Maxton Hall y el único del equipo que, junto con Lin y conmigo, trabaja de forma fiable y exigente—. ¿Que lo convirtamos y lo llevemos por el buen camino?

Lin resopla.

—Escúchame, en este caso de nada sirve convertirlo.

Ahí está. La causa por la que Lin es mi mejor amiga de Maxton Hall.

—¡Eh! —se entremete Camille.

No me extraña, a fin de cuentas es una de las mejores amigas de Elaine Ellington y, por tanto, parte del grupo de James. A eso se añade que no puede aguantarnos a Lin y a mí y que odia que nos hayan encargado la dirección del comité. No sé por qué sigue todavía en el comité de actos, pero sospecho que se trata sólo de ganar puntos para su diploma. En cualquier caso, no es que se entregue con entusiasmo.

—Sea como fuere —intervengo a toda prisa—, tanto si nos gusta como si no, participará en nuestras reuniones. Además, lo han suspendido del equipo de lacrosse hasta que acabe el trimestre.

Jessalyn silba extrañada.

—Ahí Lexington ha tomado medidas duras de verdad.

Un murmullo de conformidad se extiende por la sala.

—Beaufort se lo ha ganado a pulso —dice Lin—. Hemos pasado la mitad de las vacaciones planeando la fiesta de vuelta a la escuela y con su montaje lo ha estropeado todo. Además, Ruby ha tenido que aguantar hoy una paliza de media hora con las reprimendas de Lexington.

—¿En serio? —pregunta Kieran incrédulo. Cuando ella asiente, me dice indignado—: Pero tú no tienes la culpa de que Beaufort haya metido a esa gente en la fiesta.

Me encojo de hombros vacilante.

—Nosotros hemos organizado la fiesta, así que Lin y yo somos responsables de lo que sucedió. Además, la entrada debería haber estado mejor vigilada. Considerado desde este punto de vista, nosotras también tenemos parte de culpa. Quiere que nos disculpemos públicamente en el *Maxton Blog* para que la gente sepa que no es algo que haya planeado el comité.

Lo que todavía me enfurece más contra Beaufort. Desde que estoy en Maxton Hall, nunca me habían reprendido, ningún profesor lo había hecho y menos aún el director en persona. Si todavía quiero tener una chispita de esperanza de que me acepten en Oxford, necesito un expediente impecable, y James, con su conducta pueril, lo ha comprometido. No voy a dejar que destruya mi futuro un idiota con mucho tiempo y dinero y sin saber qué hacer con ellos.

—Esto no tiene ni pies ni cabeza, es absurdo. Eres la última que debe asumir la responsabilidad por esa mierda. —Kieran frunce el ceño enfadado.

Le sonrío agradecida e ignoro la mirada significativa de Lin. Desde finales del curso pasado intenta hacerme creer que Kieran está perdidamente enamorado de mí. Pero es una chorrada. Simplemente es un buen tío.

—¿Empezamos? —pregunto con un carraspeo.

Los otros asienten y señalo los puntos del orden del día que Lin ya ha anotado en la pizarra para esta reunión.

—Primero tenemos que repasar la fiesta: ¿qué funcionó bien y qué no funcionó? Exceptuando a Beaufort, claro. Camille, ¿quieres escribir tú el acta?

Camille me lanza una mirada asesina, pero abre el cuaderno y coge el rotulador. Lin empieza a contar sus impresiones de la fiesta y yo echo un vistazo al reloj. Pasan unos pocos minutos de las dos. Se ha acabado la pausa de mediodía. Beaufort debería aparecer de un momento a otro. Experimento una desagradable sensación. Algo que aletea y marea, como si estuviera... alterada.

Me olvido de eso y participo en la discusión. Necesitamos tanto rato para recoger las reacciones y formular las futuras tareas que debemos postergar los otros puntos para el final de la semana. Nos repartimos algunos trabajos y damos por terminada la reunión. Luego Lin y yo nos quedamos en la sala de grupos para redactar el escrito de disculpa.

En las dos horas y media que dura todo, James Beaufort no aparece.

Después de enviarle a Lexington el escrito, Lin y yo nos despedimos. Ella se va a su coche. Aunque no vive lejos de la escuela, no hay ningún autobús que la lleve hasta allí y por eso su madre le compró el verano pasado un coche.

El lugar donde yo nací está a media hora de Maxton Hall. Con las resquebrajadas fachadas de sus casas y las calles mal conservadas, Gormsey es algo así como lo opuesto al glamur, pero a pesar de ello me gusta vivir allí. Tampoco me molesta tener que ir a diario en autobús a Pemwick, donde tiene su sede el colegio, y volver. Al contrario, es el momento más relajado del día. Durante el trayecto no tengo que ser ni la Ruby que no cuenta a nadie nada de su familia, ni la Ruby que no puede compartir sus experiencias en la escuela con sus padres. En lugar de eso soy simplemente... Ruby.

Camino de la parada del autobús, paso por el área deportiva, donde entrena ahora el equipo de lacrosse. Miro a los jugadores que corren equipados con sus bártulos de un lado a otro del campo.

Me salta a la vista el jugador que viste la camiseta con el número diecisiete.

Me paro de repente. Acto seguido me acerco a la valla y

me agarro a la malla metálica. Ese tío quiere quedarse conmigo.

Con la boca abierta, veo que Beaufort le pasa corriendo una pelota a Cyril Vega. Desde ahí puedo oír su estúpida risa.

Será... será... ¡gilipollas!

Justo entonces, Beaufort se da media vuelta y me ve. A través del casco no puedo distinguir lo que sucede en su rostro, pero cambia su actitud. Se pone rígido y casi levanta un poco desafiante la barbilla. ¡Será idiota! Oigo a mis espaldas el sonido del autobús de la escuela que se acerca. Pese a la rabia que se apodera de mí, aparto la vista de James y emprendo lo que queda de trayecto para la parada.

Que haga lo que quiera.

8

Ruby

Mientras Ember lee mi carta de presentación en la que me postulo para solicitar la admisión en Oxford, trazo con el rotulador oro en mi cuaderno un círculo en lila alrededor de su nombre. Ahora el Dar a leer a Ember mi carta se ve mucho más oficial y solemne.

—«Mi pasión por la política, desde sus principios filosóficos hasta sus aspectos económicos en su puesta en práctica, hacen de Filosofía, Ciencias Políticas y Economía la carrera perfecta para mí. Reúne todas las disciplinas que me interesan y espero tener la posibilidad de estudiar los temas más importantes de la sociedad actual con la profundidad que únicamente Oxford pone a mi alcance» —lee mi hermana en voz alta y se queda un momento boca arriba. Sujeta el lápiz entre los labios y se tiende boca abajo en la cama para mirarme.

Contengo la respiración. Ember empieza a sonreír. Cojo del suelo una de sus sandalias con plataforma y se la tiro.

—Venga ya, Ember —susurro.

Son las dos de la madrugada y ya hace tiempo que deberíamos estar durmiendo. Pero he estado puliendo mi presentación hasta hace unos pocos minutos y, como mi hermana es de todos modos noctámbula y con frecuencia trabaja en su blog hasta la madrugada, me he metido sin vacilar en su habitación y le he pedido que la leyera.

—Es un poco farragosa —me contesta igual de bajo y con el lápiz entre los dientes, por lo que casi no la entiendo.

—Tiene que serlo.

—También suena un poco pretenciosa. Como si quisieras presumir de tus conocimientos y de todos los libros especializados que ya has leído.

—Eso también forma parte del protocolo.

Me levanto y me acerco a su cama. Gruñe pensativa y rodea con un círculo un par de cosas en el papel.

—En cualquier caso, yo tacharía esto —dice tendiéndome la hoja—. No tienes que elogiar y mencionar una y otra vez la universidad en la que quieres matricularte. Ya saben que son Oxford. No hace falta que se lo digas mil veces.

Me sonrojo.

—Es cierto. —Cojo la carta y la dejo sobre su escritorio con mi agenda—. Eres la mejor, gracias.

—De nada. Y además, ya sé cómo puedes corresponderme —dice sonriendo.

Así es como funciona todo siempre entre Ember y yo. Si una hace algo por la otra, expresa lo que desea que la otra haga por ella, así que la primera puede pedir de nuevo un favor. Es una especie de trueque, un continuo ir y venir de favores. Pero si Ember y yo hemos de ser sinceras, lo que pasa es que disfrutamos ayudándonos mutuamente, eso es todo.

—Dispara.

—Podrías llevarme por una vez a una de tus fiestas del colegio —sugiere con un marcado desenfado.

Me pongo tensa. No es la primera vez que Ember me lo pide y en cada ocasión me duele tener que decepcionarla, pues es el único favor que nunca le haré.

Jamás olvidaré el día de la reunión de padres, cuando mamá y papá fueron a Maxton Hall para presentarse a mis profesores y conocer a los padres de mis compañeros de estudios. Fue horrible. Sin contar con que el edificio principal tiene siglos de antigüedad y es todo lo contrario de un edificio accesible para discapacitados, las miradas de la gente no podrían haber sido más despectivas. Mis padres se habían puesto elegantes, pero ese día aprendí que la elegancia Bell no se puede comparar con la elegancia Maxton Hall. Mientras que los otros progenitores aparecieron con vestidos y trajes Beaufort, mi padre llevaba unos vaqueros y una cazadora. Mi madre se había puesto un vestido precioso, pero llevaba pegada harina de la panadería, algo de lo que no nos dimos cuenta hasta que una señora le lanzó una mirada despectiva y se dio media vuelta para cotillear con sus conocidos.

Todavía hoy se me encoge el corazón cuando pienso en la expresión dolida de mi madre, que intentó ocultar tras una sonrisa forzada. O en la barbilla estirada de papá cuando, por enésima vez, no lograba cruzar el umbral de una puerta con la silla de ruedas y mamá y yo tuvimos que ayudarlo. Los dos intentaron no demostrar lo mucho que les dolía que los otros padres arrugaran la nariz y les volvieran la espalda. Pero a mí no me engañaron.

Ese día decidí que a partir de entonces para mí habría

dos mundos —mi familia y Maxton Hall— y que los iba a separar cuidadosamente. Mis padres no pertenecen a la élite inglesa y está bien que sea así. No quiero volver a ponerlos en una situación en que se sientan incómodos. Después del accidente en barca, ya han tenido que sufrir suficiente, y la mierda que ocurre en Maxton Hall es lo último a lo que tienen que enfrentarse.

Y lo mismo para Ember. Mi hermana es como una luciérnaga: con su resplandeciente personalidad y su carácter abierto siempre llama la atención. Sé exactamente todo lo que puede suceder en Maxton Hall y yo misma he experimentado lo que esos tipos son capaces de hacer sólo porque se creen que el mundo les pertenece. Las historias que he escuchado en el baño de las chicas en los últimos dos años me han revuelto el estómago. Esto no ha de pasarle a Ember.

Para mi hermana sólo quiero lo mejor. Y de ese «lo mejor» no forman parte en absoluto ni la escuela ni quienes asisten a ella.

—Ya sabes que no permiten la entrada a gente de fuera —me demoro en contestar.

—Maisie fue la semana pasada a la fiesta de vuelta a la escuela —replica con sequedad Ember—. Contó que fue genial.

—Entonces es que se coló sin que seguridad se diera cuenta. Además, ya te he contado que la fiesta fue un fracaso total.

Ember frunce el ceño.

—Pues según Maisie no fue un fracaso. Más bien lo contrario. —Aprieto los labios firmemente y cierro la agenda—. ¡Venga, Ruby! ¿Cuánto tiempo piensas darme largas? Prometo portarme bien. De verdad. Haré como si yo también fuera de allí.

Sus palabras me hieren. Me duele que crea que no quiero que vaya por temor a que me haga quedar en ridículo. Se me hace un nudo en la garganta al ver su mirada esperanzada.

—Lo siento, pero no puede ser —digo a media voz.

En una fracción de segundo la esperanza se transforma en rabia incontenida.

—Estás como una cabra, de verdad.

—Ember...

—¡Admite que no quieres llevarme contigo a tus malditas fiestas! —me reprocha.

No puedo responder. Mentir no es una opción y decir la verdad le haría daño.

—Si supieras lo que sucede entre bastidores no estarías continuamente pidiéndome que te llevara conmigo —susurro.

—Si vuelves a necesitar algo a media noche, ve a pedírselo a tus estúpidos amigos de la escuela —sisea, luego se tapa la cabeza con la manta y se vuelve hacia la pared.

Intento ignorar el doloroso latido que se me extiende por el pecho. Recojo en silencio mi cuaderno de tareas y la hoja de papel de su escritorio, apago la luz y salgo de la habitación.

Al día siguiente estoy hecha polvo y tengo que utilizar corrector para disimular las ojeras. Después de la bronca con mi hermana no me podía dormir y he pasado casi toda la noche sin pegar ojo. Lin enseguida se da cuenta de que algo anda mal, pero piensa que se trata todavía de Beaufort y la catástrofe del fin de semana, y yo dejo que lo siga creyendo.

Después de clase voy directamente a la biblioteca. Quiero aprovechar la media hora antes de la próxima reunión para devolver los libros y pedir prestados algunos nuevos que no estaban disponibles la última vez.

La biblioteca es el lugar que más me gusta de Maxton Hall y en el que hasta ahora he pasado la mayor parte del tiempo. Con su techo abovedado y el balcón abierto, pese a las estanterías de madera oscura no resulta lóbrega, sino acogedora. Ya al cruzar la puerta se nota que reina aquí una atmósfera agradable y edificante, en la que una simplemente se siente bien. Sin contar la cantidad inabarcable de libros a los que se tiene acceso aquí. En la minibiblioteca de Gormsey no hay ni un solo libro que me hubiese ayudado para confeccionar mi carta de presentación, mientras que aquí ya al principio me sentí superada al tener que decidir con qué título era mejor empezar.

He pasado días enteros en mi lugar favorito, junto a la ventana: por una parte, porque éste es el único sitio de Maxton Hall en el que estoy a gusto; por otra, porque no se pueden llevar a casa los libros centenarios que no son de préstamo. A veces, cuando estoy aquí, desearía que mi día tuviera más horas. Para mí esto es como un anticipo de lo que me espera en Oxford. Sólo que allí las bibliotecas, según su web, todavía son más grandes y están mejor abastecidas. Y están abiertas las veinticuatro horas del día.

Estudiar a fondo la literatura introductoria que se enumera en la página de la universidad me resulta angustioso. Muchos libros son complicados, y algunos párrafos los debo leer varias veces para entenderlos. Pero también es divertido y me he acostumbrado a confeccionar unos pequeños folletos en los que resumo el contenido y escribo reflexiones y notas.

Tengo suerte y ya vuelven a estar disponibles los tres libros que quiero leer a toda costa. Después de pedirlos prestados me dirijo a la sala de para grupos. Llego un poco antes de tiempo, pero así puedo escribir el orden del día en la pizarra y clasificar mis notas. Como el lunes estuvimos tanto tiempo discutiendo sobre la fiesta de vuelta a la escuela, hoy tenemos que recuperar algunos temas.

Abro la puerta con una mano mientras que con la otra aprieto los libros contra mí. Dejo el montoncito sobre una mesa. Pero ya antes de quitarme la mochila acaricio con los dedos la cubierta de *Modelos de democracia*, de Arend Lijphart.

—Tenemos una cita el fin de semana —susurro.

Alguien suelta un leve bufido.

Me doy la vuelta. En ese mismo momento se me resbala la mochila del brazo y cae con estrépito al suelo.

En el otro extremo de la sala, James está apoyado en el antepecho de la ventana con los brazos cruzados. Me mira curioso.

—Es un poco triste —dice.

Necesito un momento para recuperarme.

—¿Qué es triste? —pregunto mientras recojo la mochila del suelo y la coloco sobre la mesa, junto a los libros. Uno de los agujeros de la parte de abajo se ha desgarrado un poco más y maldigo para mis adentros. Tendré que pedirle a Ember que me ayude a coserlo.

—Que digas con alegría que vas a pasar el fin de semana con cosas de la escuela. —Se aproxima lentamente—. A mí se me ocurrirían de forma espontánea otras ocupaciones mejores para esos días.

—¿Qué estás haciendo aquí? —le pregunto imperturbable y sin contestar a sus alusiones.

—¿No oíste lo que dijo Lexington? Tengo que empezar a asumir responsabilidades y a observar que mis actos conllevan consecuencias —dice repitiendo las palabras del director con una sonrisa burlona.

Abro la mochila y voy sacando, uno tras otro, la agenda, el estuche y la carpeta del comité.

—¿Acaso ahora has decidido de golpe y porrazo que vas a hacer caso de lo que te dice?

La mirada de James es impenetrable cuando se planta delante de mí. En ese momento no puedo evaluar sus emociones.

—No parece que me quede otro remedio, ¿verdad?

Lo miro escéptica.

—Anteayer tomaste claramente una decisión.

Se encoge de hombros. Es probable que el entrenador lo haya amonestado al enterarse de que acudió al campo. Lo tiene bien merecido.

—Estoy aquí. Puedes estar contenta.

En ese mismo momento se inclina y levanta algo del suelo, un rotulador. Debe de habérseme caído de la mochila. Me lo da. Puesto que el gesto me resulta hasta amable, carraspeo y busco algo que decirle.

—El castigo no dura más que un trimestre, James —señalo; es la primera vez que pronuncio su nombre de pila

Esto cambia su expresión. De repente no parece mirar a través de mí, sino directamente a mí, a mi interior. En su mirada hay un fuego que me incendia y que me sacude todo el cuerpo. Se me encoge el estómago de excitación. Aparta la vista de golpe y se gira sobre los talones para volver atrás.

—Lo cual no cambia el hecho de que odie esto.

Se me desboca el corazón, trago saliva con dificultad mientras él se sienta con los brazos cruzados en una silla y mira hacia fuera.

No sé a qué se refiere con «esto». Si al hecho de que no puede jugar al lacrosse. O al hecho de tener que pasar el tiempo aquí. Pero tampoco me importa.

Tengo demasiadas cosas en juego para dejarme confundir por un niñato rico y mimado. Tanto si queremos como si no, los dos hemos de pasar por esto y, cuanto antes lo aceptemos, más fácilmente superaremos esta etapa.

Sin pronunciar más palabras, me giro hacia la pizarra y escribo los puntos que hemos de tratar en la reunión. Me pone nerviosa no saber si James me observa o no, pero mi orgullo no me consiente darme media vuelta. Por suerte, la puerta de la sala no tarda en abrirse.

—Lo siento, la impresora de casa ha enloquecido y he tenido que marcharme para imprimir la carta de presentación, pero ahora ya la tengo y... —Lin se interrumpe en medio de la frase cuando ve a James.

—Ey —la saluda él.

Me pregunto si saluda así a todas las personas de este mundo. Seguro que también dirá «ey» a los profesores cuando lo convoquen a las entrevistas de Oxford.

—¿Qué hace éste aquí? —me pregunta Lin sin dejar de mirar con desconfianza a James.

—Cumple el castigo —contesto.

James no dice nada. En su lugar, se inclina hacia delante, abre su bolsa y saca un cuaderno de apuntes. Lo coloca delante de sí sobre la mesa. Es una libreta negra y encuadernada en piel, y sobre la cubierta está representada la sinuosa B que representa la marca Beaufort. Seguro que vale una fortuna. Una vez estuvimos en una filial de Beaufort en Londres, cuando buscábamos un traje nuevo para papá. Ya hace dos años, cuando todavía tenía que acudir con frecuencia a los juzgados a causa del accidente. Todavía recuerdo perfectamente las etiquetas con los precios de cuatro cifras gracias a las cuales no nos quedamos más de dos minutos en la tienda y salimos discretamente y lo antes posible por donde habíamos entrado.

Lin carraspea a mi lado. Sorprendida *in fraganti*, aparto la mirada de James y maldigo el calor que por enésima vez se me agolpa en las mejillas. Es de agradecer que mi amiga tenga el tacto suficiente para no hacer comentarios.

—Toma —dice tendiéndome un portafolios transparente con varias hojas en su interior—. Mi presentación.

Saco la mía de la carpeta y se la doy.

—Aquí está la mía. Pero todavía no está perfecta.

—La mía tampoco —admite Lin—. Para eso nos leemos la una a la otra. ¿Crees que podrás echarle un vistazo esta misma tarde?

—Seguro. Mañana podemos repasarlas en la hora que tenemos libre, después de Matemáticas. —Saco al instante el rotulador dorado y apunto en mi agenda: Leer y corregir la carta de presentación de Lin.

—Me siento muy honrada de ver mi nombre escrito en rotulador ultrafino —susurra Lin sonriéndome.

La miro también sonriente y luego acabo de escribir el

orden del día en la pizarra mientras, poco a poco, van apareciendo los miembros de nuestro equipo. Miran de reojo a James, excepto Camille, que lo saluda con dos besos en las mejillas.

Una vez que han entrado todos, empezamos la reunión.

—El punto más importante que debemos discutir hoy es, en realidad, nuestro segundo gran evento del año escolar —empieza Lin, y el rostro se le ilumina—. Halloween.

Kieran musita un fantasmagórico «buuuuu» y una risa se extiende entre los presentes.

—El baile de máscaras salió bastante bien el año pasado —prosigue Lin y abre en su portátil un pase de diapositivas del año anterior. Da la vuelta a la pantalla y la sostiene en lo alto para que los demás puedan ver las imágenes.

—¿No podríamos limitarnos a hacer lo mismo? A ver, si salió tan bien... —propone Camille—. Nos ahorraría un montón de trabajo.

—Ni hablar.

Lin la mira escandalizada y Camille se encoge de hombros. Entretanto, me pongo a la derecha de la pizarra, que todavía está libre, y escribo en medio «Halloween». Luego rodeo con un círculo la palabra.

—Hoy tenemos que ponernos de acuerdo sobre el tema —anuncia Lin—. Hagamos una lluvia de ideas, ¿de acuerdo?

Por unos minutos guardamos silencio.

—Sólo sé lo que no quiero —anuncia Jessalyn.

—Empecemos por ahí. Así ya podemos marcar límites —digo y la animo a que empiece.

—No quiero en absoluto el naranja. La decoración ne gro naranja es de cumpleaños infantil, no encaja en absoluto con Maxton Hall.

Asiento y escribo en el extremo superior de la derecha de la pizarra: «decoración con estilo».

—¿Cómo lo veis en blanco y negro? —sugiere Doug. Es el miembro más callado del equipo y casi nunca toma la palabra, así que su intervención me sorprende. Le sonrío y me vuelvo hacia la pizarra.

—El blanco y negro está muy visto.

De repente no se oye ni una mosca en la sala.

Me giro de nuevo despacio. James está inclinado hacia atrás en su silla, en una actitud relajada que contrasta con el ambiente tenso que reina de repente en la habitación.

—¿Cómo? —pregunta Lin expresando justo lo que estoy pensando.

—El blanco y negro está muy visto —repite James tan seco como la primera vez.

—Ya te he entendido —masculla Lin.

Él la mira frunciendo el ceño.

—Entonces no entiendo la pregunta.

—Estamos haciendo una lluvia de ideas, Beaufort. De este modo lanzamos ideas y las anotamos todas, ¡sin comentarlas!, para encontrar una solución de forma espontánea —explico con toda la serenidad de que soy capaz.

—Sé lo que es una lluvia de ideas, Bell —contesta señalando con la barbilla la pizarra—. Y ya te digo que de ahí no saldrá nada.

—Lo dice el tipo que piensa que se necesitan *strippers* para crear buen ambiente —musita Kieran.

—Sólo lo hice porque sabía lo aburrida que iba a ser vuestra fiesta.

Nadie comenta nada, pero percibo que el ambiente de la sala se va cargando. Menos Camille, todos miran enfadados a James, aunque a él eso no parece preocuparlo. Mira al grupo con curiosidad.

—Va, venga. Vosotros mismos tenéis que haberos dado cuenta.

—Si lo crees de verdad, es que no estás bien de la cabeza —dice Kieran, y Jessalyn asiente aprobándolo.

—Chicos —intervengo. Los miro a los dos consternada—. Tranquilizaos. —Las comisuras de los labios de James se levantan sospechosamente y yo lo apunto con el rotulador en la mano como si fuera un arma—. No hace falta que te rías. Hemos pasado gran parte de las vacaciones planeando la fiesta. No era aburrida.

James, en la silla, se inclina hacia delante apoyando los brazos en la mesa.

—Es cuestión de gustos.

Siento como si una vena me empezara a palpitar en la frente.

—¿Ah, sí?

Él asiente.

—Y ¿por qué, si puedo preguntar? —insiste Lin en un tono agridulce.

Conozco este tono. No anuncia nada bueno y hace que se me ponga la carne de gallina. James levanta una mano y empieza a enumerar.

—El bufé se veía barato. La música era una mierda. Faltaba un código de indumentaria claro. Y no se creó ambiente hasta demasiado tarde.

Percibo que Lin tiembla a mi lado. Si estuviéramos solas se habría lanzado a la yugular de James por esa dura crítica. Cada uno de nosotros ha puesto tanto esfuerzo en esa fiesta que no es justo que se califique de completo desastre. Sobre todo porque no es cierto. Pero, como jefa del equipo, debo responder con cierta sensatez. Algunos puntos no funcionaron de forma óptima y lo confirmamos el lunes, cuando repasamos cómo fue el evento.

—En cuanto a la música, estoy de acuerdo contigo —digo con voz calmada—. No era perfecta. Pero, a pesar de todo, la gente bailó, así que no la calificaría de fracaso total.

—Porque es lo que se hace en una fiesta, precisamente. Pero el ambiente no era ni mucho menos tan bueno como habría podido ser con la música apropiada.

Hace tres años, asistí en mi antigua escuela a un seminario sobre mediación. El curso duró cinco tardes y nos enseñaron métodos para resolver conflictos. Ya no me acuerdo de todo, pero hubo algo que se me quedó grabado: hay que dar la impresión, a todos los implicados, de que se les ha escuchado, y desviar la energía que ha provocado el conflicto a lo que es importante.

Con este propósito, inspiro hondo y miro a James fijamente.

—Escucho tus críticas y las tengo en cuenta. Sin embargo, eso no cambia el hecho de que todavía estemos intentando encontrar el tema de Halloween. A mí la idea de Doug me parece realmente buena y voy a apuntarla. Al igual que apuntaré todos las demás propuestas para que al final podamos estimar las que son más o menos adecuadas. —Dicho esto, escribo «blanco y negro» en la pizarra. A continuación me doy media vuelta—. ¿Más sugerencias?

—Sí, yo tengo una idea —interviene Jessalyn levantando las manos como si tuviera una innovadora visión—. Chic clásico con un aire esperpéntico. Velas de cementerio, flores negras. Una versión modernizada de la fiesta de Halloween tradicional.

Lo apunto enseguida.

—Igual de muermo.

—Si no puedes aportar nada, cierra el pico, Beaufort —refunfuña Lin.

—Una fiesta de vampiros en rojo y negro —sugiere Kieran.

—Otro rollazo —musita James.

«Resistiré. No le clavaré un rotulador en el ojo.»

—Lo que es un rollo es la manera en que te metes con todas nuestras propuestas —contraataca Jessalyn—. Haz tú alguna para variar, en lugar de contagiar tu energía negativa.

James se endereza y mira su cuaderno de notas. Dudo de que haya allí alguna palabra que tenga que ver con la planificación de la fiesta de Halloween.

—Sugiero una fiesta victoriana. Para ello sería perfecto el Weston Hall. Podríamos conseguir cubiertos y vajillas de la época, cuencos para el ponche, servilletas con puntillas, y demás. Negras en el mejor de los casos. Las fuentes de luz elementales serían, como entonces, velas: eso crearía una atmósfera espectral. Naturalmente, deberíamos tener cuidado de no quemar la escuela, pero podríamos lograrlo con los requisitos apropiados para evitar incendios. El código de indumentaria sería el correspondiente a esa época, decadente y refinado. Y los victorianos jugaban a un montón de juegos en Halloween. Podríamos incluirlos durante el transcurso de la fiesta.

Después de que James haya terminado, siguen unos minutos de silencio.

—Es... es realmente una idea fabulosa —titubeo.

Sus ojos centellean cuando me mira.

—Pensaba que nos limitábamos a apuntar, nada de comentar.

Evito su mirada y escribo la propuesta en la pizarra.

—Una vez leí que en el siglo XIX se preparaban unos pasteles en los que se escondían cinco objetos —dice Kieran—. Se auguraba que aquellos que encontraban tales objetos en su porción de pastel serían muy afortunados. Lo podríamos modernizar y repartir un premio a quienes les toquen.

—Pero antes hemos de avisar. No vaya a ser que alguien se atragante —objeta Camille arrugando la nariz.

—¿Qué música vamos a poner? —pregunta Jessalyn.

—¿Qué tal música clásica, un poco reconvertida? —propongo.

—Pero no esos remixes dubstep-electro-clásica tuyos tan raros —gime Lin.

—¡Eh! Son muy guais. Además puedo concentrarme muy bien con ellos. —Todos los del equipo me miran incrédulos. Buscando apoyo, me vuelvo a Kieran, quien en la mayoría de los casos suele tener el mismo gusto que yo—. Va, Kieran. Díselo.

—Hay unos remixes estupendos de música victoriana. Hace poco escuché uno muy bueno de Caplet.

Le sonrío agradecida y articulo con los labios un «Envíame el enlace».

—Pues fíjate que yo organizaría una orquesta —interviene James—. Y estudiaría una danza para el comienzo de la fiesta.

Un murmullo de aprobación recorre la sala, lo cual me sienta un poco mal. No tengo ni idea de bailar.

—De acuerdo, cuando oigo esto, casi tengo la impresión de que ya nos hemos decidido por el tema —opina Lin, y se diría que está tan sorprendida como me siento yo en ese mismo momento. Señala la pizarra—. No obstante me gustaría que votáramos. ¿Quién vota por «blanco y negro»?

Nadie dice nada.

—¿Quién por la fiesta clásica chic?

De nuevo sin respuesta.

—¿Qué tal la loca fiesta de los vampiros?

Nadie levanta la mano.

—¿Qué os parece una fiesta de Halloween al estilo victoriano? —pregunto, y antes de que haya terminado la frase se han levantado cuatro brazos.

Por unos instantes, es como si a James le resultara demasiado estúpido dar su opinión, pero al final lo hace.

No había esperado el giro que ha tomado esta reunión. Miro sorprendida a Lin.

—Diría que este año ya tenemos tema para la fiesta de Halloween de Maxton Hall.

9

James

Percy ha aparcado el Rolls-Royce justo en el atrio de la entrada principal de la escuela. Está apoyado en el coche, con el móvil en una mano y la gorra en la otra. Parece como si cada día que pasa aumentara el número de hebras plateadas que atraviesan su cabello oscuro. Cuando me ve, guarda enseguida el móvil, vuelve a ponerse la gorra y se endereza. En realidad no es necesario y él lo sabe.

Desciendo la escalera y la gente que me rodea se va apartando solícita de mi camino. Por lo visto tengo aspecto de estar tan mal como en realidad me siento. ¡De eso sólo tiene la culpa ese maldito comité de actos! Ya me estoy arrepintiendo de no haber mantenido la boca cerrada y de no haberme guardado para mí la propuesta de la fiesta victoriana. Cuando pienso en la lista de cosas que hay que hacer, se me revuelve el estómago. Si celebrara la fiesta en casa, lo delegaría todo en el servicio y no tendría que mover un dedo. Pero en este caso, yo soy el servicio, según me ha dado a entender Ruby con las cejas arqueadas.

Lo único que deseo es gritar al pensar que todavía me queda todo un trimestre lleno de reuniones así. Y, además, está el hecho de que encuentro insoportable faltar a los entrenamientos con mis compañeros.

Definitivamente, no me había imaginado así mi último año en la escuela.

Al llegar al coche, lo único que quiero es dejarme caer en el asiento trasero, pero, antes de que entre, Percy me coge un momento del brazo.

—Señor, tiene aspecto de no estar muy animado.

—Dispones de una estupenda capacidad de observación, Percy.

Desliza inseguro la mirada desde mí hasta la puerta del coche y viceversa.

—Tal vez desee contener un poco su temperamento. La señorita Beaufort no está en su mejor momento.

El maldito comité de actos cae al instante en el olvido.

—¿Qué ha pasado?

Percy parece indeciso unos segundos, como si no estuviera seguro de lo que debe o no desvelarme. Al final, avanza un paso hacia mí.

—Acaba de hablar con alguien. Un joven. Se diría que estaban discutiendo.

Asiento y Percy abre la puerta para dejarme entrar.

Por suerte, los cristales son tintados. Lydia tiene un aspecto horrible. Los ojos y la nariz están al rojo vivo, y las lágrimas han dejado unas huellas de color gris oscuro en sus mejillas. Nunca había llorado tanto como en las últimas semanas, y me pongo increíblemente colérico al verla así y ser consciente, al mismo tiempo, de que no puedo hacer nada por evitarlo.

Lydia y yo siempre hemos sido inseparables. Cuando uno tiene una familia como la nuestra, no le queda otro remedio que mantenerse unido, pase lo que pase. Sólo puedo acordarme de unos pocos días de mi vida en que no haya visto a mi hermana melliza. Siempre que a ella le va mal, tengo una sensación extraña en el pecho, y a ella le sucede exactamente lo mismo. Nuestra madre nos explicó que es algo que ocurre con frecuencia entre los hermanos mellizos, y muy pronto nos hizo jurar que apreciaríamos siempre esta unión y no la haríamos peligrar de forma insensata.

—¿Qué sucede? —pregunto después de que Percy haya puesto el coche en marcha. No responde—. Lydia...

—No es asunto tuyo —murmura.

Arqueo una ceja y la observo hasta que ella se vuelve y se pone a mirar a través de la ventanilla. Con ello se da por concluida nuestra conversación.

Me reclino hacia atrás y también contemplo el exterior. Los árboles teñidos de colores pasan de largo tan deprisa que se confunden en una imagen borrosa y me gustaría que Percy condujera más despacio. No únicamente porque sólo de pensar en llegar a casa me siento mal, sino también para ganar más tiempo y romper el silencio de Lydia.

Me gustaría ayudarla, pero no tengo ni idea de cómo hacerlo. Estas últimas semanas lo he intentado todo para averiguar qué ha sucedido entre ella y el señor Sutton, pero Lydia se atrinchera. En realidad, no debería extrañarme. Aunque somos inseparables, nunca hemos hablado sobre nuestra vida sentimental. Hay cosas, simplemente, que uno no desea saber de su hermana... y viceversa. Pero en esta ocasión es distinto. Está hecha polvo y sólo la he visto así una única vez, hace dos años exactamente. Y entonces eso casi destruyó a nuestra familia.

—Graham se está volviendo loco —susurra de repente Lydia cuando yo ya no contaba con ello. Me vuelvo de nuevo hacia ella y espero a que siga hablando. La cólera que siento por ese desgraciado de profesor vuelve a bullir por enésima vez en mi interior, pero la contengo. No quiero que Lydia se cierre más de lo que ya lo hace—. Tengo tanto miedo de que Ruby se lo diga a Lexington... —dice con un tono nasal.

—No lo hará.

—¿Cómo lo sabes?

Distingo en su mirada la misma incredulidad que yo mismo sentí frente a Ruby la primera vez que hablé con ella.

—Porque sigo vigilándola —respondo al cabo de un rato.

Lydia no parece convencida.

—No puedes estar controlándola continuamente, James.

—Tampoco tengo que hacerlo. Está en el comité de actos.

Lydia me mira sorprendida y yo esbozo una sonrisa torcida. Es bueno observar que, aunque la tensión no se disipa del todo, sí parece aflojarse un poco en sus hombros. Al cabo de unos minutos dice en voz baja:

—Me había olvidado por completo de lo del comité de actos. ¿Es muy horrible? —Me limito a soltar un gruñido—. ¿Has hablado ya con papá? —pregunta con prudencia.

Niego con la cabeza y miro por la ventanilla cuando el Rolls-Royce se detiene. Ante nosotros se eleva la fachada de nuestra residencia sobre el fondo de un cielo oscuro y cargado de nubes que actúa como un reflejo de mi estado de ánimo y de lo que todavía me espera ese día.

—¿Cómo me describirías en tres palabras? —pregunta Alistair por encima de la música que retumba desde mi aparato. Está sentado en el sofá, inclinado sobre su móvil y sus rizos rubios le caen en la frente cuando mira la pantalla con la cabeza ladeada.

Acabo de preparar dos gin-tonics y vuelvo con los vasos al sofá. Sin levantar la vista, Alistair extiende el brazo y coge uno de ellos. Es nuestra tercera ronda y por fin se instala en mi cabeza esa vaga sensación que ando esperando todo el tiempo. Me ayuda a olvidar que en estos momentos los demás están en el entrenamiento de lacrosse. Y, sobre todo, sofoca el recuerdo de las últimas dos horas. La voz de mi padre sólo es ahora un susurro apagado.

—¿Qué tal un «cachondo de armas tomar»?

Alistair sonríe.

—Sería lo correcto. Pero con modestia es probable que llegue más lejos.

Sonriendo yo también, me siento a su lado en el sofá. Sigo teniendo la impresión de que él ya había bebido una o dos copas cuando le he escrito para preguntarle si quería pasarse por aquí. Por lo visto, el hecho de que lo hayan apartado del equipo también ha dejado huella en él, por mucho que quiera hacernos creer lo contrario.

En cualquier caso, ha irrumpido en mi cuarto con la noticia de que, a partir de ahora, no tocará a ninguno de los chicos de Maxton Hall y en su lugar se concentrará en este portal de encuentros *online*. Lo ha dicho con una sonrisa amplia, como si no fuera realmente en serio y sólo colgara el perfil porque está aburrido.

Pero yo lo conozco lo bastante bien para saber que este asunto no lo deja en absoluto indiferente. Está harto de los chicos de Maxton Hall porque ellos sólo quieren enrollarse con él a escondidas. A diferencia de la mayoría de ellos, Alistair lleva dos años asumiendo públicamente su sexualidad, para horror de los gilipollas de sus padres, que lo tratan desde entonces como si fuera un proscrito.

Si encuentra a alguien por internet que no actúe como si fuera un sucio secreto, yo lo apoyaré totalmente. Además de que me distrae de mis propios problemas y eso me va de perlas.

—¿Tienen que ser exactamente tres palabras? —pregunto. Niega con la cabeza—. Entonces... «chico agradable, lacrosse, deportista y en busca de contactos excitantes, blablablá».

Dibuja una sonrisa torcida.

—Lo de *blablablá* está claro.

Me acerco ligeramente a él y, al moverme, el gin-tonic se derrama un poco sobre mi mano. Suelto un taco mientras me la seco en el pantalón y miro el móvil de Alistair. Cuando veo el esbozo de su perfil, suelto una carcajada.

—¿Qué? —pregunta desafiante.

—Tú no mides metro ochenta y cinco, mentiroso.

Él resopla.

—Sí.

—Yo mido metro ochenta y cuatro, y tú eres media cabeza más bajo que yo, tío. Quita diez centímetros y entonces puede que estés en la medida justa.

Me propina un codazo en el costado y de nuevo se cae el alcohol en mis dedos.

—Deja de ser un aguafiestas.

—Vale, vale.

Bebo un buen trago de mi vaso y lo dejo sobre la mesa. Luego cojo el portátil de la mesilla baja, lo abro y empiezo a buscar perfiles que parezcan más o menos razonables.

Preguntar a Alistair si quería venir ha sido la decisión correcta. Su chófer lo ha traído de inmediato y, a partir de ahí, no ha hecho más que distraerme, sin plantearme ni una sola pregunta.

—Dios... —musito.

Alistair emite un sonido interrogativo y se inclina hacia mí para poder ver la pantalla de mi portátil. La giro un poco hacia él.

—Buscaba inspiración para escribir tu perfil, pero ahora desearía no haber hecho clic jamás en este enlace. ¿A quién se le ocurre escribir en su descripción «lo ideal para mí sería montármelo con mi hermano gemelo, pero como soy hijo único tendré que contentarme contigo»?

Alistair se ríe.

—Ya estoy cansado. Sólo voy a escribir: «18, lacrosse, abierto a todo».

—No, hombre, no —digo moviendo la cabeza negativamente—. Con «abierto a todo» das carta blanca para que te pidan cosas raras.

Se encoge de hombros. Al cabo de un par de minutos, me dice sin levantar la vista del móvil.

—Por cierto, Elaine me ha preguntado por ti. —Levanto una ceja, pero no respondo nada. Es la primera vez desde la fiesta de Wren que Alistair menciona el tema y no soy capaz de deducir por su voz si la conversación va a ser seria o no—. Está preocupada por tu joven y frágil corazón, y querría saber si todavía piensas a menudo en ella.

Vale, definitivamente no es seria.

—Preocupadísima —respondo.

Dudo que Elaine haya dedicado ni un segundo a pensar en la noche que pasamos juntos. Probablemente debe de ser Alistair quien esté dándole vueltas al tema, porque he despertado en él el instinto de hermano protector.

—Sigo sin poder creer que tuvieras relaciones sexuales con mi hermana. —Mueve la cabeza y resopla asqueado—. ¿No podrías prometerte con ella? Creo que así podría asimilar mejor este asunto.

Sonriendo, le doy un golpe en el hombro.

—Si algún día me prometo con alguien, seguro que no será para que tú puedas dormir mejor.

Alistair suspira con fingida desesperación. Luego me tiende el móvil.

—¿Puedes ayudarme al menos a elegir foto?

Me enseña dos: una en la que está con el torso desnudo y los brazos cruzados detrás de la cabeza descansando en una hamaca, y otra en la que él mismo se ha fotografiado en un espejo y lleva un traje.

—La de la hamaca —digo—. En la otra vas demasiado vestido.

—Me gusta tu espíritu de equipo, Beaufort.

Después de esto queda visto, por suerte, el tema Elaine y voy a buscar una cuarta ronda de gin-tonics. Brindamos y Alistair vuele a dedicarse a su nuevo pasatiempo mientras yo me pongo a revisar el correo electrónico sin mucho entusiasmo.

Me quedo de piedra cuando veo que he recibido una invitación de Beaufort Offices. Abro de mala gana el mensaje, en el que sólo se lee:

Próximo viernes, a las 19 horas, comida de negocios con la dirección de ventas en Londres. Sé puntual.

En un abrir y cerrar de ojos se esfuma mi buen humor. En cambio, un escalofrío me recorre la espalda al recordar la pelea de esa tarde con mi padre.

«Nos pones en ridículo.»

«Tenemos una reputación que defender.»

«Un chico tonto e infantil.»

Me enfado por haberme encogido cuando se me ha acercado con la mano levantada, pues en realidad sé lo que me conviene: en presencia de Mortimer Beaufort, no hay que mostrar ni debilidad ni miedo.

La cita no es más que un castigo. Sabe perfectamente que esto me afecta más de lo que podrían hacerlo sus palabras o sus bofetadas. En realidad, tenemos un acuerdo: mientras vaya a Maxton Hall, no me da la lata con todo lo relativo a nuestra compañía. El que ahora tenga que acudir a esa comida es su forma de decirme: «Soy yo quien decide tu vida y, como no te moderes, pasará antes de lo que piensas».

Abatido, aparto el portátil de mi regazo y voy al bar. Me lleno un vaso de whisky y me quedo un rato contemplando el líquido ámbar. Luego me doy media vuelta y me lo llevo al sofá.

Alistair me mira. En su rostro no queda ni huella de la sonrisa de antes.

—¿Todo bien?

Me encojo de hombros. Quería que Alistair viniera para olvidarme del asunto con mi padre, no para hablar de él.

Alistair no insiste. En lugar de eso me pasa su móvil.

—Tengo una cita —dice enseñando la pantalla, que muestra la imagen de un tipo moreno y muy musculado.

Me resbalo un poco hacia abajo por el sofá, hasta que puedo apoyar la cabeza en el respaldo.

—¿Qué ha puesto en su descripción?

—Que necesita a alguien que se ocupe de su corazón. Y de su pene.

—Qué creativo...

—Oh. Y me ha... me acaba de enviar una foto de su nabo. ¿Qué tal si antes de enseñarme tus genitales me revelaras tu nombre? —murmura Alistair y, a mi pesar, me echo a reír.

Ésta es una de las razones por las que Alistair se cuenta entre mis mejores amigos. Si yo quisiera podría hablar con él acerca de lo que me está dando vueltas constantemente por la cabeza. Podría hablar con él de todo, pero no debo. Hace tanto tiempo que somos amigos que sintonizamos el uno con el otro y conocemos nuestros límites y los respetamos, incluso si a veces los ponemos a prueba. Dudo que pueda volver a construir una amistad de este tipo con otra persona.

—¿Tienes hambre? —pregunto al cabo de un rato.

Alistair dice que sí y llamo abajo, a la cocina. Después del encontronazo con mi padre he perdido el apetito, así que ahora estoy hambriento de verdad.

Mientras esperamos a que la auxiliar de cocina nos suba la comida, Alistair sigue mirando fotos de tipos medio desnudos y yo voy escroleando mi lista de blogs en el portátil. Junto a algunos sitios de lacrosse y los blogs de amigos, desde hace un par de meses sigo también, sobre todo, blogs de viajes. No hay nada con lo que desconecte mejor que con las crónicas e imágenes de países lejanos. Me marco algunas entradas nuevas para más tarde, ahora estoy demasiado borracho para ser capaz de absorber información.

También he incluido en mi lista el blog de la escuela. En realidad sólo para reírme de él, pero ahora que veo el logotipo en la lista, aparece de repente en mi mente el rostro de Ruby. Siento como un espasmo en el estómago, pero no sé si se debe a que tengo hambre, al alcohol o tal vez a otra cosa.

Mi dedo índice toma la iniciativa por su cuenta y abro el blog.

Voy clicando a través de los actos escolares —todos aburridos sin excepción—, leo por encima los artículos —insoportablemente sosos— y miro las fotos buscando la cara de Ruby. Aunque su nombre aparece en muchas entradas y se le menciona en los eventos de la escuela, no aparece ni una sola foto de ella. Poco después de que Lydia me contase que Ruby la había visto con Sutton, busqué en Google e intenté averiguar todo lo posible acerca de ella. Pero no había nada. No tiene ni una sola cuenta, ni en Facebook, ni en Twitter, ni tampoco en Instagram, al menos a su nombre.

Ruby Bell es un fantasma.

Sigo escroleando. A estas alturas ya he revisado todo el año pasado y todavía no he encontrado lo que busco. Sea lo que sea. Cuanto más miro, más enfadado estoy. ¿Por qué demonios no encuentro nada sobre ella?

—¿Estás buscando algo en el blog de la escuela? —pregunta de repente Alistair.

Levanto la vista al ser descubierto. Alistair está mirando mi portátil con cara de asco. Pero cuando su mirada se detiene en la palabra que he escrito en el campo de búsquedas del navegador, su rostro se ilumina.

—Ah, es eso...

—¿El qué?

Su sonrisa se ensancha.

—Cuando se lo cuente a los demás...

Cierro el portátil.

—No hay nada que contar.

Los golpecitos que da en la puerta Mary, nuestra auxiliar de cocina, interrumpen la respuesta de Alistair. Mientras cruza mi habitación con el carrito, me pongo en pie tambaleante para volver a llenarme el vaso. Ahora, junto con la voz de mi padre, he de apartar de mi pensamiento la imagen del rostro autosuficiente de Ruby.

10

Ruby

La entrada de color rosa de mi agenda se ríe de mí. Resulta que dice, nada menos, que tengo que Preguntar a Beaufort por la indumentaria victoriana. Por desgracia no quiero, en absoluto, hacerlo.

Esta semana ya he tenido sobredosis de James Beaufort y estoy preparada para el fin de semana. Desde que hemos fijado el tema de la fiesta de Halloween, se comporta como un tonto integral durante las reuniones. O bien se pone a hacer un comentario desagradable tras otro, o nos ignora por completo. A mí me daría igual si ayer no hubiésemos decidido que en el cartel que queremos diseñar para la fiesta ha de figurar una parejita con ropa victoriana de verdad. Y el camino más sencillo para llegar deprisa, y sobre todo gratis, a esta vestimenta es a través de la inmensa colección privada de los Beaufort.

Después de la reunión, Lin y yo echamos a suertes cuál de las dos iba a pedirle el favor a James; naturalmente, perdí yo. Desde entonces estoy pensando en cuál es la forma más hábil de hablar con él. A lo mejor me limito a enviarle un correo electrónico. Así no tendré que preguntarle delante de todo el mundo y, muy probablemente, aguantar una fanfarronada.

Cierro con toda mi fuerza el cuaderno de tareas y lo meto en la mochila.

—Podemos cambiar —sugiere Lin y se echa el bolso al hombro; luego coge su bandeja, la pone encima de la mía y se lleva las dos para devolverlas.

Sopeso brevemente si la alternativa —tener que escuchar a Lexington pronunciando una conferencia de una hora acerca de las disposiciones sobre la protección contra incendios— sería mejor.

—Un momento —dice Lin mientras abandonamos el comedor y nos dirigimos al centro de aprendizaje—. Lo retiro. No quiero cambiar.

—Qué pena. Yo lo habría hecho de inmediato.

El campus está bañado por la luz otoñal, rojiza y dorada, y las primeras hojas de los robles empiezan a transformar su verde brillante en un amarillo tenue o en un rojo oscuro.

—Venga. Tampoco es tan horrible.

—Díselo a la que ha gritado «bingo» cuando al echar suertes le ha tocado la conferencia sobre protección de incendios —respondo secamente.

Sonríe porque la he pillado.

—Es que lo encuentro tan arrogante... Me refiero a que hasta que termine el trimestre es un miembro total de nuestro equipo. Así que podría aportar algo de vez en cuando, ¿no? Y más cuando la propuesta fue suya.

—Sí. Por desgracia fue una propuesta realmente buena.

Coloco mi carné de estudiante delante de la puerta del centro de aprendizaje hasta que la lucecita del pomo se ilumina en verde.

El centro es un pequeño edificio que sólo utilizan los alumnos de los dos últimos años de secundaria. Aquí podemos reunirnos cuando tenemos que preparar una ponencia o si necesitamos un sitio tranquilo donde estudiar para los exámenes finales. Hoy se celebra en una de las salas de tutores la primera reunión de un grupo de aprendizaje en el que nos prepararemos para el inminente proceso de solicitud de ingreso en Oxford.

—Oh —exclama en voz baja Lin cuando entramos en el aula y en el mismo momento en que yo me pongo tensa.

Hablando del rey de Roma...

En el aula hay veinte asientos y las únicas personas que están allí son Keshav, Lydia, Alistair, Wren, Cyril y... James. Además de dos chicas y un chico a los que conozco sólo de vista y una mujer joven que supongo que es nuestra tutora. Es la única que nos saluda.

Me dirijo a uno de los asientos más alejados del grupo de Beaufort. Lin me sigue y se sienta a mi lado. Saco de forma mecánica mi agenda, mis rotuladores y un cuaderno de apuntes nuevo que me he comprado precisamente para este grupo de trabajo. Mientras lo ordeno todo delante de mí —debe estar paralelo a los bordes de la mesa—, pongo todo mi empeño en hacer como si los demás no existieran. No quiero tener nada que ver con James y aún menos con sus amigos. Sólo de pensar que debo competir en el proceso de solicitud con gente como él, con gente que procede de familias riquísimas que han estudiado generación tras generación en Oxford, me pongo mala.

No sé cuál es la postura de Lin respecto a esto y si es distinta a la mía. Antes no formaba parte del grupito de James, pero sí que frecuentaba sus círculos porque había sido amiga de Elaine Ellington y de un par de chicas del curso superior al nuestro. Pero entonces su padre abandonó a su madre por otra mujer, que luego resultó ser una estafadora. Al cabo de un año, él había perdido toda su fortuna por ella, lo que entonces causó un gran escándalo y fue la razón por la que nadie más quiso relacionarse con los Wang. Ni en los negocios, ni socialmente, ni en esta escuela.

Para que Lin pudiera seguir estudiando en Maxton Hall, su madre tuvo que vender su finca y mudarse cerca de Pemwick. Aunque, a pesar de todo, ambas viven en una casa que es cuatro veces más grande que la nuestra, para Lin debe de haber sido un cambio terrible. No sólo perdió de golpe a su familia y la vida que había llevado hasta entonces, sino también a todos sus amigos.

La mayoría de las veces, Lin actúa como si todo eso no hubiese ocurrido. Como si nunca hubiese sido distinto. Pero a veces distingo un asomo de nostalgia en sus ojos que me hace suponer que echa de menos su antigua vida. Sobre todo cuando veo con qué melancolía mira el sitio libre que queda junto a Cyril. Ya hace tiempo que me pregunto si los dos se llevaban algo entre manos, pero siempre que la conversación se desvía en esa dirección, aunque sea un poco, Lin cambia de tema. No se lo reprocho, a fin de cuentas yo misma no cuento nunca nada sobre mi vida privada. Eso no quita que a veces sienta curiosidad.

Mi mirada se desliza, como por propia iniciativa, hacia James. Mientras sus amigos conversan y no parecen estarse quietos, él está totalmente inmóvil en su silla. Wren habla con él, pero estoy bastante segura de que no le escucha.

Me pregunto qué debe de estar pensando para tener una expresión tan lúgubre.

—Qué bien que estéis todos aquí —empieza a decir la tutora, y yo aparto la mirada de James—. Mi nombre es Philippa Winfield, pero podéis llamarme Pippa. En la actualidad estoy en el segundo semestre de mi carrera en Oxford y tuve que realizar también todo el proceso de solicitud. Por eso sé cómo os sentís.

Wren musita algo que hace reír a Cyril. Éste lo disimula con un carraspeo. Seguro que están hablando de lo guapa que es Pippa. Con su corte bob, el cabello rubio oscuro ondulado y la piel de porcelana, casi parece una muñeca. Una muñeca muy bonita y costosa.

—En las próximas semanas seré yo quien os ayude a preparar el *Thinking Skills Assessment,* y las entrevistas. El TSA es un examen de dos horas que hay que hacer para estudiar determinadas carreras en Oxford. La universidad lo utiliza para confirmar si tenéis las capacidades y el espíritu crítico necesario para estudiar allí.

En mi agenda consta que la prueba se hará poco después de Halloween y ya me pongo nerviosa cuando pienso en las tareas que se nos echan encima. En los treinta minutos que siguen, Pippa nos explica cuál es la estructura del examen y de cuánto tiempo dispondremos para cada sección, elementos, todos ellos, que ya hace tiempo que conozco. No quiero saber nada sobre el proceso del examen, lo que quiero es aprender a aprobarlo. Como si Pippa me hubiese leído el pensamiento, da una palmada con las manos.

—Lo mejor es que echemos un vistazo al modelo de una de las preguntas que podrían planteares para desarrollar. A mí me ayudó enormemente discutir con otros aspirantes acerca de determinadas cuestiones porque todos tenemos diferentes formas de deducir y esto puede ser en parte muy esclarecedor. Por eso he pensado que lo mejor sería que lo hiciésemos también aquí. —Abre su carpeta y saca un montón de hojas que reparte entre nosotros—. En la segunda página encontraréis la primera pregunta. Tú —dice señalando con la mano a Wren, quien acaba de cuchichear otra cosa—. Lee la pregunta, por favor.

—Será todo un placer —contesta con una sonrisa insolente antes de levantar la hoja de papel y leer en voz alta—: La primera pregunta dice: «¿Significa el hecho de que pueda usted definir las causas de sus acciones que éstas son racionales?».

Lin levanta el brazo con ímpetu.

—No hace falta que pidas la palabra, la discusión queda abierta —dice Pippa señalando a Lin.

—Todas las acciones tienen un origen emocional —comienza a explicar mi amiga—. Aunque siempre se dice que hay que reflexionar para tomar una decisión sensata en lugar de escuchar lo que dice el corazón, al final todas las decisiones están guiadas por sentimientos, de ahí que no sean racionales.

—Esto sería un ensayo muy breve —dice Alistair.

Sus amigos ríen. Todos excepto James. Pestañea unas cuantas veces, como si estuviera despertando de un sueño.

—Es una tesis que ahora se puede ampliar o que alguno de vosotros también puede refutar —señala Pippa.

—Para poder responder a la pregunta, primero habría que definir qué significa *racional* en el contexto —dice Lydia de repente. Tiene un rotulador tras la oreja y sostiene la hoja con la pregunta entre las manos. ¿En qué carrera estará solicitando entrar?

—*Racionalidad* significa pensar o comportarse con sentido común —murmura Kesh.

—En este contexto, *racionalidad* significa sentido común —digo—. Pero el sentido común es algo subjetivo. ¿Cómo se define el sentido común si cada persona tiene distintas reglas, principios y valores?

—De todos modos, yo diría que todos tenemos más o menos la misma idea de los valores fundamentales —interviene Wren.

Me encojo vacilante de hombros.

—Creo que depende de la forma en que hayas sido educado y de qué personas se muevan en tu entorno.

—Todas las personas aprenden desde una temprana edad que no deben matar a otro ser humano y demás. Cuando uno actúa según estos principios es, considerado de forma objetiva, racional —responde él.

—Pero no todos los actos pueden remitirse a estos principios —objeta Lin.

—Cuando hago algo que me destroza, pero que sé que obedece a determinado principio, ¿tomo la decisión racional? —pregunta Lydia.

La miro perpleja, pero ella clava la vista a la hoja con las preguntas.

—Cuando eso encaja con tu comprensión básica del sentido común, sí —respondo tras una breve pausa—. Ahí se ve claramente lo diferentes que pueden llegar a ser los principios de distintas personas. Yo nunca haría voluntariamente algo que me destroza.

—¿Así que mi comprensión básica del sentido común vale menos que la tuya?

Lydia me mira de golpe bastante enfadada. Unas manchas rojas aparecen en sus mejillas pálidas.

—Con ello quiero decir que, según mi opinión, una acción no puede ser racional si hiere a alguien. Ya sea a uno mismo o a otro. Pero esto es sólo lo que yo reivindico.

—Y lo que tú reivindicas es más elevado que lo que reivindican otras personas, ¿verdad?

Miro a James sorprendida. Ha hablado tan bajo que casi no lo oía. Ya no parece estar pensando en otra cosa. Ahora está aquí, en esta sala, dirigiendo hacia mí su fría mirada.

Cojo con firmeza el rotulador.

—No relaciono la pregunta conmigo, sino, en general, con el hecho de que todos pensamos y actuamos de forma diferente.

—Consideremos la posibilidad de que yo introduzco subrepticiamente en una fiesta a unos *strippers* para crear ambiente y preparar una velada agradable para los presentes —dice despacio James—. Entonces se trataría de una decisión claramente racional, obedeciendo a tu forma de entender la pregunta.

De un momento a otro se me va a romper el rotulador.

—No fue una decisión racional, fue simplemente una inmoralidad y una mierda.

—Mejor no emplear palabras como *mierda* ni en el ensayo ni en la entrevista de aspirante —menciona Pippa.

—Llevas el debate a un aspecto que no se está planteando aquí —responde con sequedad James—. Pongamos por ejemplo que tienes dos ofertas de trabajo, en uno ganas más; pero en el otro puesto peor pagado serías más feliz. La decisión racional consistiría en decidirte por el trabajo mejor pagado.

—Eso si se trata de un sentido común basado en un principio monetario, lo que en tu caso no sería una sorpresa.

Mi cuerpo desborda energía, y es como si en esa estancia no hubiera nadie más que James y yo. Ahora arquea una ceja.

—Primero: tú no me conoces en absoluto. Segundo, el acto racional es decidirse por el puesto mejor pagado.

—¿Por qué, si puedo preguntar?

Me mira directo a los ojos.

—Porque en este mundo nadie se interesa por ti si no tienes dinero.

Con estas palabras tomo conciencia de lo gastadas que tengo las suelas y de lo agujereada que está mi mochila. Una ardiente cólera se apropia de mí a una velocidad vertiginosa.

—En esto se nota quién te ha educado.

—¿Qué significa eso? —pregunta con una voz peligrosamente serena.

Me encojo de hombros.

—Si desde pequeño te han inculcado que nadie se interesará por ti si no tienes dinero, está claro que actúas desde un sentido común en el que no cuenta nada más. En realidad, bastante pobre.

En su barbilla empieza a temblar un músculo.

—Es mejor que no sigas hablando, Ruby.

—En Oxford tampoco puedes prohibirle hablar a alguien. A lo mejor tendrías que acostumbrarte a que te lleven la contraria o familiarizarte con la idea de que te rechacen. Con lo cual tampoco tendrías que tener ningún problema, a fin de cuentas sigues siendo rico y el mundo se interesa por ti.

James se estremece como si le hubieran abofeteado. En la sala reina un silencio sepulcral. Lo único que oigo son los acelerados latidos de mi corazón y un zumbido atronador en los oídos. En los segundos que siguen, James se levanta tan bruscamente que empuja la silla y ésta cae al suelo con estrépito. Contengo el aliento cuando deja la habitación dando zancadas y cierra dando un sonoro portazo.

Soy consciente de repente de mi entorno. Los amigos de James parpadean perplejos, como si se preguntaran qué demonios acaba de pasar. A estas alturas, por la cara que pone, se diría que Lydia se encuentra en estado de shock. Un escalofrío me recorre la espalda. La subida de adrenalina desciende lentamente y me doy cuenta de lo que he dicho.

Hasta aquí el tema «pasar desapercibida». En lugar de sostener una discusión profesional, me he ido a lo personal porque James me ha puesto furiosa. Lo que ha dicho es cierto. Yo en realidad no lo conozco. No tengo ningún derecho de echarle en cara estas cosas sólo porque se comporta como un gilipollas descerebrado. Eso no me hace ni una pizca mejor que él.

¿Se puede saber qué demonios me ha pasado?

11

James

A estas alturas, el dibujo que se extiende por mi hoja tiene un aspecto bastante impresionante. Los dientes negros puntiagudos, las pequeñas espirales y los círculos incontrolados casi parecen tridimensionales. Como si bastara estirar la mano para coger la imagen. Siempre me sorprende todo lo que puede salir al garabatear. Y de lo bien que desvía la atención. Por ejemplo, del hecho de que mis chicos están en el campo de juego a menos de cien metros, entrenándose para el partido del próximo fin de semana. O del hecho de que todavía tengo que pasar una hora y once minutos en esta sala.

—¡James!

Levanto la vista. Todos los del comité de actos me están mirando.

—¿Qué?

—¡Ni siquiera ha escuchado! —exclama Jessalyn mirando indignada a Ruby, como si fuera culpa suya que no me apetezcan estas reuniones que no sirven para nada.

—Entonces vuelvo a repetirlo —dice con calma Ruby mirándome desde el lado contrario de la mesa—. Necesitamos indumentaria para hacer la foto de nuestro cartel. En Gormsey hay una empresa de alquiler, pero se nota que los vestidos no son originales, sino de plástico.

—¿Gormsey? —pregunto desconcertado.

—Es el lugar donde nací —responde paciente.

Es la primera vez que oigo ese nombre.

Me sorprendo preguntándome en qué tipo de casa debe de vivir Ruby. Cómo serán sus padres. Si tendrá hermanos. Asuntos que no deberían interesarme.

—La última vez dijimos que queríamos hacer una foto lo más auténtica posible. Pero no es tan fácil encontrar vestimentas de calidad. Beaufort existe desde hace más de ciento cincuenta años, ¿verdad? —Se esfuerza mucho en hablarme con amabilidad, pero eso no cambia que en mis venas corra una sensación de frío ya muy conocida. Sospecho lo que viene ahora—. ¿Crees que podrías preguntarles a tus padres si nos prestarían un par de prendas de ropa?

Desearía poder seguir garabateando en mi cuaderno de apuntes. O estar en otro sitio, jugando al lacrosse, por ejemplo. Allí nadie me pide nada, puedo limitarme a correr, competir, driblar, tirar a portería y ser libre. En el campo puedo olvidar. Aquí me recuerdan quién soy y qué me espera en el futuro. Carraspeo.

—Lamentablemente, no puedo.

Parece como si Ruby ya contara con esta respuesta.

—De acuerdo. ¿Puedo preguntar por qué?

—No, no puedes.

—Es decir, con otras palabras, no quieres ayudarnos —dice con forzada serenidad.

—Entre «querer» y «poder» no hay ninguna diferencia. Mi respuesta sigue siendo la misma.

Sus aletas nasales se inflan ligeramente mientras se obliga a conservar la calma. No lo consigue del todo y en cierto modo me divierte comprobarlo. Procuro ignorar el hecho de que es realmente guapa. Nunca había visto una cara como la suya: su nariz respingona no encaja con el gesto orgulloso que rodea su boca, sus ojos de gato no casan con las pecas que cubren su nariz, y tampoco el flequillo recto con su rostro en forma de corazón. Pero, sorprendentemente, todo se ajusta a la perfección. Y cuanto más la miro, más atractiva la veo.

No consigo explicarme por qué ayer perdí el control de esa manera. No era la primera vez que alguien me echa en cara que soy un desgraciado rico y mimado. No era la primera vez que precisamente Ruby me lo echaba en cara. No sé por qué sus palabras me afectaron tanto, pero algo movieron en mí... ¡y no me gustó! Yo no me reconozco así... y mis amigos tampoco. Ninguno de ellos ha hablado hoy de lo ocurrido, sin embargo yo esperaba que se rieran de ello, que se metieran conmigo por el modo en que reaccioné y así quitaran hierro a este asunto. Pero, con su silencio y sus expresivas miradas, todavía han dado más peso e importancia a las palabras de Ruby.

Suspiro por dentro. Joder, quería disfrutar del último año de escuela, no preocuparme por nada ni nadie, y divertirme, nada más que eso. En cambio, no puedo jugar al lacrosse, tengo que reunirme con este grupo de mierda, en el que el ambiente es de pena, y tengo que aguantar que Ruby me diga que...

Ruby chasquea los dedos delante de mis ojos...

—Perdona —digo frotándome la cara con las dos manos—. ¿Qué?

—Chicos, podemos prescindir de él —dice enfadado Kieran.

—Yo también podría prescindir de vosotros, pero por desgracia debo aguantaros hasta el final del trimestre —le contesto mirándolo con frialdad.

—¡James! —exclama indignada Ruby.

—¿Qué pasa? Sólo soy sincero.

—Hay momentos en la vida en los que la sinceridad está fuera de lugar.

Tengo en la punta de la lengua contestarle: «Mira quién habla». Pero me reprimo. En cierto modo encuentro atractivo que me hable con tanta severidad. Lo que seguramente se deba a que desde hace dos semanas no celebro nada con los chicos y tengo demasiada energía acumulada. Urge que piense en otra cosa. Intentando pasar desapercibido, saco el móvil del bolsillo de los pantalones y envío un mensaje al grupo.

Esta noche, fiesta en mi casa.

—Vayamos a recoger la ropa en la empresa de alquiler y ya está —propone Lin—. Con un poco de Photoshop lo arreglaremos para que se vean auténticos.

Kieran suspira.

—Esto es absurdo. James Beaufort está en nuestro equipo.

—Entonces, si James no quiere ayudarnos, yo misma consultaré en Beaufort —dice de repente Ruby.

—No lo harás —digo yo ausente sin apartar la vista del móvil: Alistair acaba de escribirme lo malos que son los nuevos y que el entrenador se está volviendo loco.

—No me lo puedes prohibir, ¿verdad?

No quiero de ninguna de las maneras que hable con mis padres. No quiero tener a nadie cerca de mis padres. Es algo así como imposible cuando se piensa que con sus donaciones financian una parte que no tiene nada de insignificante de esta escuela y se dejan ver en todas las fiestas. Pero sólo la idea de que Ruby se acerque a mi padre me revuelve el estómago.

—¿De verdad quieres que en la reunión semanal con Lexington le comunique lo poco que te implicas?

Levanto la vista lentamente y miro a Ruby con los ojos entrecerrados. No puedo creer que esté intentando en serio chantajearme. Si no estuviera tan furioso, estaría impresionado.

—Haz lo que quieras —respondo con un gruñido.

Durante el tiempo que queda, la ignoro y nadie más me habla. Furioso, voy dibujando en mi cuaderno de apuntes círculos y objetos puntiagudos de los que surgen pequeños monstruos con dientes afilados que sostienen *sticks* de lacrosse en sus garras. Cuando Ruby da por terminada la reunión, me levanto tan deprisa que Camille, que está a mi lado, se lleva un susto. Ya casi estoy en la puerta cuando Ruby se interpone en mi camino.

—¿Podrías quedarte un momento?

—Tengo prisa —digo entre dientes.

Intento evitarla dando un paso a un lado, pero ella también se desliza hacia el costado.

—Por favor.

Ya no tiene un tono de voz exasperado como hace un par de minutos. Ahora parece cansada, como si estuviera tan impaciente como yo por salir de una vez de esta sala. Quizá sea ésa la razón por la que asiento y dejo sitio a los demás. Pero a lo mejor es también por pensar en el director Lexington y en el hecho de que quiero evitar con todas mis fuerzas tener que participar más tiempo del necesario en estas reuniones del comité. Kieran es el último en marcharse; antes de cerrar la puerta me lanza una mirada rara. Si tuviera que apostar diría que tiene celos de mí. Interesante...

Ruby carraspea. Se apoya con la cadera en una de las mesas y se cruza de brazos.

—Si estás cabreado conmigo, no te desquites con el equipo. Los otros no pueden hacer nada y es un fastidio que les dificultes el trabajo.

Al pensar en el día anterior casi me siento mal. Recuerdo cada una de las palabras que me dijo. Pero no quiero que ella sepa que me trastornó lo que me dijo, así que respondo con frialdad a su mirada.

—No estoy cabreado contigo.

—Pues no es que transmitas una impresión especialmente amistosa.

La miro levantando las cejas.

—Tuvimos una estúpida discusión en un taller, Ruby Bell. Un debate que en un momento determinado me resultó demasiado cretino. ¿Qué quieres?

—Sólo quería disculparme. Me comporté injustamente, fui a lo personal, y lo siento.

De acuerdo, no es lo que esperaba. Necesito un momento para encontrar las palabras adecuadas.

—Te crees muy importante si crees que todavía estoy pensando en eso.

Parpadea varias veces, obviamente desconcertada por mi respuesta mordaz.

—¿Sabes qué? Olvídalo, es todo.

—No tienes que pedirme disculpas sólo porque quieras obtener algo de mí.

—No me disculpo porque quiera pedirte algo, James —protesta—, sino porque lo siento de verdad. Ayer fui... fui mala.

Nos quedamos observándonos un rato y yo intento distinguir alguna intención secreta en su mirada. Pero no encuentro ninguna. Su expresión es franca y honesta. Calibro brevemente mis posibilidades. Podría seguir pasando de ella y hacer como si me diera igual lo que ha dicho, pero entonces corro el riesgo de que realmente le hable mal de mí a Lexington y se alargue el tiempo que he de pasar en este comité. Además, compruebo que no es cierto que quiera hacerlo. Pelearse con Ruby Bell es tremendamente cansado. Creo que me resultará todo más fácil si le hago concesiones.

—De acuerdo —digo al final.

De repente la atmósfera deja de estar cargada de ira como dos minutos antes. Tengo la sensación de que puedo volver a respirar, y también los hombros de Ruby parecen más relajados.

—Bien —contesta.

Durante unos segundos parece indecisa, como si no supiera qué hacer. Luego asiente y vuelve a su mesa. Coge su agenda, la abre y tacha algo. Me pregunto si disculparse conmigo era el primer punto de su lista de tareas pendientes. No me extrañaría.

De hecho, podría irme ya. Nos hemos dicho todo lo que teníamos que decir. No entiendo por qué no me muevo de mi sitio y me quedo observándola recoger sus cosas.

Todo parece tener su sitio en su espantosa mochila, y ver cómo van desapareciendo paso a paso ahí dentro un archivador, un cuaderno de apuntes, los rotuladores, la botella de agua y, al final, la agenda tiene algo extrañamente tranquilizador, casi hipnótico.

—¿Cuántos trajes necesitas para el cartel? —me oigo preguntar a mí mismo de repente.

Ruby se detiene en medio de un gesto. Vuelve lentamente la cabeza para mirarme.

—Dos —dice con cautela—. Uno de hombre y otro de mujer.

Veo que intenta en vano no hacerse demasiadas ilusiones y decido no tenerla mucho tiempo en vilo.

—Se los pediré a mis padres —anuncio tras una breve pausa.

Los ojos de Ruby se iluminan y es evidente que le cuesta un montón evitar que resplandezcan.

—¿De verdad?

Asiento.

—¿Estás contenta ahora?

Ruby cierra la mochila y se la lleva al hombro. Da unos pasos hacia mí.

—Gracias. Es una gran ayuda.

Me encojo de hombros, luego salimos juntos de la sala de grupos por primera vez desde que participo en las reuniones del comité de actos.

—La planificación está yendo muy bien, ¿no? Para Halloween.

Me mira sorprendida. Yo estoy igual de asombrado de mi pregunta. ¿Se puede saber por qué demonios no me largo?

—Lo cierto es que sí. Pero creo que no podré volver a dormir tranquila hasta que la fiesta no haya sido un éxito.

—¿Por qué le das tanta importancia?

Reflexiona un par de minutos antes de responder.

—Quiero demostrar que soy buena dirigiendo el equipo. Que me merezco este puesto. Tuve que pelear para ingresar en él y luego tuve que volver a luchar para no dejarme avasallar por Elaine. —Me lanza una mirada de disculpa—. Sé que sois amigos, pero de verdad que no era una buena jefa de equipo. No quiero que todo el trabajo y el entusiasmo que he invertido en el comité, y que sigo invirtiendo en él, no sirva para nada.

Farfullo algo pensativo y ella me mira inquisitiva.

—Estoy pensando en si hay algo por lo que yo me desviva así.

—¿El lacrosse? —pregunta ella.

Hago un gesto de ignorancia.

—Quizá.

Bajamos, atravesamos la biblioteca y salimos, y por primera vez soy consciente de que las actividades que a mí me parecen tan absurdas y farragosas constituyen un importante componente de la vida de otras personas.

—Por cierto, ¿qué hora es? —pregunta repentinamente Ruby.

Miro mi reloj de muñeca.

—Casi las cuatro.

Suelta un improperio a media voz y se va corriendo.

—¡Voy a perder el autobús!

La mochila verde salta sobre su espalda y su cabello castaño revolotea en el aire cuando corre a toda prisa hacia la parada.

Yo voy al aparcamiento donde el chófer me espera en nuestro Rolls-Royce. De golpe, pedir la ropa a mis padres no me parece una carga tan pesada.

Ruby

Mi móvil vibra justo cuando estoy sentada con mis padres y Ember delante del televisor viendo *La Voz Kids*. Lo saco del pantalón. El botón para desbloquearlo se queda un buen rato atascado y tengo la sensación de que cada día he de apretarlo un poco más fuerte. Cuando el móvil por fin entiende la indicación, me quedo de piedra.

Me han enviado un mensaje desde un número desconocido.

> Tengo listos los trajes para el cartel.
> Se pueden recoger mañana en
> Londres. J.

—No me puedo creer que esta niña tenga ocho años —resuena en mi oído la voz sorprendida de mi madre.

—¿Cómo es que ninguna de vosotras dos sabe cantar? —pregunta mi padre—. Os habría llevado a un programa como éste.

—Nuestro talento se manifiesta en otros campos, papá —responde Ember.

—¿Ah, sí? ¿Qué sabes hacer tú?

Un sonido ahogado me lleva a levantar la vista. Ember acaba de tirarle a papá un cojín del sofá. Él suelta una carcajada.

—Mi blog tiene más de quinientos seguidores, papá. Sé coser y sirvo para demostrar a la gente que con un cuerpo como el mío se puede llevar lo que se quiera. Ya es algo, ¿no?

—¿Ya son más de quinientos? —pregunto sorprendida.

Mi hermana asiente lacónica. Desde que nos peleamos no hemos hablado mucho. Ember sigue muy enfadada porque me niego a invitarla a la próxima fiesta de Maxton Hall, de ahí que se me haya pasado totalmente que lograra superar ese gran hito.

—Es estupendo. Muchas felicidades —digo.

No entiendo por qué mis palabras suenan forzadas, pues las digo con sinceridad. Ember lleva más de un año trabajando en *Bellbird*. Pone tanto esfuerzo y amor en el blog que se merece tener éxito con él.

—Gracias.

Ember baja la vista hacia el mando a distancia y empieza a toquetearlo.

—¿Pensáis que Ember podría presentarse allí equipada con su máquina de coser y participar en la competición? —pregunta de repente mi padre—. O a lo mejor podría pronunciar una conferencia. Sería estupendo que explicases a esa gente lo que nos has enseñado, comparación con Voldemort incluida y todo eso que todo el mundo puede comprender.

Ember lanza una sonora carcajada.

—No creo que funcione, papá. Es un espectáculo musical.

—Ah. Sí. Es un buen argumento. ¿Y qué tal con *Britain's Got Talent*? Es un concurso de talentos, y si lo que tú haces no encaja allí, ya me dirás qué encaja. En caso de necesidad invitamos a tus quinientos seguidores y que hagan de público. Y luego te animamos todos juntos.

—¡Desde luego! —convengo yo—. Ve y regístrate con tus

bocetos en uno de estos programas. Yo fabricaré unas etiquetas de colores y las repartiré entre todos tus seguidores.

Mi hermana hace una mueca. Yo le saco la lengua. Sus ojos empiezan a brillar y una sonrisa prudente empieza a dibujarse en sus labios. En ese momento, tengo la sensación de que todo vuelve a estar en orden. Hemos hecho las paces en silencio, como siempre. Siento que me quito un peso de encima.

Mi padre dice algo más, pero justo entonces mi atención se desvía hacia mi móvil, donde de nuevo se ilumina un mensaje. Voy a responder, pero enseguida borro lo escrito. No sé cómo reaccionar. La idea de viajar con James a Londres y pasar un día con él, fuera de las fronteras que normalmente Maxton Hall establece a nuestro alrededor, me parece extraña. Extraña, pero también... emocionante, si pienso más profundamente en ella. Vuelvo a teclear un par de palabras.

De repente, un cojín aterriza en mi cara.

—¡Eh! —exclamo.

—Todavía no habíamos acabado nuestra discusión, Ruby —señala mi padre en un tono serio—. Participa en ella.

—No, papá, yo no sé cantar, y no, no voy a asistir a un concurso de talentos para que luego os podáis reír de mí.

—Humm —dice mirándome pensativo mientras mamá emite un sonido de satisfacción—. ¡Una niña tan pequeña con una voz tan maravillosa!

—Hay otras posibilidades de ganar en una competición así. Si no funciona lo de la máquina de coser, también podríamos aprender a hacer juegos malabares.

—Si quieres participar a toda costa en un concurso de talentos, deberías presentarte tú por tu cuenta —digo secamente.

—¿Sabéis qué? A lo mejor lo hago yo —contesta papá con un fingido tono de obstinación.

—Y... ¿en qué especialidad? —pregunta ausente mamá, que no aparta los ojos de la pantalla.

—¿Qué tal con...?

Danny Jones, uno de los miembros del jurado, aprieta el botón y su silla empieza a girar. Mamá da gritos de alegría y mi padre también levanta eufórico los brazos.

Ember y yo nos miramos y nos echamos a reír al mismo tiempo.

—¿Teníamos algo planeado para mañana? —pregunto después de que la niña haya salido del escenario y el ambiente se haya calmado un poco.

Papá hace un gesto negativo con la cabeza.

—No, ¿por qué?

—Estamos planeando la fiesta de Halloween y buscamos indumentaria. Un compañero de la escuela ha podido conseguir unos trajes y me pregunta si vamos a recogerlos mañana a Londres.

—Es un viaje de dos horas. ¿Conduce tu horrible compañero o vais en tren? —pregunta mamá.

Levanto el dedo para indicarles que esperen un momento. Entonces tecleo la respuesta.

De acuerdo. ¿Cómo vamos
a Londres? R. B.

Espero que entienda que mis iniciales van de broma.

Mi chófer te recogerá a eso de
las 10. ¿De acuerdo? J. M. B.

Resoplo y enseguida percibo la mirada inquisitiva de Ember.

Por un instante estoy a punto de buscar en Google a James sólo para encontrar a qué nombre se refiere la M, pero me contengo. Eso sería también sobrepasar otro límite. No quiero saber todo lo que hay acerca de él en la red. En la escuela ya corren cientos de rumores. Tengo cotilleos sobre James Beaufort para el resto de mi vida.

—Por lo visto, mi compañero de escuela tiene chófer —respondo más tarde.

—¿Chófer? —pregunta incrédula Ember—. Ah, debe de ser uno de esos pijos.

—Su familia es propietaria de Beaufort.

—¿Vas a ir a Londres con el chico Beaufort? —insiste papá en un tono mezcla de sorpresa y de desconfianza.

Asiento lentamente.

—Sí. Podemos conseguir la indumentaria de su almacén.

Mi padre frunce el ceño.

—Y viajáis... ¿los dos solos?

—Ya basta, Angus —se entremete mi madre—. Deja a Ruby en paz.

—¿Qué pasa? Si tiene una cita con un chico, quiero saberlo.

Noto que me ruborizo.

—No tengo una cita con un chico, papá. Es una cosa de la escuela.

Suelta un gruñido. Ember, por el contrario, se me queda mirando con los ojos muy abiertos.

—Es increíble. —Se reclina hacia atrás en el sofá y se cruza de brazos—. Esto es... Madre mía. No sabes la suerte que tienes, Ruby.

—Sacaré fotos para ti —contesto, pero Ember tiene la mirada pegada al televisor—. Entonces ¿puedo ir? —pregunto dirigiéndome a mi madre: me parece la única persona sensata en esta sala de estar.

—Claro que sí —dice al momento lanzando una mirada de advertencia a mi padre cuando éste vuelve a abrir la boca—. Ya eres lo suficientemente mayor para decidir con quién, cuándo y adónde vas.

Por algún motivo, sus palabras aumentan todavía más el rubor de mis mejillas. Sin prestar mucha atención, tecleo una respuesta:

De acuerdo.
Por cierto: en lugar de champán,
preferiría Ben & Jerry's. R. J. B.
P. S.: Como vuelvas a añadir
otra inicial, me volveré loca.

Dudo un momento y me pregunto si puedo enviar el mensaje así realmente. James y yo no somos de esas personas que bromean la una con la otra a través de un chat. ¿O sí?

Hasta mañana, Ruby.

No, no somos para nada ese tipo de personas.

12

Ruby

A la mañana siguiente sí estoy a punto de volverme loca porque no tengo ni idea de qué ponerme para ir a Beaufort. No sé si existe un código de indumentaria y, si ése es el caso, cómo de elegante he de vestirme. Además, me pregunto si James llevará traje. Nunca nos hemos visto fuera de la escuela, lo que significa que sólo nos conocemos con el uniforme.

Al final me decido por una falda negra, calcetines por encima de la rodilla y un jersey de punto de color ocre con el cuello de ganchillo blanco y un lazo negro. Me pongo, además, los zapatos Oxford negros que me compré hace un par de meses en la tienda de segunda mano de Gormsey.

En lo que se refiere a moda no me arriesgo, ni de lejos, tanto como Ember. Prefiero comprarme prendas con las cuales me sienta segura y que sé que podré llevar mucho tiempo. Pero, a pesar de todo, me gusta ir arreglada y tomarme mi tiempo para ir bien; es probable que también se deba a mi debilidad por el orden.

Cuando ya he acabado de vestirme, me dirijo con prudencia a la habitación de mi hermana. Ya está despierta y sentada a su pequeño escritorio junto a la ventana cuando asomo la cabeza por la puerta.

—¿Qué? —pregunta sin volverse.

—¿Qué opinas de este conjunto?

Se gira con la silla hacia mí y abro del todo la puerta para que pueda verme.

—Muy guapa —confirma después de examinarme de la cabeza a los pies.

—¿De verdad? —pregunto dando una vuelta sobre mi propio eje.

Cuando miro a Ember, ella entrecierra los ojos.

—Conque no es una cita, ¿eh? —dice con un tonillo burlón.

Pongo los ojos en blanco.

—Ember, no soporto a ese tío.

—Ha quedado claro —contesta poniéndose en pie.

Va a su armario, un pequeño entrante empotrado en la pared, y abre la puerta. Luego se inclina hacia delante, hasta que casi desaparece en su interior, y se pone a rebuscar algo. Yo me acerco por detrás y miro lo que hace por encima de su hombro. Al cabo de medio minuto, emerge de allí y me tiende un bolsito de color burdeos.

—¡Mi bolso!

—No te hagas la indignada. Siempre vas de un lado a otro con la mochila. —Señala mi indumentaria—. El bolso combina muy bien con eso.

—En realidad tendría que pedirte intereses por haberlo tenido tanto tiempo.

Sacudo la fina capa de polvo que se ha formado sobre el cuero de imitación. Compré este accesorio en la tienda de segunda mano del centro del pueblo. Lo lucí orgullosa durante dos semanas, hasta que nuestra vecina, la señora Felton, me descubrió en la panadería de mamá y se jactó a voz en grito de que el bolso había sido de ella cincuenta años atrás. Después se lo presté solícita a Ember y, en un principio, tampoco quería que me lo devolviera. Ahora que lo sostengo en la mano, me alegro de recuperarlo.

—No voy a pagar intereses por algo que ni siquiera sabías que estaba en mi poder —contesta Ember.

El timbre de la puerta de casa me paraliza. Echo un vistazo al reloj. Las diez menos cuarto.

—Llega antes de la hora —me lamento, y salgo corriendo a mi habitación para pasar a toda prisa de un bolso a otro el móvil y el monedero.

—¡Ruby! —resuena la voz de mi madre.

Mientras bajo las escaleras me obligo a mantener la calma. No hay la más mínima razón para estar nerviosa. No es más que un viaje escolar. Lin y yo hemos hecho cosas similares juntas cientos de veces, y con James no va a ser distinto.

Respiro hondo y bajo los últimos peldaños. Mamá ya ha abierto la puerta y cuando llego al pasillo está hablando con un hombre. Me quedo con la boca abierta.

Primero: James no ha mentido. Es verdad que tiene chófer. Y, además, con uniforme, gorra y toda la parafernalia. Segundo: el chófer se parece a Antonio Banderas. Tiene la piel morena, ojos castaño oscuro y una boca muy expresiva, casi sensual. Debe de andar por la cuarentena y es atractivo en extremo. Si interpreto de forma correcta el rubor de las mejillas de mi madre, es evidente que ella piensa exactamente lo mismo que yo.

—Buenos días, señorita —dice el Zorro-chófer levantándose la gorra para saludarme.

—Buenos días...

—Percy... —Mamá me echa una mano al tiempo que me mira resplandeciente.

—Percy —concluyo con una sonrisa, y cojo la parka del armario—. Bien, mamá. Nos vemos luego.

—Que te diviertas, cariño. Y saca alguna foto para nosotros.

Mi madre me da un beso en la mejilla y yo salgo a reunirme con Percy. Un segundo después, éste extiende como por arte de magia un enorme paraguas negro sobre mi cabeza.

—Muchas gracias —digo.

—Es un placer, señorita. El coche está justo delante.

Sigo el movimiento de su mano y casi me quedo parada del impacto. En la calle, frente a nuestra casa, espera un Rolls-Royce. De un negro reluciente y con un tamaño enorme, parece, entre los otros coches aparcados al borde de la calle, una especie de cuerpo extraño, incluso para mí, que ya estoy acostumbrada a ver limusinas y vehículos caros.

Percy abre una de las puertas traseras y sostiene el paraguas para protegerme de la lluvia hasta que subo. Doy las gracias de nuevo, él responde inclinando la cabeza y vuelve a cerrar la puerta con cuidado detrás de mí. Ni siquiera ha pasado medio minuto y el coche ya se ha puesto en marcha.

Nerviosa, me aliso la falda y compruebo que después de haberme sentado todo sigue en orden.

A continuación, miro a James.

Está sentado en el asiento lateral con una expresión inescrutable en la cara. Parece como si ni él mismo pudiera saber qué pensar sobre el hecho de que yo acabe de subir a su coche.

Lleva un traje gris oscuro de punto fino, una camisa blanca y una corbata de seda oscura con alfiler. En una mano sostiene un vaso, que espero de todo corazón que esté lleno de zumo de manzana, y me llama la atención un sello en la mano izquierda que nunca había visto. Lleva grabado en él un escudo, seguramente el de su familia.

Cuanto más lo miro, más inapropiada me veo con mi mezcla de prendas *vintage*. A diferencia de mí, todo en James rezuma dinero, desde la coronilla hasta las puntas de sus brillantes zapatos negros de piel. Intento no dejarme impresionar por todo ello porque, a fin de cuentas, ya sabía dónde me metía.

Es al mirarlo con más atención cuando me doy cuenta de lo cansado que parece. Sus ojos azul turquesa están enrojecidos y en la parte inferior aparecen sombras oscuras.

—Buenos días —dice con voz ronca.

A lo mejor es que acaba de despertarse. O que ha pasado la noche de juerga y no ha dormido.

—Buenos días —contesto—. Gracias por venir a recogerme.

Como no responde nada y en lugar de eso me examina igual como yo he hecho antes con él, me dedico a echarle un vistazo a la limusina. Los asientos son de piel, frente a James hay una barra con vasos y un cajón con una puerta que supongo que es una especie de nevera. Entre nuestro espacio y el del conductor hay una mampara oscura de separación.

Cuando el silencio amenaza con hacerse incómodo, señalo a Percy con la barbilla y digo:

—Tu chófer podría ser una estrella de Hollywood. Nunca había visto a un cuarentón tan atractivo.

—Me halaga usted, señorita. Tengo cincuenta y dos años —resuena la voz de Percy a través de un altavoz colocado en el techo.

Miro a James estupefacta. En su rostro se extiende una sonrisa de oreja a oreja. Un calor increíble se me agolpa en las mejillas.

—Cuando digas estas cosas, más vale que apagues el interfono, Ruby Bell —observa James señalando arriba. Sigo su mirada y veo una bombillita con la luz roja.

—Oh.

—Yo lo resuelvo, señor —dice Percy, y un segundo más tarde se apaga la luz.

Hundo el rostro en las dos manos y muevo la cabeza.

—En las películas se alza la mampara de separación, ¿cómo iba a saber yo que además hay que apretar un botón?

—No te preocupes. Yo pocas veces le echo estos piropos a Percy. Seguro que se alegra.

Muevo la cabeza.

—Creo que tengo que bajar.

—Demasiado tarde. Durante las próximas dos horas te tengo presa aquí conmigo. —Oigo un leve tintineo—. Toma, para ti.

Me aparto lentamente las manos de la cara. James me tiende un pequeño vaso de color azul.

—No me digas que realmente me has traído helado —digo incrédula.

—Nos quedaban algunos en casa —responde sin más—. Toma, o me lo comeré yo.

Sin decir palabra, le cojo la tarrina. James vuelve a inclinarse hacia la nevera y poco después sostiene un segundo vasito de Ben & Jerry's en la mano. Contemplo con interés como arranca la lámina de plástico y quita la tapa. Verlo con ese traje y el helado en las manos me parece tan irreal que durante un rato me pregunto si es cierto que estoy despierta o aún duermo.

El helado se condensa en mi mano y me cae una gota fría en la falda. Busco una servilleta con la mirada.

—Ahí delante, a la derecha —dice James señalando la barra.

Me estiro y cojo una servilleta color cáscara de huevo de la pila y la despliego sobre la falda. Luego levanto la tapa de la tarrina y pruebo la primera cucharada. Cierro los ojos complacida.

—Mmm. Cookie Dough.

—He tenido que adivinar cuál era tu sabor favorito —dice James—. ¿He acertado?

—Sí. Cookie Dough, por supuesto —respondo convencida, pero un segundo después me detengo—. Aunque... el nuevo sabor de caramelo salado también está muy rico. ¿Lo has probado?

James niega con la cabeza. Durante un momento nos sumimos en silencio. Entonces dice:

—Éste es el mejor desayuno para superar la resaca que tomo desde hace tiempo.

Así que ayer sí hubo celebración.

—¿Ha sido una noche larga?

Me arrepiento al instante de haberlo preguntado; él esboza una sonrisa ambigua junto al helado.

—Se podría decir así.

—De modo que esa parte de los rumores sobre el abominable James Beaufort es cierta.

—¿Rumores sobre el abominable James Beaufort? —pregunta divertido.

Levanto una ceja.

—Va, venga.

—No tengo ni la menor idea de lo que estás hablando.

—Como si no supieses que circulan montones de rumores sobre ti y tu grupito.

—¿Por ejemplo?

—Que por las mañanas comes caviar, que te bañas en champán, que destrozaste una cama de agua practicando el sexo... y demás.

Se detiene con la cuchara a medio camino de sus labios. Pasa un segundo y luego otro. Al final se la mete en la boca y come con parsimonia el helado mientras hace como si estuviera reflexionando intensamente. Parece como si fuera despertándose poco a poco. El velo turbio ha desaparecido de sus ojos.

—De acuerdo, pues vamos a acabar con esos rumores —empieza—. El caviar no me gusta en absoluto. Encuentro la idea de comer huevas de pescado simplemente asquerosa. Cuando desayuno me bebo un batido, normalmente con un huevo escalfado o muesli.

—¿En el batido? —Hago una mueca de repugnancia.

—No en el batido. Además del batido.

—Ah, vale.

Vuelve a reflexionar unos instantes.

—Lo del champán tampoco es cierto. Bueno, al menos no del todo. Una vez se me cayó una botella tremendamente cara de champán de los padres de Wren en la piscina y luego me bañé allí. Pero no fue algo intencionado.

—Los padres de Wren seguro que te adoran.

—Si tú supieras... —Sonríe satisfecho y vuelve a hincar la cuchara en el helado.

—Y... ¿qué ocurre con lo de la cama de agua? —pregunto dubitativa.

James se detiene y me mira con los ojos centelleantes.

—Eso sí te interesa, ¿verdad?

—Si debo serte sincera, sí —admito sin apartar la vista—. Me refiero a que las camas de agua... tampoco deben romperse tan fácilmente, ¿no? He oído decir que son muy estables.

—No era una cama de agua, sino una normal.

Trago sin saliva. Hay algo en los ojos de James que nunca había visto. Algo oscuro, pesado, que despierta un cosquilleo en mi vientre.

—Qué aburrido —digo con ronquera, pero mi voz revela que miento.

No quiero imaginar a James practicando sexo. De verdad que no.

Lamentablemente en ese momento pienso en qué habrá hecho para cargarse la cama. Y qué aspecto tendría mientras lo hacía. Ya pude entrever algo y sé que tiene un cuerpo de escándalo. Y he observado suficientes veces la agilidad con la que se mueve al practicar deporte. Seguro que sabe lo que hace.

En ese momento agradezco tener el helado en la mano. Lo que más me gustaría sería meter la cara dentro para volver a poner los pies en tierra.

—La mayoría de las veces los rumores no dicen o apenas dicen la verdad.

Su sonrisa cómplice me hace temer que sabe hasta en su más mínimo detalle lo que acabo de pensar. Por mi parte, decido que ha llegado el momento de aparcar el tema «camas de agua».

—Entonces estoy contenta de que no corran rumores sobre mí.

James vuelve a dejar su helado en la nevera y coloca la cuchara sobre la barra. Luego se reclina sobre el respaldo y me mira pensativo.

—Después de lo de Lydia estuve indagando sobre ti.

—No sé si quiero saber lo que la gente dice sobre mí —admito en voz baja.

—La mayoría no te conocía. Y cuando hablaban de ti, no hablaban mal.

—¿De verdad? —digo con un suspiro de alivio.

James asiente.

—Ésta es también la causa por la que desconfiaba tanto de ti. Alguien con tan buena fama sólo puede andar escondiendo algo.

—Yo no escondo nada —digo con una mueca.

—Claro que no. —Me mira divertido y se inclina hacia delante—. Venga, Ruby. Cuéntame algo que no sepa ninguno de nuestros compañeros.

Sacudo automáticamente la cabeza. No. De ninguna de las maneras voy a jugar a ese juego.

—Cuéntame algo de ti que nadie más sepa.

Espero que proteste, pero en su lugar parece reflexionar acerca de la pregunta.

—Si no me admiten en Oxford, mi padre me mata.

Lo dice relajadamente, como si hiciera tiempo que hubiese asumido este hecho. Pero sus ojos me cuentan otra verdad.

—¿Porque él también estudió allí? —pregunto con cautela.

—Mis padres estudiaron los dos en Oxford. Y sus padres también.

La verdad es que siempre he envidiado a James y a sus amigos porque, por su origen, cuentan con las mejores condiciones de antemano para que los admitan en una universidad prestigiosa como la de Oxford. Pero ahora me doy cuenta de que hay una segunda cara. Una que está vinculada a una presión increíblemente grande y que me hace entender un poco mejor la violenta reacción de James en el grupo de preparación a la universidad. Mis palabras deben de haberle dolido mucho.

—Yo siempre he querido ir a Oxford. Desde que tengo uso de razón —comienzo al cabo de un rato.

De repente, tengo la sensación de que no pasa nada por confiarle esta parte de mí. A fin de cuentas, él acaba de hacerlo y eso me ha ayudado a comprenderlo un poco mejor. Desde nuestro primer encuentro no hemos hecho más que pelearnos. A nadie le va a perjudicar que intentemos desprendernos al menos de una parte de los prejuicios que tenemos el uno acerca del otro.

—Mis padres siempre me han animado, incluso cuando tenían claro que, probablemente, se quedaría sólo en un sueño.

»Aunque mis notas siempre fueron buenas; eso por sí solo no capacita a nadie para ingresar en Oxford. Pero entonces oyeron hablar de las becas que cada año se otorgan a unos cuantos escolares para que asistan a Maxton Hall, y solicitaron una para mí. No creíamos que fuera a funcionar, pero algo debí de hacer bien en las entrevistas personales. Desde entonces, la idea ya no resulta tan descabellada y me he propuesto hacer todo lo que esté en mi mano para poder estudiar en Oxford.

»Quiero que mis padres se sientan orgullosos. Y estarlo yo también.

James calla un momento. Me mira y hay tal intensidad en sus ojos azules que un escalofrío me recorre la espalda.

—¿Cuánto tiempo llevas ya en la escuela?

—Dos años.

Refunfuña.

—¿Por qué refunfuñas? —pregunto.

Se encoge indeciso de hombros.

—Me pregunto cómo es posible que no me haya fijado antes en ti.

El corazón me da un vuelco. Y al mismo tiempo me felicito para mis adentros: por lo visto mi norma sobre cómo pasar desapercibida funciona muy bien.

—Tengo el don de desplazarme como una sombra por los pasillos y fundirme con las paredes.

La comisura de su boca se levanta ligeramente.

—Suena como si fueras el fantasma de Maxton Hall. O un camaleón. Pero volvamos al tema: te toca a ti.

—¿El qué? —Lo miro perpleja.

—Explicarme algo sobre ti que nadie más sepa.

—Pero ¡si acabo de hacerlo!

Niega con la cabeza.

—Esto no cuenta. Sólo has reaccionado a algo que yo te he dicho.

Respiro hondo y exhalo lentamente mientras pienso

qué desvelarle. Que tenga la mirada clavada en mí no me facilita especialmente la tarea. Al contrario. Muevo resignada la cabeza.

—No tengo nada que contar.

—No te creo. —Vuelve a reclinarse hacia atrás con los brazos cruzados sobre el pecho—. Venga, no es posible que sólo estudies.

«Sí —se me pasa por la cabeza—, sí es posible.» Aunque por suerte otra idea aparece en el mismo momento en mi mente.

—Leo manga.

James se me queda mirando como si no hubiese oído bien. Entonces sonríe.

—Ya es algo. Aunque yo no consideraría que eso sea algo que esconder, pero... de acuerdo. ¿Cuál es tu manga favorito?

Parpadeo sorprendida. No contaba con que fuera a preguntarme eso.

—*Death Note* —respondo al cabo de un rato.

—¿Me lo recomendarías?

No tengo ni idea de cómo hemos pasado de «James destruyendo camas mientras practica sexo» a «los mangas favoritos de Ruby». De verdad, ni la más remota idea. Pero asiento lentamente.

—En mi opinión, a una persona le falta una parte importante de su formación general si no conoce *Death Note.*

James parece impresionado.

—Sería horrible.

Las comisuras de mis labios se levantan por propia voluntad. No puedo evitar sonreír. James Beaufort me ha hecho sonreír.

Cuando me doy cuenta, me giro de golpe y me pongo

a mirar por la ventanilla, pero estoy bastante segura de que lo ha visto. En sus ojos resplandece con claridad algo triunfal.

Me pregunto por qué.

13

Ruby

Beaufort.

El apellido de James resplandece en las imponentes letras de la fachada de la sede principal de la empresa. Mientras él baja del coche y se dirige con paso seguro a la entrada, yo me quedo parada y mirando con los ojos como platos primero el rótulo y después el enorme y moderno edificio, donde —como James me ha explicado durante el trayecto— en la parte inferior se encuentra la mayor filial de Beaufort en Inglaterra y, en la parte superior, los despachos de los departamentos, como diseño, distribución, atención al cliente y, por encima de todo, la sastrería, por supuesto. Los vidrios de las ventanas se despliegan por las seis plantas del edificio; detrás se ven unos maniquíes vestidos con ese estilo clásico que ha hecho famosa la marca.

—¿Vienes? —pregunta James desde la puerta de entrada.

Hemos pasado el resto del viaje conversando. No mucho, pero más de lo que había esperado. La sensación de encontrarme de verdad en un sueño se empeña en no desaparecer.

Estoy en Londres. Con James Beaufort. No me lo puedo creer.

—¡Ruby! —me llama James señalándome el reloj al tiempo que alza la ceja.

Eso me saca de mi trance. Me pongo en marcha a toda prisa para reunirme con él. Me sostiene la puerta abierta y entro vacilante en la filial. Entonces miro a mi alrededor.

Es, sin ninguna duda, más grande que la tienda donde estuve con mis padres. La superficie de ventas, con los techos altos, las paredes blancas y el cuidado suelo de madera dura, resulta acogedora y espaciosa, incluso si los muebles son en general negros. En la pared posterior se extienden unas estanterías que llegan hasta el techo y en las que descansan incontables camisas. Por encima de las estanterías hay una barra de latón de cuyo extremo izquierdo cuelga una escalera. Justo detrás del área de entrada se encuentra una gran mesa redonda en el centro de la cual hay una estatua de un ciervo y, alrededor de ésta, pequeñas pilas de pantalones doblados con sumo cuidado. Sobre la mesa cuelga una lámpara de araña cuya suave luz confiere calidez al ambiente. Se respira en el aire un aroma peculiar, herbal pero no penetrante, mezcla de los olores naturales de las telas, así como una fragancia que posiblemente proceda de algún ambientador.

James me empuja suavemente del brazo. Levanto la vista hacia él y me señala con un gesto de la cabeza la parte trasera de la tienda. Lo sigo con lentitud. A nuestra derecha se levantan más paredes con estanterías. En el medio se ha dejado libre un espacio donde cuelgan imágenes de hombres con diferentes trajes iluminadas lateralmente por dos lámparas de latón. Justo debajo hay un sofá de terciopelo verde oscuro con cojines cuadrados, un futón cubierto por una piel, así como una mesa de vidrio encima de la cual hay unos vasos de cristal y una jarra con agua.

Veo por todas partes a nuestro alrededor recio tweed, sedas nobles, pieles finas... Los tejidos con los que trabaja Beaufort son los mejores; la empresa es consecuente con la calidad que promete. No hay duda de que me encuentro en una tienda en la que entran y salen aristócratas y políticos, así que, aunque no quiera, me siento un poco fuera de lugar.

Tal vez se deba también a que aquí sólo hay hombres. Comprando, subidos en taburetes delante de unos grandes espejos, a cuyos pies toman medidas otros hombres..., además del que está conmigo.

De repente uno de ellos se levanta del suelo. Le dice algo al cliente a quien acaba de marcarle el dobladillo de los pantalones, y luego su mirada se centra en nosotros. Cuando reconoce a James, se pone tieso como un palo.

—¡Señor Beaufort! —Con el rostro blanco como la tiza, consulta su reloj de pulsera.

—Tranquilo, Tristan, tenemos tiempo —le dice James.

No reconozco en absoluto el tono de su voz. Habla como si fuera otra persona. Por encima y con autoridad. Cuando lo miro de reojo, me llama la atención su postura erguida. Aunque ha metido las manos relajadamente en los bolsillos de los pantalones, se nota que es alguien en esta tienda. Me pregunto cómo lo hace. Parece como si convirtiera en su reino todos los lugares por donde pasa. La escuela, el campo de lacrosse, este negocio. ¿Sucede lo mismo cuando entra en una heladería? Tal vez debería comprobarlo si se presenta la ocasión.

Tristan llama con un gesto a otro sastre y le da la cinta de modista. Un instante después se acerca corriendo y le estrecha la mano a James.

—Disculpe que no haya salido a recibirlo.

—No se preocupe, Tristan —contesta James—. ¿Puede dedicarnos algo de tiempo o está usted muy ocupado?

El sastre lo mira ofendido.

—Por supuesto que tengo tiempo para usted.

James se vuelve hacia mí.

—Ruby, éste es Tristan MacIntyre, el primer sastre de Beaufort. Y Tristan, ésta es Ruby Bell. Es la directora del comité de actos de Maxton Hall.

Miro a James con curiosidad. Me sorprende que me haya presentado de ese modo. Habría podido decir simplemente que íbamos juntos a la escuela. O nada más, salvo mi nombre.

Tristan endereza su chaqueta y, al mirarme, su actitud se relaja un poco. Una sonrisa estudiada aparece en sus labios.

—El señor Beaufort no suele traer aquí a compañeros de la escuela, así que es para mí un placer extraordinario haberla conocido, señorita Bell.

Yo también sonrío y le tiendo la mano. Él la coge y, en lugar de estrecharla como yo había pensado, la gira ligeramente e insinúa el gesto de besar el dorso. De repente siento que debo doblar la rodilla para hacer una reverencia. Por suerte me contengo a tiempo y digo en cambio:

—El placer es mío, señor MacIntyre.

—Llámeme Tristan.

—Sólo si usted me llama Ruby.

Su sonrisa se ensancha y, con una significativa mirada, se vuelve hacia James.

—Hemos pedido que trajeran un par de trajes de la colección privada. Están arriba, en sastrería. Si hacen el favor de seguirme.

Se da media vuelta y nos conduce a través de la tienda en dirección a la parte posterior, hacia una puerta de madera oscura que cruzamos para llegar a una escalera.

—Espero que les gusten los trajes que hemos seleccionado —dice Tristan mientras vamos subiendo—. Los diseñó personalmente su tatarabuelo, señor Beaufort.

Miro sorprendida a James, pero su rostro no refleja ninguna emoción cuando afirma:

—Estoy seguro de que bastarán para la ocasión.

—¿El tatarabuelo que fundó Beaufort? —pregunto con curiosidad.

Tristan asiente.

—Exactamente, junto con su esposa, en el año 1857. ¿Sabía usted que en su origen Beaufort era una casa de modas tanto para hombres como para mujeres? Hasta principios del siglo xx no decidieron centrarse en su especialidad.

Esto ya lo sabía desde que Lin propuso pedirle los trajes a James. Objeté que eso no nos solucionaría nada porque siempre nos faltaría la ropa de mujer, a lo que ella respondió contándome los comienzos de la casa de modas Beaufort y me mostró imágenes de los opulentos vestidos que se vendían entonces con esa marca.

—Sí —digo tras unos segundos—. Pero no sé por qué.

—Nuestra situación económica era mala —responde James—. Mi bisabuelo tomó un par de decisiones incorrectas y estuvimos al borde de la bancarrota. La única solución consistía en especializarse.

—A partir de ahí, Beaufort se convirtió en la marca que es ahora —explica Tristan, como si él mismo hubiese estado presente—. Nadie confecciona unos trajes como los nuestros. En esta empresa se consigue todo lo que se ansía, tanto trajes para el día a día como de etiqueta. Cualitativamente, el acabado no puede compararse con otros productos disponibles en el mercado, sin contar con que personalizamos todas las prendas con las iniciales del cliente. Señor Beaufort, enséñele las suyas.

Me detengo y me vuelvo hacia James, que está un escalón por debajo de mí. Tenemos ahora los ojos a la misma altura. Mi mirada se queda posada unos segundos de más en sus ojos, cuya expresión no sé definir. Luego la bajo hasta el bolsillo del pectoral del traje gris oscuro, donde están bordadas las iniciales JMB.

—Llevo preguntándome desde ayer a qué nombre se refiere la M —confieso.

Vuelvo a levantar la vista y de repente estoy tan cerca de él que hasta distingo detalles de su cara en los que no me había fijado antes. Por ejemplo, que en comparación con el color de su cabello tiene unas pestañas sorprendentemente oscuras. O que unas pálidas pecas salpican sus mejillas.

—Mortimer —responde a media voz.

—¿Como tu padre?

Asiente y mira a Tristan. Un gesto claro de que no quiere que se siga profundizando en el tema.

Mientras seguimos subiendo por la escalera, Tristan me describe los tejidos especiales con que trabajan los sastres de Beaufort y lo elevado que es el número de gemelos entre los cuales se puede elegir.

Hasta ahora, un traje, para mí, sólo era... un traje. Nunca he advertido grandes diferencias, por no hablar de la cantidad de decisiones que hay que tomar para diseñar uno. O de cuántos modos distintos puede confeccionarse.

—Medimos cada uno de los cuadros, no dejamos nada al azar —prosigue Tristan cuando hemos salido de la escalera y entramos en un pasillo iluminado—. Éste ha sido siempre el principio de Beaufort. Trabajamos con el máximo de esmero y ofrecemos la mejor calidad. Por eso vestimos incluso a la familia real.

Se detiene junto a una fotografía que cuelga en la pared. Me acerco algo más y me quedo boquiabierta. Ahí está expuesta la imagen del heredero de la Corona.

—No me digas que lo habéis vestido —digo llena de admiración.

James no responde nada, pero Tristan sonríe con orgullo.

—No sólo a él.

Seguimos avanzando por el pasillo, en cuyas paredes cuelgan desde el principio hasta el fin retratos de ilustres personajes, políticos y miembros de la aristocracia, todos ellos vestidos con un traje Beaufort. Veo a Pierce Brosnan, los Beatles e incluso una foto del primer ministro. Además de una serie de hombres cuyos rostros no me dicen nada, pero cuya actitud en las fotografías me transmite que son poderosos y muy ricos.

—¿Has conocido a todas estas personas? —pregunto volviéndome a James.

Hace un gesto de indiferencia.

—A un par.

—Qué guay —susurro y casi me da un poco de pena cuando Tristan abre una puerta al final del pasillo y nos guía hacia la sastrería.

Contemplo con curiosidad lo que me rodea: el espacio es amplio y recuerda a una enorme e iluminada nave industrial. Aunque es sábado, unas cincuenta personas están trabajando entre maniquíes y mesas repletas de telas.

—Vengan, los trajes están ahí detrás. —Tristan se adelanta y cruza la sala con nosotros siguiéndole el paso. Al pasar, los trabajadores saludan a James educadamente, pero con rigidez. Cuando lanzo una mirada por encima del hombro, veo que juntan las cabezas y cuchichean. Observo a James con el ceño fruncido. Se ha puesto una máscara de desenfadada arrogancia, la misma expresión que le he visto en la escuela. Me pregunto a qué debe andar dándole vueltas en la cabeza. Diría que no disfruta de que aquí la gente parezca tener miedo de él.

De repente me doy cuenta de que deseo saber más sobre él. Más sobre James, Beaufort y lo que sucede entre bambalinas en esta adinerada familia.

Tristan me arranca de mis pensamientos cuando se detiene de golpe.

—*Voilà* —dice señalando un maniquí que...

Me quedo sin respiración.

El maniquí lleva un vestido victoriano. Es de seda verde, dos piezas, manga corta y con unos volantes de encaje negros. La parte superior es ceñida, el escote con una discreta forma de corazón y embellecido con piedras negras de cristal. La falda es pomposa y, a causa de las enaguas, todavía se ve más grande y pesada. La tela verde distribuida en pliegues se alterna con cintas de encaje y llega hasta el suelo. Es, con diferencia, la prenda de vestir más bonita que he visto en mi vida.

No sé cómo llevarla a casa o a la escuela. Ni siquiera me atrevo a tocarla por miedo a ensuciarla.

Detrás hay otro maniquí al que han vestido con un traje de hombre compuesto por levita, chaleco, camisa y pantalón. La levita está ligeramente entallada por la cintura y se diría que es de un suave tejido de lana. El chaleco negro dispone de varios bolsillos y por abajo acaba en punta. En el pequeño cuello de la camisa blanca hay una corbata negra que parece más ancha y de una forma distinta a la de las corbatas que conozco.

—Antes, cuando los caballeros se vestían, no dejaban nada a medias. Todos los detalles debían ser perfectos —explica Tristan empezando a quitar el traje de caballero del maniquí. Cuando lo ha conseguido, indica a James que lo siga detrás de un tabique—. Venga, señor Beaufort. Vamos a comprobar si le sienta bien.

James no me mira antes de seguir a Tristan tras el tabique de separación. Da la impresión más bien de estar en pausa, como si no se hallara del todo presente. Desde que hemos bajado del Rolls-Royce no he percibido ni una sola emoción en su cara. Como si su mayor objetivo fuera no compartir con nadie ni sus pensamientos ni sus sentimientos.

Mientras oigo el leve murmullo de Tristan y el susurro de la tela, me atrevo a dar un paso y acercarme al vestido. Me pregunto qué clase de mujer debió de lucirlo y qué vida debía de llevar: si soñaba y si pudo hacer realidad sus sueños.

Pasan unos cinco minutos hasta que el empleado vuelve a salir.

—Le queda magnífico —dice con un tono triunfal.

—Tienes mis medidas, Tristan —comenta James con sequedad—. Seguro que algo habrás hecho.

Entonces sale él también de detrás del tabique. Estoy estupefacta.

Parece como si James hubiese retrocedido al siglo XIX. El traje le queda fenomenal y Tristan hasta le ha peinado el cabello de lado y le ha puesto un bastón en la mano. Deslizo despacio la mirada por su cuerpo, de arriba abajo.

James tiene un aspecto fabuloso.

Sólo cuando vuelvo a levantar la vista y veo su cara me doy cuenta de cómo debo de haberlo mirado y, a juzgar por su turbia sonrisa, James sabe exactamente lo que me ha pasado por la cabeza. Qué horror.

—Ahora es su turno, Ruby —me indica de repente Tristan.

—¿Cómo? —Lo miro desconcertada—. ¿De qué?

—Pues de cambiarse, claro está.

Señala el vestido. Me lo quedo mirando, primero a él y luego a James. Éste consigue sin mucho éxito contener la risa. Es entonces cuando me doy cuenta de qué quieren los dos de mí.

—¡Ni hablar! —exclamo con la voz alterada por el pánico.

Debía conseguir el vestido; nadie dijo nada de ponérmelo.

—¿Habías pensado que yo iba a ser el único en viajar en el tiempo? Seguro que no... —James extiende el bastón de paseo y me da un golpe un poco demasiado fuerte en la espinilla—. Así que haz el favor de cambiarte.

—Un verdadero caballero jamás azuzaría a una dama con su bastón, señor Beaufort —interviene Tristan.

James resopla.

—Ruby no es una dama, Tristan. Es una tirana.

—Todavía no has visto mi faceta tiránica. Pero será un placer enseñártela. —Miro a James con los ojos entrecerrados—. Tristan, ¿no tendrá por casualidad otro bastón?

—Me temo que no. Pero tampoco lo necesita para llevar este maravilloso vestido. Acompáñeme —dice, y parece tan esperanzado que no consigo negarme.

Lo sigo detrás del tabique y él se marcha; llega poco después con una mujer a quien me presenta como su auxiliar y que me ayuda a ponerme el traje de dos piezas. Es evidente que sola no podría. Cerrar los incontables corchetes es un arte en sí mismo, por no hablar del hecho de que la pieza superior, al igual que la falda, está reforzada por dentro con varillas de metal. Tengo que retorcerme para que una pieza me pase por la cabeza y la otra por las caderas. Después de vestirme con ayuda, el perímetro del dobladillo del vestido es tan enorme que apenas puedo cruzar el estrecho espacio entre el tabique de separación y la pared.

—Listo, jefe —anuncia la auxiliar de Tristan, que se acerca a nosotras. Cuando me ve, palmotea satisfecho y su rostro se ilumina—. ¡Qué maravilla! Apenas un par de retoques finales...

Saca como de la nada un pasador para el pelo y se coloca detrás de mí. Me coge la parte superior del cabello, o al menos ésa es la impresión que me causa, tira de ella hacia atrás y la sujeta con el pasador. Luego se coloca de nuevo delante de mí, y suelta un par de mechones hasta que su rostro refleja complacencia. A continuación, puedo ponerme por fin de cara al espejo que cuelga de la pared que hay a mis espaldas.

Me quedo petrificada.

No sabía que yo fuera capaz de llegar a tener ese aspecto. Sin contar con que el vestido se ciñe a mis curvas como si estuviera hecho para mí, tengo la sensación de poder canalizar el espíritu de la mujer que lo llevó en sus tiempos. Me siento guapa, imponente y fuerte al mismo tiempo. Como si todo el mundo se hubiese arrojado a mis pies y únicamente tuviera que chasquear los dedos para obtener lo que quiero. Me giro sosegadamente hacia Tristan y sonrío.

—Gracias por haber insistido en que me probase el vestido.

Insinúa una inclinación.

—Señor Beaufort —dice solemnemente—. Le presento a la señorita Ruby Bell.

Me pongo en marcha con prudencia. Un paso, dos pasos, rodeando el tabique de separación, cuatro pasos, cinco pasos... hasta que me detengo y me atrevo a alzar la vista.

James está hablando con la auxiliar de Tristan, pero, cuando me ve, se interrumpe en medio de la frase. Se le levantan las cejas y abre ligeramente los labios. Me mira de arriba abajo, como si tuviera todo el tiempo del mundo y yo trago con dificultad. Entonces susurra algo que no entiendo.

—¿Qué?

Carraspea.

—Estás muy... muy guapa.

El corazón me da un vuelco. No es la primera vez que un chico me dice un piropo, pero es como si la fuera. Tampoco creo que James los diga tantas veces. Tengo la impresión de que sus palabras son... sinceras. Y francas.

—El vestido está como hecho para usted —conviene Tristan. Me empuja un poco más adelante en dirección a James y saca su móvil—. Ahora parecen realmente una dama y un caballero del siglo XIX.

James emite a mi lado un suspiro casi inaudible, pero cuando me atrevo a observarlo, él mira la cámara como si no hubiera hecho otra cosa en la vida. Me acuerdo de las imágenes que circularon por Maxton Hall el año pasado. En ellas hacía de modelo junto con Lydia para la nueva colección de sus padres y ponía la misma y estudiada cara de póquer que ahora. Me vuelvo hacia Tristan e intento parecer digna y seria. No sé si lo hago bien, pero él sigue tomándonos fotos sin parar.

—Cambien otra vez de pose. Podrían acercarse el uno al otro, y tenderle usted la mano como si la sacara a bailar —sugiere al cabo de un par de minutos.

James actúa como un profesional cuando obedece la indicación. Dudo que muchos chicos de dieciocho años fueran capaces de hacer una reverencia tan elegantemente como él, con o sin traje de época. Pero James se lo toma en serio. Me sorprende que de repente me coja la mano y desde abajo levante la vista para mirarme. Su piel es cálida y, aunque sólo me roza ligeramente los dedos, un cosquilleo me sube por todo el brazo.

Cuando me mira así, me lo imagino. Una sala llena de gente vestida de época, una animada música de orquesta y James y yo. Me coloca la mano en la espalda y me guía por la pista. Seguro que sabe moverse. No me costaría nada imaginarme perdiendo el control al bailar con él.

Trago con la garganta seca. La idea me gusta más de lo que debería.

—Y ¿qué tal si hacemos una foto ahora en la que estén uno frente al otro? —propone Tristan, y James vuelve a enderezarse. El pañuelo de seda en el bolsillo del pectoral ha resbalado un poco y automáticamente lo pongo en su sitio.

Algo brilla en los ojos de James. Retiro la mano deprisa y entonces ya no sé dónde colocar los brazos y los dejo caer pesadamente a los lados.

Inesperadamente, James vuelve a cogerme de la mano. Y me toma por la cintura: aguanto la respiración. Mi corazón se acelera y no sé cómo es posible, pero me resulta sorprendentemente agradable que me toque. En ese momento ya no puedo ni acordarme de por qué me cae mal.

«¿Qué está haciendo conmigo?»

James responde a mi mirada con exactamente la misma mezcla de deslumbramiento y observación que yo siento. Los sonidos que nos rodean van ahogándose cada vez más cuanto más nos miramos. Sólo puedo sentir. Sus dedos, que descansan en mi cintura y se mueven ligeramente; su mano, que envuelve con firmeza la mía. Su mirada casi se me antoja como un reto al que yo quiero responder a toda costa.

—James —resuena detrás de nosotros una voz profunda.

El fuego de su mirada se apaga. En un segundo. Al igual que su actitud relajada. De repente se pone tieso como un palo y me suelta como si se hubiese quemado.

Un segundo. No ha tardado ni un segundo en volver a convertirse en el James Beaufort que conozco. El gesto arrogante de su boca y la frialdad de sus ojos cuando va vestido de ese modo le confieren un aspecto casi amenazador.

—Mamá, papá. No sabía que ibais a venir hoy.

¡Dios mío! Empiezo a girar con el enorme vestido y, cuando por fin lo consigo, se me encoge el corazón. Delante de mí están Mortimer y Cordelia Beaufort, los padres de James y Lydia. Directores de una de las empresas más exitosas de toda Inglaterra. De repente ya no me veo tan imponente y fuerte como hace un momento, sobre todo en comparación con Cordelia Beaufort. Todo en ella es estiloso, elegante y sublime. Tiene un rostro fino y la misma mueca de arrogancia que James en los labios, pero en su caso pintada de granate. Su tez es de porcelana y lleva un ceñido vestido blanco de tubo, obra, seguramente, de un diseñador caro. Sus cabellos, brillantes y de un castaño cobrizo, le llegan a ras del hombro, perfectamente ondulados, como si acabara de salir de la peluquería.

El padre de James tiene el cabello color arena, ojos azul hielo y las comisuras de sus labios se inclinan ligeramente hacia abajo. Erguido y orgulloso, con su traje Beaufort a medida, parece ir camino de una importante reunión de negocios. Su rostro no expresa la menor emoción cuando me mira de arriba abajo: ahora sé de quién ha heredado James esa máscara impenetrable.

—Estamos en la tienda porque teníamos una reunión con China —explica la madre de James. Se adelanta y besa a su hijo en la mejilla, con lo que me llega la fragancia de su perfume. Huele a maquillaje en polvo y como a un ramo de rosas frescas—. Percival nos ha comentado que tú y tu... —me echa un breve vistazo— compañera de escuela habíais venido.

James no contesta. Como no hace el gesto de presentarme a sus padres, doy un paso adelante con las mejillas ardiendo y le tiendo la mano a su madre.

—Soy Ruby Bell. Es un placer conocerla, señora Beaufort.

Ella contempla mi mano por un tiempo demasiado largo antes de estrecharla.

—El placer es mío. —Sonríe y expone una hilera de dientes blancos como perlas.

«Quiero ser como ella», pienso. Quiero entrar como ella en una habitación y que al instante todos los que me rodeen me consideren una mujer fuerte y digna de respeto únicamente por mi aspecto.

Lo que no quiero es que mi mera presencia provoque en todos miedo y terror, como se diría que sucede en el caso del señor Beaufort. Baja un instante la cabeza cuando también le doy la mano y luego vuelve a deslizar la mirada por la sastrería, como si ya se hubiese hartado de mí.

—Por lo visto, habéis pedido un par de piezas de la colección privada —señala la señora Beaufort observándonos con la cabeza inclinada. Da un paso hacia delante y tira de la falda de mi vestido. Entre sus cejas aparece una arruga—. La falda es demasiado larga. Por favor, señor MacIntyre, corríjalo.

Tristan, que desde la llegada de los Beaufort no ha pronunciado una palabra más, asiente enseguida.

—Por supuesto, señora.

La señora Beaufort me indica ahora con un gesto de la

mano que gire. Sigo su indicación con una desagradable sensación en el vientre.

—¿Para qué necesitabais los trajes?

—Para la fiesta victoriana de finales de octubre —responde James. Está completamente cambiado y el tono monótono de su voz me hace pensar en un robot.

—Se refiere a la fiesta que tiene que organizar porque se ha comportado como un niño malcriado —dice el señor Beaufort

La señora Beaufort chasquea la lengua. Acabo de girar, lo que con el vestido no ha sido tan fácil, y los observo discretamente. James no muestra la menor reacción ante las palabras de su padre. La señora Beaufort, por el contrario, lanza una breve mirada de amonestación a su marido. Luego se dirige de nuevo a mí. Coloca las manos en las mangas cortas del vestido, va acomodándolo de un lado a otro y al final le dice a Tristan:

—Por aquí delante hay que ensancharlo un poco. Así le aprieta y... —Mira inquisitiva mi rostro.

—Ruby. —La ayudo.

—Ruby no puede respirar cómoda —concluye.

Tristan asiente y me lleva con su auxiliar detrás del tabique. Echo un vistazo a James por encima del hombro, pero él no está pendiente de mí, se halla totalmente concentrado en sus padres. Su padre le está hablando con la mirada vuelta hacia mí. Murmura como si estuviese enfadado, pero no puedo oír lo que le dice a James.

Aparto la vista y me dirijo a Tristan.

—Los dos parecen... muy importantes. —En el último momento consigo sustituir «infundir miedo» por unas palabras más positivas. Tristan ya está ocupado en acortar cuidadosamente el dobladillo del vestido con los alfileres de un acerico que lleva en la muñeca.

—En eso tiene usted razón, señorita. —No dice más.

El silencio en que se ha sumido la enorme estancia desde que han entrado los Beaufort es espectral. No hay nadie que converse, incluso Tristan me sonríe únicamente antes de marcharse y deja a su auxiliar para que me ayude a desvestirme. Es evidente que resulta mucho más fácil desprenderse del vestido que ponérselo. En apenas diez minutos ya me he puesto mi ropa y puedo salir.

Me coloco junto a James, quien entretanto se ha quitado la levita y la lleva doblada en el brazo.

La señora Beaufort desliza la mirada sobre mí, luego coloca la mano sobre el brazo de su hijo.

—Nos vemos abajo.

James asiente brevemente. Ella se vuelve hacia mí.

—Me alegro de haberla conocido, señorita Bell.

El padre de James no dice nada. Los dos se dan media vuelta y abandonan la sastrería. Sólo cuando la puerta vuelve a cerrarse tras ellos, puedo volver a respirar.

—Podrías haberme avisado, ¿sabes? —digo en voz baja.

James se gira rígido hacia mí. Desearía lograr identificar su mirada, pero no hay más que un turquesa gélido.

—Percy te espera abajo.

—Bueno, yo ya estoy lista. Tú eres el que se ha quedado atascado en el siglo XIX.

Le sonrío con prudencia. Él, en cambio, no me sonríe.

—Nuestra excursión ha terminado —dice, y su tono suena tal como aparenta: frío y distante—. Es mejor que te vayas ahora.

—¿Qué? —digo frunciendo el ceño.

—Tienes que marcharte, Ruby. —Lo dice despacio y acentuando cada una de las sílabas, como si yo fuera corta de entendederas—. Nos vemos en la escuela.

Gira sobre sus talones y se coloca detrás del tabique para cambiarse. Durante un rato no puedo dejar de mirar el sitio por donde se ha ido. Después me doy cuenta de lo que acaba de hacer. Del modo en que me ha hablado.

La rabia se va apoderando de mí y doy un paso hacia delante para decirle cuatro cosas. Pero no llego lejos. Tristan me coge del brazo y me contiene. Cuando me mira, tiene en sus ojos una expresión de lástima pero también severa.

—Venga, señorita. La llevo abajo.

Tira ligeramente de mi brazo. Dejo de mala gana que me conduzca fuera. Mientras cruzamos la sastrería, siento sobre mí la mirada compasiva de todos los trabajadores.

14

Ruby

Se me ha caído la capa invisible.

Ha corrido la voz de que el fin de semana estuve en Londres con James. Al parecer, hasta circulan fotos de los dos, de cómo entramos juntos en la tienda. De repente hay gente en Maxton Hall que sabe mi nombre, aunque yo todavía no he visto sus rostros. Algunos me saludan con amabilidad en los pasillos, otros —la mayoría— cuchichean a mis espaldas. Lo peor es durante la clase, cuando no puedo concentrarme porque mis compañeros no dejan de mirarme. Como si esperasen que de un momento a otro fuera a ponerme en pie y anunciar a los cuatro vientos lo que ha pasado este fin de semana entre James y yo.

Pero yo quiero olvidarme lo más rápidamente posible del sábado pasado. Todavía me siento humillada y, cuanto más pienso en la espantosa conducta de James, más enfadada estoy.

Cuando suena el timbre para la pausa del mediodía sopeso seriamente la idea de no comer, pero tengo demasiada hambre como para no ir al comedor. Además, Lin promete convertirse en una especie de escudo protector a mi alrededor y contarme el último cotilleo de su padre.

—Ya tiene una amiga nueva —anuncia después de que hayamos estado un rato comiendo en silencio.

Levanto la vista de mi comida.

—Pero no una estafadora ¿o sí? —pregunto con la boca llena.

—No. —Hace una mueca—. Bueno, al menos eso espero.

—¿Y? —insisto con prudencia.

Lin se encoge de hombros. Deja el bocadillo a medio acabar y se limpia los dedos con una servilleta.

—No sé. Creo que después de lo mal que le fue con la última mujer, podría descansar durante un tiempo de tanta cita.

Lin se reúne una vez al mes con su padre, para que no se rompa del todo el contacto entre ambos. Y yo la admiro por el modo tan pragmático con el que lleva toda esa situación. No sé si yo sería capaz de mirar a los ojos a mi padre si nos hubiese tratado tan mal a mi madre y a mí.

—¿Se mostró amable contigo? —pregunto a continuación.

—Sí. Un poco demasiado amable, quizá —contesta encogiéndose de hombros.

—¿A qué te refieres?

—No lo sé. No fue muy fluido. —Empieza a arrancar trocitos de la servilleta—. Pero no pasa nada. No nos podemos llevar bien con todo el mundo.

Reflexiono un momento.

—Hay gente con la que uno conecta al cabo de un rato de una forma sorprendente.

Automáticamente, mi mirada se desvía hacia James y sus amigos. Han pillado uno de los sitios buenos junto a los ventanales y conversan animadamente. Cuando James dice algo, Wren se ríe tanto que Kesh tiene que darle unos golpecitos en la espalda porque se ha atragantado.

—Suena como si hablaras por propia experiencia —dice Lin mirando de forma elocuente a James. Niego enérgicamente con la cabeza y vuelvo a fijar la vista en mis fideos—. Venga. ¿No vas a contarme lo que pasó?

—Ya lo he hecho.

Lin arquea una ceja.

—Todo lo que has dicho es: «Recogimos los trajes», pero no soy tonta.

Tomo aire con fuerza.

—Estuvo bien. Más que bien, incluso. Hasta que de repente aparecieron sus padres.

Lin inspira entre dientes.

—¿Conociste a los Beaufort?

Asiento sosegadamente.

—Son... muy imponentes. Sobre todo su madre —digo—. No tuve mucho tiempo para hablar con ellos porque se quedaron muy poco rato. Después James volvió a ser como siempre.

—¿Qué hizo? —pregunta Lin recordando que todavía tiene una bandeja delante de ella con comida. Mientras me mira con impaciencia, da un bocado al sándwich.

—Me echó. Me escoltaron hasta la salida. —Se queda mirándome con la comida en la boca. Hago un gesto de impotencia. No quiero pensar demasiado en el horrible viaje de vuelta del sábado, durante el que tuve que forzarme a inspirar y espirar profundamente para calmarme—.

Fue la experiencia más penosa de mi vida —murmuro arriesgándome de nuevo a mirar a James.

Justo en ese momento él me mira a mí. Cuando nuestras miradas se encuentran, monto otra vez en cólera y estoy a punto de levantarme y atizarle un golpe con la bandeja. Pero después corta el vínculo con un parpadeo y vuelve a centrar su atención en sus amigos.

—¿Cómo es que te echó? —pregunta Lin.

Ésa es justamente la cuestión por la que me he pasado el resto del fin de semana rompiéndome la cabeza. Y sólo he llegado a una conclusión que me parece plausible.

—Creo que se avergonzó de mí. Tendrías que haber visto cómo me miró su padre. Como si fuera una porquería que se le hubiese quedado pegada en la suela del zapato.

Acerco la tarrina con el postre: crema de chocolate con nata adornada con una fresa y una hoja de menta. Al menos el día me depara una cosa buena.

—Eso es una chorrada. No tienes que permitir que nadie te inspire un sentimiento así —dice Lin tan indignada que yo levanto la vista.

—No es más que la verdad —replico—. Tú tampoco me hubieras hecho ni caso de no haber sucedido lo de tus padres.

Lin se estremece, como si le hubiera lanzado a la cara mi crema de chocolate. Su tez adquiere un color ceniza y entonces me doy cuenta de lo que acabo de decir. Abro la boca al instante para disculparme, pero ella se levanta bruscamente.

—Qué bien que tengas ese concepto tan bajo de mí —dice con un bufido, y recoge su bandeja aunque todavía no ha terminado. La devuelve y se marcha del comedor sin girarse ni una vez para mirarme.

Miro el postre y me doy cuenta de que he perdido el apetito. Qué día de mierda.

Al mediodía, cuando pongo rumbo a la biblioteca, ya casi me he acostumbrado a los cuchicheos y miradas de mis compañeros por el pasillo. Cada vez me resulta más fácil ignorarlos, incluso si el eco de sus voces me resuena en los oídos. En un principio no dediqué ni un solo pensamiento a los efectos que podría tener en mi vida en Maxton Hall haber pasado un día con James. ¿Cómo no se me ocurrió? James es el rey de esta escuela, pues claro que la gente se interesa por lo que hace en su tiempo libre. Cometí un error enorme al subirme con él en ese coche. Y ahora me está costando mi invisibilidad.

La reunión del comité de actos es una auténtica tortura. Lin no me mira y yo soy incapaz de mirar a James. Me cuesta un montón hablarles a los demás de los trajes sin que se me note lo dolida y enfadada que estoy. Pero al parecer ha funcionado, pues al acabar todos parecen alegrarse al ver las fotos. Camille nos comunica a continuación que sus padres conocen al propietario de una gran fábrica de cubiertos que se ha declarado dispuesto a suministrarnos todo lo que necesitemos para la fiesta. Jessalyn ha recogido distintas ofertas de compañías de alquiler para la decoración y las repasa con nosotros, y Kieran nos pone en su portátil la música que ha seleccionado.

Yo no me entero más que de la mitad.

Después de distribuir las tareas para el próximo encuentro y de dar por finalizada la reunión, cojo a Lin por el brazo para retenerla. Sigue evitando mirarme, pero espera hasta que el resto del equipo se ha marchado de la sala. Cierro la puerta y me vuelvo hacia mi amiga.

—No lo dije con mala intención —admito—. Siento lo que he dicho. Sólo pensé... que antes eras amiga de gente muy distinta. Simplemente me pregunto si habríamos intimado tanto de no ser por el asunto de tus padres.

Lin se me queda mirando un rato. Al final suspira y murmura:

—Tienes razón.

—¿La tengo? —pregunto sorprendida.

Asiente.

—Si ese día no te hubieses acercado a mí, nunca habríamos sido tan amigas como ahora —dice mirándome por primera vez a los ojos desde el mediodía—. Estoy muy agradecida de que me hablases entonces, en los baños.

Se le quiebra la voz y traga. Todavía recuerdo ese día perfectamente, hace año y medio, cuando fui a los baños del primer piso y oí que alguien lloraba. No tenía ni idea de quién se encontraba en una de las cabinas, pero sí de que debía sentirse realmente mal. Así que le pregunté con prudencia si estaba bien, a lo que Lin sólo contestó que la dejara en paz. No le hice caso. En lugar de ello me senté en el suelo frente a su compartimento y le fui pasando pañuelos de papel por debajo de la puerta y esperé hasta que estuvo lista para volver a salir. Ése fue el principio de nuestra amistad.

—Yo también me alegro de haber hablado contigo. Y de verdad que lo siento mucho.

—Yo también, no quería pelearme contigo.

—Lo que pasa es que hoy es un mal día —digo yo abatida.

Saco el móvil de la mochila y hago una foto de las notas que hemos escrito en la pizarra a lo largo de la reunión. Luego me siento al portátil y envío a los demás la foto junto con el acta que Lin ha escrito. Ella borra la pizarra.

—Beaufort se ha pasado toda la hora mirándote —comenta de repente.

—Estaba delante. Todos me miraban —contesto con un suspiro.

—No como él. Casi te suplicaba con los ojos que lo mirases.

—Bobadas.

Lin hace un gesto de impotencia.

—Tú misma. Aun así ha sido estupendo cómo has pasado de él. Se lo merece.

Cierro el portátil y lo meto en la mochila.

—Yo lo único que quiero es que todo vuelva a ser como antes —digo mientras apagamos la luz de la sala—. Ahora la gente me mira como si hubiésemos hecho otra cosa el sábado. Y eso que ninguno tiene ni idea de lo que pasó en realidad. Es decir: nada.

—Lo sé. Pero ya conoces a esta gente. Todos se lanzan como buitres sobre cualquier nimiedad. Sobre todo si está relacionada con James Beaufort —farfulla pensativa.

—Mmm. —La miro malhumorada.

Me propina un suave codazo en el costado y me sostiene la puerta abierta.

—Venga. En cuanto corra el próximo cotilleo, se habrán olvidado todos.

Entramos en el pasillo y estoy a punto de responder cuando veo a alguien apoyado junto a la puerta: James. Lo miro. Casi le pregunto qué demonios está haciendo todavía ahí, pero en el último segundo recuerdo que paso de él. Así que aparto la vista y sigo mi camino. Se separa de la pared y se acerca a mí.

—¿Tienes un momento? —pregunta.

Me desconcierta la suavidad de su tono. No encaja con el del James que hace cuarenta y ocho horas me ha tratado como si fuese basura.

«Ahora tienes que marcharte, Ruby.»

Me encantaría gritarle a la cara lo que opino, pero aprecio demasiado mi carné de la biblioteca y la tarjeta de entrada en la sala de grupos.

—No, no tengo tiempo —contesto escueta. Estoy orgullosa de haber conseguido mantener la voz calmada, pero dándole énfasis. Que sepa que no puede hacerme algo así.

—Tenemos que hablar —prosigue James mirando un momento a Lin—. A solas.

Sacudo la cabeza.

—Nosotros no tenemos que hacer nada de nada, James.

Lin me toca el brazo, un gesto de apoyo que me muestra que no estoy sola. De repente me siento muy cansada.

—¿Sabes qué? —digo mirando fijamente a James a los ojos—. Quizá sería mejor que retrocediéramos a lo de antes.

—¿Retroceder a lo de antes? —pregunta James arrugando la frente.

Tengo que carraspear. Se me ha formado un nudo en la garganta que va aumentando de tamaño.

—Me refiero a esa época en la que tú no sabías que yo existía. Tal vez sería mejor que los dos retrocediésemos hasta allí. Me iba mucho mejor que ahora.

Abre la boca para contestar algo, luego lo piensa mejor

y se le marcan más las arrugas de la frente. Por último asiente despacio.

—Entiendo.

Bien. Entiende cuál es mi problema. Así no tendré que ir peleándome con él en el futuro. De todos modos, me duele cuando doy media vuelta y me marcho hacia la salida con Lin.

15

Ruby

—¿Qué te sucede? —pregunta Ember dándome un susto.

Estaba tan inmersa en mis pensamientos mientras removía la mermelada que no me he dado cuenta de que se ha acercado a mí por detrás y de que está mirando el cazo por encima de mi hombro.

—Nada —respondo.

Papá me señala con un paquete de azúcar para gelatina sin abrir.

—Algo no anda bien, estoy de acuerdo con tu hermana.

Pongo los ojos en blanco.

—Me ponéis nerviosa, eso es lo que pasa.

Remuevo dándome demasiado impulso y la mermelada de manzana me salpica en la mano. Inspiro entre dientes.

—Ponla inmediatamente bajo el chorro de agua fría —indica mi madre y me coge la cuchara; se la da a Ember y tira de mí hasta el fregadero donde abre el grifo.

—Dejad que me las apañe yo sola con mis penas —refunfuño.

—Por mí que no quede —dice papá—. Pero es que estás así desde el sábado y me gustaría saber la razón.

Me limito a dar un gruñido. Ni siquiera en casa estoy tranquila.

Nunca he entendido por qué todo el mundo se queja de los lunes. Para mí el lunes simboliza un nuevo comienzo, en el que se puede poner rumbo hacia una semana estupenda. Normalmente me encantan los lunes. Pero hoy todo me irrita. La gente de la escuela, los recuerdos del sábado, las miradas inquisitivas de Ember. Incluso la pequeña quemadura de la mano que escuece de manera infernal. Estúpida mermelada de manzana.

Lo que más me gustaría sería encerrarme en mi habitación e hincar los codos para aprenderme de memoria todo el material de los tres próximos meses, pero mi familia me ha obligado a que la ayude a hacer conservas. Aunque estoy segura de que la mermelada no es más que una excusa para que hable de una vez.

—¿Por qué no nos cuentas lo que ha sucedido? —pregunta Ember un segundo después confirmando mis sospechas.

—Porque en realidad no quieres saber cómo estoy —respondo—. Sólo me preguntas porque quieres sonsacarme información sobre Beaufort.

—¡No es cierto!

—¿No? —pregunto provocadora—. ¿Así que no te interesa cómo es?

Ahora va alternando insegura el peso sobre una pierna y la otra.

—Sí, claro. Pero una cosa no quita la otra. Puedo interesarme al mismo tiempo por una de las mayores casas de moda masculinas de Inglaterra, pero también por tu bienestar. En mi corazón hay sitio para los dos, hermanita.

—Qué dulce —dice mi padre y pasa con la silla de ruedas por nuestro lado camino de los hornillos. Coge una cuchara limpia y la hunde en la mermelada que está hirviendo. Contemplar cómo la saborea siempre resulta fascinante. Cuando yo pruebo un plato, tengo un aspecto... normal. Con papá uno reconoce enseguida que es un profesional. La expresión de su rostro cambia como si estuviera distinguiendo todos los ingredientes y reflexionase sobre si falta alguno más y cuál podría ser.

Como ahora. Ha inclinado la cabeza y lo miramos con atención. Un segundo después su rostro se ilumina y retrocede con la silla de ruedas un poco hacia el carrito de metal donde están todas sus especias. Coge una mezcla de canela y echa una pizca en la olla de hierro. El olor me recuerda la Navidad, mi festividad favorita.

—No hay nada que explicar, Ember —respondo algo más tarde, y mi hermana suspira frustrada—. Sabes todo lo que hay que saber sobre Beaufort.

—A mí me gustaría poder ver algún día la sastrería —suspira apoyando la barbilla en la palma de la mano.

—¿No te resultaría aburrido? Tú quieres especializarte en ropa de mujer, ¿no? —interviene papá.

Suena el timbre de la puerta y todos nos miramos sorprendidos.

—¿Quién puede ser? —pregunta mamá dejando la cocina para internarse en el pasillo.

—Es por el ambiente, papá. Por ver cómo trabaja la gente, con qué materiales y patrones. Seguro que, a pesar de todo, habría sido superinteresante.

Me duele ver a Ember tan ansiosa por saber. Puedo entender que encuentre injusto que se me haya brindado la oportunidad de visitar la sede principal de un gran diseñador sin más, algo que ella posiblemente no podría conseguir con tanta rapidez. Por otra parte, también pienso en cómo acabó la excursión para mí. Y no quiero de ninguna de las maneras que mi hermana se sienta tan humillada como me sentí yo en ese momento.

—Tengo una idea. ¿No puedes preguntarle a James si podría llevarme a hacer una visita a mí también? —pregunta Ember, y la idea de que no bromea del todo me inquieta.

—Puedes preguntárselo tú misma, Ember —indica de repente mamá.

Me vuelvo hacia ella con el ceño fruncido.

—¿Cómo?

—El chico está delante de nuestra puerta —explica señalando con el pulgar por encima del hombro—. No nos habías dicho lo guapo que es.

Me la quedo mirando, mi instinto de protección se pone a mil.

—No lo habrás dejado entrar, ¿verdad?

—Claro que no. Tú misma puedes hacerlo... o no, si es lo que prefieres.

Mamá se me acerca y me da un beso en la coronilla. Siento las miradas curiosas de mi familia en la espalda cuando cruzo la cocina y voy al pasillo. Me dirijo a la puerta de la casa como aturdida.

James está en la escalera que conduce a nuestra casa. Es la primera vez que lo veo con ropa normal. Los vaqueros oscuros y la camiseta blanca le dan el aspecto de un chico como cualquier otro. Si me lo hubiera encontrado así por la calle, seguramente no lo habría reconocido.

Por encima de su brazo cuelga una gran funda protectora con el logo de los Beaufort. Contemplo la retorcida B un rato y de repente me veo invadida por una cólera indescriptible.

No tiene nada que hacer aquí. No quiero que se acerque a mi familia. Mi vida aquí no tiene nada que ver con mi vida en el colegio y no voy a permitir que ahora esté delante de mí y borre la frontera que yo tracé hace años, y aún menos después del último sábado.

En cuanto voy a abrir la boca para pedirle cuentas, aparta la vista de nuestros rosales y me descubre en el marco de la puerta. En sus ojos brilla una emoción que no puedo identificar —nunca lo consigo—, y luego sube un escalón, de modo que nuestros ojos quedan a la misma altura. Carraspea y me tiende la funda protectora.

—Quería traerte el vestido. Tristan lo ha arreglado. Ahora tiene que quedar perfecto.

No hago ningún gesto de disponerme a coger el vestido.

—Y ¿para eso vienes a mi casa?

Inspira profundamente y luego espira con brusquedad, se frota la nuca con la mano.

—También quería hablar contigo sobre el sábado. Me comporté como un gilipollas y me sabe mal.

Durante unos minutos sólo puedo mirarlo. Es la primera vez que lo oigo decir algo así y no puedo evitar preguntarme cuántas veces en su vida se habrá disculpado. Cuando pienso en todas las cosas que se ha permitido hacer sólo en la escuela en los últimos años, concluyo que su límite moral debe de estar bastante más bajo que el mío. Pero ahora da la impresión de que lo siente de verdad.

—No entiendo por qué lo hiciste —musito.

Sobre todo después de coger mi mano y de haber tenido ese momento de complicidad. Vi perfectamente lo cálida que se volvió su mirada y sentí claramente las chispas que surgían entre nosotros. No son imaginaciones mías.

Hace un gesto de arrepentimiento. Durante un minuto largo no dice nada, sólo me mira desde sus ojos inescrutables. Luego murmura tan bajo que casi no puedo oír sus palabras:

—A veces ni yo mismo me entiendo, Ruby Bell.

Voy a decir algo, pero doy marcha atrás. Tengo la impresión de que por primera vez es sincero conmigo y no quiero estropearlo rechazando sus disculpas. Así que me callo. Me quedo tanto rato en silencio que, con otra persona, seguramente habría resultado una situación desagradable, pero James y yo... creo que podríamos estar mirándonos horas sólo para intentar traspasar la muralla del otro.

—¿Por qué has venido en realidad? —pregunto.

—Lo que has dicho hoy a mediodía... —Titubea—. ¿Qué sucede si no quiero volver a lo de antes?

Suelto una risa apagada.

—Me echaste. Y antes de eso me pusiste en ridículo delante de tus padres. Hiciste como si yo no valiera lo suficiente para presentarme.

Mueve la cabeza negativamente.

—No era ésa mi intención. —Veo que, de forma casi imperceptible, se balancea adelante y atrás. Parece nervioso—. Me lo pasé bien el sábado. Hasta... que llegaron mis padres. —Carraspea—. Sería una pena que ahora hiciéramos como si no nos conociéramos. Para mí, tú ya no eres invisible. Y no quiero actuar como si lo fueses.

Aunque todavía noto el regusto amargo del sábado, sus palabras consiguen que algo en mí se contraiga en un cosquilleo de excitación.

—No entiendo qué esperas ahora de mí, James —digo a media voz.

—No espero nada. Lo único que no quiero es volver a lo de antes. ¿No podemos... conocernos a partir de ahora?

Lo miro en silencio. «No lo dice en serio», pienso.

No puede decirlo en serio. No soy idiota. Sé que James no me soporta, aunque el sábado pasásemos un buen rato juntos. Soy la causa de que lo penalizaran sin jugar al lacrosse; además, conozco el mayor secreto de su hermana y represento un peligro para él y su familia. Seguro que lo único que quiere es no perderme de vista.

—Si es uno de tus trucos... —señalo incrédula, pero James me corta la frase.

—No —dice subiendo el último escalón.

No debo dar ninguna importancia a sus palabras, lo sé perfectamente. No logro discernir lo que piensa, dudo que alguien consiga hacerlo. Y, sin embargo, hay algo en su mirada en este momento, algo honesto y arrepentido, que me deja un segundo sin aliento.

¿Cómo ha ocurrido? ¿Cómo hemos llegado en un mes del no conocernos, del soborno y del odio, a este punto?

La puerta se abre a mis espaldas.

—¿Ruby? ¿Todo bien?

Me pongo rígida. Delante de mí está James Beaufort con un vestido de hace ciento cincuenta años en el brazo y una mirada que consigue que me flaqueen las rodillas. Detrás de mí está mi hermana, con quien hace apenas unos pocos minutos me he peleado junto a la mermelada de papá. Mis dos mundos colisionan con fuerza y siento escalofríos. No sé cómo actuar, así que hago a Ember un gesto afirmativo, aunque con una sonrisa forzada, e intento transmitirle sin palabras que tiene que irse. Nos mira alternativamente a James y a mí, curiosa e incrédula al mismo tiempo, pero luego se retira y entorna la puerta.

Sólo entonces me vuelvo hacia James. Necesito unos segundos para reponerme. Recuerdo que todavía le debo una contestación.

—No lo sé —digo con franqueza.

James asiente pensativo.

—De acuerdo. En realidad he venido únicamente para disculparme por lo del sábado.

—¿Sólo por lo del sábado?

Ahora sonríe osado.

—Desde luego, no voy a disculparme por haberte invitado a un *striptease*.

No sé si puedo aceptar sus disculpas cuando dice estas cosas. No sé si va en serio o si, simplemente, pretende apaciguar los ánimos para que no cuente a nadie lo de Lydia. Sin embargo, mi vida sería más fácil si no se viera alterada todo el tiempo por él. O quizá si hablásemos de vez en cuando sobre asuntos de la escuela. El sábado me di cuenta de que no sólo es agudo, sino también inteligente. Disfruté hablando con él. Y, además, hay ese algo que me produce un cosquilleo y me despierta la curiosidad de saber más.

Sé que es insensato y que no puedo confiar ni una pizca en él. Pero cuanto más pienso, más cuenta me doy de que yo tampoco quiero retroceder a lo de antes.

Lo miro fijamente a los ojos para que entienda que hablo muy en serio.

—No voy a permitir que me vuelvas a hacer algo así una segunda vez.

—Entendido —responde él en voz baja tendiéndome el vestido.

En ese momento empieza a llover. No arrecia, pero llueve lo suficiente como para que tema que le suceda algo al vestido a pesar de la funda protectora. Lo cojo a toda prisa y lo guardo en nuestro armario.

Cuando vuelvo, incontables gotas de agua se han reunido ya en el pelo de James y se abren camino resbalando por su rostro. Se pasa el dorso de la mano por la mejilla y luego se la lleva al cabello sin apartar la vista de mí. Mis buenos modales me indican que debería invitarlo a entrar antes de que quede empapado por la lluvia, pero es que no soy capaz. No me sale. No puedo presentarle a mis padres y mi hermana. A lo mejor nunca podré.

—Acepto tus disculpas —digo al final.

Sus ojos se iluminan. Es la primera vez que veo esta expresión en su cara.

Así que nos quedamos bajo la lluvia, él en la escalera de mi casa, y yo junto a la puerta, incapaz de invitarle a que entre. Pero es un comienzo.

16

James

Tener que ver un partido de lacrosse sin jugarlo es una mierda, así de simple.

Mi equipo va a tope de adrenalina cuando sale del vestuario y un jugador tras otro me aplaude mientras yo estoy como un espectador al borde del campo, en las gradas. Aguanto el mal rato, pero en ese momento me arrepiento de todo, sobre todo de haber decidido causar un poco de alboroto en la fiesta de vuelta a la escuela.

Lo peor es que Roger Cree, uno de los novatos, ha ocupado mi posición y ha resultado ser tan bueno que se ha convertido en un serio competidor para mí. Si hubiera sido malo, mantener mi puesto en el equipo habría estado garantizado, pero ¿así? ¿Cómo voy a saber si, después de cumplir la sanción, el entrenador querrá todavía conservarme en el equipo? Además, desde hace poco también parece entenderse bien con Cyril y el resto.

Cuando llega y me tiende el puño, lo choco con el mío de mala gana y me siento en el banquillo, en el borde del área. Cruzo los tobillos y observo al equipo contrario correr por el campo y distribuirse delante de los chicos. El equipo es bueno, reconozco a muchos jugadores de la temporada pasada. Sobre todo a uno de los delanteros que es imprevisible e increíblemente rápido. Espero que Cyril no lo pierda de vista.

—Hola, Beaufort. Qué pena que no puedas jugar —me dice de repente uno de los reservas; su nombre es Matthew, pero dudo que hayamos intercambiado palabra en alguna ocasión.

—Sí, tío. Qué mierda —le da la razón otro.

—No entiendo a qué viene ese castigo. El montaje fue genial.

—Sobre todo porque éste es tu último año. Qué cabreo, tener que pasar la última temporada en el banquillo.

De acuerdo, suficiente. Me levanto de golpe. Sin contestar siquiera, me adelanto hacia el borde del campo. Estoy contento de llevar gafas de sol. No sólo porque hoy hace un sol deslumbrante para ser un día de octubre, sino porque así nadie puede ver lo hundido que me siento.

Me coloco a cierta distancia del entrenador Freeman y observo el campo de juego con los brazos cruzados. Es terrible tener que ver a mi equipo sin poder intervenir. No han pasado ni cinco minutos tras el pitido inicial cuando el equipo contrario marca el primer gol.

De repente oigo unos pasos a mis espaldas. Miro hacia atrás y veo a Ruby y a su amiga Lin corriendo hacia el área de juego. Las dos están acaloradas y despeinadas. Cuando se detienen, Ruby suelta un improperio. Todavía no me ha visto, así que tengo la oportunidad de observarla sin que ella se dé cuenta.

Lleva el uniforme de la escuela, aunque la mayoría de nuestros compañeros vienen a ver el partido con su ropa de calle o con las camisetas del equipo. En una mano sostiene un trípode y en la otra un cuaderno de notas, y, como siempre, lleva a la espalda esa horrible mochila que parece que vaya a desintegrarse de un momento a otro. Tiene un color vómito bastante acertado, pero aun así ella está bonita. Como una tortuga ninja. Una tortuga ninja con el pelo alborotado y la cara roja como un tomate.

Me acerco parsimonioso hacia las dos y las miro montar el trípode y una cámara con aspecto de ser cara.

—¿Puedo ayudaros? —pregunto.

Ruby se vuelve con los ojos muy abiertos. Es evidente que todavía no se ha acostumbrado a mis intentos de entablar amistad con ella. Durante toda la semana la he saludado por los pasillos y en cada una de esas ocasiones se ha llevado un susto, como si no estuviera habituada a que alguien le hablase fuera de clase.

—¿Nos hemos perdido algo? —pregunta apurada.

Su mirada se desliza a toda prisa por el campo de juego y luego hacia el entrenador Freeman, aunque éste está tan inmerso en el juego que no se percata de que Ruby y Lin llegan tarde.

—Ridgeview nos ha metido un gol —respondo.

Ruby asiente y anota algo en el cuaderno.

—Genial, gracias.

Lin prepara entretanto la cámara y comprueba los ajustes antes de empezar a disparar. Enseguida las dos están inmersas en documentar el partido.

Compruebo que, en realidad, prefiero contemplar a Ruby que a mi equipo. Al menos mirarla a ella me hace mucho menos daño. Ya hace tiempo que nos hemos recuperado y estamos a punto de ganar a Ridgeview, pero, por mucho que quiera, no me alegro. Cuando Cree lidera el equipo para marcar dos goles y él mismo mete otro en el segundo tiempo, me queda claro que los chicos no me necesitan para nada. Me gustaría desaparecer y no tengo ni idea de por qué no lo hago.

En lugar de ello me quedo con el rostro petrificado junto al borde del campo y dejo que me resbale todo, aplaudo cuando metemos un gol y suelto un taco cuando el contrario hace una jugada en nuestra contra, mientras respondo a todas las preguntas que me plantean Ruby y Lin.

Después de apenas hora y media no me siento como si hubiera conquistado el mundo como me sucedía antes, cuando ganábamos un partido. Estoy hecho polvo y ya no soporto estar ahí ni un segundo más. La idea de ir esta noche a la fiesta de Cyril y de que todos los que me han visto hoy al borde del campo me den el pésame me pone enfermo. Me doy media vuelta sin pronunciar palabra antes de que el equipo venga y me voy hacia la escuela. Saco el móvil del bolsillo y pulso una tecla de acceso rápido para indicar a Percy que me recoja.

—¡James!

Miro hacia atrás. Ruby corre detrás de mí. Su flequillo y el viento no se entienden especialmente bien, algunos mechones se levantan verticales. Se da cuenta de que la miro y se alisa el cabello sobre la frente. Esta última semana me he dado cuenta de que es una de sus manías. A estas alturas ya me he fijado en el pequeño peine que lleva en el estuche y que utiliza cuando cree que nadie la observa.

—¿Qué pasa? —pregunto.

—¿Estás bien?

¿Por qué me pregunta eso? Nadie me pregunta algo así,

simplemente porque nadie se interesa por cómo estoy. E incluso, si no fuera así, tendrían demasiado miedo o respeto para hacerme una pregunta de este tipo.

—Debe de ser bastante desagradable ver jugar a los demás, ¿no? —pregunta con dulzura.

—Pues sí.

Se balancea de una pierna a otra.

—¿Prefieres estar solo?

Me rasco la nuca vacilante y me encojo de hombros. Gracias a Dios, Alistair me libra de tener que contestar. Con la cara sofocada corre por la superficie de hierba y se detiene delante de nosotros.

—¡Beaufort! ¿Adónde vas, colega?

De acuerdo, la pregunta todavía es más jodida que la de Ruby.

—A casa.

—¿Te has olvidado? Hoy hay fiesta en casa de Cy.

No lo he olvidado, pero lamentablemente ir a la fiesta de Cyril es lo que ahora menos me apetece. Aunque no se lo puedo decir a Alistair. El equipo ha ganado, y yo sigo siendo el capitán pese a estar suspendido en la actualidad. No celebrar esta victoria con mis chicos sería injusto. Sin contar con que no tengo ganas de contestar a las preguntas que me harían de por qué esta noche no aparezco.

—Claro, ahí estaré. —Con el rabillo del ojo veo que la expresión de Ruby cambia y evito mirarla directamente.

—No pongas esa cara, tío. Será de fábula. Tenemos toda la casa para nosotros. —Me limito a dar un gruñido—. Eh, ¿por qué no te vienes tú también, Ruby?

Lanzo una mirada de advertencia a Alistair, pero él, sonriente, nos mira alternativamente a ella y a mí.

—No tienes que venir —me precipito a decir. La fiesta de Cyril no es el lugar adecuado para alguien como Ruby—. No creo que te guste.

Me percato de que acabo de decir lo que no debía cuando Ruby arruga la frente. Parece como si la hubiese provocado, y eso es lo contrario de lo que yo quería.

—¿Cómo sabes tú lo que me gusta o no me gusta?

Alistair tose ligeramente y le lanzo una mirada asesina. Lo ha hecho con toda la intención. Sabe exactamente lo que sucede en esas fiestas y cómo la gente se comporta en ellas.

—Será un placer, Alistair. Gracias por la invitación —dice Ruby con una sonrisa demasiado encantadora para ser auténtica—. ¿A qué hora empieza y dónde?

Alistair abre la boca para contestar y yo me adelanto:

—Te recojo.

La espalda de Ruby se pone rígida.

—De verdad que no es necesario, James.

—Me pilla de camino, no me supone ningún problema.

Arquea las cejas.

—¿Tienes carné de conducir?

Alistair silba con reconocimiento. Por lo visto disfruta viendo cómo me dan caña verbalmente. Negando con la cabeza miro a Ruby.

—Percy nos llevará, si te parece bien.

Ahora ella dibuja una sonrisa de oreja a oreja.

—Me parece más que bien.

—Conque Percy, ¿eh? Yo tampoco lo encuentro nada mal. Tiene un aire a Antonio Banderas —comenta Alistair.

—¡Lo mismo dije yo!

Ruby se echa a reír y me enternezco. Mierda. ¿Por qué no puedo conservar la mente clara en su presencia? Le he prometido a Lydia que la vigilaría y eso es todo. Lo único que tengo que hacer es recordar esto más a menudo.

—Bien, Percy llegará a tu casa sobre las ocho.

Ruby asiente.

—Genial.

Ruby

Cyril Vega vive en la casa más grande y suntuosa que he visto en mi vida. Ni siquiera estoy segura de que *casa* sea la palabra correcta para definir lo que tengo ante mí. La propiedad a la que hemos llegado después de que un guardia de seguridad haya comprobado con una cámara la matrícula de Percy parece no tener fin. Cuando miro a derecha e izquierda no veo más que un césped bien cuidado, y arbustos y árboles simétricamente plantados.

Cuando James y yo bajamos del coche, me quedo un momento quieta y echo la cabeza hacia atrás asimilando la extraordinaria fachada. Las altas columnas a derecha e izquierda de la entrada y el balcón que asoma directamente sobre ella confieren a esa casa señorial un carácter de otra época.

A mi lado, James no parece nada impresionado cuando subimos los escalones blancos de piedra ante la puerta desmesuradamente grande. Pero es normal. Por una parte, Cyril es uno de sus mejores amigos y, por otra, la casa donde él vive seguro que es, como mínimo, igual de grande. Siento las palmas de las manos frías y húmedas: ¿qué estoy haciendo yo aquí?

Me juré no asistir nunca a una de estas fiestas. Pero ha bastado un único y estúpido comentario de James para despertar mi espíritu combativo. Tenía que hacer simplemente lo contrario de lo que él quería, lo que, visto ahora, es totalmente absurdo. Desde el lunes estoy enfadada porque la salida con James ha destruido mi invisibilidad en Maxton Hall, y ahora voy y lo acompaño a esta fiesta donde estarán muchísimos de mis compañeros de escuela. Esta tarde no he pensado ni un segundo en lo que esto significará para mí. Seguro que la gente vuelve a hablar de nosotros y es probable que cotilleen todavía más.

Desde aquí fuera ya se oye la música y las voces de los invitados. Durante una fracción de segundo se me pasa por la cabeza fingir que me encuentro mal y largarme de aquí. Pero no quiero darle esa satisfacción a James. Así que me froto un momento las manos en la falda y carraspeo. James me mira de reojo y yo no le hago caso. Luego abre la puerta de la casa con una llave que, sorprendentemente, lleva en su llavero.

Entramos en el vestíbulo, tan imponente que por un instante me olvido de lo nerviosa que estoy. Las baldosas son de mármol y está fastuosamente decorado: junto a los discretos colores de los muebles, se aprecian por todas partes detalles en oro y blanco. Del techo cuelga una enorme lámpara de araña, y a derecha y a izquierda dos escaleras curvas conducen arriba, a una galería.

A primera vista se diría que la fiesta se celebra en toda la casa. La música parece salir de una habitación, pero también aquí, en el vestíbulo, corretean un par de invitados. Ninguno de ellos nos hace caso. Suspiro aliviada.

—¿Qué hacen ahí arriba? —pregunto a James señalando a un grupo de más de veinte chicos y chicas que están en la galería.

—Jugar una extraña versión del ping-pong de la cerveza que sólo se ve en casa de Cyril —responde.

Observo a un tío dejar caer algo desde arriba, una pelota de tenis de mesa, según confirmo más tarde. Disparan hacia abajo, hacia el vestíbulo, donde se ha colocado una hilera de vasos. Un par de pelotas aciertan directo dentro del recipiente, aunque la mayoría cae al lado, tras lo cual los chicos gritan jubilosos, un par de chicas chillan y todos ellos, según creo, beben.

—No entiendo.

—Yo tampoco —contesta él.

—¡Lo has conseguido! —grita alguien desde arriba.

Miro hacia lo alto, justo a tiempo para ver que Cyril se sube a una de las barandillas. Se agarra con fuerza y se desliza hacia abajo. Sólo de verlo me mareo. Wren aparece detrás de él, pero opta por una variante más segura y baja por la escalera. Mientras avanza, echa la cabeza hacia atrás y vacía su vaso.

Cyril es el primero en llegar y saluda a James con medio abrazo, dándole unas palmadas en la espalda.

—Espero que hoy te hayas sentido orgulloso de nosotros.

Noto que James se pone tenso a mi lado.

—Claro —dice en un tono neutro que no expresa ni una alegría desbordante ni desvela la frustración que ha sentido por no haber podido jugar él mismo.

La mirada de Cyril se detiene en mí.

—Y... ¿tú eres...? —pregunta mientras sus ojos azul hielo me repasan de arriba abajo. Examina mi blusa blanca con rayas verticales azules y la falda plisada negra y sospecho que de un momento a otro arrugará la nariz.

Gilipollas. Como si él tuviese mejor aspecto sólo porque su camisa negra ha costado seguramente más que mi indumentaria completa.

—Ruby —interviene James presentándonos—. Ruby, éste es Cyril.

—¡Ruby! Alistair me ha contado que te había invitado.

Wren se acerca sonriendo a nosotros. Contengo el impulso de mirar hacia otro lado.

—Hola —respondo forzando una sonrisa en los labios.

Saluda brevemente a James y vuelve a depositar la mirada sobre mí. El mensaje que me envía con su sonrisa de superioridad es inequívoco: «Éste es mi reino. Aquí soy yo quien tiene la sartén por el mango».

Un instante después, James me pone la mano en la espalda.

—Cy, a ver si eres un buen anfitrión y nos invitas a una copa.

Habla con su tono «Soy James Beaufort» y, mientras yo nunca me dejaría dar órdenes por él, a sus amigos no parece importarles. Se ríen y pasamos de largo la escalera guiados por ellos hasta la parte posterior del vestíbulo. Cyril recoge un par de pelotas por el camino y las lanza hacia arriba antes de abrir una puerta que conduce a un gran salón.

Es una habitación más pequeña que el vestíbulo, pero dentro debe de haber cincuenta personas conversando o bailando. La música es estridente y el humo se me mete por la nariz y me hace llorar.

Puedo contar las fiestas a las que he asistido hasta ahora

con los dedos de una sola mano. Se trataba de pequeñas reuniones en nuestro parque de Gormsey y —una única vez— de la celebración del decimoquinto aniversario de una compañera de clase. Me había invitado para hacerse la amable y yo fui porque mi madre insistió en que intentara intimar algo más con las alumnas de mi curso. Acabé de pie en un rincón la mitad de la noche balanceándome al ritmo de una música malísima, mientras contaba para mis adentros los minutos que faltaban para irme a casa.

El panorama de hoy no tiene nada que ver con aquello. En lugar de cerveza barata en vasos de plástico, los invitados beben licores caros en vasos de cristal. La música no procede de un radiocasete portátil, sino de un sistema de sonido cuyos altavoces están colocados en distintos lugares de las paredes.

Así que esto es una fiesta de la élite.

Miro a mi alrededor y trato de asimilarlo todo. Los bajos de la música están tan fuertes que siento vibrar el suelo bajo mis pies.

Sólo tras un segundo vistazo descubro el jardín de invierno acristalado contiguo a la habitación. Ahí hay una piscina enorme iluminada, de la cual pienso, en todo caso, mantenerme alejada.

Un par de invitados están nadando en ropa interior y salpican a los que están en el borde. Otros están sentados fumando y bebiendo en sofás tapizados de terciopelo que parecen antiguos y que con toda seguridad han costado una fortuna.

Estoy tan superada por la situación que me doy cuenta demasiado tarde de que James me dice algo.

—¿Perdona?

Él se inclina un poco hacia mí, con lo que coloca la boca a la altura de mi oreja.

—Que qué quieres beber, Ruby Bell.

Un escalofrío me recorre la espalda y en los brazos se me pone la piel de gallina. Evito pensar en ello.

—Una Coca-Cola, si hay. Si no, agua.

James retrocede un poco y me mira a los ojos.

—¿Te molesta que yo beba?

—No —digo negando también con la cabeza.

—Muy bien. Enseguida vuelvo.

Acto seguido, Cyril y él desaparecen. Wren se queda y vuelve a observarme con esa expresión de listillo en la cara.

—¿No bebes nada? —El tono de su voz es pura provocación.

Debo invertir una enorme fuerza de voluntad para no darme media vuelta y dejarlo plantado. O para no soltarle un grito delante de toda esa gente. Pero durante dos años he conseguido pasar de él y no voy a pifiarla ahora por un par de frases bobas.

—No —respondo lacónica.

Wren se acerca un poco. Yo retrocedo al instante.

—¿Por qué no, Ruby? —pregunta dando un paso más hacia mí hasta que noto la pared en la espalda—. ¿Has tenido malas experiencias con la bebida?

Huelo el alcohol en su aliento y, además, me percato de lo dilatadas que tiene las pupilas. Me pregunto si se coloca con algo más que con whisky escocés.

—Sabes perfectamente por qué no bebo, Wren —respondo con frialdad, y tenso los hombros.

Como no me deje en paz, voy a hacerle daño de verdad. A mi izquierda he visto con el rabillo del ojo una cómoda de madera oscura sobre la que hay varias estatuas y una lámpara. Sé defenderme.

—Recuerdo muy bien aquella noche —contesta Wren. Levanta el brazo izquierdo y se apoya con él en la pared, junto a mi cabeza.

—Pues yo no —digo entre dientes. Hasta ahora siempre me ha dejado en paz en la escuela. Nunca ha mencionado siquiera lo que pasó aquella noche hace dos años... ¿Cómo se le ocurre hacerlo justamente hoy?

—¿De verdad que no? —murmura acercándose más a mí.

Levanto las dos manos y lo aparto con fuerza de mí.

—No me apetece nada repetir, Wren.

Me coge las manos y entrecruza sus dedos con los míos. Miro aterrada a mi alrededor.

—Todavía me acuerdo muy bien de lo que me susurraste aquella vez.

—Fue sólo porque me emborrachaste.

—¿En serio? —De nuevo aparece esa sonrisa sucia en su cara—. Gracias al alcohol ascienden a la superficie los pensamientos más secretos. Tenías tantas ganas como yo, Ruby.

Me quedo inmóvil cuando el recuerdo de aquella noche emerge por fin a la superficie de mi memoria: la respiración jadeante de Wren, sus manos moviéndose por todo mi cuerpo. Sólo de pensarlo me sofoco. Por la vergüenza, por una parte, y porque es cierto que disfruté, por otra. Sólo el modo en que sucedió aún me desagrada.

Wren vuelve a abrir la boca, pero una voz suena detrás, severa y cansada al mismo tiempo.

—Déjala en paz, Fitzgerald.

Sus ojos se abren y yo miro sorprendida. Lydia está junto a nosotros. Lanza a Wren una mirada furiosa antes de cogerme de la mano sin decir nada más y tirar de mí para alejarme de él y conducirme hacia el centro de la habitación. Sólo cuando estamos fuera del alcance del oído de Wren me observa con las cejas arqueadas.

—Quién hubiese pensado que precisamente alguien como tú guardase un turbio secreto. —El pánico se apodera de mí y aprieto los puños a los costados. Pero, antes de que yo pueda decir algo, ella levanta las manos. En sus labios juguetea una sonrisa divertida—. No te preocupes. No se lo contaré a nadie.

Me la quedo mirando, tardo unos minutos en percatarme de lo que acaba de decir.

—Me da igual a quién se lo cuentes —afirmo con obstinación, aunque las dos sabemos que es una mentira total.

Si pudiera borraría aquella noche de mi memoria. Tenía quince años y acababa de llegar a Maxton Hall. Era la primera actividad en la que participaba y estaba tan emocionada y nerviosa que me bebí la mar de contenta todos los vasos de ponche que Wren me llevó. No sabía que añadía el alcohol de una petaca que llevaba para emborracharme. Y cuando me condujo al pasillo y me besó, yo estaba eufórica total. Wren era uno de los chicos más atractivos de la escuela. Y me quería a mí. El primer beso que me dio me llevó al éxtasis.

A la mañana siguiente me percaté de lo falso que había sido emborrachándome sin que yo lo supiera y de lo ingenua que había sido yo. Desde entonces no he vuelto a tocar el alcohol.

Frente a mí, Lydia levanta una ceja.

—¿De verdad? Pensaba que dabas más importancia a tu reputación.

—Que me emborracharan y que me besuquease con alguien no va a manchar mi reputación. No es lo mismo que liarse con un profesor.

Me arrepiento en el mismo momento en que lo he dicho. Lydia se pone blanca como una sábana. Un segundo después da un paso amenazador hacia mí.

—Has dicho que mantendrías la boca cerrada. Yo... —Se calla de golpe y vuelve a tomar distancia.

—Aquí estáis. —James se aproxima a nosotras y me tiende un vaso con Coca-Cola, cubitos de hielo y una rodaja de limón. Él sostiene en la mano un vaso de cristal de aspecto caro con un líquido ámbar. Lentamente, desliza la mirada alternativamente entre Lydia y yo—. ¿Todo bien?

—Hermanito, ¿podrías traerme también a mí algo para beber? —dice Lydia pestañeando exageradamente un par de veces.

James pone los ojos en blanco, pero coge el vaso de su hermana y vuelve a irse en dirección al bar. En cuanto se ha ido, la sonrisa de Lydia desaparece de nuevo. Me mira con unos ojos fríos y traga con dificultad. Desearía no haber acudido a la fiesta. No quiero estar en esta sala, sino en casa, donde me siento segura y protegida. Esto es justo lo contrario, una aventura que no me veo capaz de emprender.

—Escucha —advierto antes de que vuelva a amenazarme—. Siento lo que acabo de decir.

Abre la boca y la cierra de nuevo. Luego me mira incrédula.

—¿Cómo?

—No soy tu enemiga —prosigo—. Y me da igual lo que pase entre el señor Sutton y tú. No voy a desvelar tu secreto. —Aprieta con fuerza los labios—. Yo sólo quiero estar tranquila —insisto.

—¿Por qué iba a creerte? —me pregunta entrecerrando los ojos—. No te conozco.

—Es cierto —digo—. Pero James me conoce. Y se lo he prometido.

—Se lo has prometido —repite ella como si no entendiera del todo el significado de las palabras.

—Sí —digo indecisa.

Permanece callada un momento mirándome con desconfianza. Pero luego su gesto cambia. De repente ya no me mira incrédula, sino como si alguna pieza de un rompecabezas hubiese encajado en su mente. Su mirada se aparta de mi rostro y se dirige hacia un punto por encima de mi hombro.

—Así que se trata de eso.

Me doy media vuelta confusa para averiguar a qué se refiere. Veo a James junto al bar. Sostiene una botella tras otra para levantarlas y estudiar su etiqueta.

—¿De qué? —pregunto.

Me sonríe tranquilizadora.

—No te preocupes, no eres la primera. —No sé de qué está hablando—. Muchas chicas sucumben mucho antes a sus encantos.

De repente lo entiendo. Y me echo a reír sin poder remediarlo. Lydia se sorprende.

—¿Qué es tan divertido?

—No sé si alguien te lo ha dicho alguna vez, pero tu hermano es algo así como lo contrario a encantador.

Me mira y parece como si no supiera si tiene que echarme una bronca o ponerse a reír. James toma la decisión por ella, pues en ese momento regresa con nosotras.

—Toma —dice tendiéndole a Lydia su bebida—. Para ti, hermanita.

Ella levanta la vista un instante y luego vuelve a mirarme a mí.

—No te quito el ojo de encima, Ruby. —Y, dichas estas palabras, gira sobre sus talones y desaparece entre la gente.

—¿Qué pasaba? —pregunta James consternado contemplando la melena rubia cobriza que desaparece al cabo de un instante. Cuando me encojo de hombros, él frunce el ceño—. ¿Qué ha dicho?

—Nada. No confía en mí y no cree que vaya a mantener la boca cerrada.

James desliza la mirada por la habitación. Parece como si tuviera que reflexionar sobre lo que va a decir, como si no estuviera seguro de lo que puede o no contarme.

—Le cuesta confiar en el prójimo. —Lo miro inquisitiva—. Poquísima gente guardaría este secreto, Ruby. —Hace un gesto de impotencia—. Al contrario. El noventa por ciento se lo vendería a la prensa o intentaría chantajearnos. No sería la primera vez que alguien pasa tiempo con nosotros sólo para enterarse de los secretos de la familia.

Rehúye mi mirada mientras dice esto y, en cambio, observa a la gente que está bailando en medio de la habitación.

—Suena asqueroso.

La comisura de sus labios se eleva un poco.

—Lo es.

Nunca había pensado en algo así. Eso no es disculpa

para la conducta de James, pero gracias a esta información puedo entenderlo un poco más a él... y a Lydia.

—Me pregunto qué estoy haciendo aquí si todo el mundo desconfía tanto de mí.

Recorre pensativo mi rostro con la mirada. Levanta la mano como si fuera a tocarme, pero la deja caer y, en cambio, da un trago de la bebida que, en realidad, era para Lydia. Su segundo vaso.

—Estás aquí porque Alistair te ha invitado —dice al final.

—Es verdad —respondo apartándome detrás de la oreja un mechón que todo el rato me hace cosquillas en la barbilla—. Alistair. Si por ti fuera, yo no estaría aquí.

—No es eso.

—Entonces ¿qué?

No entiendo por qué la idea de que no quiera que yo esté aquí me altera tanto.

—Éste no es el lugar al que perteneces, Ruby. —Es como si me hubiese clavado un pequeño cuchillo. He de hacer un gran esfuerzo para que no se me note el dolor—. No... no me refiero a eso —añade enseguida; por lo visto lo de disimular que me ha dolido no me ha salido tan bien como yo pensaba.

—Está claro.

Me doy media vuelta y, a través del gran ventanal de cristal, miro la piscina en la que acaba de saltar alguien totalmente vestido. Pocos segundos después, James se coloca delante de mí llenando todo mi campo visual.

—Va, venga. Sólo quería decir que me da mal rollo verte cerca de esta gente. Al final tratarán de endilgarte algo. Me siento responsable de ti.

—Puedo cuidar de mí misma, muchas gracias —respondo mordaz. Vuelve a observarme con insistencia y tomo un trago de mi Coca-Cola para interrumpir el contacto visual. Cuando me mira así, me pongo nerviosa, y ya de por sí hace un calor asfixiante aquí—. No quiero ser un estorbo para ti en absoluto. Compórtate como te comportas normalmente —digo al final haciendo un gesto con la mano que abarca toda la habitación.

Sea lo que sea lo que suele hacer en estas fiestas, que lo haga. No quiero que actúe como si fuera mi canguro.

Asiente y acaba la segunda bebida. A continuación me coge el vaso y lo coloca junto al suyo. Acto seguido vuelve a estar a mi lado y me agarra de la mano. Tira de mí hacia el centro de la sala, entre la gente que está bailando. El corazón me late desbocado y me pregunto qué diablos se ha propuesto en el momento en que me atrae un poco más cerca de él. Su pecho roza el mío y aprieta brevemente mi mano antes de soltarla y empezar a moverse al ritmo de la música.

James Beaufort se planta ante mí. Desciende sonriente la vista para mirarme y comienza a hacer círculos con las caderas.

—¿Se puede saber qué haces? —pregunto consternada. Soy la única tiesa como un palo en la pista de baile.

—Hago lo que suelo hacer en las fiestas —contesta James.

De nuevo su mirada se me antoja como un reto al que debo responder. Intento moverme como él. Cuando alguien me empuja por detrás, tropiezo y caigo sobre James, que me coloca la mano en la cintura para sostenerme. Se me corta la respiración, el corazón me late más deprisa. Me invade un extraño calor cuando levanto la vista hacia él. Estamos tan apretados el uno contra el otro que ni una hoja de papel podría deslizarse entre nosotros.

Alguien grita de alegría a nuestro lado. Aparto la vista de la cara de James y miro a mi alrededor. Al menos cinco pares de ojos nos están observando.

No entiendo nada. Puede que James y yo podamos mantener ahora una coexistencia pacífica, pero esto es totalmente distinto. Y si no quiero que los rumores sobre nosotros corran como un reguero de pólvora en la escuela, tengo que salir ahora, inmediatamente, de esta pista de baile.

—Tengo que ir al baño —anuncio.

James enseguida se aparta. Sus ojos brillan inteligentes y en ese momento estoy demasiado confusa para entender lo que esto significa. Señala con la barbilla el rincón de la izquierda del salón, donde detrás de un alto arco comienza un pasillo.

—Primera puerta a la derecha y segunda a la izquierda.

Me deslizo entre los chicos y chicas que están bailando y recorro el pasillo. En la pared cuelgan óleos de miembros de la familia Vega y, a la luz de las lámparas, el papel pintado reluce en tonos verdes y dorados. La alfombra granate que se extiende bajo mis pies tiene un estampado muy elaborado, que recuerda distintas formas abstractas de animales. Giro a la derecha, como ha dicho James. Esta parte del pasillo está totalmente vacía y me apoyo contra la pared.

Ni idea de qué estoy haciendo aquí, en serio. Aparte de que me siento totalmente fuera de lugar, James me crea inseguridad. La forma de tocarme, cómo me mira, las palabras que murmura; si no lo conociera, diría que está flirteando conmigo.

El lunes, cuando apareció en la puerta de mi casa y dijo

que no quería volver a lo de antes, no pensé que saldría con algo así. ¿Baila de este modo con todos sus conocidos? Supongo que sí.

A lo mejor tengo que tomármelo como un ejercicio. Tanto si me gusta como si no, esta gente son mis compañeros de estudios. Y si consigo ingresar en Oxford, tendré que entenderme con ellos y muchos otros chicos y chicas de familias ricas.

Inspiro hondo, aprieto los puños y me separo de la pared con ánimos renovados. Voy a refrescarme, volveré al salón, me tomaré la Coca-Cola y bailaré con James. ¿Qué puede pasar? Cotillearán de todos modos, así que al menos voy a divertirme un poco.

Decidida, me acerco a la puerta que se encuentra a un par de metros en el lado izquierdo del pasillo, la abro con la esperanza de encontrar el cuarto de baño detrás. Excepto por la luz del pasillo, la habitación está oscura como boca de lobo. Mis ojos necesitan un momento para adaptarse, pero entonces distingo el contorno de un gran secreter antiguo, un rincón con sillas tapizadas y... todo tipo de estanterías con libros.

Desde luego, esto no es el cuarto de baño, ¡es la biblioteca! Dudo un instante, pero luego avanzo con curiosidad y contemplo en torno a mí. Sólo en la primera estantería hay más libros de los que tenemos en toda nuestra casa. En mi rostro se extiende una sonrisa y me atrevo a dar otro paso adelante... y entonces es cuando lo oigo.

Una respiración entrecortada. Un suspiro ahogado.

«Date media vuelta y vete», advierte una voz estridente en mi cabeza, pero ya es demasiado tarde. Mi mirada recae en Alistair, quien está apoyado al fondo de la habitación en una de las estanterías de libros. Tiene la cabeza echada hacia atrás y emite un fuerte gemido en ese momento.

Oigo un sonido suave.

—Como sigas gritando tanto, paro.

Me quedo de piedra. Esa voz me suena. Es suave y profunda, un poco ronca.

—Sigue —dice Alistair dejando caer la cabeza hacia delante.

El tipo que está de rodillas delante de él se endereza.

—Sólo si me lo pides con cariño.

Alistair le tira del cabello hacia sí para darle un beso. El chico se levanta sujetándose con las dos manos a la estantería, cerca de la cabeza de Alistair, para responder a su beso. Entonces reconozco quién es: Keshav.

Cojo aire cuando la boca de Keshav se desliza por el rostro de Alistair y baja por el cuello.

En ese momento, Alistair me ve junto a la puerta.

—Kesh, para —susurra aterrado y aparta bruscamente a su amigo.

Doy la vuelta y huyo de la biblioteca de nuevo al pasillo. Horrorizada, miro a ambos lados y decido volver al salón. Me abro camino entre los bailarines, cuyos rostros se difuminan ante mis ojos y busco a James en la sala.

Lo veo con su hermana, Cyril y Wren cerca de la piscina. Están charlando. Wren gesticula agitando las manos en el aire como un loco.

Necesito unos minutos para recuperarme.

¿Por qué demonios no hago más que descubrir a gente que se lo está montando y que es evidente que no quiere tener público? ¿Desde cuándo colecciono secretos de gente extraña? Esto no es normal.

Me cuesta un esfuerzo increíble serenarme y tranquilizarme, al menos hasta cierto punto. Creo que debo retirar la decisión que acabo de tomar: aquí no me lo paso bien y nunca me acostumbraré a esta gente.

Quiero aproximarme a James y pedirle que me lleve a casa, pero está tan cerca de la piscina que dudo. Al ver el agua siento un vacío en la barriga. Al final hago acopio de todo mi valor y entro con prudencia en el jardín de invierno. Me quedo junto a la pared, un poco separada del grupo. Wren es el primero que me ve.

—Aquí está.

Inclino brevemente la cabeza hacia él y casi suspiro aliviada cuando James recorre los dos pasos que nos separan. Nunca hubiera pensado que él sería la persona con la que mejor iba a sentirme en una fiesta, pero hoy es realmente así. Se ha convertido en mi punto fijo y debo reprimirme para no cogerle la mano.

—¿Todo bien? —pregunta James.

Sostiene otro vaso en la mano, esta vez con el líquido ámbar de nuevo. A estas alturas tiene las mejillas ligeramente enrojecidas.

—Me gustaría irme a casa ya —susurro todavía jadeante.

James frunce el ceño, pero sólo un momento. Al parecer se me nota que estoy al borde de un ataque de nervios. Vacía el vaso antes de dejarlo en la mesa más cercana.

—Está bien.

—Va, venga. ¿Desde cuándo te vas de mis fiestas antes de las cuatro? —pregunta ofendido Cyril.

—Desde que estoy con alguien que quiere irse a casa —contesta a su amigo mirándolo inexpresivo. Ahí se erige de nuevo ese arrogante e infranqueable muro.

—Venga, Ruby. No seas aguafiestas. Déjanos a nuestro amigo —dice Wren, y se agacha para salpicarnos con agua de la piscina. Un par de gotas me llegan al cuello y siento como si me quedara sin aire.

—No hagas eso —suelto con una voz que apenas reconozco de lo chillona que es.

—¿Eres de azúcar o qué? —pregunta riendo Cyril. Ya no lleva camiseta, sino un pantalón de baño negro. Todavía tiene el pelo húmedo de haber nadado. Se acerca un paso. Retrocedo, me agarro con fuerza al brazo de James. No me importa lo que piensen los demás.

—Venga, Cy. Déjala en paz —dice James, pero ahora ni siquiera su tono autoritario puede hacer algo. Cyril me mira como un depredador. Acto seguido da un salto hacia mí, me coge el bolso y se lo da a una sonriente Lydia.

—Cyril, te lo advierto... —amenazo sin poder respirar, pero ya es tarde. Me abraza de una forma que no tiene nada de amoroso y me arrastra con él a la piscina. Chillo cuando choco contra el agua con todo mi peso y muevo las piernas y los brazos llevada por el pánico.

Luego vamos bajando y mi corazón se para un segundo. De repente ya no estoy en casa de los Vega, sino en un mar agitado de color verde amarillento. Ya no tengo diecisiete años, sino ocho. Ya no sé nadar, sino que estoy desamparada, a merced de un agua terriblemente fría.

No puedo respirar.

Las algas tiran de mí hacia el fondo y no puedo moverme. No me funcionan los brazos, las piernas tampoco reaccionan. Soy incapaz de controlar mi cuerpo.

La presión sobre el pecho crece a toda velocidad. Y luego no me queda más remedio que inspirar el agua.

17

James

Mientras Wren y mi hermana se ríen a carcajadas cuando Cyril vuelve a emerger y nos salpica con agua, miro a Ruby, que se ha convertido en una mancha oscura e imprecisa bajo la superficie del agua. Al principio se agitaba como una loca, pero ahora no se mueve más.

Algo no va bien.

—Si supiese que ya conocemos el truco de hacerse el muerto, no montaría este número —opina Wren tendiendo la mano a Cyril para ayudarlo a salir de la piscina.

Ruby no sube a la superficie. En mi interior percibo que algo no va bien. Se me acelera el corazón y cojo carrerilla.

—James, de verdad que no creo que necesite...

Ya no oigo el resto de la frase de Lydia, porque me tiro de cabeza al agua. Nado hacia Ruby dando largas brazadas, rodeo su torso con un brazo y tiro de ella hacia arriba.

No se mueve.

—Ruby —digo jadeante cuando ambos salimos a la superficie. La zarandeo—. ¡Ruby!

De repente golpea con los brazos a su alrededor. Tose e intenta recuperar la respiración, y yo la sostengo con fuerza contra mí para que no vuelva a hundirse. Está totalmente fuera de sí.

—Sácame —me pide chillando—. ¡Tengo que salir de aquí!

Asiento y nado con ella hasta el borde de la piscina. Entonces la levanto por la cintura y la siento. Tose mucho y con fuerza para sacar el agua que ha tragado en esos breves minutos. Me doy impulso para colocarme a su lado en el borde de la piscina. Me pongo en pie y la ayudo a levantarse. Baja la cabeza, pero distingo en su rostro las lágrimas que se mezclan con las gotas de agua. Cuando está en pie, se tambalea hacia un lado. Noto lo mucho que tiembla todo su cuerpo, me agacho un poco para cogerla en brazos. Ni siquiera protesta, sino que hunde el rostro en mi cuello para que nadie vea que está llorando.

Me vuelvo indignado hacia Cyril, a quien se le ha borrado la sonrisa.

—Mamón de mierda —digo en voz baja.

Me hubiera gustado gritárselo a la cara, pero no quiero asustar a Ruby. Con ella en brazos me doy media vuelta y salgo por la puerta trasera del jardín de invierno.

Percy tarda un rato en venir, pero a cambio trae toallas y ropa de recambio. Ruby evita mi mirada cuando la envuelvo con varias toallas y la seco. Todavía le tiembla todo el cuerpo. Percy me tiende sin pronunciar palabra otra toalla; la despliego y se la coloco a ella en la cabeza, mientras presiono para que absorba el agua del pelo. A lo mejor exagero, pero no voy a dejar de frotarla hasta que deje de temblar. Aunque me lleve toda la noche.

De golpe su cuerpo se ve sacudido por un sollozo mudo. Me quedo helado. Hace un daño sorprendente ver llorar a alguien tan fuerte como ella y no sé qué hacer. Sólo puedo secarla, acariciarle la espalda trazando suaves círculos y pedirle a Percy que me dé la sudadera de Maxton Hall, que también ha traído.

—¿Puedes desabrocharte la blusa? —pregunto con prudencia.

Ruby no da señales de haberme oído. Como dudo de todos modos que pueda conseguirlo con los dedos temblorosos, le pongo la sudadera por la cabeza sin vacilar. Estiro la tela hacia abajo sobre su cintura y empiezo a desabrochar a ciegas la blusa. Cuando ya está abierta, tiro de ella por la espalda y la ayudo a pasar los brazos por las mangas de la sudadera. Voy a ponerle la capucha, pero ella levanta las manos y me coge los antebrazos. Todavía tiene los dedos helados.

A continuación, inclina la cabeza hacia delante, la apoya sobre mi pecho e inspira profundamente. Su respiración es tan temblorosa como todo su cuerpo. Es horrible verla así.

—Todo ha sido por mi culpa —murmuro.

Ruby levanta la cabeza de mi pecho y me mira. Sus ojos siguen húmedos, pero creo que está mejor. Vuelve a ser Ruby. La terca y luchadora Ruby a quien nadie da lecciones. Me relajo, y se me extiende por el torso una sensación a un mismo tiempo ligera y pesada.

Me separo de ella y me desabrocho la camisa para ponerme el otro jersey que Percy ha traído.

—Ven. Te llevaremos a casa —anuncio abriéndole la puerta del Rolls-Royce.

Se sube y yo me deslizo por el asiento a su lado. Cuando Percy arranca, apoyo la cabeza en el respaldo. Noto de repente el alcohol, y el mundo da vueltas algo más deprisa de lo que debería.

Ruby se mueve junto a mí y la miró brevemente. Ha escondido las manos bajo las mangas de mi sudadera azul. Me supera la necesidad de cogerla. Aparto a toda prisa la vista de ella.

—Tengo un miedo horroroso al agua —susurra Ruby rompiendo el silencio.

Tengo que dominarme para no quedarme observándola. Creo que se siente más segura si sigo mirando por la ventanilla y no a ella.

—¿Y eso?

Tarda un momento en contestar.

—A mi padre le gusta pescar. Siempre me llevaba con él en su barca y pasábamos fines de semana enteros en distintos lagos. Cuando tenía ocho años sufrimos un accidente.

A mi lado, su cuerpo se pone rígido y siento que se interna en un horrible recuerdo. Empieza a temblar. Pero esta vez busco su mano y envuelvo con mis dedos la tela que la cubre.

Parece pequeña y frágil, y sin embargo estoy seguro de que Ruby es todo lo contrario a frágil.

—¿Qué pasó?

—Una barca más grande no nos vio y nos embistió. La nuestra quedó completamente destrozada y mi padre recibió un impacto muy fuerte. La cabeza sufrió una fuerte tensión y se le destrozó una vértebra. —Le doy un breve apretón en la mano—. Desde entonces va en silla de ruedas. Y yo tengo pánico al agua —concluye apresuradamente.

Creo que todavía hay mucho más en esa historia, pero no insisto. Lo que me ha contado es suficiente para hacerme una idea de lo que debe de haberle ocurrido cuando Cyril la ha arrastrado a la piscina.

—Lo siento —digo, y en ese mismo instante me siento totalmente absurdo. Acaba de compartir una de las experiencias más traumáticas de su vida y lo único que se me ocurre es una vaga disculpa.

—Está bien. Tú no eres como tus amigos.

Su mano emerge de la sudadera y busca con cautela la mía. Entrecruzo nuestros dedos y acaricio vacilante el dorso de su mano con el pulgar.

—No es cierto —murmuro moviendo la cabeza—. Soy exactamente igual que ellos. Incluso peor.

Ella niega casi imperceptiblemente con la cabeza.

—En este momento no lo eres.

El resto del trayecto nos quedamos en silencio, mientras yo voy dándole vueltas a lo que acaba de confiarme. En un momento dado, Ruby se queda dormida y desliza la cabeza sobre mi hombro. No suelta mi mano ni un segundo y yo sigo acariciando pensativo su piel con el pulgar, que ahora, afortunadamente, vuelve a estar caliente.

Al cabo de veinte minutos estamos en casa de Ruby. Dentro todavía hay luz y debería despertarla. Pero no me animo a hacerlo todavía, no cuando parece estar tan plácidamente dormida.

—Es una muchacha encantadora, señor Beaufort —resuena de repente la voz de Percy por el altavoz sobre mi cabeza. Miro hacia delante aunque la mampara de separación está subida—. No lo estropee.

—No tengo ni idea de qué estás hablando.

Pero no suelto la mano de Ruby.

18

Ruby

Ember y yo pasamos el sábado en pijama. Mamá y papá están en casa de unos amigos y aprovechamos la oportunidad para apropiarnos de la cocina y preparar unas galletas de chocolate. Estamos justo asegurándonos de que el cuenco de la masa haya quedado realmente vacío cuando llaman a la puerta. Las dos nos llevamos un susto y nos miramos. Entonces digo a toda velocidad tocándome la punta de la nariz:

—¡Suerte para mí!

Ember suspira atormentada al darse cuenta de su derrota y corre hacia el pasillo. Poco después oigo una voz enérgica que me resulta bien conocida.

—Hola, ¿eres Ember? Yo soy Lin. ¿Dónde está tu hermana? ¡Tengo que hablar urgentemente con ella! —En un abrir y cerrar de ojos Lin está ante mí tendiéndome su móvil—. No me digas que eres tú.

Por un momento sólo soy capaz de mirarla. Es la primera vez que Lin viene a mi casa. Hasta ahora me ha recogido un par de veces y me ha esperado siempre en la calle en el coche. En realidad, su presencia debería ponerme nerviosa. A fin de cuentas, va a Maxton Hall y con ello pertenece a una parte de mi vida que quiero mantener alejada de mi familia a cualquier precio. Pero cuanto más la veo en la cocina, más claro tengo que es el caso contrario. La pelea que tuvimos recientemente me ha demostrado que no sólo somos amigas de la escuela, sino que podríamos ser mucho más. Tal vez ha llegado el momento de atreverme a abrirme un poco más.

Con toda la intención, me llevo una vez más la espátula a la boca para no tener que contestar. Nada impresionada, Lin se acerca un par de pasos más hasta colocarse justo delante y con el móvil en mis narices, de modo que tengo que inclinarme para atrás para poder distinguir algo en la imagen oscura.

Se ve a James de espaldas llevando en brazos a una persona que le rodea estrechamente con los brazos y hunde el rostro en su cuello. No se puede reconocer que esa persona soy yo, pero, a pesar de todo, me ruborizo. Me pregunto cuántas imágenes más de ese momento existirán. Y si todos las han visto.

—¿Ruby? —pregunta Lin; de repente el tono de su voz resulta menos vehemente—. ¿Qué sucedió ayer?

—Estuve en la fiesta de Cyril —contesto—. Ya te lo he contado.

—Sí, lo has hecho. Pero quiero saber qué paso aquí.

—¿Qué pasó dónde? —pregunta Ember quitándole el móvil de la mano a Lin. Se queda boquiabierta al ver la foto—. ¿De verdad que ésta eres tú?

—Sí —admito tragando con dificultad.

Ese día con Ember tenía que servir para distraerme. No quería pensar en la noche anterior y deseaba dejar de darle vueltas a la cabeza. Lo que pasó ayer es... ni yo misma sé qué ocurrió. Ni sé gestionarlo ni expresarlo con palabras.

—Cuenta inmediatamente lo que ocurrió ayer —exige mi hermana con ese tono de no-toleraré-ninguna-réplica que claramente ha heredado de mi madre.

Me inclino hacia el horno para mirar las galletas. Por desgracia todavía no están listas y no me puedo librar de las miradas inquisitivas de Lin y Ember. Suspiro levemente, dejo la espátula en el cuenco y señalo en dirección al comedor. Una vez que nos hemos sentado, empiezo a contar lo ocurrido.

Al final de la narración, las dos me miran con expresiones totalmente distintas. La de Lin es sobre todo escéptica. Ember, por el contrario, ha apoyado la barbilla en la mano y me sonríe soñadora.

—Ese Beaufort parece realmente agradable —suspira.

—¡No lo es! —objeta incrédula Lin—. El tipo de quien acabas de hablar no puede haber sido, de ninguna de las maneras, James Beaufort.

Me encojo de hombros. *A posteriori* a mí también me resulta inconcebible que me haya protegido delante de sus amigos, pero... lo hizo. E incluso más. Se ocupó de mí. Me vistió y se comportó como todo un caballero. Sostuvo mi mano mientras yo le contaba lo de papá.

La relación entre nosotros ha cambiado tras la última noche. Lo percibo. Un cosquilleo recorre todo mi cuerpo cuando pienso en su mirada y en la forma en que sus dedos acariciaban mi piel desnuda. En cómo el calor sacudió brevemente mi cuerpo y James pensó que yo temblaba de frío, pero era justo lo contrario. De qué modo me tocó, como si yo fuera un cristal delicado y frágil.

—Precisamente a eso me refería yo cuando te dije que fueras prudente —dice Lin moviendo la cabeza y devolviéndome de nuevo al presente.

—Lo sé —murmuro. Y desearía poder olvidar lo que sentí al hundirme en el agua.

—No puedo creer que Cyril haya hecho algo así —prosigue—. Cuando lo vea le retorceré el pescuezo.

Se la ve tan consternada y decepcionada que me pregunto por enésima vez si Cyril no es para ella algo más que un compañero de escuela. Si hay una historia entre los dos y, si es así, qué sucedió realmente. Hasta ahora siempre se ha cerrado cuando hemos empezado a hablar sobre su vida amorosa. Tal vez éste sea el momento oportuno para intentarlo otra vez, a fin de cuentas yo misma acabo de sincerarme con ella.

Pero Ember interrumpe mis pensamientos con sus palabras:

—Suerte que James estaba allí. —Sus ojos parecen a punto de convertirse en unos corazoncitos rojos—. No puedo creer que realmente te haya sacado de la fiesta. ¡En brazos!

Yo tampoco. Sobre todo cuando pienso en lo frío y arrogante que era al principio conmigo. La verdad es que no consigo conciliar esta versión suya con la del James que ayer me envolvió en un montón de toallas y me acarició la espalda hasta que dejé de temblar. Ese James que provoca el caos en mi mente y que esta noche ha invadido mis sueños, en los que sus cálidas manos descansaban sobre mi piel desnuda.

«Esto no va bien. No va bien. No va bien.»

—Si no tuviera la foto como prueba, no me lo creería

—dice Lin mirando de nuevo la imagen—. ¿Cómo puede un tipo que está continuamente liándola comportarse de repente como un caballero andante?

—Al parecer se ha dado cuenta de que Cyril ha traspasado un límite con Ruby y por eso ha intervenido. Esto demuestra que es de buena pasta —sentencia Ember. Me mira y de repente algo cambia en su rostro—. Oh, oh.

—¿Qué? —pregunta Lin levantando la cabeza. Cuando su mirada se posa en mí, exclama—: ¡Ruby!

Es evidente que llevo plasmado mi caos sentimental en el rostro.

—Yo tampoco lo sé, ¿vale? —digo—. En el fondo no puedo soportarlo, pero... —Me interrumpo y me encojo impotente de hombros.

Durante un rato se diría que Ember va a decir algo, pero entonces se levanta de repente.

—Vamos a ver las galletas.

Vamos las tres a la cocina, donde hay un aroma riquísimo en el ambiente. Mientras Ember y yo sacamos las galletas del horno, Lin las ordena simétricamente sobre una bandeja. Cuando nos vamos a la sala de estar, me clava de repente el codo en el costado.

—Está bien sentirse atraída por alguien a quien en realidad se considera tonto.

Me gustaría tanto poder preguntarle si lo dice por propia experiencia. Pero en lo que se refiere a su vida amorosa, Lin es tan discreta que no me atrevo a interrogarla.

—¿Tú crees?

Ella asiente. Mis pensamientos se dirigen de forma automática a James de nuevo. Siento un cosquilleo justo en el lugar de la mano donde me acarició; cuando me acuerdo de cómo se desvistió delante de mí, noto una sensación de calor en la barriga.

—Y eso que todavía no me lo acabo de creer. Justo tenía que ser Beaufort. El maldito rey de la escuela —murmura Lin dejándose caer sobre el sofá.

—Yo tampoco sé cómo ha podido ocurrir —contesto mientras cojo una galleta; todavía está demasiado caliente, pero le doy un bocado enorme para no tener que hablar más.

—Si es cierto que se ha ocupado tan bien de ti, a mí me parece bien —interviene Ember y engulle a su vez una galleta, luego cruza las piernas sobre la mesa baja—. ¿Qué vas a hacer ahora? ¿Habéis vuelto a hablar desde ayer?

Niego con la cabeza.

—En realidad quería pasar un agradable día con mi hermana.

Ember se levanta como un muelle.

—Tienes que llamarlo.

Moviendo la cabeza deslizo alternativamente la vista por Lin y por ella.

—Chicas, no pasa nada. Somos, simplemente... amigos.

Me suena raro calificar a James de «amigo», pero no se me ocurre nada mejor en ese instante.

—Está claro. Escríbele —me anima ahora también Lin, y entre suspiros saco el móvil del bolsillo del pantalón.

Reflexiono unos segundos sobre qué voy a escribirle y me decido por lo obvio.

Gracias. R. J. B.

—¿Qué le has escrito? —pregunta Ember.

—Le he dado las gracias, es todo.

Lin arruga la nariz y coge también una galleta. La divide en cuatro partes y toma una. No es frecuente que Lin se permita comer algo dulce. Es muy rígida en cuanto a su alimentación y podría decirse que se prohíbe todo lo que está rico. Creo que es una pena, y hasta ahora nunca he conseguido convencerla de que la vida con chocolate es mucho más divertida.

Me vibra el móvil. Tengo que hacer un enorme esfuerzo por no abalanzarme sobre él. Me habría sentado fatal que Lin y Ember me vieran así de ansiosa. Por suerte, ninguna de las dos puede oír la fuerza con que late mi corazón cuando enciendo la pantalla y leo el mensaje.

Nunca me has dicho qué significa la
J. J. M. B.

Contesto al instante:

Adivina. R. J. B.

James. J. M. B.

Una respuesta bastante egocéntrica,
¿no crees? R. J. B.

Jenna. J. M. B.

Pues no. R. J. B.

Jemima. J. M. B.

Estoy bastante impresionada
de que lo hayas adivinado con
sólo tres intentos. R. J. B.

Durante un rato no dice nada más. Me quedo mirando la pantalla oscura, consciente de que Ember y Lin me observan expectantes. Pero ni yo misma sé qué estoy esperando, hasta que el móvil vuelve a vibrar al cabo de un par de minutos.

¿Te encuentras mejor?

Nada de iniciales. Nada de bromas. Se me seca la garganta de golpe. No quiero acordarme de ayer, no quiero pensar en el agua o en el hecho de que me he puesto en ridículo delante de una gran parte de mis compañeros porque estaba totalmente histérica. Sobre todo no quiero pensar en el lunes, en lo que posiblemente se me venga encima.

Tengo miedo del lunes.
Hay fotos nuestras.

Lin y Ember empiezan a hablar sobre algo que no tiene nada que ver con James o la fiesta de ayer, y Ember enciende al mismo tiempo el televisor. Saca un DVD del armario y lo pone. Les agradezco que respeten un poco mi privacidad, sobre todo cuando leo el siguiente texto de James.

No te preocupes. En la foto sólo
se ve mi espalda mojada.

Contengo el aliento. ¿Debo interpretar el mensaje tal cual o es una forma indirecta de flirtear? No tengo ni la menor idea. Sólo sé que quiero una relación de igual a igual con él.

Al menos en ese sentido puedo
estar contenta con la foto.

Tengo que esperar un buen rato a que me llegue su respuesta. Tanto que ya me arrepiento de las palabras que he escrito. Hemos llegado a la mitad de la película cuando vuelve a vibrarme el móvil.

Ruby Bell, ¿puede ser que
estés flirteando conmigo?

Una sonrisa se me extiende por los labios. La escondo en el cuello de la camisa del pijama. Luego apago el móvil y me concentro en la película con todas mis fuerzas.

19

Ruby

El lunes, cuando bajo del autobús, James está apoyado en la valla del campo de deportes y me saluda con una sonrisa irónica.

Después de lo que ocurrió hace una semana en compañía de sus padres, nunca hubiese creído que llegaría el momento en que me alegraría de verlo esperándome por la mañana.

—Hola —digo algo jadeante cuando me paro ante él.

Su sonrisa se ensancha. Al parecer también él se alegra de verme.

—¡Hola!

Desliza la mirada por mi rostro y de nuevo percibo esa extraña sensación en el estómago. Me pregunto si sentiría ese cosquilleo en la piel si me tocara como lo hizo el viernes. Dejo ese pensamiento en el rincón más oscuro de mi cabeza.

—¿Serás hoy mi escolta?

Su sonrisa no se mueve ni un milímetro.

—He pensado que podríamos ir juntos a la asamblea y librarte así de las preguntas de los demás.

Acto seguido señala con la barbilla en dirección a la escuela y se pone en marcha. Yo paso los pulgares por las correas de mi mochila y lo sigo.

—¿Cómo... cómo ha ido el resto del fin de semana? —le pregunto vacilante.

—Ayer comí con mi familia. —No dice más. Lo miro de reojo inquisitiva. Se da cuenta y su sonrisa va desapareciendo lentamente—. Vino a vernos mi tía Ophelia. Mi padre y ella no se entienden especialmente bien.

Que me haya contado algo tan privado me deja un rato sin habla. No lo esperaba, sobre todo después de que me dijera cómo los traicionaron a él y a su hermana algunas personas en las que habían confiado. Por otra parte, el viernes yo también le conté algo acerca de mí. Debe de haber notado lo mucho que me costó. Y a lo mejor ahora le pasa como a mí. A lo mejor también siente que algo ha cambiado y no quiere que volvamos a comportarnos de una forma forzada como hacíamos en el pasado.

En mi interior se abre paso la esperanza. Aunque no tengo ni idea de cómo llamar a lo que ha surgido entre James y yo... ¿Amistad? ¿Más? ¿Menos? Pero me gustaría averiguarlo, poco a poco.

—¿Se pelearon?

Mete las manos en los bolsillos del pantalón.

—Nuestros encuentros familiares nunca transcurren de forma pacífica. Las Beaufort Companies pertenecen en realidad a mi madre y a su hermana. Pero, desde que mis padres se casaron, mi padre se ha apropiado de muchas cosas y también ha introducido muchos cambios en la empresa que molestan a algunas personas, sobre todo a Ophelia —explica.

—¿Trabaja ella también para la compañía? —pregunto con curiosidad.

James asiente dando un gruñido.

—Sí, pero no tiene ningún derecho de intervención en lo que se refiere a la empresa principal. Es cinco años más joven que mi madre y siempre la han dejado un poco al margen. Se ocupa más bien de las subsidiarias o de las compañías en que mis padres tienen acciones.

Me pregunto qué pensaría Ember si nuestros padres nos dejaran una empresa como herencia, en la que ella no tuviera derecho de intervención sólo porque es la más joven de las dos. No me extraña que haya mal ambiente en las reuniones familiares de los Beaufort.

—Últimamente no ha estado de acuerdo en una serie de decisiones, por consiguiente el ambiente fue bastante malo. Pero... no pasa nada. He vivido veladas familiares peores —dice encogiéndose de hombros, y giramos juntos hacia la izquierda, por el camino que conduce a Boyd Hall.

Una chica con la que voy a Historia nos adelanta. Cuando nos ve juntos a James y a mí, abre los ojos como platos. Agarro con más fuerza las correas de la mochila y trago con dificultad. A pesar de todo, levanto la barbilla y la miro a mi vez desafiante, hasta que ella se da la vuelta y prosigue su camino deprisa.

—Eh, no hace falta ser tan agresiva —dice James dándome un golpecito con el hombro.

—¿Qué tengo que hacer entonces? Si ella me mira, yo también la miro.

Se pone delante de mí, de modo que me impide seguir avanzando.

—Le das demasiada importancia, debería darte lo mismo. Que digan de ti lo que les dé la gana.

—Pero a mí no me es indiferente.

—¿Y? Ellos no tienen por qué saberlo. Sólo tienes que aparentar que no te afecta para nada. Entonces te dejan en paz.

De repente, la expresión de su rostro cambia: ahora sus párpados están un poco caídos, las cejas relajadas y las comisuras de los labios ligeramente levantadas. Es su apariencia de a-mí-me-importa-todo-una-mierda.

—Tiene un aspecto tan arrogante que me gustaría pegarle.

—Tienes pinta de merecer una buena azotaina.

—Tengo pinta de estar deseando recibir una buena azotaina. Ésta es la diferencia —responde, y me señala con la barbilla—. Ahora tú.

Intento imitar la expresión de su cara. Por el temblor que veo en las comisuras de sus labios, no debe de salirme realmente bien.

—De acuerdo. Tal vez sea suficiente para comenzar que no mires a todos tus semejantes como si desearas que los partiera un rayo.

Seguimos, y yo intento tomarme su consejo en serio. Sin embargo, la desazón va en aumento cuanto más nos acercamos a la escuela.

Poco antes de la entrada a Boyd Hall, James pone la mano en mi nuca y la acaricia. Sólo un segundo. Es probable que para darme ánimos, pero de repente me pongo nerviosa por otra razón totalmente distinta. No sé cómo lo hace James, pero un solo y diminuto roce de él basta para que todo mi mundo se tambalee. Esta sensación es nueva para mí, distinta y extraña. En cierto modo, también es bonita.

—¡Beaufort! —resuena una voz a nuestras espaldas.

Me estremezco. Un montón de alumnos pasan junto a nosotros camino de la asamblea y nos sortean cuando James y yo nos detenemos de nuevo. Él se da media vuelta y yo hago lo mismo de mala gana.

Wren y Alistair suben los escalones y se detienen delante de nosotros.

—Hola, Ruby. —Wren se rasca casi avergonzado la nuca—. Siento lo del viernes.

No estoy segura de si se disculpa sólo por lo de la piscina o por el modo en que me acosó al comienzo de la fiesta. Si se lo preguntase, James se enteraría de lo que pasó entre Wren y yo. Que me ofrezca sus disculpas es seguro cosa de James, pero aun así me alegro de que lo haga. Así que simplemente asiento y le digo:

—Está bien. Tú no me tiraste a la piscina.

Wren me sonríe sorprendido, como si se esperase una reacción completamente distinta.

Como por propia iniciativa, mis ojos se dirigen a Alistair, que me observa en silencio. Basta con echar un vistazo a su rostro para que yo capte que lo sabe. Sabe que yo fui la que los descubrió a él y a Kesh en la biblioteca. Le sonrío con prudencia. No contesta a mi sonrisa. Sus labios son dos finas líneas exangües.

—¿Entramos? —pregunta James mirando al grupo. Asentimos y subimos los últimos peldaños.

La asamblea acaba de empezar cuando llegamos al Boyd Hall y buscamos discretamente sitio en la última fila. Pese a ello, noto las miradas de mis compañeros sobre mí cuando va corriendo la noticia de quién se sienta esa mañana al lado de James Beaufort. Las cabezas, una tras otra, se van volviendo hacia nosotros cuando el director Lexington se coloca delante y elogia al equipo de lacrosse por el extraordinario resultado del viernes.

Me atrevo a mirar a James, pero su rostro no muestra emoción ninguna, nada que pueda indicar que la situación y el murmullo que nos rodea le resultan desagradables. Así que trago saliva, aprieto los labios y hago lo mismo que él.

Después de la reunión, James y Wren tienen Matemáticas, mientras que Alistair y yo vamos a clase de Arte en el ala este. Antes de despedirnos, James me susurra:

—Piensa en la azotaina.

Pese a que sus palabras son totalmente inocentes, siento calor en las mejillas. Lo ignoro y sigo a Alistair, quien ya se ha puesto en marcha. El ambiente entre nosotros sigue siendo tenso y tengo la sensación de que debo decir algo. Pero, por muy buena voluntad que ponga, no sé el qué y no abro la boca.

Alistair toma la decisión por mí y se detiene poco antes de llegar al aula de Arte. Me aparta a un lado y me mira con seriedad.

—Lo que viste el viernes por la noche —comienza a decir a media voz. Su mirada se dirige a un par de alumnos que acaban de aparecer por la esquina. Los saluda con una sonrisa falsa y espera a que pasen de largo y se metan en el aula. Luego se vuelve de nuevo hacia mí—. No se lo tienes que contar a nadie en absoluto.

—Claro que no —respondo yo igual de bajo.

—No, Ruby, no lo entiendes. Tienes que prometérmelo. Júrame que no se lo contarás a nadie —susurra Alistair con insistencia.

—¿Por qué piensas que voy a hacerlo? —respondo.

—Yo... Es sólo... —Tiene que hacer otra pausa porque una persona lo saluda al pasar—. Keshav no quiere que nadie se entere. —Distingo en su mirada lo difícil que le resulta pronunciar estas palabras. De repente deja de ser el niño pijo arrogante y rico que muele a palos a la gente en el campo de lacrosse. Ahora parece extremadamente joven. Y vulnerable.

No me extraña lo más mínimo. Seguro que no le sienta bien estar con alguien que lo esconde como si fuera un oscuro secreto.

—No se lo contaré a nadie, Alistair. Prometido.

Asiente y, durante un breve instante, un asomo de alivio aparece nítido en su rostro. Luego la expresión cambia y me mira desafiante.

—Como me entere de que se lo has dicho a alguien, haré de tu vida un infierno.

Y dicho esto, entra en el aula sin dignarse a mirarme de nuevo.

Supero el resto del día mejor de lo esperado. Un par de personas me lanzan miradas extrañas y cotillean a mis espaldas, pero nadie se atreve a hablarme o mencionar lo que pasó el viernes. Es posible que la escolta de James por la mañana haya surtido su efecto.

En la pausa de mediodía almuerzo con Lin, como siempre. Al menos todo ocurre como siempre hasta que alguien se acerca a nuestra mesa.

—¿Está libre? —pregunta Lydia Beaufort.

Lin y yo volvemos la cabeza y nos la quedamos mirando. Señala con la bandeja la silla junto a Lin.

—¿Sí? —respondo, aunque más bien parece una pregunta.

Sin dudarlo, Lydia toma asiento frente a mí, extiende una servilleta sobre su regazo y empieza a comer su plato de pasta. Lin me lanza una mirada inquisitiva, pero yo me encojo de hombros sin saber qué decir. No tengo ni idea de qué hace Lydia aquí. ¿Le habrá cedido James el papel de escolta? ¿O ha decidido poner en práctica lo que me dijo el viernes y no perderme de vista?

Miro a James, que está sentado con sus amigos en el otro extremo del comedor. A lo mejor me equivoco, pero entre ellos el ambiente parece menos relajado que de costumbre. Da la sensación de que James y Alistair están discutiendo acaloradamente, mientras Keshav, a su lado, mira el móvil y Wren tiene la vista fija en un libro. Cyril no aparece por ninguna parte.

—No sabe que me he sentado con vosotras —dice Lydia de golpe. Se limpia la boca delicadamente con la servilleta y bebe un sorbo de la botella de agua—. Estoy aquí porque me quería disculpar por lo del viernes.

—Pero tú no hiciste nada —le contesto asombrada.

—Mis amigos y yo metimos la pata —dice negando con la cabeza.

—Y ¿por eso vienes a comer con nosotras al mediodía? —pregunta incrédula Lin.

Lydia hace un gesto de indiferencia.

—He visto a esos buitres. Si me siento aquí, no se atreverán a acercarse.

Señala con la cabeza a un grupo de alumnos que miran en nuestra dirección. Cuando se dan cuenta de que me he dado la vuelta, apartan la vista y acercan las cabezas para cuchichear.

—Y, además, quería preguntarte cómo estás —dice Lydia.

No puedo ocultar mi sorpresa. Cuando pienso en nuestra última conversación, sólo recuerdo su mirada recelosa. No me dio la impresión de que se interesase por mi bienestar y me pregunto inevitablemente si mi caída a la piscina es la única razón de que esté sentada a nuestra mesa. Pese a ello, decido contestarle con franqueza:

—Desearía que lo del viernes no hubiese ocurrido. Pero estoy bien.

—A veces Cy no sabe cuándo ya ha llegado al límite. —Me encojo de hombros—. Pero lo conozco desde que era pequeña —prosigue—. De verdad pensaba que era divertido.

—Lo que hizo fue algo así como lo contrario de divertido —interviene Lin, y mira a Lydia sorprendida cuando ésta asiente.

—Estuvo muy mal. Y se lo he dicho también a él.

Levanto perpleja la vista de mi sopa.

—¿En serio?

—Sí. Claro.

Durante un rato no sé qué decir. Al final me decido.

—Ha sido muy amable por tu parte. Gracias.

Lydia sonríe y se vuelve de nuevo a su plato de pasta.

Miro a Lin en el mismo momento en que ella me mira a mí. Me encojo discretamente de hombros otra vez y luego las dos nos centramos en nuestra comida.

Al cabo de un rato, Lin empieza a contar cómo le ha ido la mañana, que empezó con el coche sin querer arrancar. Al principio me parece extraño estar charlando mientras Lydia está sentada a nuestro lado, pero ella participa en nuestra conversación como si fuera la cosa más natural del mundo; al final, dejo de preguntarme cuáles serán sus segundas intenciones. A lo mejor es cierto que sólo quería ser amable y disculparse conmigo. No sería la primera de su familia que me sorprende.

Cuando hemos acabado de comer, me pongo la mochila sobre el regazo y saco una pequeña lata que coloco en medio de la mesa.

Todavía han sobrado galletas del fin de semana —anuncio levantando la tapa—. ¿Queréis una de postre?

Los ojos de Lydia se iluminan.

—¿Las has hecho tú?

—Con Lin y mi hermana —contesto—. El sábado, en pijama.

—Suena estupendo —dice cogiendo una galleta—. Mucho mejor que mi sábado. —Y la saborea—. Oh, qué rica está, de verdad.

—Gracias. —Sonrío—. James me ha contado que habéis tenido visita familiar.

—Sí, siempre es algo... especial. Para ser sincera, yo también habría preferido pasar el día en pijama.

No puedo imaginarme a alguien como Lydia en pijama y cuando lo intento se me escapa la risa.

Tras la pausa del mediodía, Lin y yo vamos a la sala de grupos para preparar la reunión. Mientras escribo el orden del día, ella reparte los folletos que acabamos de imprimir en secretaría. Luego esperamos a los demás, que van entrando uno tras otro. James se sienta, como siempre, en el sitio junto a la ventana. Deja el cuaderno de notas negro sobre la mesa, frente a él, y se cruza de brazos. Esta visión habitual me provoca una punzada porque me da a entender que da igual que James y yo nos entendamos o no. No está aquí por su propia voluntad. Al contrario, su presencia le impide ir al entrenamiento de lacrosse y es un castigo que odia.

—¿Ruby? —No me he dado cuenta de que Kieran estaba a mi lado.

—¿Mmm? —musito mirándolo.

Kieran es sólo un poco más alto que yo; el cabello negro le cae liso sobre la cara y se lo retira con un gesto de la cabeza.

—Quería preguntarte si tenías algo de tiempo libre después de la reunión. La variedad de orquestas que he encontrado es bastante grande y pensaba hablar contigo antes de seleccionar las tres finales.

—Espera un momento —murmuro sacando mi agenda. Sólo tengo planeado Organizar el cumpleaños con mamá y papá. Nada más—. De acuerdo.

—Genial —dice sonriendo aliviado.

Vuelve a su sitio, situado en diagonal con el de James. La mirada de éste y la mía se cruzan, y una sonrisa burlona aparece en sus labios, al tiempo que nos observa a Kieran y a mí.

—¿Qué? —articulo con los labios.

James coge el móvil. Poco después, el mío se ilumina sobre la mesa.

Le gustas.

Pongo los ojos en blanco y no le hago caso.

—Está bien, chicos. Pongámonos al día. —Lin da comienzo a la reunión y poco después señala con la mano a Jessalyn, que está sentada a su derecha.

—Recibí varias ofertas para la decoración. Uno de los contactos ha presentado una realmente buena. —Jessa entrega el portafolios impreso al grupo—. Gracias de nuevo por el consejo, Beaufort.

Miro sorprendida a James, quien inclina la cabeza hacia Jessa. Con la de veces que dirige la mirada al campo de deporte a través de la ventana, nunca habría pensado que se involucrara en un asunto sin que se lo pidieran. Y menos aún sin que yo me enterase.

—He hecho un par de esbozos para la invitación —anuncia Doug cuando llega su turno mientras le tiende un USB a Lin. Ella lo inserta y abre la presentación—. La primera sugerencia es más bien clásica y es bastante parecida a la del año pasado —explica Doug.

Observo las retorcidas letras doradas sobre un fondo negro, pero antes de que llegue a dar mi opinión, Camilla dice:

—Pensaba que teníamos la intención de desmarcarnos de la fiesta del último año.

Se produce un murmullo de aprobación.

—Bien, vayamos a la segunda sugerencia —prosigue Doug haciendo un gesto a Lin para que clique otra vez.

La siguiente invitación está elaborada con los llamativos colores típicos de Halloween.

—No parece tan elegante como yo me imagino una fiesta victoriana —expresa dubitativo Kieran.

—La verdad es que estoy de acuerdo —respondo asintiendo.

Lin clica la siguiente propuesta siguiendo la indicación de Doug. Por la sala se extiende un murmullo y yo me siento tiesa como una vela. Acto seguido me inclino para acercarme a la pantalla y miro la invitación entrecerrando los ojos. Está diseñada como en un papel antiguo. El evento se anuncia con una letra muy florida, si bien, a pesar de ello, legible; y justo debajo... aparezco yo. Con James, que se inclina y sostiene suavemente mi mano en la suya, como invitándome a bailar con él.

Es una de las fotos que se hicieron ese sábado que fuimos a Londres. No puedo creer que se la haya enviado a Doug sin yo saberlo. Levanto la vista de la pantalla del portátil y miro a James a través de la sala. Me responde con los ojos resplandecientes.

—La invitación es estupenda —dice Jessa al cabo de un rato. Todos emiten un sonido de asentimiento—. El vestido es, simplemente, un sueño. ¿No tendrás por casualidad un par más? —pregunta Jessa a James.

Éste niega con la cabeza.

—Ya puedo darme por satisfecho de que me hayan dejado estas prendas.

—La invitación es una maravilla, Doug. —Lin se vuelve a la pantalla para contemplar la imagen en formato grande. Luego se levanta y retrocede unos pasos—. Encuentro que los datos de referencia podrían ser un poco más modernos. Quizá en otra tipografía, ¿no?

—Opino lo mismo —convengo intentando que no se me note lo insegura que estoy respecto a la imagen. Si nos ponemos de acuerdo en que ésta sea la invitación, mi rostro quedará colgado por toda la escuela, ¡por todo Pemwick! No sé si estoy preparada para llamar la atención de este modo. Por desgracia no hay discusión posible, el equipo está encantado y ya habla sobre si hacer el encargo en la misma imprenta que la vez pasada.

Vuelvo a fijarme en la imagen. En James y su traje victoriano, en mi mano en la suya. Cuando pienso en lo que sentía al estar tan cerca de él y en lo vibrante que fue ese momento entre nosotros, me invade una sensación de calidez. Durante el resto de la reunión no me atrevo a mirar ni una sola vez a James.

Cuando ya hemos acabado, Jessa, Camille y Doug se despiden. Mientras Kieran se acerca a mí para que podamos revisar las orquestas en el portátil de Lin, veo con el rabillo del ojo que Lin se aproxima a James. Se sienta a su lado y se pone a hablar con él. Observo con el ceño fruncido cómo él asiente y toma apuntes en su cuaderno. Sólo después me doy cuenta de que Kieran me está hablando.

—Perdona, ¿qué has dicho? —pregunto.

—Que creo que esta fiesta es la mejor que hemos hecho jamás en Maxton Hall —repite sonriéndome.

—Sería fantástico. Llevamos tanto tiempo planificándola... Estoy impaciente por celebrarla.

—Yo también. Esa noche tienes que reservarme un baile sin falta.

Kieran sigue sonriendo y me mira a través de sus pestañas negras. Trago saliva.

«Le gustas.»

Lin lleva meses diciéndomelo. ¿Quizá tiene razón? Hasta ahora, para mí, Kieran sólo era un ambicioso vampirito de un curso por debajo del nuestro. Pensaba que era amable conmigo porque esperaba que lo propusiera jefe del equipo para el año que viene. Nunca se me habría ocurrido que yo le gustara.

Caigo en la cuenta de golpe de lo cerca de mí que está sentado Kieran y de que nuestras rodillas casi se tocan bajo la mesa. Me deslizo hacia un lado, pero me enseguida paro. Es una situación totalmente inocente. ¿Por qué dejo que las palabras de James me confundan tanto?

Le lanzo una mirada furiosa justo en el momento en que él me mira. A diferencia de la mía, la suya no es una mirada fugaz, sino realmente abierta. Me encantaría sacarle la lengua. Pero como supongo que no sería una opción muy madura, miro a Kieran con una sonrisa resplandeciente y asiento.

—Pues claro. Pero antes tengo que aprender a hacerlo bien.

—Te lo enseñaré en el ensayo —dice Kieran, y juraría que distingo un ligero rubor en sus mejillas. «¡Dios!»

—Bien. De acuerdo —digo más fuerte de lo que es mi intención. Carraspeo—. ¿Escuchamos ahora la música?

Cogemos los auriculares y revisamos las audiciones de las orquestas que Kieran ha recogido. Luego miramos las clasificaciones en internet y procedemos a la selección.

—Creo que yo propondría estas tres a los demás. Lo mejor es que reúnas unas cuantas y el miércoles o el viernes decidimos cuál es la mejor —digo al final.

Kieran asiente.

—Entendido.

—Genial —digo sonriendo al tiempo que me desprendo de los auriculares. Abro mi agenda y cojo el rotulador rosa para apuntarme las tareas que hemos discutido hoy.

—¿El sábado cumples dieciocho? —pregunta perplejo.

Cierro la agenda al instante. Intento que no se me note, pero me molesta que Kieran haya echado un vistazo en su interior. Esto es algo así como mi diario y no está en absoluto pensado para ojos extraños.

—Sí —respondo tras una breve pausa.

—Y ¿qué has planeado?

Lin escoge este momento para dejar su sitio junto a James y unirse a nuestra conversación.

—Haremos... —Enmudece cuando le lanzo una mirada de advertencia. En Maxton Hall a nadie le interesa lo que yo vaya o no vaya a hacer en mi cumpleaños. Es mi vida privada y no quiero que nadie sepa nada de ella—. Nada especial —termina apretando con fuerza los labios.

—No nos habías contado que pronto serás adulta —se entremete James. Levanta los brazos por encima de la cabeza y se estira—. ¿Cómo es que no me has invitado?

—Porque no sabes comportarte —respondo.

—Te mostraré lo bien que puedo portarme —dice, pero suena exactamente a lo contrario.

De repente me acuerdo otra vez de la fiesta. No de la piscina y todo lo que sucedió después, sino del momento en la pista de baile, cuando tropecé contra James y sentí su torso contra el mío. Entonces me miró exactamente con ese brillo insolente en los ojos que me provoca cosquillas en el estómago. Debo controlarme y recordar dónde estamos antes de contestar:

—Tú no estás invitado, James.

—Vale. —De nuevo no parece que diga «vale», sino más bien «ya veremos».

Kieran se levanta y se echa la bolsa al hombro.

—Hablamos, ¿vale?

Asiento y deja el aula con un gesto de la mano que es a medias un saludo y a medias un choca esos cinco. Después guardo la agenda en la mochila y cierro el portátil de Lin. Lo guardo en su funda y me levanto.

—¿Os quedáis un rato o puedo cerrar con llave?

James y Lin niegan con la cabeza.

—Nosotros también hemos terminado.

Mientras ambos recogen sus cosas, los observo recelosa. Quiero saber de qué han estado hablando. Espero que Lin no le haya dicho nada respecto a mis planes para el cumpleaños. Aunque el viernes le confié a él una parte importante de mi vida, hay cosas que no tiene por qué saber. Y el hecho de que quiera pasar la tarde de mi décimo octavo cumpleaños divirtiéndome con mi familia y Lin es una de ellas.

—Rutherford está loco por ti —dice James después de que hayamos salido de la biblioteca.

—Qué bobada —contesto moviendo la cabeza.

—Creo que te tiene guardada una sorpresa —señala Lin dándole la razón innecesariamente. Le lanzo una mirada asesina—. ¿Qué pasa? Llevó años diciéndotelo. ¿Cómo adivina, si no, todos tus deseos y es tan increíblemente amable? Es muy, pero que muy obvio.

—¿Cómo que es obvio? De obvio no tiene nada. Es amable conmigo porque soy la jefa del equipo. Tiene que ser amable conmigo.

Lin me sonríe y me da una palmadita en el brazo.

—De acuerdo, me corrijo. Es obvio para todo el mundo menos para ti.

James ríe por lo bajo y lo fulmino con la mirada. Me

gustaría saber qué ha pasado para que los dos se entiendan tan bien de repente. No recuerdo que antes coincidieran en algo y menos aún que intercambiaran esas miradas divertidas por encima de mi cabeza. No estoy segura de poder aprobar que la situación haya evolucionado de este modo.

Casi me siento aliviada cuando, poco después, Lin se despide de mí con un abrazo y toma el camino que lleva al aparcamiento. James insiste en acompañarme a la parada del autobús.

—Le estás dando esperanzas a ese pobre chico —dice de golpe.

—¿Qué pasa, James? ¿Sientes envidia?

Es la única réplica que se me ocurre a bote pronto. Pero cuando no contesta y lo miro de reojo, veo que ha metido las manos en los bolsillos del pantalón y que ha fruncido el ceño.

—Si hay alguien que te vaya a enseñar a bailar —me advierte tras una breve pausa—, ése soy yo.

—No lo dirás en serio —respondo sin dar crédito—. ¿De verdad que estás celoso de Kieran?

—No. —Sigue sin mirarme—. Pero no quiero que ese tipo se haga falsas ilusiones.

—¿Qué tipo de ilusiones? —pregunto.

—Que sólo hay que hacerte la pelota para que sonrías. Es cutre.

Me paro de golpe.

—¿Cómo dices? ¡También sonrío sin que nadie me haga la pelota!

Al final se vuelve hacia mí, pero no llego a calificar la mirada de sus ojos oscuros.

—¿En serio? A mí nunca me has sonreído así.

—Porque hasta ahora no me has dado que se diga muchas razones para sonreírte. —Se me queda mirando un momento. No entiendo por qué se pone así. Parece dolido y no puedo seguir su razonamiento. Antes de que el ambiente entre nosotros se enturbie más, decido cambiar de tema—. Gracias por cuidar hoy de mí. —Él sólo asiente—. De verdad. Nadie se ha metido conmigo. Si no me hubieses escoltado a la escuela y a la asamblea, las cosas habrían sido distintas —prosigo. Como sigue callado, continúo—: Tu hermana se ha sentado hoy con nosotras en el comedor y...

De golpe y porrazo, James me coge del brazo y se pone delante de mí. Mantengo la respiración y levanto sorprendida la mirada hacia él. Está muy serio.

—Lo siento —dice.

—¿Qué es lo que sientes? —pregunto a media voz.

—No haberte dado hasta ahora ninguna razón para que me miraras como has mirado antes a Kieran.

—James...

—Lo cambiaré —añade mirándome profundamente a los ojos.

No sé qué hacer. Siento un vacío en el estómago y me flaquean las rodillas. Soy consciente de que me toca el brazo, puedo sentir nítidamente su ligero roce a través de la tela del jersey. Se me pone la piel de gallina. La necesidad de tocarlo yo también me supera de repente y me coge por sorpresa. No sé qué hacer. Poner las manos en su cintura para sostenerme bastaría. Pero no puedo. No es una opción, simplemente. Como tampoco lo es que me quede sin respiración cuando se acerca tanto a mí o que me entre ese cosquilleo en el vientre cada vez que me mira así.

—Viene mi autobús —digo separándome de él.

Su mirada no pierde intensidad. Me doy media vuelta y salgo corriendo para no entregarme a ella, totalmente indefensa. Nunca había estado tan contenta de poder subirme al autobús de la escuela.

20

Ruby

El sábado me despierto a las seis... y sin despertador. Siempre me pasa igual en mi cumpleaños. No puedo dormir tranquila pensando en lo que mamá y papá habrán ideado para mí. Mi madre trabaja en una panadería y en esta fecha siempre trae los pasteles más exquisitos del mundo a casa, mientras que papá prepara un banquete y, además, adorna con ayuda de Ember o mía todo el piso inferior. Ya a las siete los oigo trajinar abajo y me imagino que ya estarán metidos de lleno en la preparación. A fin de cuentas, sólo se cumplen dieciocho años una vez.

Compruebo si me siento diferente, pero no es el caso. A Lin le pasó igual el agosto pasado. Al menos, es lo que dijo cuando, después de la barbacoa, nos tendimos juntas en la hierba y estuvimos contemplando las estrellas.

Me pongo de lado y cojo el móvil. Jessa ya me ha escrito un SMS y Lin me ha dejado un mensaje de voz poco después de la una y media. Canta en voz baja y a continuación me desea un feliz cumpleaños. Al final subraya que está segura de que nos aceptarán a las dos en Oxford y que ya casi no puede esperar más.

Luego me visto y me siento junto al escritorio para distraerme hojeando el calendario. Dentro de una semana es la fiesta de Halloween. Me parece que llevo una eternidad ocupada sólo en preparar ese evento. El viernes por la mañana llegaron los carteles de la imprenta y aprovechamos la reunión para distribuirlos por la escuela. Nadie ha dicho nada sobre la foto de James y de mí, ni tampoco se ha metido nadie conmigo por esa razón. Al contrario, las reacciones en general han sido positivas, y el director Lexington me escribió un mail para comunicarme que la invitación también ha recibido numerosos elogios de los invitados externos.

Todavía no me he acostumbrado al hecho de que todo el mundo en Maxton Hall conozca mi nombre. Me resulta extraño que me saluden o que me ofrezcan sitio para sentarme en el comedor. No obstante, yo intento que no se me note que eso me crea inseguridad y trato de comportarme como siempre, como si toda esa atención me fuera indiferente. Es lo que también hace James. Finge que no le interesa nada en absoluto. Pero ahora sé que no es cierto.

Mi mente evoca por su cuenta y riesgo el momento del último lunes. «Lo cambiaré.» Qué decidido parecía y con qué insistencia me miró. Como si en ese instante no hubiese nada más importante en la vida que convencerme de que lo decía en serio.

Muevo la cabeza para dejar de pensar en James, pero me sobresalto cuando vuelvo a ver con claridad.

James

He escrito su nombre en mi calendario. Y ¡ni siquiera me he dado cuenta! Siento calor en las mejillas y al instante saco el corrector del estuche. Empiezo, pero me detengo sobre las primeras letras. Coloco el tubito lentamente a un lado y acaricio suavemente su nombre. Siento un hormigueo en las puntas de los dedos. No es buena señal. Ya hace días que me pregunto de qué se trata. A fin de cuentas sigue siendo... él. Pero no puedo negar que algo ha cambiado. Ya hace tiempo que no siento cólera y desconfianza cuando lo veo, sino algo distinto. Algo cálido y emocionante.

Y tengo que sonreír. Porque me alegro de verlo. Porque disfruto de su compañía. Porque es agudo e inteligente, y lo encuentro interesante. Porque es como un enigma que deseo a toda costa resolver.

Nunca habría pensado que sería posible, pero... ya no odio a James Beaufort. Más bien lo contrario.

De repente la puerta de mi habitación se abre y entra Ember. Me pilla con las manos en la masa y cierro mi agenda. Ella me mira primero incrédula, y luego su vista se dirige a la agenda, como si supiera exactamente que ahí dentro hay algo vergonzoso escrito. Acto seguido, se abalanza sobre mí riendo y me coge de la mano para levantarme.

—Estoy sorprendida de que todavía no hayas bajado —dice.

Me tira del brazo, aunque no es necesario. Estoy encantada de acompañarla. Salimos de mi habitación y le paso el brazo por la cintura para apretarla contra mí.

—Hoy tienes que satisfacer todos mis deseos.

Aunque estoy contenta, noto que en ese momento resuena también un sentimiento de tristeza. Es el último cumpleaños que voy a pasar con mi familia y Ember. Quién sabe dónde estaré el año que viene. ¿Estaré en Oxford de verdad? ¿Con Lin? ¿O sola por completo? Y ¿qué sucederá si no me admiten? ¿Dónde estaré entonces?

Ember impide que siga dándole vueltas a la cabeza, pues en el momento en que giramos a la derecha para entrar en la sala de estar anuncia:

—¡Aquí está la cumpleañera!

Inspiro sonoramente.

—¡Sorpresa! —grita mi familia.

Me tapo la boca con la mano y siento que me pican los ojos. No lloro con frecuencia y, si lo hago, es cuando estoy sola en mi habitación y nadie puede verme. Pero, al ver a mis abuelos, mi tía y mi tío, mi primo y mis padres, que se ponen a cantar *Cumpleaños feliz*, me resulta imposible no hacerlo.

La habitación decorada está preciosa; este año papá y Ember se han superado a sí mismos. Unos pompones blancos y verde menta cuelgan del techo, sobre la mesa se extiende una guirnalda con esos mismos colores y, más atrás, en la mesilla de la sala, sobre los regalos, flotan dos globos de un verde menta y brillos metálicos con la cifra de mi edad.

La media hora siguiente transcurre como en un sueño. Todos me felicitan, todos me abrazan, me preguntan cómo me siento y al final me dan sus regalos. Tío Tom, tía Trudy y Max me regalan la colección de *My Hero Academia*, una serie manga a la que le tengo echado el ojo desde hace meses; Ember, unos rotuladores nuevos y unos bonitos *stickers* para mi agenda; y mis abuelos, dos libros de texto que están en la lista de lecturas de Oxford. Mis padres me regalan para el portátil un disco duro que estaba deseando tener desde que, a principios de año, se me murió sin razón aparente el portátil y perdí todos mis archivos.

—¿De quién es esto? —pregunto señalando un gran paquete que todavía está sobre la mesa.

—De un admirador secreto —responde mi madre moviendo las cejas arriba y abajo. Los miro a ella y a mi padre incrédula. Él se encoge de hombros.

—Ha llegado por correo —explica Ember.

—¿Sin remitente? —pregunto mirando escéptica el cartón negro con el lazo azul.

—No creo que sea necesario, ya que todos sabemos de quién es —interviene Ember.

—¡Oh, Dios mío, no me digas que tienes novio! —exclama mi primo Max mirándome con los ojos muy abiertos.

En el mismo momento en que respondo con un «no», Ember contesta con un «sí».

—Ábrelo —me pide Trudy mirando por encima de mi hombro. Extiende una mano y hace como si fuera a deshacer el lazo. Retiro el paquete de su alcance. Lo levanto y me siento con él en el sofá.

Deshago el lazo lentamente. Tengo la horrible sensación de que me observan, y pido a mi familia con la mirada que dejen de fijarse en mí. No sirve de nada, por desgracia. En la habitación reina un silencio de muerte. Levanto la tapa con un suspiro.

En la caja encuentro un bolso. Lo saco de la caja sin respirar y me lo coloco en el regazo. Es de cuero encerado marrón oscuro, tiene un asa regulable y dos pequeños bolsillos anteriores bajo una solapa con cierres metálicos. Lo abro con cuidado. El forro interior del bolso es de una tela a cuadros azules y verdes, y la distribución de los compartimentos a primera vista me parece perfecta. Hay un sector separado para el portátil, varios pequeños al lado que se pueden cerrar con cremallera y el compartimento principal con un área separada más pequeña en el centro.

Con este bolso podría dominar del mundo, estoy segura. Lo cierro con cuidado y acaricio la preciosa piel. Entonces me doy cuenta de algo que no había descubierto a primera vista. En la esquina inferior derecha de la solapa hay tres letras: RJB, mis iniciales.

Me quedo sin respiración. Me siento como en un sueño y los «¡oh!» y «¡ah!» de mi familia apenas me alcanzan. Miro la caja que está en el suelo, forrada con papel de seda negro y descubro una tarjeta. Es de un tono blanco crema y tiene un fino borde dorado. En letras negras, leo:

Feliz cumpleaños, Ruby. J.

Nada más. Sin embargo, en mi interior estallan un montón de sentimientos que me producen un hormigueo en todo el cuerpo. No sé cómo reaccionar, sólo puedo mirar el bolso hasta que ante mis ojos empiezan a bailar cifras y el símbolo de la libra esterlina. Éste es, con toda seguridad, el regalo más caro que me han hecho nunca. Pero, en realidad, no quiero pensar en ello.

Y no quiero pensar en lo que significa que James se haya acordado de mí y me haya hecho este regalo. ¿Se habrá dado cuenta de que mi mochila estaba a punto de romperse? ¿Habrá sabido que llevo meses ahorrando para comprarme un bolso nuevo para el año que viene? ¿Le habré dado pena?

No lo sé, y pensar en eso me marea.

—El chico tiene estilo, eso está claro —suspira Trudy.

—Y dinero —añade Max solícito.

—No creo que le haya costado nada si sus padres son los propietarios de la empresa que confecciona los bolsos —señala Ember.

—¡Chicos! —los interrumpe mamá señalando la mesa donde se ha preparado un abundante desayuno—. Dejad a Ruby en paz y sentaos. —Se acerca a mí, me coge el bolso del regazo, lo coloca con cuidado en la caja y luego me da la mano para levantarme. Me rodea los hombros con el brazo y me estrecha contra ella—. De un regalo no se habla de esta manera. El chico ha tenido este detalle y es un gesto precioso por el que debemos estar agradecidos. —Me da unos golpecitos en la nariz con los dedos—. Ahora ve a soplar las velas.

Nos dirigimos todos a la mesa. Desde hace diez años sólo tengo un único deseo en el que pienso cuando soplo las velas. «Oxford.» Pero ese año emerge otra palabra y debo detenerme un segundo y concentrarme.

—Cuando cumples dieciocho años, puedes formular dos deseos —dice con dulzura mi padre. No me he dado cuenta de que se ha colocado a mi lado con la silla de ruedas, pero ahora me acaricia brevemente la espalda. Es evidente que mi lucha interior se ha reflejado en mi cara.

—Es cierto —dice mi madre—. Así son las normas.

Me ruborizo y aparto la mirada de ellos. Me niego a analizar por qué el nombre de James fue lo primero en que pensé. O por qué tomo la palabra a mis padres cuando cierro los ojos y soplo con fuerza.

Es uno de los cumpleaños más bonitos que hemos celebrado. Después del desayuno, salimos a pasear y nos hacemos una foto de familia en el parque de Gormsey, para la que necesitamos al menos diez intentos porque siempre hay alguien que aparece con los ojos cerrados. Por la tarde viene Lin y jugamos todos juntos a juegos de mesa y de mímica; al final, Lin y yo ganamos por muy poco a Max y tía Trudy. Por la noche Ember y yo ayudamos a papá a confeccionar un menú de tres platos que él ya ha preparado en parte el día anterior. Nos sentamos alrededor de la mesa durante un buen rato y me sorprendo de la facilidad con la que Lin se integra en nuestro grupo. A ella no parece importarle desconocer algunos asuntos internos de la familia. En lugar de eso, le hace a mi madre un montón de preguntas sobre su trabajo en la panadería y conversa mucho tiempo con mi padre sobre su paraplejia. Por lo visto, el tío de Lin también va en silla de ruedas, una noticia que desconocía por completo. Me maravilla la forma en que aborda el tema, sin dejarse perturbar por la discapacidad de mi padre.

Después de que todos se hayan ido, he comido tanto y estoy tan contenta que podría irme a dormir al instante. Pero, cuando me pongo el pijama, mi mirada se detiene en la caja negra que está sobre mi escritorio. Me levanto y me coloco delante. Levanto la tapa vacilante y saco el bolso. Abro los dos cierres de delante con un leve clic. Saco del cajón del escritorio los bártulos que necesito el lunes para la escuela y comienzo poco a poco a colocarlos en los compartimentos del bolso de piel. Necesito hacer varias pruebas hasta quedar satisfecha con la distribución. A diferencia de mi mochila, en la que tenía que acomodarlo todo en un solo lugar, esto es el paraíso. Incluso hay compartimentos para los rotuladores, donde pongo los que más utilizo con mi agenda.

Ignoro si James sabe lo contenta que estoy con este regalo. Ahora que contemplo el bolso cargado, confirmo que no puedo devolverlo de ninguna de las maneras. Me inclino y abro el bolsillo anterior izquierdo para sacar el móvil que he metido allí de prueba. No dudo más de un segundo, busco el número de James y lo selecciono. Tengo el auricular en la oreja y espero la señal para marcarlo. Suena. Y suena. Ya voy a colgar cuando contestan.

—Ruby Bell. —Casi se diría que estaba esperando que lo llamara.

—James Beaufort. —Si él pronuncia todo mi nombre, yo también puedo hacerlo. Contrariamente a lo que sucedía antes, cuando escupía su nombre como una palabrota, las letras surgen de mi boca de otro modo totalmente distinto. Mejor.

—¿Estás bien? —me pregunta, aunque casi no lo entiendo. En el fondo oigo música cuyo volumen va bajando paulatinamente. Me pregunto dónde está y qué hace.

—Estoy estupendamente. Acabo de preparar mi nuevo bolso —contesto mientras acaricio con los dedos el borde del compartimento central. La costura es uniforme.

—¿Te gusta? —pregunta, y yo desearía saber qué aspecto tiene. Qué lleva puesto. En mi mente va con el uniforme de la escuela porque raras veces lo he visto vestido de otro modo, pero me esfuerzo por recordar la imagen de James en tejanos negros y camiseta blanca. Ese día, delante de la puerta de casa, era como un chico normal, no el heredero de un empresario millonario. Más humano, más accesible.

—Es precioso. Sabes que no tenías que hacerlo, ¿verdad? —le advierto.

Cierro el bolso y me siento en la silla del escritorio, con los pies cruzados sobre la mesa.

—Quería regalarte algo. Y para alguien que ama tanto el orden como tú, pensé que el James es una buena elección.

—¿El James?

—Es el nombre de ese modelo.

—¿Me regalas un bolso que tú mismo has bautizado con tu nombre?

—Yo no lo he llamado así, fue mi madre. Hay también un Lydia. Y otros que se llaman como mis padres. Pero el Lydia es demasiado pequeño para ti y el Mortimer, demasiado grande. Además, me gustaba la idea de verte pasear por la escuela con el James.

No puedo evitar sonreír.

—¿Regalas a todos tus amigos artículos Beaufort? —pregunto.

Por un momento se queda callado, sólo oigo una música suave al fondo.

—No —responde.

No dice más. No sé qué significa esto. No sé qué sucede entre nosotros y menos aún qué quiero. Sólo sé que desbordo alegría cuando oigo su voz.

—Cuando la empresa te pertenezca, tendrás que ponerle mi nombre a un bolso —digo para romper el silencio.

—¿Puedo contarte un secreto, Ruby? —Su voz se vuelve ronca y áspera. Me pregunto con quién estará. Y si ha dejado a alguien para hablar por teléfono conmigo.

—Puedes contarme lo que quieras —susurro.

Se produce una pequeña pausa en la que sólo consigo oír sus pasos. Suena como si caminara sobre grava. Luego desaparece ese sonido como crujiente y también se deja de oír la música.

—Yo... yo no quiero hacerme cargo de la empresa. —Si estuviera aquí lo miraría sin dar crédito Pero no me queda otro remedio que acercarme más el teléfono a la oreja—. Si tengo que ser sincero, tampoco quiero ir a Oxford —prosigue.

El corazón me late tan fuerte que me resuena en los oídos.

—¿Qué es lo que quieres entonces?

Inspira con fuerza.

—Es la primera vez en mucho tiempo que alguien me hace esta pregunta.

—Pues es una pregunta importante.

—Y no sé qué debo contestar. —Se queda unos minutos callado—. Mi futuro ha estado planeado desde siempre, ¿sabes? No importa si a Lydia le gustaría mucho más hacerse cargo de Beaufort y, además, lo haría mucho mejor que yo. Vive para nuestra empresa y, a pesar de ello, voy a ser yo a quien mi padre introduzca en la dirección de la compañía el año que viene. Lo he sabido toda la vida, y también lo he aceptado. Pero no es lo que quiero. —Una nueva pausa—. Lamentablemente, nunca tendré la posibilidad de averiguar qué es. Yo no planifico mi propia vida, ya hace tiempo que está planificada: Maxton Hall, Oxford y la empresa. Para mí no hay más opciones.

Agarro el móvil con más fuerza, lo aprieto contra la oreja para tener a James lo más cerca posible de mí. Eso que acaba de decirme seguramente sea lo más sincero que le he oído decir jamás. No puedo ni creer que me haya contado algo así. Que me haya confiado a mí este secreto.

—Mis padres siempre me han dicho que el mundo está a mi disposición. Que es igual de dónde venga o adónde vaya. Mi madre y mi padre siempre me han dicho que puedo hacer y dejar de hacer lo que desee y que no hay propósito que sea demasiado grande. Yo creo que todas las personas merecen un mundo lleno de posibilidades.

Emite un sonido leve, de desesperación.

—Algunos días... —empieza a decir, y se interrumpe. Pero luego sigue hablando, reúne el valor para continuar sincerándose—: Algunos días tengo la sensación de no poder respirar bien porque todo me abruma.

—Oh, James —susurro yo.

Me duele el corazón al escucharle. Nunca habría pensado que sufriese tal presión y que las obligaciones para con su familia fuesen una carga tan pesada. Yo siempre había tenido la impresión de que él disfrutaba del poder que le proporcionaba su apellido. Pero, poco a poco, las piezas del puzle van encajando en mi cabeza: su tensión cada vez que se menciona Oxford; su rostro imperturbable cuando sus padres aparecieron en Londres; el modo en que se ensombrece su mirada cada vez que sale el tema de la empresa.

De pronto lo entiendo. Entiendo por qué se comportó así al comienzo del curso. A qué se debe todo lo que ha hecho y su actitud de «a mí todo me da igual».

—Este año... es el último en el que todavía no tendrás que asumir ninguna responsabilidad —musito.

—Es mi última oportunidad de ser libre —contesta en voz baja.

Me gustaría tanto contradecirle, pero no puedo. Como tampoco puedo sugerirle ninguna solución a su problema: sencillamente no la hay. Cuando se tiene que asumir un legado de este tipo no basta con sentarse a la mesa con tus padres y discutir sobre el tema. Además, estoy segura de que ya ha tomado en consideración todas las opciones posibles. Y si conozco un poco a James, hará lo que sus padres le piden sin más. Nunca dejaría a su familia en la estacada.

—Me gustaría estar ahora contigo.

Las palabras surgen de mi boca antes de que haya reflexionado sobre su significado.

—¿Qué harías si estuvieras conmigo? —me pregunta. Su voz ha adquirido en un abrir y cerrar de ojos otro matiz. Ahora ya no suena desesperada, sino más bien... burlona. Como si esperase una respuesta indecente por mi parte.

—Te abrazaría.

No es muy indecente, pero sí sincera.

—Creo que me gustaría.

Todavía no nos hemos abrazado debidamente y, si hubiese estado delante de mí, tampoco me habría atrevido a decirle algo así. Pero ahora, con su voz oscura en el oído y sin tener que mirarle a los ojos, nada me parece imposible. Me siento valiente, triste, nerviosa y feliz, todo al mismo tiempo.

—¿Te lo has pasado bien el día de tu cumpleaños? —pregunta al cabo de un rato.

—Sí.

Y empiezo a contarle los regalos que he recibido, y que Lin y yo hemos ganado en el juego de mímica. James se ríe con las anécdotas divertidas, aliviado a todas luces por el cambio de tema. Luego hablamos de todos los temas posibles: qué tal hasta ahora su fin de semana (muermo), el trabajo pendiente de inglés (exigente pero factible), nuestros cantantes y grupos favoritos (el mío: Iron & Wine; el suyo: Death Cab for Cutie) y las películas favoritas (la mía: *El origen de los guardianes*; la suya: *La vida secreta de Walter Mitty*). Me entero de muchas cosas nuevas sobre él. Por ejemplo, que tiene debilidad por los blogs, como Ember. Me habla de uno de viajes que ha descubierto hace poco y del que, en realidad, sólo quería leer un artículo; al final se olvidó de una reunión en el despacho de sus padres porque estuvo varias horas inmerso en las entradas sobre los viajes que el autor había hecho por el mundo y no se percató de cómo pasaba el tiempo. Y exactamente como a él, me sucede a mí ahora. Antes de que me dé cuenta son las tres, y estoy medio despierta en mi cama con la voz de James todavía en mi oído. Estoy contemplando la sudadera de lacrosse, que está doblada sobre mi mesilla de noche.

Y sólo pienso en James.

21

Ruby

La mirada de acero del director Lexington me perfora mientras yo intento estarme quieta y no moverme nerviosa sobre la silla. Siempre me resulta extraño sentarme en su despacho. Su actitud no cambia: tiene las manos relajadamente unidas sobre el escritorio, delante de sí; pero, al mismo tiempo, me observa de forma afilada, como si no tuviera ningún problema en pasar por encima de un cadáver si con ello la escuela saliera beneficiada. No le deseo a nadie tenerlo de enemigo.

Dudo que llegue a acostumbrarme a las reuniones semanales con él. Sobre todo si Lin me deja sola, como hoy, porque tiene que ir a Londres a ayudar a su madre en la galería durante una recepción.

No obstante, el hecho de que en este momento esté sentada a solas ante el escritorio de Lexington y me enfrente a sus ojos de águila también tiene algo positivo. Al menos así he podido comunicarle una sugerencia sin que Lin me mirase de reojo desconcertada o me diese una patada por debajo de la mesa.

—¿La he entendido bien, señorita Bell? —pregunta Lexington moviéndose un poco hacia delante. Me observa con la frente arrugada—. ¿Pretende usted que levante el castigo al señor Beaufort?

Asiento con lentitud.

—Sí, señor.

Entrecierra algo más los ojos.

—¿Por qué debería hacerlo, en su opinión? Todavía no ha concluido el plazo.

—Ha mostrado un gran compromiso, señor —digo—. Yo no había contado con eso. Ha aportado ideas geniales y gracias a él las actividades de Maxton Hall para la fiesta de Halloween han alcanzado otro nivel. —Lexington se recuesta hacia atrás y exhala el aire sonoramente. La idea parece gustarle. Siempre que se trata de la imagen de la escuela, Lexington reacciona como una urraca que ha descubierto un objeto brillante—. Creo que James puede ser más valioso para la escuela en el equipo de lacrosse. El equipo lo necesita. Aunque Roger Cree es bueno, le falta experiencia. También lo dijo el entrenador Freeman cuando lo entrevistamos el viernes para el *Maxton Blog.*

A Lexington se le marcan cada vez más las arrugas de la frente. Puedo percibir que ha empezado a sopesar mentalmente los pros y los contras.

—Y ¿no lo dice sólo porque arma follón y quiere librarse de él? —insiste incrédulo.

Me pregunto qué diría Lexington si supiera que es justamente lo contrario. No quiero librarme de James. Si por mí fuera, pasaría cada minuto de mi tiempo con él.

Pero, desde que James se sinceró conmigo y me di cuenta del significado que tiene para él este último curso, no he podido evitarlo. Tenía que hablar con el director Lexington. Es la única opción que se me ha ocurrido para ayudar a James y aliviar al menos una pequeña porción de la carga que lleva sobre sus espaldas; aunque sea por un breve tiempo. Además, no actúo así porque quiera hacerle un favor, sino también porque esto se corresponde con la verdad. James se ha esforzado mucho y eso debe premiarse. Así podrá jugar a lacrosse el resto de la temporada con sus amigos y disfrutar del año.

Automáticamente germina en mí la pregunta de qué significa eso para nosotros. Al fin y al cabo, ahora también somos amigos. O algo parecido. ¿Pasará luego tiempo conmigo? Es posible que no. Al pensarlo, algo se me encoge en el pecho, pero intento ignorarlo con todas mis fuerzas. Esto lo hago por James, no por mí.

—¿Señorita Bell?

El director Lexington me arranca de mis pensamientos y tardo unos segundos en recordar cuál era su cuestión. Niego con la cabeza.

—En absoluto, señor. Pienso realmente en el bien de la escuela. Nos ha apoyado a nosotros y ahora debería apoyar a su equipo. No podemos permitirnos una derrota tan sonora como la del viernes pasado si no queremos perder nuestra reputación.

Con esto doy en el blanco. Los ojos grises de Lexington relampaguean y de golpe se le tensa la espalda.

—Entiendo. —Asiente y yo mantengo la respiración instintivamente—. Bien. El señor Beaufort puede concluir sus tareas en el comité de actos antes de la fecha y volver a jugar a lacrosse. —En mi interior se expande una sensación de alivio y alegría anticipada cuando pienso en la reacción de James cuando le comunique la noticia. Sonrío agradecida, pero Lexington levanta un dedo admonitorio—. Pero será a partir de la semana que viene, cuando se haya celebrado la fiesta. No voy a correr el riesgo de que se le ocurra cualquier cosa para poner a nuestra escuela en evidencia.

Mi sonrisa se hace un poco más grande.

—Por supuesto, señor.

—Y por ahora guárdese todo esto para usted. —Levanta el auricular del teléfono, pulsa una tecla y farfulla—. Por favor, dígale al entrenador Freeman que se presente en mi despacho.

Indecisa, permanezco sentada. No sé si darme por despedida o si el director todavía tiene algo que hablar conmigo, pero, cuando levanta la vista, frunce el ceño y luego hace un gesto con la mano, saco la conclusión de que es una señal para que me marche.

No exageraba al decirle a Lexington que, con la fiesta de Halloween, los eventos en Maxton Hall han alcanzado un nuevo nivel. Cuando por fin llega el día, acabamos los últimos preparativos y los invitados van entrando poco a poco, es como si me librase de una roca inmensa. La fiesta es un éxito. Todavía más: es mejor incluso de lo que me esperaba.

La decoración que Jessalyn y Camille han ideado es maravillosa. En el vestíbulo del Weston Hall han colgado antiguos retratos de familia en unos marcos *vintage* con arabescos y también varios espejos gigantes iluminados desde distintos rincones. Unos manteles negros transparentes, y unos tapetes de encaje adornan el bufé y las mesas que hemos distribuido alrededor de la pista de baile para los invitados. Por toda la sala se ha extendido una fina capa de telaraña, así como cincuenta guirnaldas luminosas que, con sus bombillas, imitan la luz de las velas al emitir un leve resplandor. Hemos decidido no encender las arañas de cristal y, en su lugar, hemos utilizado unos grandes candelabros plateados sobre las mesas, y cerca de las ventanas y, aunque no dan mucha luz, crean una atmósfera más fantasmagórica y misteriosa.

Al poco rato, la sala ya está muy llena y casi todas las mesas ocupadas. El director Lexington pronuncia el discurso de bienvenida oficial, mientras Lin, el resto del equipo y yo atendemos desde un lado del bufé. Cuando nos elogia por la buena organización, Camille da un paso adelante y saluda al público como si fuera la reina. Lin y yo nos miramos y tratamos sin éxito de reprimir una sonrisa.

Por otra parte, debo admitir que hoy todos tenemos el aspecto de reyes y reinas. Mientras que yo llevo el vestido de la colección privada Beaufort, Camille luce un atuendo color melocotón que conjuga perfectamente con su tez clara. Jessalyn va con un amplio vestido de color rosa y Lin, con uno azul royal, el color oficial de la escuela, por lo que me pregunto inevitablemente si lo habrá hecho adrede. También los chicos están de fábula. Doug, con un discreto traje color arena con el mismo corte que el que lleva James en el cartel. Y Kieran... Kieran con su sombrero de copa, el traje negro y el chaleco de jacquard debajo y el pañuelo beige al cuello, parece como si realmente procediera de otra época.

Cuando el director Lexington nos brinda su agradecimiento, Kieran levanta el sombrero de copa y hace una reverencia. Esta vez, evito mirar a Lin, porque no podría reprimir una carcajada.

Estoy de los nervios. No sé si será porque todo ha ido bien y ya se puede considerar que la fiesta ha sido un triunfo, o porque tengo miedo de que pase algo inesperado. No lo sé. Deslizo nerviosa la mirada por la sala.

—Ya vendrá —me susurra Lin al oído.

—No sé de qué me hablas —le contesto en el mismo tono.

Es mentira. Sé perfectamente de qué me está hablando.

James todavía no se ha dejado ver. Tampoco han aparecido ni sus amigos ni Lydia; en cambio, sí lo han hecho sus padres, que pertenecen a la junta directiva. Soy dolorosamente consciente de su ausencia y, aunque no quiero que eso me descoloque, siento como si faltara una parte importante de la fiesta; a fin de cuentas, él ha trabajado tan duramente como nosotros para que fuera un éxito.

Después del discurso de Lexington, un aplauso estalla en la sala y nosotros nos separamos para ocupar cada uno su posición. Mientras yo me coloco con Lin junto al servicio de *catering* para controlar el bufé, observo que Jessalyn, Camille, Doug y Kieran se unen a un par de miembros de una compañía de teatro y se sitúan en la pista de baile. Empieza a sonar la música y las cinco parejas ejecutan en formación una serie de pasos que me parecen increíblemente complicados. De golpe estoy contenta de que mi argumento de que debe haber alguien vigilando a los invitados haya sido convincente y no tenga que bailar con los demás.

La primera pareja está formada por Kieran y una chica del grupo de teatro a la que no conozco. Dirigen a los demás, caminan por la pista y se separan en el extremo, de modo que los chicos y las chicas se dividen en dos filas. Se entrecruzan en diagonal y dan una vuelta antes de encontrarse en el centro, de nuevo frente a frente. Toda la atención de la sala está concentrada en ellos, los invitados contemplan la danza hechizados.

Justo en ese momento se abre la enorme puerta de dos hojas de Weston Hall. Algunos espectadores se giran hacia la entrada, lo que provoca que Kieran y su pareja interrumpan un instante el baile. Miro hacia la puerta con el ceño fruncido. El corazón me da un vuelco.

James y su grupo entran en la sala, a cuál más guapo. James lleva el traje Beaufort, pero los demás también van de punta en blanco, no hay pañuelo de seda ni botón que esté fuera de lugar. Lydia luce un vestido plateado maravilloso y un peinado muy trabajado que debe de haberle costado horas de estar sentada sin moverse. Todos presentan un aspecto perfecto, como salidos de una película victoriana. Cuando pasan de largo junto a la pista y se dirigen al bufé, se reconoce claramente en sus caras lo que piensan de esta fiesta. Cyril arruga la nariz, mientras que las mejillas de Wren están enrojecidas y hacen pensar que ya ha bebido algo antes de llegar aquí. Los ojos negros de Kesh recorren impertérritos la habitación y los invitados. Cuando me ve, su expresión se oscurece y al momento marca más distancia entre Alistair y él. Parece como si fuera un acto reflejo y, a su lado, Alistair frunce molesto el ceño.

James se aproxima a mí y yo absorbo literalmente su imagen. Pese a que estas últimas semanas lo he visto con este traje en innumerables carteles, la realidad me impacta tanto como la primera vez que lo vi en Londres. Cuando se detiene frente a mí, el corazón me late deprisa e irregularmente.

—¿Y? ¿Qué tal va esto? —pregunta con una sonrisa ligeramente burlona. Actúa como si no hubiese llegado más de una hora tarde a la fiesta.

—¡Genial! —responde Lin por mí. Al parecer me he quedado contemplando a James un poco demasiado.

—Está bien —dice James asintiendo.

—Espero que sea mejor que la última fiesta. O volvemos a largarnos al instante —musita Cyril.

—No finjas que eres demasiado bueno para esta fiesta —farfulla Lin entre dientes.

La miro sorprendida.

—No finjo.

Un tono rojizo de rabia aparece en las mejillas de Lin al oír estas palabras.

—Eres realmente...

—¡Eh, haya paz, chicos! —James habla en voz baja pero con determinación. Lanza una mirada a Cyril y éste le da la espalda a Lin y se dirige hacia Wren, que se ha parado a cierta distancia de nosotros y pide que le sirvan un vaso de ponche.

Basta una palabra de James para que alguien como Cyril Vega enmudezca. A veces todavía me sorprende que disponga de tal poder en esta escuela. Como si no hubiese pasado nada, se vuelve hacia el bufé y toma un canapé. Lo sostiene delante de la nariz y lo examina minuciosamente antes de metérselo en la boca.

Pongo los ojos en blanco.

—Tú mismo sugeriste el *catering*.

Me sonríe y me mira. Me ruborizo cuando veo cómo

cambia la expresión de su rostro y la sonrisa burlona se convierte en algo tierno, auténtico, una sonrisa que al parecer está destinada únicamente a mí.

—Estás muy guapa.

Algo me aletea en el estómago y trago con dificultad.

—Ya me habías visto con este vestido.

—Esto no cambia el hecho de que estés guapa con él.

—Muchas gracias. Tú también estás muy guapo.

Aliso el vestido aunque no hay ninguna arruga que alisar cuando inesperadamente James se planta delante de mí y me extiende la mano con la palma hacia arriba. Yo me vuelvo hacia sus amigos, pero ellos parecen ocupados vertiendo alcohol de una petaca en sus vasos sin que nadie se dé cuenta. Solamente Lydia mira a su hermano con una expresión extraña en los ojos. Yo me vuelvo de nuevo hacia James.

—¿Qué haces? —digo con las mejillas ardiendo.

—¿Me concede el honor de bailar conmigo este baile?

Contengo la risa.

—Hay una razón para que no haya participado ni en el baile de inauguración ni en los ensayos, James. No sé bailar, al menos no de este modo.

—Antes era muy descortés rechazar una invitación para bailar, Ruby Bell.

—Entonces disculpa mi descortesía. Lamentablemente, tengo que controlar el bufé.

James se endereza y da dos pasos hacia Lin. Le susurra algo al oído que la hace reír. A continuación, asiente y hace un gesto con la mano para que se vaya. James vuelve a acercarse a mí y me ofrece su brazo.

—Lin dice que puede encargarse ella un rato.

Dudo un momento, pero luego le cojo del brazo. Mientras lanzo una mirada asesina a Lin por encima del hombro y ella contesta con un inocente encogimiento de hombros, James me lleva en dirección a la pista. No me he dado cuenta de que el baile inaugural ha terminado y que más y más parejas con trajes victorianos han salido a bailar. Cuando miro a mi alrededor parece que de verdad hayamos emprendido un viaje en el tiempo.

La orquesta inicia levemente una nueva canción, una suave pero rítmica melodía que va llenando de tranquilidad toda la sala. James me coge una mano con la suya y deja la otra en mi espalda. Da un par de pasos a un lado, se balancea hacia atrás y hacia delante, da dos pasos atrás y otro a la izquierda mientras yo lo sigo y no hago más que mirar nuestros pies, o mejor dicho, la amplia falda del vestido.

—No mires hacia abajo —murmura.

Levanto la vista preocupada. Parece como si James hubiese estado toda su vida bailando. Algo que posiblemente se corresponda con la realidad. Desearía haber participado en los ensayos o haber visto al menos algún tutorial y practicado con Ember.

De golpe, James baja la cabeza hasta pegar su boca a mi oreja.

—Relájate —susurra.

Una cosa es decirlo y otra hacerlo. Aun así, lo intento. Intento destensar los brazos y no estar tan pendiente de marcar correctamente los pasos. Me dejo llevar, justo como lo había imaginado cuando nos probamos por vez primera esta indumentaria.

James me sostiene. Me lleva con dulzura a través de la

pista y me siento como si flotara. Me pregunto si volveremos a tener la oportunidad de volver a bailar así. Qué pasará cuando le diga que a partir de ahora ya no está obligado a acudir a nuestras reuniones.

Aunque no lo deseo en absoluto, siento de golpe un peso en el pecho. Intento no hacer caso, pero cuanto más pienso en qué sucederá a partir de esta noche entre James y yo, me oprime más y más.

—¿Qué sucede? —pregunta de repente observándome con los ojos entrecerrados.

—Tengo que decirte algo. —La mirada turquesa de James se posa en mí, a la expectativa, impaciente, incluso distingo una chispa de recelo—. He estado reflexionando sobre lo que me dijiste el día de mi cumpleaños. Que sólo tienes este último curso y luego... —Carraspeo y siento que James se ha puesto tenso de repente—. En fin, sea como fuere, he hablado con el director Lexington. Pensamos que ya ha llegado el momento de que vuelvas a entrenar.

Sus movimientos se detienen unos segundos, luego sigue bailando como si hubiese aprendido una coreografía.

—¿Qué? —exclama. Su voz se ha vuelto ronca. Siempre es ella la que lo traiciona. Mantiene la mirada dura, pero su voz nunca colabora. Cuando a James le afecta algo, uno se da cuenta enseguida. Como ahora.

—Creo que te has involucrado realmente mucho con el equipo. Y que Lexington tiene que recompensártelo.

Con mi tono de voz despreocupado quería conseguir que el ambiente entre nosotros no estuviera tan cargado, pero sucede lo contrario. Los ojos de James se oscurecen y acto seguido me estrecha contra él, más de lo que era usual en la época victoriana. Pero la pista está llena y todos los bailarines parecen estar ocupados en lo suyo, así que nadie se fija en nosotros. En nosotros y en el hecho de que James me quita el aliento con la intensidad de su mirada. Se aclara de nuevo la voz.

—Tú...

De golpe las guirnaldas luminosas se apagan. Todas a la vez. Un par de músicos de la orquesta se equivocan de nota, unos tonos bajos resuenan en toda la sala. Aquí, la luz de los candelabros es la única fuente luminosa.

—James, te juro que como se trate de una de tus travesuras... —siseo.

—No lo es —me interrumpe. No distingo su cara, pero parece tan sorprendido como yo—. Tenemos que ir corriendo al distribuidor de corriente. La orquesta no puede seguir tocando así. El ambiente no tardará en decaer.

Asiento y James me coge más fuerte de la mano. Nos abrimos camino en la pista de baile entre la gente desconcertada, y casi me piso el bajo del vestido. Cuando salimos al pasillo respiro aliviada. James me suelta la mano cuando descendemos las escaleras hasta el sótano y yo me sujeto con fuerza a la barandilla. Intento no pensar en por qué añoro tan dolorosamente ahora la sensación de su piel cálida. El sótano está oscuro como boca de lobo. James saca su móvil y enciende la linterna para iluminar el pasillo.

—Qué frío —murmuro frotándome los brazos— y qué horripilante. —Es como si de un momento a otro pudiera aparecer un payaso, un monstruo o un cruce entre los dos por una esquina. James no responde, sino que va directamente hacia la gran caja en el lado izquierdo del pasillo—. En realidad, debería inquietarme que sepas tan bien dónde está el distribuidor.

James sonríe atrevido. Abre la caja con la llave general que guarda en su llavero, luego da un paso a un lado para que los dos podamos mirar en su interior. Han saltado dos fusibles y cuando James empuja hacia arriba el interruptor, se oyen a lo lejos las expresiones de alivio de los invitados. Un segundo después también la luz de abajo se enciende con un ligero clic de los tubos de neón. Ya más tranquila, suspiro. James vuelve a cerrar la caja de los fusibles y yo giro sobre mis talones. No encuentro el momento de marcharme de ese sótano.

Recojo la falda del vestido y subo por la escalera. Casi he llegado cuando James se detiene y dice:

—Espera. —Me doy media vuelta y lo miro inquisitiva—. ¿De verdad te has creído que había montado otro número?

El tono de su voz es grave y de sorpresa, como si fuese incapaz de dar crédito a que justamente yo haya esperado algo así de él. Pero si soy sincera, pues... es cierto.

No sé lo que hay entre James y yo. E incluso si en estas últimas semanas hemos intimado más, esto no significa que confíe en él. Han pasado demasiadas cosas en el pasado y todavía me resuenan muy claras en los oídos las palabras de advertencia de Lydia y de él. Le prometí a Lin que sería prudente y voy a cumplir mi promesa.

—Por una milésima de segundo, quizá —respondo en voz baja.

Me mira con insistencia.

—Nunca volvería a hacerlo, Ruby. No después de saber todo el esfuerzo que inviertes en estas actividades y lo mucho que significan para ti.

Es como si dos manos me presionaran el pecho para impedirme respirar con normalidad.

—Lo siento —digo a media voz—. Supongo que tenía miedo, simplemente. De que todo volviera a ser como al comienzo del curso.

James enseguida niega con la cabeza.

—No.

Sube un peldaño más y ahora nuestros ojos están justo a la misma altura. Su rostro está tan cerca del mío que veo cristalitos azules en sus ojos, además del borde negro alrededor del iris.

No puedo imaginarme lo que pasará cuando no pueda volver a ver a James cada dos días en nuestras reuniones. Sólo de pensarlo se me hace un nudo en la garganta. ¿Tendrá alguna razón para pasar su tiempo conmigo? Se entrenará y estará mucho más a menudo con sus amigos que en estos últimos tiempos, cuando apenas tenía la oportunidad de hacerlo. ¿Confirmará lo mucho que lo ha echado de menos? ¿Lo mejor que es pasar el sábado por la noche bebiendo y yendo a fiestas en lugar de intercambiar conmigo noticias por escrito sobre la situación política de Gran Bretaña o charlar sobre mi nuevo manga favorito? ¿Se dará cuenta de lo poco que encajan en realidad nuestros mundos?

He disfrutado tanto estas últimas semanas... y de ninguna de las maneras quiero perderlo. Sin embargo, me temo que no tengo ningún derecho a intervenir con respecto a este asunto. Los dos sabemos qué mundo escogerá al final.

Cada vez me aumenta más la presión en el pecho. A lo mejor me resulta todo más fácil si tomo yo la decisión antes de que sea él quien me haga daño.

—Ésta ha sido nuestra última tarea como compañeros de equipo —digo mirándolo fijamente a los ojos.

Se me desboca el corazón. Como se acerque un poco más lo oirá.

—Es cierto —responde James en voz baja.

Nos quedamos mirándonos unos minutos. Luego inspiramos a la vez, como si fuéramos a decir algo, pero ambos nos detenemos. El aire entre nosotros está tan cargado que se podría cortar con un cuchillo, y mi pulso va tan rápido que no aguanto ni un segundo más. Hago lo primero que se me pasa por la cabeza: cojo la mano de James.

—Ha sido muy bonito trabajar contigo —digo de la manera más formal posible.

En un principio, James parece sorprendido. Luego aparece en sus ojos turquesa una emoción que ya he visto antes, pero que no sé describir. Ahora sé lo que es: nostalgia. Me coge la mano y la sostiene con firmeza y suavidad a la vez.

—Suena como si te estuvieses despidiendo de mí.

En el momento en que asimilo sus palabras, comprendo que tiene razón. Y al mismo tiempo me percato de que no es en absoluto lo que quiero. No quiero despedirme de él. En su lugar, quiero seguir teniendo la posibilidad de hablar con James. De contarle más cosas acerca de mí y de escucharlo cuando me confíe sus asuntos.

«Quiero saberlo todo sobre ti.»

La idea me asalta de modo inesperado y con fuerza, y en mi interior se abre paso la misma nostalgia que puedo ver en sus ojos. Arde, fluye casi con desesperación por las venas y me empuja a apretar los dedos todavía con más firmeza alrededor de los suyos. No sé qué me sucede, pero... me flaquean las rodillas y siento su mano cálida en la mía. Me pregunto cómo la sentiría en otras partes de su cuerpo. Anhelo algo más que ese simple contacto. Más de él.

—James...

—Sí —murmura. Parece tan confuso y sorprendido como yo.

Un segundo después tira de mí hacia delante hasta que caigo contra él.

Me mira a los ojos una fracción de segundo. Luego coloca la mano en mi nuca y la coge con firmeza. Acto seguido me besa.

Ya no puedo pensar. Mi mente no trabaja, el pensamiento racional no existe, sólo un calor incandescente que fluye por todo mi cuerpo. Paso los brazos alrededor de su cuello y hundo las manos en su cabello. Empieza a mover sus labios sobre los míos.

James besa exactamente igual a como se mueve y se comporta: seguro de sí mismo y orgulloso. Sabe perfectamente lo que debe hacer, sabe perfectamente cómo tiene que tocarme para que el calor se convierta en fuego. Mete la lengua en mi boca sin vacilación ni timidez, y juega con la mía hasta que siento que las rodillas van a fallarme de un momento a otro. Pero, aunque eso pasara, él estaría allí para sostenerme. Su brazo me rodea con determinación y me sostiene apretada contra él. Puedo percibir su cuerpo a través de la tela de mi voluminoso vestido, pero eso no basta. Necesito más.

Gimo suavemente y deslizo las manos por sus hombros, luego por su cuello y por el cuello de la camisa. Su piel es cálida y aterciopelada, todo en mí anhela más, más, más.

Quiero todavía más de él. Desnudarlo aquí, en esta escalera, en medio de la escuela. Me da igual que alguien aparezca y nos descubra. Para mí únicamente cuenta James, su boca sobre mis labios, mi barbilla, mi cuello. Tira de mi piel entre sus dientes hasta pellizcarme un poco, pero yo deseo más, que apriete más. Y quiero que deje huellas en mi cuerpo para poder ver dentro de un par de horas que esto ha ocurrido de verdad, que no son imaginaciones mías.

—Ruby... —Pensaba que conocía todos los matices de su voz, pero éste es nuevo. Así suena cuando me ha besado hasta hacerme perder la razón. Coge mi cara y me mira. Sus pulgares se deslizan por mis mejillas. Mi barbilla. Mis labios. De nuevo por las mejillas—. Ruby.

Me inclino hacia delante y pongo mi boca sobre la suya. Siento como un doloroso tirón extendiéndose por todo mi vientre, abriéndose camino hacia arriba, y hasta me cuesta respirar. Ahora entiendo por qué susurraba todo ese tiempo mi nombre. Yo quiero hacer lo mismo. James, James. Una y otra vez James.

—James —resuena una voz autoritaria por encima de nosotros.

Nos separamos de golpe. Piso el borde de mi vestido y pierdo el equilibrio, pero James me coge por la cintura. Espera a que me sujete en la barandilla. Luego me suelta presuroso y levanta la vista. Yo sigo su mirada.

Mortimer Beaufort está en lo alto de la escalera con las manos cruzadas detrás de la espalda y nos observa con sus ojos oscuros. Me da un vuelco el corazón.

—Tu madre te busca.

James estira la espalda y asiente brevemente.

—Voy enseguida.

El señor Beaufort arquea las cejas.

—No te busca enseguida, sino ahora.

James se pone rígido. Yo le acaricio suavemente el brazo, esperando que su padre no me vea. James me coge la mano y mira nuestros dedos entrecruzados. Oigo que suspira levemente. Levanta mi mano y se la lleva a los labios para depositar un suave beso.

—Lo siento —susurra, y percibo sus palabras sobre el dorso de mi mano.

Un instante después pasa por mi lado con cuidado y sube por la escalera hasta su padre, que lo espera severo y con frialdad en la mirada. Cuando llega a su lado, Mortimer Beaufort lo coge de los hombros y lo empuja de vuelta hacia el salón, mientras yo me quedo en la escalera, me arden las mejillas y me pregunto por qué se ha disculpado.

22

James

—Ya te he advertido de que quites las manos de encima de esa chica.

Miro a través de la ventana. Los campos sombríos se entremezclan con los árboles ahora casi totalmente deshojados y formando una sola masa oscura. Así es como me siento en este momento en mi interior. Tengo frío y calor al mismo tiempo, las palmas de las manos pegajosas y la garganta seca. Me siento enfermo y, sin embargo, debería sentir lo contrario.

Desearía volver a estar con Ruby, con su bonita boca y la sensación que me ha transmitido. Mentalmente todavía la abrazo y disfruto de sus manos en mi pelo y de sus suaves mordisqueos en los labios.

Si no nos hubiesen interrumpido, habría hecho mucho más que besarla.

—Estoy hablando contigo —repite mi padre. Seguro que tira de un momento a otro el vaso por el coche. Decirle a Percy que volvería a casa con mis padres ha sido la idea más tonta que se me ha ocurrido en mucho tiempo.

—James, cariño, sólo queremos lo mejor para ti —añade

diplomáticamente mi madre. No puedo mirarlos. Si lo hago, montaré en cólera, y no sé si entonces podré seguir pasando de ellos. ¿Por qué ha tenido que ocurrir esto justo hoy? ¿Por qué ha tenido que pillarme mi padre justo en ese momento con Ruby?—. Definitivamente, no tenemos pensada para ti una becaria de clase media y con una trágica historia familiar —prosigue mi madre. Vuelvo la cabeza y la miro. Quiero preguntarle cómo demonios sabe esto de Ruby, pero en realidad no me sorprende. En realidad, no me sorprende nada de esta familia—. Te mereces algo mejor, cariño. Alguien como Elaine Ellington. He oído decir que os entendéis muy bien, ¿cómo es que no la invitas a casa alguna vez?

La voz de mi madre es tranquila y sosegadora. Quiere a toda costa relajar los ánimos entre mi padre y yo, pero ya es demasiado tarde para eso.

—Entre Elaine y yo nunca habrá nada, mamá.

Además, estoy casi seguro de que ha dejado los estudios y de que intenta que nadie se entere. No es mejor que Ruby sólo por proceder de una familia de sangre azul. Ruby trabaja más que todos los demás por conseguir lo que quiere. Es inteligente, buena persona y... guapísima. Besa de maravilla. Y sabe escuchar.

Aparece en mi mente sin que yo haga nada. El recuerdo de su boca es lo único que me ayuda a soportar este trayecto en coche. Desearía que ella y yo hubiésemos tenido más tiempo. No me ha bastado con los pocos minutos que he pasado a su lado.

—Pones en ridículo a nuestra familia mezclándote con una buscona como ella —prosigue mi padre—. No puedo creer que te comportes de esta manera. Te hemos educado mejor.

Por mucho que lo intente, no puedo seguir ignorándolo. No cuando habla así de Ruby. Una rabia irrefrenable se apodera de mí y miro a mi padre lleno de cólera.

—Cállate de una vez.

Mi madre toma aire indignada; a mi lado, Lydia se pone tensa. Me coge de la mano, pero yo la suelto. ¿Ella puede acostarse con su profesor, pero yo no puedo pasar el tiempo con la persona que me gusta sin que inmediatamente me pidan explicaciones?

El coche se detiene y nos desabrochamos el cinturón. Espero a que Lydia y mamá hayan bajado, luego las sigo. Mi padre está detrás de mí y, antes de que yo haya dado dos pasos, me retiene cogiéndome por los hombros y me da media vuelta. Me agarra con fuerza del cuello de la camisa y me sacude.

—Cómo se te ocurre decirme que me calle —gruñe dándome un empujón tan brusco que me tambaleo hacia atrás. Un instante después levanta la mano y me pega con el dorso en la cara. Siento un estallido de dolor en la mejilla y durante unos segundos sólo flotan puntos de colores ante mis ojos. Un sabor metálico se extiende por mi boca.

—¡Por Dios, papá! —exclama Lydia corriendo hacia mí.

Me rodea la espalda con el brazo y me sujeta antes de que haga una tontería y le devuelva el bofetón. Con qué placer lo haría: simplemente devolverle el golpe. Provocarle el mismo dolor que él me causa desde la infancia.

Mi madre abraza a mi padre. Él se libera de sus brazos y se da media vuelta para entrar en casa. Cuando se ha marchado, ella me mira apesadumbrada.

—Esto es lo que pasa cuando tratas con chusma, James.

A continuación se levanta la voluminosa falda para correr tras mi padre. Los sigo a los dos con la mirada e intento reprimir la rabia que lenta pero segura va convirtiéndose en un odio que no quiero experimentar. Me paso el dorso de la mano por la boca y contemplo la sangre en la piel como si perteneciera a otra persona.

Lydia se coloca delante de mí y me coge por los hombros.

—James, ¿de verdad vale tanto como para que pases por todo esto? —pregunta con insistencia.

La miro, demasiado conmocionado para reflexionar sobre su pregunta.

—Ocúpate de tu propia mierda —farfullo y me desprendo de ella.

Me doy media vuelta y atravieso el atrio para regresar a la puerta de entrada de nuestra propiedad. Mientras camino, saco el móvil del bolsillo del pantalón y marco el número de Wren. Necesito distracción urgentemente.

Sólo después del tercer vaso empieza a disminuir mi rabia. Estoy apoyado en una pared del salón de los padres de Wren, bebo whisky escocés en vaso de cristal y dejo que la música que retumba vaya sofocando lentamente mis pensamientos.

—Míralo. Ha vuelto el hijo pródigo. —Oigo la voz de Cyril a mis espaldas. Me vuelvo y veo que se acerca a mí con los ojos bien abiertos y una sonrisa burlona. Al igual que los demás, se ha desprendido de la mitad de su vestimenta, de modo que sólo lleva los pantalones de tiro alto y la camisa blanca—. ¿A qué se debe este honor? —pregunta. Quiere añadir algo más, pero me mira la boca y emite un silbido—. Tío, eso no pinta nada bien.

No respondo, vacío el resto del vaso. Aunque estoy acostumbrado al alcohol, noto las mejillas entumecidas.

—Déjalo en paz, Cy —interviene Wren desde el sofá. Pegada a él hay una chica rubia que le acaricia el muslo arriba y abajo con la mano. Me resulta conocida y cuando levanta la cabeza descubro por qué. Camille. Me había quedado en que estaba liada con Kesh, no con Wren, pero estas cosas pasan entre nosotros, no es algo raro.

—¿Qué te ocurre, Beaufort? —pregunta Cyril, me pasa un brazo por los hombros y me conduce a un sofá. Me dejo caer y me froto la cara dolorida mientras Cyril me sirve otro vaso y me lo da—. El James con quien he crecido no permite que nadie le diga lo que tiene que hacer. No deja que lo despidan del equipo y se niega a hacer el trabajo sucio de los demás.

Que califique de trabajo sucio lo que he hecho con el grupo estas últimas semanas me llena de cólera de nuevo, pero me contengo. Cyril es como es y esta noche ya me he alterado lo suficiente. Todo lo que quiero es emborracharme hasta no llegar a sentir nada. Ni la mano de mi padre, ni los labios de Ruby.

—No tenía otra opción. Ya lo sabes.

—Chorradas —se inmiscuye Wren. En sus ojos hay un brillo divertido—. Ruby te pone cachondo, simplemente.

En lugar de responder, tomo un trago y cierro los ojos. La bebida que me ha servido Cyril es tan fuerte que me va dejando una estela abrasadora por el cuello hasta el estómago.

—¿En serio? ¿Has participado en toda esta mierda sólo porque estás colgado por Ruby Bell? —pregunta perplejo Cyril.

—Por eso ha cambiado tanto.

Wren no me mira a mí cuando lo dice, sino a Camille, cuyos cabellos acaricia parsimonioso.

—Se le cae la baba por ella. Deberíais haberlo visto en las últimas reuniones —interviene Camille. Me lanza una mirada compasiva—. ¿O lo has hecho sólo para volver a jugar a lacrosse?

Me detengo con el vaso delante de los labios.

—¿Cómo sabes tú eso?

—Ruby nos lo ha comunicado antes de la fiesta.

Con el ceño fruncido miro a Wren, que sigue acariciando a Camille. ¿Es por eso por lo que esta tarde se lo está montando con ella? ¿Para sonsacarle información sobre mí?

—Yo no he cambiado. —Siento la lengua pesada y mis palabras son como un susurro incomprensible.

—Claro que lo has hecho. —Alistair se sienta a mi izquierda en el sofá. Tiene el cabello dorado revuelto y las mejillas enrojecidas. O bien ha tomado algo o bien se ha traído a algún tío y sale ahora de la habitación de invitados de Wren.

—A ver, ¿en qué he cambiado? —contesto con una calma forzada mientras intento convencerme de que me da igual lo que piensen de mí.

Alistair levanta la mano y empieza a contar.

—Primero, ya no vienes a nuestras fiestas o te vas antes de que salga el sol, algo que el viejo James Beaufort jamás habría hecho. Segundo, pasas voluntariamente tu tiempo libre con los empollones del comité de actos, con todos mis respetos, Camille. —Ella levanta el dedo corazón—. Tercero, de repente te importa una mierda nuestro acuerdo.

—No he venido aquí para escuchar todas estas chorradas.

Alistair levanta una ceja.

—No son chorradas y lo sabes.

—Alistair tiene razón Queríamos disfrutar de nuestro último año escolar y nos lo íbamos a montar a lo grande —señala Wren—. Es esto lo que habíamos acordado. *Carpe diem*, tío. Todos los días, mientras todavía estemos juntos. Pero, sintiéndolo mucho, pareces haber perdido por el camino al James que nos animó a jugarnos el todo por el todo.

Me recuesto y tomo otro trago más, la quemazón es ahora casi insoportable. Me penetra la verdad de sus palabras y se me contrae el estómago: tienen razón.

El plan consistía en hacer del último curso el mejor de mi vida y pasármelo bien con mis amigos. Con los chicos, que para mí son como una segunda familia. El plan no era desarrollar sentimientos hacia alguien con quien, de todos modos, no tengo ningún futuro.

Todavía noto a Ruby en los labios y siento sus manos en el cuerpo. Por desgracia eso sólo significa que todavía estoy demasiado sobrio.

Ruby ha hecho nacer en mí un sentimiento que nunca había experimentado. A saber, que con ella junto a mí todo es posible. Una hermosa y terrible mentira. Porque la verdad es que nada es posible para mí. A diferencia de lo que sucede en su caso, el mundo no está abierto para mí. Toda mi vida está predeterminada.

A lo mejor fue eso lo que me atrajo en un principio de Ruby. Mientras ella toma las riendas de su vida, a mí me llevan de un lado a otro como a las fichas de un juego. Mientras ella vive, yo sólo existo.

No encajamos.

Pero desearía haberlo comprendido antes de besarla.

23

Ruby

¿Cómo hablar con alguien con quien una se ha besado?

El único chico a quien he besado antes que a James es Wren y a él simplemente lo ignoré e hice como si no hubiese pasado nada. En el caso de James, esto no entra en consideración. Paso gran parte del domingo en la cama mirando su sudadera, que todavía se encuentra en mi escritorio. Me gustaría enviarle un mensaje o llamarlo, pero salvo «¿Podemos volver a hacerlo otra vez, por favor?» y «¿Qué significa esto para nosotros?» no se me ocurre nada más que decirle, y no me atrevo. Sobre todo cuando ayer él y sus padres se marcharon de forma tan brusca que ni siquiera pude despedirme.

Al final me pongo tan nerviosa de tanto darle vueltas a la cabeza que decido ocuparme de otro asunto y empiezo haciendo el seguimiento de la fiesta. Hasta el breve apagón, todo se desarrolló según lo planeado y esta mañana he recibido un correo electrónico del director Lexington que elogiaba al equipo por su buen trabajo. Paso el mensaje con un par de palabras cariñosas a los miembros del equipo. Luego pillo uno de los libros que mis abuelos me han regalado por mi cumpleaños y leo los primeros capítulos. Marcar los fragmentos importantes y poner pósits de colores siempre me ha ayudado a ordenar los pensamientos. Mientras tomo apuntes, lleno la cabeza de datos y hechos, y así trato de apartar el recuerdo de la firmeza con que James me cogía por la nuca y los besos que me daba en la boca.

Me pregunto a cuántas chicas habrá besado para llegar a hacerlo tan bien.

Me pregunto hasta dónde habríamos llegado si su padre no nos hubiese interrumpido.

Me pregunto si volveré a tener la oportunidad de besarlo de ese modo.

De acuerdo, quizá el libro ahuyenta el recuerdo, pero no como me lo había imaginado. Pero me niego a que James me confunda. Y seguro que no voy a permitir que me sorba el seso. Conservaré la razón. Es mía y no va a desaparecer sólo porque James me provoque un cosquilleo en el vientre.

Esta tarde me leo casi la mitad del libro, lo que es una exageración total. Por la noche estoy tan cansada que caigo medio muerta en la cama. Por desgracia sólo sueño con James, sus ojos oscuros y la manera en que susurraba mi nombre una y otra vez.

A la mañana siguiente me siento como si fuera mi primer día de escuela. Estoy nerviosa y emocionada, y se me encoge el estómago cuando el autobús se detiene en la parada. Me pregunto cómo será volver a ver a James. ¿Se acercará a mí? ¿O tendré que dirigirme yo a él? ¿Es eso demasiado directo? ¿Nos comportaremos como si no hubiese pasado nada? ¿O estamos inequívocamente más unidos desde el sábado? Los pensamientos se me agolpan en la cabeza y me disgusta no haberlo llamado ayer. Entonces al menos sabría en qué punto nos hallamos ahora y cómo he de comportarme. Odio sentirme tan insegura.

Después de bajar del autobús, me tomo el trabajo de alisarme el uniforme de la escuela. No debe haber ninguna arruga en el lugar equivocado y la corbata ha de estar recta. Llevo al hombro el bolso que James me regaló. Su peso me proporciona una extraña seguridad. Como si fuera una confirmación de que entre James y yo hay realmente algo. Recorro con los dedos las iniciales de la solapa mientras levanto la vista hacia la imponente puerta de hierro de Maxton Hall.

«Lo conseguirás. Compórtate con toda normalidad. Todo será como siempre», me digo a mí misma para tranquilizarme; enderezo la espalda y entro en el campus de la escuela.

Durante la asamblea, James no da señales de vida. Sus amigos están sentados en la última fila y, cuando paso por su lado para ir hacia delante, oigo resoplar a Cyril. No sé si se dirige a mí, pero una desagradable sensación se me extiende por el vientre. Me doy media vuelta y él me mira gélido. Paso de él.

En el primer bloque tengo Arte, y por mucho que lo intento no soy capaz de concentrarme. Sólo puedo pensar en que después iré a Matemáticas, a la misma aula en que James está ahora. Nos hemos cruzado varias veces en el pasillo entre clase y clase, porque la señora Wakefield siempre sobrepasa la hora.

Cuando suena el timbre intento no levantarme demasiado deprisa de mi silla, pero a juzgar por la mirada que Alistair me lanza desde el otro extremo del aula no lo consigo del todo. Me precipito en dirección al edificio principal. Cuanto más me acerco a la clase, más deprisa me late el corazón. Antes de dejar el pasillo, me detengo y me subo los calcetines negros por encima de la rodilla, de modo que queden a la misma altura. Después inhalo profundamente y doblo la esquina.

Estoy preparada mentalmente para encontrarme con él, pero cuando lo distingo en el pasillo junto a Lydia mi corazón deja de latir por un momento. Verlo con el uniforme de la escuela me resulta extraño y familiar a un mismo tiempo. Tras una breve pausa en la que trato de tranquilizarme, sigo mi camino. Puedo saludarlos sin más. Decir tan sólo hola, nada más. No hay nada de raro en eso. Que sea raro es lo último que deseo. Basta con que mire sus ojos para ver de qué va. ¿Encontraré en ellos el mismo nerviosismo que me ha atormentado a mí todo el domingo?

Lydia es la primera en verme. Le da a su hermano un golpecito con el brazo casi imperceptible. James murmura algo y asiente. A continuación se acerca a mí. La sonrisa me va mutando en una mueca. Está sólo a unos pocos pasos de mí y abro la boca para saludarlo, entonces...

Pasa de largo.

«Ey», oigo que dice a mis espaldas. Me doy media vuelta y veo que está saludando a Cyril. Conversan brevemente, James gesticula y Cyril suelta una carcajada. Ambos caminan un par de metros hasta su aula y entran en ella sin volver la vista atrás.

Un dolor horrible me va inundando el pecho. Me quedo petrificada en medio del pasillo. No consigo tragar saliva. Cuando levanto la vista, sólo está Lydia. Por un momento parece como si fuera a decirme algo, pero entonces ella también se da media vuelta en silencio y desaparece en una de las clases mientras yo me quedo allí inmóvil. Me resulta imposible caminar.

Paso el resto del día como en trance. Cada hora de clase se me antoja más larga que la anterior. Oigo las palabras de los profesores, pero no las entiendo ni retengo ninguna. En la pausa del mediodía no consigo ir al comedor. La mera idea de ver allí a James con sus amigos, firmemente arraigado en su mundo, me revuelve el estómago. En lugar de eso, me voy a la biblioteca y me quedo mirando por la ventana.

No sé qué he hecho mal, eso es todo. No me explico por qué se comporta así. Me rompo la cabeza pensándolo, pero no he cometido ninguna equivocación. E incluso, si lo hubiera hecho, no merezco que me trate así. Durante la clase de Matemáticas he tratado de convencerme de que seguramente no me ha visto. Pero cuando nos hemos cruzado en el pasillo después de clase, ha pasado de nuevo por mi lado sin mirarme siquiera. Una señal inequívoca.

Naturalmente, Lin se da cuenta de que algo va mal, pero yo no le he contado nada del beso y ahora soy incapaz de hacerlo. Siento como si tuviera una herida abierta en el pecho. Todo me hace daño: respirar, moverme, hablar.

Lin tiene que hacerse cargo ella sola de la reunión del equipo, mientras yo me limito a estar sentada a su lado y garabatear en mi agenda. Descubro el lugar en que he tapado el nombre de James con el corrector. Nadie sabe lo que hay ahí debajo, pero yo deslizo los dedos por encima y siento angustia.

No me he imaginado nuestro beso. La manera en que James pronunciaba mi nombre. Cómo me miraba. Lo desesperadas que eran sus caricias. Había algo entre nosotros. Algo grande. E incluso, si por la causa que fuera, él se hubiese dado cuenta de que todo este asunto era un error, podría habérmelo dicho. Soy un ser racional y sé que hay cosas que no funcionan y basta. También me habría dolido, pero podría vivir con ello.

Lo que no entiendo es que él se porte tan mal. Y cuanto más rato estoy en la reunión y más contemplo su sitio vacío, más me invade la rabia. ¿Ha sido todo esto sólo un juego para él? ¿Quería ver hasta dónde podía llegar conmigo? A lo mejor era algo que sus amigos le habían pedido. O únicamente quería manipularme para que hablase bien de él a Lexington. Me siento fatal sólo de pensarlo. ¿Todo lo que me ha contado sobre él durante estas últimas semanas no era sino mentiras? ¿Era durante todo ese tiempo el James Beaufort que conocí al principio? ¿Calculador, perverso y arrogante?

Miro a través de la ventana y veo a cierta distancia al equipo de lacrosse en el campo de juego. Mi cólera aumenta de modo inconmensurable. Me devora de dentro afuera y noto la piel fría y caliente al mismo tiempo. Inconscientemente, aprieto tanto los dientes que me chirrían. Tengo que hacer un gran esfuerzo para que durante la reunión no se note el caos sentimental que hay en mí. Cuando termina, me vuelvo hacia Lin.

—¿Te importa que me vaya? No me encuentro bien.

Me mira pensativa y asiente lentamente.

—Pues claro, yo me ocupo de todo. Luego podemos hablar por teléfono si tienes ganas. —Es como una prudente invitación, y yo le aprieto agradecida el hombro.

Dejo la habitación sin despedirme de los demás. De repente, el bolso que llevo al hombro ya no me parece el regalo de un amigo, sino un medio para sobornarme. No puedo concentrarme en nada más que en mi decepción y en mi rabia cuando paso por la biblioteca y corro hacia la zona deportiva.

Ya de lejos oigo los gritos y el vocerío. Maldito lacrosse.

Me detengo bruscamente en el borde del campo y miro con los brazos cruzados a mi alrededor. No tardo mucho en distinguir la camiseta azul royal con el diecisiete en blanco.

—¡Ha llegado tu novia, Beaufort! —grita Wren un segundo más tarde. Aun sin ver su sonrisa irónica a través del casco, puedo imaginarla perfectamente por el tono de su voz.

James se gira a un lado y me ve en el borde del área. Pienso que va a volver a ignorarme, pero hace un gesto con la mano.

—Seguid sin mí —dice, y corre hacia mí. Cuando llega a mi lado, es la primera vez en ese día que me mira, al menos eso creo yo. No lo distingo bien debido al casco.

—¿Y? —Me tiembla la voz de indignación. Es algo que no me había ocurrido nunca. Siempre soy comedida, nunca estoy tan alterada como para perder el control. ¿Desde cuándo soy así? ¿Desde cuándo no puedo abordar un asunto de forma racional como hacía antes?

«Desde que James ha aparecido en mi vida» es la respuesta. Soy así desde que lo conozco.

Se queda mudo. Espero alguna reacción por su parte, pero no la hay.

—¿Podrías quitarte esa cosa? —pregunto señalando el casco.

Suspira impaciente, pero hace lo que le pido. Tiene el cabello sudado y alborotado, las mejillas enrojecidas. Ahora que está directamente delante de mí, le veo una herida en la boca. Parece como si se hubiese peleado. Levanto la mano con cuidado —esto sucede por sí mismo— para tocarlo, pero él se aparta. Aprieto los puños y los dejo caer abatida.

—¿Qué te pasa? —pregunto furiosa.

Su rostro no muestra emoción ninguna al mirarme.

—¿Qué quieres que me pase?

Estoy segura de que tengo las mejillas tan rojas como las suyas, y es porque me pone terriblemente furiosa.

—Te comportas como un gilipollas, eso es lo que pasa.

Sus cejas se unen estrechamente sobre sus ojos.

—¿Eso hago?

—Deja de hacer el idiota y dime por qué pasas de mí —digo más bajo, pero no por ello menos enérgicamente. De nuevo calla y me mira como si esa conversación le produjera un aburrimiento de muerte. Avanzo un paso hacia él—. ¿Formaba todo esto parte del plan? —le pregunto—. ¿Eras amable conmigo para poder volver a entrenar? —Suelta un soplido que casi suena como una risa, pero de repente ya no puede aguantar mi mirada. En lugar de ello baja la vista al suelo, ahí donde casi se tocan las puntas de nuestros zapatos—. Por si se te ha olvidado: me besaste después de haberte librado del comité de actos. Llegados a ese punto, no habría sido necesario. —Sigue callado—. ¿Por qué te comportas así? —le pregunto y odio que me tiemble la voz—. ¿Es por tu padre? ¿Te ha hecho algo?

James levanta la vista y ahora mi cólera parece reflejarse en sus ojos.

—Si eso te hace sentir mejor, puedes decirlo así.

Es como si me hubiese propinado un golpe en el pecho.

—Tú me besaste a mí. No al revés. No habrías tenido que hacerlo si luego te da tanta vergüenza.

Las arrugas de su frente se hunden todavía más.

—No lo interpretes tan estrictamente. Tú me diste algo y me gustó. Fin de la historia.

—¿Te ha gustado... fin de la historia? —replico sin dar crédito. No puedo creer que el tipo que está delante de mí sea de verdad el mismo que el sábado me besó en la escalera. Que fuera su lengua la que separó mis labios, sus caricias las que hicieron flaquear mis rodillas. Ahora se encoge de hombros—. Por Dios, James, qué te pasa —murmuro moviendo la cabeza. Aunque estoy furiosa, me pregunto cómo se habrá hecho la herida de la boca. Con quién se habrá peleado. Si acaso yo podría hacer algo—. También podrías haberme dicho llanamente que el beso fue un error —digo lo más tranquilamente posible.

—Bien, pues te lo digo ahora —responde él con frialdad—. Estuvo bien, pero ha llegado el momento de que volvamos a lo de antes.

No me creo que haya dicho eso en serio. Me siento como si hubiera aterrizado en la película equivocada. Algo va mal y no sé cómo arreglarlo. Es como un alud imparable que arrasa todo cuanto alcanza.

—No tienes por qué destruir de mala manera nuestra

amistad sólo porque tus amigos o tus padres te han convencido de que lo hagas, ¿sabes?

Sonríe, pero es más una mueca y no se puede comparar con el modo en que me miraba las últimas semanas. No lo reconozco.

—Intentas como una posesa controlar todo lo que te rodea, corregir todo error que encuentras en los demás, pero eso no funciona así, Ruby. Esto no tiene nada que ver con mis amigos o mi familia. Esto soy yo. —Coloca la mano abierta sobre el peto protector—. Horrible, malo y falso. Tendrás que empezar a hacerte a la idea.

La rabia desaparece y en su lugar surge la desesperación. Es exactamente la misma sensación que me invadió en la fiesta cuando me imaginé que tenía que despedirme de él. Pero ahora es mucho más fuerte, duele mucho más. Porque su despedida parece definitiva.

Lo intento de nuevo y levanto la mano, la coloco en su mejilla. Acaricio dulcemente su piel con el pulgar.

—Tú no eres ni horrible ni malo ni falso. —Suelta una risa amarga y niega con la cabeza—. No quiero perderte —susurro reuniendo todo el valor que todavía me queda.

Él deposita la mano sobre la mía. Cierra los ojos y casi parece como si ese momento le produjera un dolor físico. Sus dedos acarician suavemente el dorso de mi mano y un hormigueo me invade por dentro.

—Uno no puede perder aquello que no le pertenece, Ruby Bell.

Retira mi mano de su rostro. A continuación vuelve a abrir los ojos y me mira. Es la misma mirada de hace dos meses: fría y distante. De repente me siento como si me hubiesen vaciado. Me invade un frío helado cuando me percato del significado de sus palabras.

—¡Beaufort! —grita Wren desde el campo—. Te estás perdiendo el primer entrenamiento en semanas. ¡Venga, tío, ven!

Quiere darse media vuelta, lo noto por el modo en que se le tensa el cuerpo. Es como si estuviera unido a sus amigos por un cable invisible.

—¿Hemos acabado ya? Los chicos me esperan —dice sin la menor emoción señalando con el índice por encima de su hombro.

Nunca en mi vida me he sentido tan humillada. Me sube la adrenalina por el cuerpo cuando se mezclan el dolor, la desesperación y la rabia. Tengo que apretar los puños para no golpearle el pecho. Es lo que más me gustaría, pero lo noto tan frío y ausente que no quiero darle la satisfacción de perder el control delante de sus amigos.

—Sí. Ya hemos acabado —digo yo con toda la dignidad que me es posible.

James no se interesa por mi dignidad. Se da media vuelta antes de que haya acabado de pronunciar la frase y regresa corriendo con sus amigos. Mi orgullo se desvanece con cada paso que da hasta que apenas consigo mantenerme en pie.

24

Ruby

- Verde: ¡Importante!
- Turquesa: Escuela
- Rosa: Comité de actos de Maxton Hall
- Lila: Familia
- Naranja: Deporte y alimentación

Si dividiera mi tarde en colores, tendría ese aspecto: lila (Desahogarme con Ember, Desahogarme con mamá, Evitar encontrarme con papá para que no me haga demasiadas preguntas), naranja (Salir a correr con Ember para despejar la mente) y verde (Devolverle el bolso a James Beaufort y hacerle saber que ya me puede lamer el culo).

Una lista lograda, creo. Y si existiera, ya habría marcado con un visto hasta el último punto.

Con la toalla enrollada como un turbante en la cabeza he intentado durante toda una hora escribirle una carta. Ahora sigo aquí sentada, rodeada de folios arrugados y me doy por vencida. Quería escribir algo que expresara mi rabia y decepción, pero, sobre el papel, mis palabras me parecen de golpe totalmente irracionales. Desearía habérselo dicho todo en el área deportiva, pero entonces todavía estaba bajo los efectos del shock y no podía expresarme con agudeza.

En mi tablón de notas cuelga la tarjeta que James envió por mi cumpleaños. Esas palabras significaron tanto para mí entonces... De verdad que creí que las decía en serio. Ahora me parece como si todo lo que ha sucedido entre nosotros me lo hubiese imaginado. Como si todo —nuestras conversaciones por teléfono, los momentos en que nos reímos juntos, el beso— hubiese sido producto de una fantasía.

No puedo seguir mirando la tarjeta. La arranco del tablón, cojo un rotulador negro y escribo lo primero que se me ocurre en ese momento y que más absurdo me parece.

James: Que te folle un pez. Ruby

Contemplo mi obra con la cabeza inclinada. He escrito estas palabras justo debajo de las suyas y me duele contemplarlas y ver el punto al que hemos llegado.

—¿Ruby? —Ember asoma la cabeza en mi habitación—. Papá ha preparado la cena. ¿Vienes?

Asiento, incapaz de apartar la vista de la tarjeta.

Ember se acerca a mí y mira por encima de mi hombro. Suspira y me acaricia el brazo. Luego, sin decir nada, saca la caja de cartón que hay detrás de la puerta y me ayuda a colocar de nuevo el bolso en su interior. Me duele el corazón cuando pongo la tarjeta encima y cierro la caja.

—Mañana puedo llevarla a Correos camino de la escuela —dice a media voz.

Se me ha formado un nudo en la garganta que va agrandándose.

—Gracias —respondo con voz ronca cuando Ember me coge del brazo.

Mi hermana mete la caja en su habitación para que yo no tenga que verla. Le agradezco que no haya dicho nada de la sudadera de James, incluso cuando me he dado cuenta de que detenía su mirada en ella durante un rato. No he sido capaz de colocarla dentro la caja. Y me niego a pensar en el porqué.

Después de la cena me tiendo en la cama mirando al techo. Me doy esta tarde y esta noche para llorar lo que ha sucedido entre James y yo. Para llorar al amigo que he perdido sin saber por qué.

Pero no más. Sigo siendo yo y me he jurado firmemente que no voy a permitir que nada ni nadie me aparte de mi camino. A partir de mañana todo volverá a ser como en los últimos dos años. Me concentraré en la escuela e iré a las reuniones del comité de actos. Comeré con Lin al mediodía en el comedor. Me prepararé para las entrevistas de admisión de Oxford.

Volveré a vivir en un mundo en el que ni James Beaufort ni el resto de Maxton Hall conocen mi nombre.

James

Ruby es increíblemente buena a la hora de evitarme. Es como si se hubiese aprendido de memoria mi horario de clases para no encontrarse nunca conmigo. Pero cuando nuestros caminos se cruzan, ella pasa por mi lado con paso seguro, sin dedicarme ni una sola mirada, con las dos manos sujetando las correas de su mochila verde. Cada vez que la veo pienso en la postal que llevo doblada en la billetera y que saco a veces, cuando la nostalgia se vuelve insoportable. Como ahora.

¿Cuándo acabará esto? ¿Cuándo podré volver a pensar en otro asunto que no sea ella? Y más cuando éste es el peor momento imaginable para estar distraído. El jueves se realiza el examen TSA y si quiero tener aunque sea una pizca de posibilidades de ir a Oxford, debo sacar un sobresaliente.

Lamentablemente, no puedo recordar nada de lo que hemos estado hablando Lydia y yo durante la última media hora. Hemos imprimido todos los ejercicios que hemos podido encontrar, los hemos extendido por la habitación de Lydia y los hemos ido trabajando uno a uno hasta que nos salía humo de la cabeza. Mi hermana acaba de cerrar un libro en el que iba buscando respuestas y se apoya en los codos. Está tendida boca abajo, con las piernas dobladas y agita los pies al compás de la música que suena suavemente en el fondo. Cuando extiende la mano, le alcanzo en silencio la bolsa de patatas fritas de la que vamos sirviéndonos alternativamente.

Luego recorro otra vez con el dedo los bordes de la tarjeta. A estas alturas ya está totalmente roma, con las esquinas llenas de dobleces. Estoy a punto de guardarla, cuando Lydia se arrastra sobre el vientre hacia mí.

—¿Qué es esto? —pregunta de repente cogiéndome la tarjeta tan rápido que no puedo reaccionar. Quiero recuperarla al instante, pero Lydia ya la ha desplegado y lee mis palabras y las de Ruby. Su mirada se ensombrece y cuando levanta la vista, sus ojos reflejan pesar—. James...

Le arranco la tarjeta de la mano y la vuelvo a guardar en

la cartera que meto a continuación en el bolsillo del pantalón. Después vuelvo a abrir el libro que Lydia acaba de dejar a un lado y me pongo a leer. Por mucho que me concentre, las letras no tienen significado ninguno.

¿Por qué demonios me late tan deprisa el corazón? ¿Por qué me siento como si me hubieran pillado *in fraganti*?

—James.

Aparto la vista del libro.

—¿Qué?

Lydia se sienta con las piernas cruzadas y empieza a recogerse descuidadamente el pelo en un moño que se coloca en lo alto de la cabeza con una goma.

—¿Qué pasa con esta tarjeta?

Hago un gesto de ignorancia.

—Nada.

Lydia levanta una ceja y arroja una significativa mirada al bolsillo del pantalón, donde acaba de desaparecer mi cartera con la tarjeta. Luego vuelve a mirarme, con más cariño esta vez.

—¿Qué ha pasado entre Ruby y tú?

Se me tensa la espalda.

—No sé de qué me hablas.

Lydia resopla ligeramente y mueve la cabeza.

—Sé exactamente cómo te sientes ahora —dice después de que hayamos estado un rato en silencio—. Delante de mí no tienes que fingir que no te pesa lo que ha ocurrido. Tengo ojos en la cara, James. Me doy cuenta de cuándo estás mal.

Me quedo mirando de nuevo el libro. Lydia tiene razón, estoy fatal. Toda mi vida es catastrófica y no hay nada que pueda hacer para arreglarlo.

—Lo que me pesa —digo— es el hecho de que tengo una familia de mierda y que me repugna la idea de mi propio futuro.

Siento la mirada compasiva de Lydia, pero no puedo devolvérsela. Tengo miedo de perder el poco autocontrol que me queda, y no me lo puedo permitir. No en esta casa, donde mi padre tiene oídos y ojos por todas partes y donde todavía no me he sentido nunca verdaderamente seguro.

—A Ruby tampoco le va bien. Por qué...

—Sólo vigilé a Ruby por ti —la interrumpo—. No hubo nada más.

Las palabras me arañan la garganta y parecen increíblemente falsas cuando las pronuncio. No puedo respirar bien, y los ojos de Lydia son tan penetrantes que siento que cada vez aumenta más el peso en el pecho. Pestañeo contra ese inusual picor en los ojos y trago con dificultad.

—Ay, James —susurra cogiéndome la mano fría y acariciándome el dorso con el pulgar. No puedo recordar cuándo fue la última vez que nos hemos tocado de esta manera. Contemplo un rato sus dedos pálidos envolviendo los míos. De algún modo, con este sencillo gesto consigue que vuelva a resultarme más fácil respirar—. Sé lo que es no poder tener a alguien aunque se sepa que es el único con quien esta vida sería en cierta manera soportable —dice Lydia súbitamente apretándome la mano—. Cuando conocí a Graham supe al instante que entre nosotros había algo especial.

Levanto la vista de golpe. Lydia me contempla tranquila a su vez. Hasta ahora nunca me ha contado nada sobre lo de Sutton y ha rechazado con vehemencia todos los intentos que he hecho para abordar el asunto. Que lo haga ahora me descubre lo mal que escondo mi desesperación y la pena que debo de darle. Sin embargo, le agradezco que cambie de tema.

—¿Cómo os conocisteis? ¿En la escuela?

Niega con la cabeza. Durante unos momentos se diría que está eligiendo las palabras adecuadas. Percibo que le supone un gran esfuerzo contar la historia. A fin de cuentas, ha guardado este secreto toda una eternidad.

—Fue hace más de dos años, poco después de la historia con Gregg —empieza mi hermana y al momento siento que me invade la cólera. Gregg Fletcher se hizo pasar por el novio de Lydia varios meses, aunque en realidad era redactor de un periódico nacional. Se aprovechó de ella y le rompió el corazón sólo para conseguir información sobre nuestra familia y nuestra empresa. Cojo más fuerte la mano de Lydia—. Entonces no tenía ganas de nada —prosigue—. De... nada en absoluto. Me aislé totalmente.

—Lo recuerdo.

Los medios de comunicación se abalanzaron como hienas sobre nuestra familia tras las revelaciones de Fletcher. Fue una mala época y todos tuvimos que encontrar una manera de lidiar con ello. Yo con el alcohol y las drogas, ella con un silencio furioso y un muro impenetrable.

—Una tarde estaba completamente desesperada. No tenía a nadie con quien hablar, pero necesitaba poder hacerlo. Tenía quince años y me había dejado desvirgar por un periodista porque había sido tan ingenua de creer que ahí fuera había alguien que se interesaba por mí. No por Beaufort. Estaba fatal. Me hacía unos reproches terribles y me preguntaba cómo había podido ser tan tonta. —Hace una breve pausa y respira profundamente—. Esa tarde colgué un perfil anónimo en Tumblr. Pretendía simplemente vomitarlo todo sin que tuviera consecuencias. Mi primer post fue un montón de palabras inconsecuentes. Sólo escribí cómo me sentía y que deseaba ser alguien totalmente distinto. Al día siguiente recibí un mensaje muy cariñoso en mi buzón.

Me la quedo mirando.

—Pero no de Sutton, ¿verdad?

Asiente.

—No decía mucho, sólo un par de palabras amables y reconfortantes, pero en esa situación significaron el mundo entero para mí. —Una leve sonrisa aparece en sus labios—. Luego empezamos a escribirnos con regularidad. Hablamos de todos los temas posibles, nos confiamos cosas que antes nunca habíamos contado a nadie. Me habló de Oxford y de la opresiva competitividad que lo iba sofocando. Yo, de mi corazón roto y de mis miedos al futuro. Nos dimos ánimos el uno al otro. Por supuesto, nunca le comuniqué mi auténtico apellido ni yo tampoco conocía el suyo. Pese a todo, lo que compartí con él resultaba ser más real que todo lo demás.

—Qué locura.

—Lo sé —dice asintiendo de nuevo.

—¿Y luego? —pregunto.

—Al cabo de medio año hablamos por primera vez por teléfono. Cinco horas. Me dolió la oreja media noche de lo mucho que apreté el auricular contra ella. A partir de ahí, cada vez conversábamos más.

Recuerdo la noche del cumpleaños de Ruby, cuando también estuvimos un montón de horas hablando por teléfono. Me fui de la fiesta de Wren a casa sólo para seguir escuchando su voz.

—Por eso me echabas entonces tan a menudo de tu habitación —digo con una sonrisa—. Y luego ¿llegasteis a quedar?

—Tuvo que pasar un año antes de que me atreviera a quedar con Graham. Fuimos a tomar un café después de que él obtuviera el título.

No me creo que todo eso me haya pasado desapercibido.

—Y ¿cuándo os... acostasteis? —pregunto, y en ese mismo momento tengo la impresión de ser un niño de doce años.

Lydia se pone roja.

—En realidad nunca nos acostamos, pero compartimos mucho tiempo juntos en las vacaciones de verano. —Carraspea—. Cuando Graham obtuvo el puesto en Maxton Hall, cortó la relación entre los dos. Enseguida. Él opinaba que podíamos seguir siendo amigos por internet, como antes, pero nada más. —En sus ojos aparece un brillo sospechoso—. A mí ya me iba bien, ¿sabes? Mejor así que perderlo por completo. Cuando al final de curso Graham no tenía perspectivas de que lo readmitieran, volví a alimentar esperanzas. Todo empezó de nuevo desde el principio hasta que a mediados de verano se enteró de que había un puesto libre. El mismo dolor en el corazón que antes. Sólo que estaba vez ni siquiera quería tener algo que ver conmigo *online*. Me borró completamente de su vida, pensaba que era lo mejor para ambos.

Reflexiono unos instantes sobre todo lo que acaba de contarme.

—¿Eso fue al comienzo del curso? —pregunto—. ¿El día en que Ruby os vio juntos?

Traga con dificultad.

—Una especie de reincidencia.

Asiento pensativo. Sabía que Sutton era algo más que un pasatiempo para Lydia. De haberlo sido, no habría sufrido tanto en las últimas semanas ni tampoco lo habría defendido cuando yo lo criticaba. Pero nunca habría imaginado que los dos podían llevar una relación de dos años. Ni que fuera tan en serio.

—Un año más y entonces a lo mejor podríais...

Ni yo mismo sé lo que estoy sugiriendo. Incluso si Lydia dejara de ir a Maxton Hall, una relación con uno de sus antiguos profesores destruiría para siempre su reputación. Puedo imaginar lo que nuestros padres dirían al respecto.

—No soy tonta, James. Sé que Graham y yo no tenemos ninguna posibilidad.

Me suelta la mano y coge la bolsa de patatas como si nada, como si no acabase de contarme su mayor secreto. Se mete un puñado en la boca con la mirada brillante fija en el cobertor de su cama.

Me duele verla así. Y sobre todo me duele no poder ayudarla. Porque tiene razón: para ella y Sutton no hay futuro, como tampoco para Ruby y para mí.

—Gracias por contármelo —digo a continuación.

Lydia se come las patatas y bebe un largo trago de agua.

—A lo mejor me cuentas tú un día algo de Ruby.

La presión que siento en el pecho y que parecía haber desaparecido lentamente durante su explicación reaparece de repente. Ignoro la mirada escrutadora de Lydia y cojo el siguiente pliego de ejercicios del montón.

—No hay nada que contar.

El leve suspiro de Lydia llega a mis oídos como desde

muy lejos. El ejercicio en la hoja de papel se desvanece con el recuerdo de Ruby en el campo de juego, y las horribles palabras que le dije. Las imágenes se repiten en mi cabeza como en un cruel bucle sin fin, hasta que no puedo concentrarme más en los ejercicios y me quedo mirando la pared.

El TSA va bien. En mi familia todos están tan convencidos de que lo conseguiré que no quiero ni pensar qué ocurriría si no fuese el caso.

La semana posterior al TSA se celebra una de las últimas reuniones del grupo de preparación para Oxford. Ruby está sentada con Lin en el otro extremo de la clase. Como es habitual en estos últimos días, no me mira y tampoco permite que se le note que entre nosotros ocurrió algo. Se comporta exactamente como antes, nos doblega a todos con su perspicaz argumentación e incluso consigue, en una ocasión, dejar sin palabras a nuestra tutora.

Me resulta difícil apartar la vista de ella. Tremendamente difícil. En cuanto abre la boca, sus labios me cautivan y me invade el deseo de besarlos.

En esos momentos recuerdo la imagen de mi padre y el dorso de su mano contra mi mejilla y el dolor que sentí en la mandíbula días después. No es la primera vez que me pega. No sucede a menudo, pero sí demasiadas veces, sobre todo cuando, según su opinión, no respondo a las exigencias de nuestra familia.

Que Ruby no les guste me duele, pero tendré que vivir con eso. He nacido en una familia de la que no puedo apartarme por mucho que lo desee. Iré a Oxford y heredaré Beaufort.

Ha llegado el momento de que lo acepte y deje de autocompadecerme.

—Examinemos ahora la segunda pregunta. James, ¿quieres compartir con nosotros lo que has pensado? —pregunta de repente Pippa; no tengo ni idea de lo que acaba de decir, lo único que he entendido ha sido mi nombre.

—Más bien no —respondo y me reclino hacia atrás.

Si soy sincero, sólo quiero irme a casa. Y si quiero ser sincero de verdad, sólo quiero estar con Ruby, pero no es posible. Que esté en esta sala sin mirarme es una tortura. Ella es lo único que me motiva. Ahora sólo tengo el lacrosse, no dispongo de nada más a lo que aferrarme. Ni siquiera las fiestas con mis amigos pueden distraerme del hecho de que actualmente nada en mi vida tiene sentido. El final del curso cada vez se acerca más deprisa y no sé cómo voy a aguantar todo esto. Cómo lograré que mi existencia no me parezca tan superflua.

—Si te convocan a una entrevista para solicitar la admisión, tienes que tener preparada una respuesta para todas las preguntas —insiste Pippa haciendo un gesto alentador.

Acerco la hoja de papel para poder leer mejor: «¿En qué casos, si es que los hay, es falso el perdón?». Miro la pregunta. Diez segundos. Diez segundos más hasta que mi silencio resulta incómodo y alguien carraspea en el aula. Un escalofrío me recorre los brazos hasta alcanzar la espalda. El folio que sostengo se vuelve más pesado, de modo que tengo que volver a dejarlo sobre la mesa. Siento como si tragara cemento, pero no tengo nada en la boca. Sólo mi lengua torpe, incapaz de pronunciar palabra.

—Por regla general, el perdón sigue a un acto pernicioso —resuena de repente la voz de Ruby—. Pero cuando alguien perdona a otro por el dolor que le ha infligido, eso no significa que ese dolor desaparezca. Mientras se siente dolor, el perdón es falso.

Levanto la vista. Ruby me mira impertérrita y lo que yo querría sería tender la mano hacia ella. Entre nosotros sólo hay un par de metros, pero parece una distancia tan infranqueable que hasta me cuesta respirar.

«Joder, contrólate de una vez, Beaufort.»

—Cuando se perdona demasiado fácilmente a las personas, éstas tienen la sensación de que se lo pueden permitir todo. De modo que la cólera de la persona a la que se le hizo daño es el castigo para el autor del mal, quien desea desesperadamente el perdón —añade Lin.

Sí, la cólera de Ruby es un castigo que merezco. Pero, aun así, desearía que ella no pasara el resto del curso odiándome: debería alegrarse de cumplir pronto su sueño en Oxford. Si alguien se lo ha ganado es ella.

—El perdón nunca puede ser falso —objeto a media voz. Algo brilla en los punzantes ojos verdes de Ruby—. El perdón es una marca de grandeza y fortaleza. Si uno pasa años encolerizado y se destruye a sí mismo, no es mejor que la persona que le ha hecho daño.

Ruby resopla desdeñosa.

—Eso sólo puede venir de alguien que constantemente hace daño.

—¿Acaso no hay un dicho? «Perdonar, pero no olvidar.» —Alistair mira al grupo, y Keshav y Wren murmuran dándole la razón—. Uno puede perdonar a alguien por su comportamiento, pero eso no significa que lo que haya hecho ya no cuente. El perdón es algo obligatorio para poner punto final. Olvidar es algo que dura mucho tiempo o que no llega a ocurrir. Y está bien. Perdonar nos ayuda a soltar un peso y seguir adelante.

A la derecha, Lydia, a mi lado, se endereza.

—Se diría que uno perdona con un chasquido de dedos y que olvidar es lo único realmente difícil. Pero no se puede perdonar todo lo que nos han hecho. Si realmente es algo malo, no es tan sencillo liberarse de ello.

—Eso opino yo también —afirma Ruby—. Si uno perdona tan deprisa significa que no se toma a sí mismo en serio y que aparta frívolamente el propio dolor a un lado. Es un comportamiento autodestructivo. Cuesta tiempo reconocer cuándo hay que desprenderse de la carga, es cierto, pero si se considera la decisión de perdonar sólo como un simple medio para llegar a un fin, el perdón es falso.

—A lo mejor debería diferenciarse entre el perdón sano y el insano —interviene Lydia, y Ruby asiente—. El perdón insano se produce demasiado deprisa y empuja a que en ciertas circunstancias uno vuelva a dejarse maltratar. Pero el perdón sano únicamente llega tras una reflexión madura. En este caso uno se respeta lo suficiente como para no dejarse maltratar otra vez.

—Pero el perdón no es comparable con la reconciliación —opina Wren, que está sentado al lado de Lydia. Me inclino un poco hacia delante para mirarlo. Tiene las manos cruzadas detrás de la cabeza y está recostado sobre su silla—. Si el significado original del perdón consiste en desprenderse de la cólera, es que está pensado más para la víctima que para el autor del perjuicio, así que ella misma puede determinar en qué medida perdona.

—Aunque también hay actos imperdonables. —Kesh ha hablado en voz baja. Todos se vuelven hacia él, pero tiene los brazos cruzados y da la impresión de que esto era todo lo que tenía que decir.

—¿Puedes desarrollar un poco más lo que has dicho, Keshav? —pregunta amablemente Pippa.

—Me refiero con esto a un asesinato o algo así. Yo encuentro bien que los familiares de la víctima no perdonen. ¿Cómo pueden hacerlo?

Siento un hormigueo en la nuca y casi imperceptiblemente me vuelvo hacia Ruby. Nuestras miradas se cruzan y el hormigueo aumenta. Nos separan dos mesas y el espacio entre ellas, pero quiero salvar esta distancia con un salto, coger su cara entre mis manos y volver a besarla.

—Eso también depende de los principios morales de cada uno. Cada persona tiene un umbral más alto o más bajo de lo que considera imperdonable —dice Lydia.

Kesh responde algo, pero ya no oigo nada más. Distingo exactamente en la mirada de Ruby dónde está su umbral de la moral. Lo que le dije es para ella imperdonable. Su boca forma una fina línea y bajo sus ojos hay unos círculos negros que sin duda están allí por mi causa. Nunca me perdonará y, aunque yo tenga claro que para nosotros no hay futuro, en este momento soy consciente de lo que esto significa de verdad. Nunca más volveré a tener la oportunidad de tocarla. Nunca más volveré a hablar con ella. A reír. A besarla.

Ser consciente de ello me hunde. Es como si bajo mis pies se abriera un profundo agujero negro en el que caigo y caigo y caigo.

Pongo toda mi energía en respirar profundo y con calma mientras el resto de la discusión me resbala. Al igual que todo lo demás.

25

Ruby

Antes siempre me gustaba soñar. En mis sueños todo era posible. Podía volar y a veces incluso hacer juegos de magia, iba a Oxford y viajaba como embajadora por todo el mundo. La mayoría de las veces mis sueños eran muy vívidos y me parecían tan realistas que al día siguiente iba a la escuela hipermotivada e intentaba entregarme a más del cien por cien.

Ahora detesto mis sueños. James interpreta el papel protagonista en la mayoría de ellos y yo sólo quiero que esto pare. Me despierto en mitad de la noche, no por las pesadillas, sino por un pálpito entre las piernas porque he soñado que me abrazaba y me besaba. Sueño que me ofrece de nuevo placer físico a cambio de silencio y que en esta ocasión no lo detengo cuando se desabrocha la camisa. Sueño que me conduce a un mundo en el que no me ha borrado de su vida.

Esta mañana me despierto, de nuevo, con las mejillas calientes y la colcha entre las piernas. Me pongo boca arriba gimiendo y me tapo los ojos con el brazo. Tengo que conseguir de algún modo desterrar a James de mi subconsciente o me volveré loca. ¿Cómo voy a olvidarlo si mis sueños me muestran todas las noches lo que habría podido ocurrir entre nosotros?

Me froto los ojos y cojo el móvil, que he dejado en la mesilla de noche. Falta poco para las seis, el despertador sonará dentro de diez minutos. Cansada, me siento y miro el buzón. Desde ayer por la noche he recibido ocho correos electrónicos. Los reviso despacio para comprobar si hay algo importante.

Cuando veo quién es el remitente del último mensaje me incorporo tan rápidamente en la cama que hasta me mareo un poco. Tengo en la bandeja de entrada uno de la Dirección de Admisiones de St Hilda's.

Mantengo la respiración y lo abro.

> Estimada Ruby:
>
> Es un placer para nosotros invitarla a St Hilda's College, en Oxford, con el fin de hacerle una entrevista. Muchas felicidades por haber superado el primer proceso de selección.

Ya ni me fijo en el texto que sigue. Doy un grito tan fuerte que resuena en toda la casa. Ember viene corriendo a mi habitación y yo salto de la cama. Necesito unos instantes para recuperar el equilibrio, pero cuando lo consigo le coloco el móvil delante de la nariz. Al mismo tiempo, empiezo a dar botes arriba y abajo.

—¡Oh, Dios mío! —exclama ella, me coge de las manos y giramos las dos brincando—. ¡Oh, Dios mío, Ruby!

A continuación, bajo las escaleras tan deprisa que casi me caigo. Papá ya ha salido al pasillo con la silla de ruedas, mamá viene de la cocina con los ojos muy abiertos. Sostengo el móvil en alto.

—¡Me han llamado para hacer las entrevistas!

Mamá se tapa la boca con las manos y papá lanza un grito de alegría. Ember me rodea la cintura con el brazo y me estrecha firmemente contra ella.

—¡Me alegro mucho por ti! Pero ¡no quiero que te vayas!

—Sólo me han convocado para hacer una entrevista, eso no significa que me hayan admitido. Además, Oxford está a apenas dos horas de aquí.

Estoy tan entusiasmada que no puedo quedarme quieta. Mi sueño, que durante años parecía tan alejado, está mucho más cerca. De golpe ahora me parece tan real que casi puedo alcanzarlo. Un hormigueo me recorre el cuerpo, lleno de energía.

—Todos sabemos que vas a hacerlo muy bien en las entrevistas —dice papá, y Ember y yo no podemos evitar echarnos a reír por la elección de sus palabras—. No tendrán más remedio que admitirte.

Sonrío tanto que me duelen las comisuras de la boca. Pero no puedo dejar de hacerlo. Hacía tiempo que no estaba tan contenta.

—Qué orgullosa estoy de ti, cariño.

Mamá me da un beso en la cabeza y me aprieta contra ella. Cuando me ha soltado, me inclino hacia papá y él también me abraza.

—Y ahora, ¿cuál es el siguiente paso? —me pregunta.

Leo el mensaje, esta vez hasta el final.

—Aquí pone que tengo que ir el próximo domingo por la tarde. Las entrevistas se llevan a cabo el lunes y el martes. El viaje de vuelta es el miércoles por la mañana.

—Cuatro días en Oxford —susurra mamá moviendo la cabeza—. Sabía que te iban a convocar.

De nuevo la miro resplandeciente.

—Aquí dice que incluye comida y alojamiento gratis.

—Entonces es que hemos elegido la universidad correcta —dice papá, y sus ojos brillan de felicidad.

—Sé exactamente la ropa que has de ponerte. —Ember me coge de la mano y tira de mí hacia la escalera.

—Mi vestuario de Oxford ya está decidido desde las vacaciones de verano.

En realidad, desde hace aún más tiempo si se piensa que hace más de un año que tengo un tablero de Estilo Oxford en Pinterest en el que Ember y yo colgamos constantemente motivos de inspiración. Me despido de mamá y papá agitando la mano antes de que Ember me arrastre tras ella. Todavía en la escalera oigo lo que comentan mis padres.

—Oxford —susurra mamá.

—Oxford —contesta papá igual de bajo.

Qué satisfechos parecen. Espero de todo corazón haber aprobado el TSA y pasar también las entrevistas. Deseo que sigan estando orgullosos de mí. Cuando mi familia está contenta, yo también estoy contenta.

Dejo que Ember me arrastre a la habitación. Mientras saca un conjunto tras otro y los deja sobre la cama, relleno el formulario de matriculación de la universidad y compruebo que participaré en las entrevistas. Finalmente, envío a Lin un pantallazo del correo electrónico y espero impaciente su respuesta.

Todavía no acabo de creérmelo. Incluso si sólo faltan cuatro días: voy a ir a Oxford.

El domingo por la tarde, cuando llegamos a Oxford, es casi de noche. Pese a ello, mis padres, Ember y yo decidimos dar un paseo por el campus. St Hilda's se encuentra en el extremo oriental de High Street y caminamos a lo largo del río Cherwell, que brilla acogedor a la luz de las farolas y entre los imponentes edificios que, pese a la desgastada piedra gris de sus fachadas, no tienen aspecto de estar desmoronándose. Al contrario, con las ventanas semicirculares de marcos blancos y las pequeñas balaustradas, irradian el mágico encanto de las antiguas historias que tan urgentemente deseo escuchar algún día.

St Hilda's es de una belleza que quita el aliento. Y mientras empujo la silla de papá por el camino empedrado del campus, con mamá y Ember a nuestro lado, tengo la impresión de estar en un cuento. La sonrisa que llevo puesta desde la semana pasada todavía se me ensancha más.

—El año que viene estarás sentada justo allí —vaticina papá mientras señala el césped que se extiende a nuestra izquierda—. Con una pila de lectura especializada delante de la nariz. Sobre una manta de lana a cuadros.

—Tus ideas son bastante concretas, papá —comento con una sonrisa.

—En efecto, hija —responde mi padre asintiendo con seriedad.

Sin contar con que St Hilda's es bellísimo, también me gusta porque es conocido por su diversidad, su espíritu comunitario y el trato respetuoso de los alumnos entre sí. Aquí todo el mundo es bien recibido, sin importar de qué país o de qué estrato social proceda. Es lo que necesito tras el año en Maxton Hall. Quiero sentirme a gusto y no tener que volver a esconderme. No puedo imaginarme pasando los próximos cuatro años en un estricto *college* de corte conservador, como por ejemplo, Balliol.

Además, St Hilda's tiene unicornios en su escudo.

—No puedo creerme que esté aquí —susurro—. Qué suerte tengo.

Ember da un chasquido con la lengua.

—No es suerte, has trabajado muy duro.

Tiene razón. Sin embargo, me siento mal cuando pienso en las entrevistas que me esperan los próximos días. Esta noche tengo que prepararme a toda costa un poco y revisar los apuntes que he tomado en el curso de Pippa. Ya hace tiempo que me los sé de memoria, pero estoy segura de que me sentiré mejor tras el repaso.

Después de recoger en la portería la llave de la habitación en la que me alojaré estos días, me despido con el corazón encogido de mi familia, cojo mi pequeña bolsa de viaje y entro en la residencia. Por dentro no es nada especial: alfombra azul, paredes desnudas y blancas, pero aun así siento un hormigueo en la barriga cuando subo las escaleras para llegar al primer piso. Tal vez este edificio sea pronto mi nuevo hogar.

La habitación está al principio del pasillo, en el lado izquierdo. Saco la llave y voy a meterla en la cerradura cuando oigo que alguien se me aproxima por detrás. Me doy la vuelta sonriendo.

Mi sonrisa desaparece.

Pensaba que sería un alumno, pero no, tiene el cabello rubio cobrizo alborotado por el viento y lleva un abrigo negro cortado a medida.

Es James.

—Estás de broma —suelto.

Parece al menos tan sorprendido como yo. Sus ojos se oscurecen y mira la llave que tiene en la mano. Da tres pasos largos arrastrando una pequeña maleta hasta alcanzar la habitación que está frente a la mía. Tengo la sensación de que el destino me está jugando una mala pasada.

Sin decir ni una sola palabra, abre la puerta y entra en su habitación. Su mirada sombría se posa brevemente en mí, luego cierra la puerta y me deja en el pasillo.

Me he controlado muy bien estas últimas semanas. Lo he ignorado, incluso doliéndome, y me he comportado como si nuestra historia no hubiese dejado huella en mí. Pero ahora siento que me invade la rabia. Me encantaría abrir la puerta de su habitación y entrar. Tengo ganas de decirle todo lo que he acumulado en mi interior durante estos últimos tiempos.

Sin embargo, sé que, en realidad, no hay nada más que decir. Para él no fui más que una pequeña pausa y no tenía nada de realista creer que James podía convertirse en algo así como un amigo para mí... o incluso más.

No debo sentirme insegura por el hecho de que él también esté aquí. Tengo un objetivo y no voy a perderlo de vista. Ya he llegado muy lejos. Tal vez debería considerarlo un desafío más al que debo responder en mi camino hacia Oxford. Y mientras James no me distraiga de mis planes, podré soportar que se aloje frente a mí. Haré como en la escuela: como si él no existiera.

Abro decidida la puerta de la habitación y entro. La decoración es minimalista: hay un pequeño escritorio de madera, un armario blanco empotrado y una cama sencilla. Desde aquí se ve el patio interior en cuyo centro se alza un árbol inmenso. Me acerco a la ventana para poder observarlo mejor. Sus hojas, de un marrón rojizo, están esparcidas por el suelo, todo el césped está lleno de ellas. El camino da toda la vuelta al parterre, al borde del cual hay farolas y bancos. Hago como papá, me imagino que dentro de pocos meses estaré allí sentada, con un montón de libros a mi lado y la cabeza llena de cosas nuevas que me enseñarán en un campus que es, simplemente, perfecto.

Pese a que la historia con James todavía me duele muchísimo, de golpe no me parece tan terrible. Lo conseguiré.

26

Ruby

A la mañana siguiente cuando me despierto, el techo blanco y desnudo que pende sobre mí me desconcierta unos minutos. También el colchón me parece extraño cuando me doy media vuelta. Flota un olor distinto al de mi habitación.

«Estás en Oxford.»

Me siento y miro a mi alrededor. Entonces emito un ligero chillido. Cojo el móvil de la mesilla de noche y echo una ojeada a los mensajes. Mamá y papá me recuerdan que desayune bien, porque saben que cuando estoy muy nerviosa pierdo el apetito, y Ember ha escogido una cita motivadora que me encantaría copiar en mi agenda. Kieran me desea mucha suerte y me dice que está seguro de que lo lograré. El último mensaje es de Lin. Ha hecho una foto de su habitación en St John, que no es muy diferente de la mía. Le escribo que me alegro de poder verla esta noche en el pub —una de las citas en la programación del día que me han enviado antes de secretaría—, y le deseo que le vaya muy bien en las entrevistas.

Luego me levanto y me preparo despacio. Me tiemblan las manos de la emoción mientras me maquillo y me visto.

Me pongo la falda de pana color coñac y la blusa blanca con discretas flores bordadas que elegí hace meses para este día y tengo colgadas en el armario. Llevo además el bolsito color burdeos y la pulsera de piel que Ember me ha regalado.

No hace juego con el resto, pero con la manga larga de la blusa apenas se ve y en cuanto la toco tengo la sensación de que una parte de mi hermana y de mi familia está conmigo.

En la sala de desayunos se distingue a primera vista quiénes son aquí los auténticos alumnos y quiénes vienen sólo para las entrevistas. Los primeros van directos al mostrador de las comidas, ríen y conversan relajados entre sí, y siento el deseo de ser como ellos en este momento dentro de un año. Quiero ir a buscar mi café sin dar dos veces la vuelta porque no encuentro la máquina, sentarme con mis amigos a una mesa y hablar con ellos sobre el fin de semana. Y deseo enviar a los alumnos que han llegado para las entrevistas una sonrisa de ánimo, con la esperanza de que después se sientan mejor.

Ayer por la noche todo esto todavía me parecía irreal. Ahora Oxford se está convirtiendo en realidad. Escucho a las dos chicas que están a mi lado mientras conversan sobre sus seminarios y al principio no me doy cuenta de que se han percatado de lo que estoy haciendo. Bajo la cabeza al instante y me quedo contemplando la tostada, que después de un par de mordiscos me cae como una piedra en el estómago.

En mi programa me indican que, una vez acabado el desayuno, debo dirigirme a la sala común. Cuando abro la puerta, me sorprende el vocerío que reina en la pequeña estancia, hasta que veo que no sólo se encuentran aspirantes, sino también antiguos alumnos que, repantigados en los gastados sofás, hablan a gritos y es evidente que intentan relajar un poco la atmósfera.

Encuentro una silla libre junto a un sofá y me siento. Un chico de mi edad se sienta al lado con un libro en el regazo y una pila de papeles. Me sonríe, aunque para mí resulta más una mueca. Está tan nervioso como yo. Con dedos temblorosos cojo mis apuntes y empiezo a repasarlos una última vez.

De repente siento un hormigueo en la nuca que se me extiende por todo el tórax. Levanto la cabeza y dirijo la vista hacia la puerta de entrada a la estancia. Ojalá no lo hubiese hecho. James está allí, con las manos metidas en los bolsillos del pantalón y una expresión impenetrable en el rostro.

«Por favor, no me mires, no me mires, no me mires...»

Me descubre en la silla. Desliza lentamente la mirada por mi rostro, luego por mi vestimenta y se detiene en la pila de papeles que tengo en la mano. Las comisuras de sus labios se mueven imperceptiblemente, pero luego, como si quisiera censurarse por reír, su expresión vuelve a endurecerse y echa un vistazo a la sala común, obviamente buscando una silla libre.

—¿Ruby Bell? —pregunta una voz desconocida.

Uno de los antiguos alumnos se ha levantado del sofá. Es altísimo —seguro que mide más de metro noventa—, tiene el cabello castaño ondulado, ligeramente echado hacia atrás, y una resplandeciente y blanca sonrisa. Es uno de los chicos que ha intentado relajar el ambiente, lo que lo hace simpático al momento.

—Aquí —digo afónica y levantándome.

Tengo las manos frías y húmedas. Me las paso por el dobladillo de la falda para que vuelvan a calentarse y pueda estrecharle la mano sin resultar desagradable. Vuelvo a guardar los papeles en el bolso y me dirijo hacia la puerta donde me está esperando.

Cuando paso junto a James, levanto la barbilla decidida a ignorarlo. Pero me coge de la mano. Sus cálidos dedos me rodean la muñeca. El pulgar acaricia la sensible piel de esa zona.

—Mucha suerte —susurra, luego me suelta y va a la silla que yo acabo de dejar libre.

Necesito un par de segundos para recuperarme. El corazón me palpita desbocado, y esta vez no tiene nada que ver con el hecho de que esté nerviosa.

El chico que me ha llamado me sonríe y me hace un gesto para que me acerque.

—Hola, soy Jude Sherington. Te acompaño al despacho donde te entrevistarán —explica señalando con un gesto de la barbilla el pasillo.

Dejo la sala común sin mirar atrás. Dentro de un par de minutos la suerte estará echada. Dentro de un par de minutos se decidirá si voy a estudiar o no en esa universidad.

Toco el lugar en que el pulgar de James me ha acariciado la muñeca. Durante el camino al despacho de la profesora, debería concentrarme, pero no puedo olvidarme de la sensación de su dedo sobre mi piel.

Lo mejor sería que me levantara y corriera un par de veces de un lugar a otro para relajarme. Pero Jude todavía está aquí y me sonríe constantemente. Me ha llevado a través de incontables y laberínticos pasillos, y ahora se apoya silencioso en la pared mientras yo me siento en una silla frente a la puerta de un despacho y espero a que se abra. Algo que podría suceder en cualquier momento.

Exhalo haciendo ruido.

—¿Nerviosa? —pregunta Jude.

Qué pregunta.

—Mucho. ¿Cómo te fue a ti?

—Más o menos así. —Levanta una mano y la hace temblar exageradamente. Encuentro cautivador que sea tan auténtico.

—Pero lo conseguiste.

—Pues sí. —Una sonrisa de ánimo aparece en su rostro—. No es magia. Lo lograrás.

Asiento, me encojo de hombros y muevo la cabeza negativamente al mismo tiempo. Cuando Jude ríe hago una mueca. En ese momento la puerta se abre y sale una chica del despacho de la profesora. Tiene las mejillas rojas y los labios blancos. Por lo visto, no soy la única que está consumida por los nervios. Por desgracia no tengo ocasión de preguntarle cómo le ha ido, pues se marcha sin pronunciar palabra. La puerta del despacho vuelve a cerrarse y miro inquisitiva a Jude, quien sigue dirigiéndome su sonrisa tranquilizadora.

—No te preocupes, ya te avisará cuando tengas que entrar.

Así prosigue de nuevo la espera. Entretanto me siento como si hubiera agotado toda mi inquietud por el simple hecho de estar tanto tiempo sentada. Cinco minutos más tarde se me ha dormido el pie izquierdo y lo muevo discretamente para detener el hormigueo. Es como si en mis botines bailara un montón de hormigas. Vuelvo a sacudir el pie y en ese momento la puerta se abre con un chirrido. La profesora aparece en mi campo visual y yo mantengo el pie en el aire en una extraña posición.

—Ruby, pase, por favor.

Tiene una voz serena y agradable que se extiende como una manta ignífuga sobre mis consumidos nervios. Me levanto y enderezo la espalda. A mis espaldas oigo decir a Jude: «¡Que vaya muy bien!», pero ya no estoy en situación de darle las gracias. La profesora me sostiene abierta la puerta del despacho donde se celebrará la entrevista y, mientras entramos juntas, se presenta con el nombre de Prudence.

El despacho es más o menos tan grande como la sala de estar de nuestra casa, pero el hecho de que esté muy desordenado lo hace acogedor. Los muebles parecen muy antiguos, como si estuvieran ahí desde la fundación del *college* y en el aire se respira el olor a libros antiguos. Las paredes están cubiertas de un buen número de estanterías en las que se amontonan libros a diestra y siniestra. Al otro lado de la habitación se encuentra otra docente sentada junto a un escritorio. Está ocupada tomando notas y no levanta la vista hasta que Prudence me conduce a una mesa a través de la habitación. Vuelvo a alisarme la falda y me siento recta. Las dos profesoras toman asiento al otro lado de la mesa, abren los cuadernos y se recuestan sobre el respaldo.

Siento los latidos del corazón en el cuello, pero intento que no se me note y aparentar seguridad en mí misma. Estoy convencida de que puedo tomar las riendas de esta entrevista. Me he preparado y he hecho todo lo que estaba en mis manos.

Inspiro profundamente y dejo escapar lentamente el aire de nuevo.

—Nos alegramos mucho de que haya aceptado la invitación, Ruby. —La segunda docente rompe el silencio—. Soy Ada Jenson y, junto con Prudence, doy clases de Política en St Hilda's.

Al igual que en el caso de Prudence, su voz obra un efecto apaciguador sobre mí y me pregunto cómo es posible que estas mujeres que forman parte del grupo de personas más inteligentes del país posean también el don de serenar a la gente en una situación así.

—Muchas gracias por la invitación —respondo, y carraspeo. La voz me suena como si hubiera tragado algo pegajoso que todavía tengo adherido al cuello.

—Vamos a empezar con la primera pregunta —prosigue Prudence—. ¿Por qué quiere estudiar en Oxford?

Me la quedo mirando. No había contado con ello. En todos los informes sobre las entrevistas sólo he leído acerca de preguntas que tenían una relación directa con un tema. No puedo evitarlo: en mi rostro se dibuja una gran sonrisa. Y entonces empiezo a contar. A contarlo todo. Cuento que ya de niña me interesaba por la política y que a los siete años sabía que quería estudiar en Oxford. Cuento que cuando cumplí doce años mi padre me suscribió a las revistas *Spectator* y *New Stateman* y que pasaba horas escuchando los debates del Parlamento en la televisión. Hablo de mi pasión por la organización y el debate, y mi deseo de mejorar las cosas. Sin hacer la pelota, subrayo que Oxford es para mí la mejor universidad donde aprender lo que necesito para alcanzar mi meta.

Después de terminar casi me falta el aliento y no puedo

decir si están satisfechas o no con mi respuesta. Como de todos modos no cuento con un «chócame esos cinco» o algo similar, ya me va bien. Siguen dos preguntas más, en esta ocasión, sobre un ámbito temático de la política. Intento argumentar bien y no sentirme insegura a causa de su insistencia. Todo eso no dura más de quince minutos, luego la entrevista se da por concluida.

—Muchas gracias por la conversación —digo, pero Ada ya está inmersa en sus apuntes y no me escucha. Prudence me acompaña hasta la puerta y vuelve a sonreírme cuando se despide. Yo le sonrío a mi vez y salgo. La puerta se cierra otra vez tras de mí y de golpe y porrazo me siento totalmente exhausta.

En la silla, frente a la puerta, está sentado el muchacho que antes, en la sala común, me ha sonreído. Me acuerdo de la chica con los labios exangües que se ha marchado antes sin que tuviera la oportunidad de hablar con ella. Me habría gustado que me dijera un par de frases de ánimo, pero puedo comprender por qué se ha ido tan deprisa. Ahora que me está bajando lentamente la adrenalina, lo único que quiero es salir de este edificio y que me dé el aire fresco. Sin embargo, opto por un sincero «Lo conseguirás, mucha suerte» antes de dejar la estancia e intento encontrar el camino hacia mi residencia.

27

Ruby

Paso el resto del día observando el campus. Me llevo un vaso de café y paseo por los acogedores espacios verdes, y contemplo los edificios en los que, según las guías, se enseña Filosofía, Ciencias Políticas y Economía. Me emociona deambular entre los alumnos, y de pronto me percato de que estoy tan inmersa en mis pensamientos que no me doy cuenta de que estoy dirigiéndome con ellos hacia un aula. Nadie parece fijarse en mí, así que me siento prudentemente en la última fila y escucho una clase sobre la obra de Kant. Es la mejor hora y media de mi vida.

Por la tarde se ha organizado para los aspirantes a ingresar en el *college* una salida a la Turf Tavern, un pub legendario que frecuentaron celebridades como Oscar Wilde, Thomas Hardy, Elizabeth Taylor, Margaret Thatcher o el reparto de Harry Potter. Llego demasiado pronto al lugar del encuentro que se señala en el programa, pero no soy la única. Algunos chicos y chicas a los que ya he visto esta mañana en la sala común han formado pequeños grupos, como Jude, que me saluda con una sonrisa resplandeciente y enseguida me pregunta cómo me ha ido la entrevista.

Cuando ya estamos todos, salimos a pasear. El pub se encuentra a algo más de dos kilómetros del campus de St Hilda's. De camino tenemos que pasar el Magdalen Bridge, bajo el cual el río Cherwell refleja con brillos naranjas la puesta de sol. Después atravesamos un parque de ciervos, en el que algunos de ellos agitan las orejas curiosos y yerguen las cabezas cuando nos oyen. Como la mayoría, yo también extiendo la mano para acariciar uno de ellos, pero no son tan mansos. Todos se dan media vuelta de golpe y desaparecen corriendo por el prado.

El resto del trayecto transcurre entre antiguas edificaciones por caminos que a veces son tan estrechos que sólo dos personas, una al lado de la otra, pueden transitar. Entretanto va oscureciendo. Si hubiera estado sola no me habría atrevido a pasear por esas callejuelas, pero Jude está a mi lado y me habla de su carrera, distrayendo así mi atención. Estoy literalmente pendiente de sus labios. Todo lo que he visto hoy aquí y todo lo que me está explicando aumentan todavía más mi deseo de estudiar en este sitio. Nunca en la vida he deseado algo tanto como Oxford. Ahora que tengo una idea de lo que puede ser, me deprimiría si no lo lograse. ¿Podría resistirlo? No lo sé. Sin contar con que no he preparado un plan B.

De repente el camino se ensancha de nuevo. Las farolas emiten luz y llegan a mis oídos fragmentos de conversaciones y música. El lugar al que llegamos un par de minutos después está abarrotado de gente. Se diría que la mayoría son estudiantes, ahora están charlando y bebiendo cerveza.

Nuestro grupo se abre camino entre ellos hasta llegar a la Turf Tavern. Me da la impresión de que el edificio en que se encuentra el pub es antiguo. Por la fachada revocada de blanco se extienden en diagonal unas vigas oscuras. La cubierta está un poco torcida y en algunos lugares ha adquirido un color verdoso y le ha crecido musgo. Delante del pub hay mesas y sillas donde algunas personas se han puesto cómodas bajo una sombrilla. Hace tanto frío que me sale vaho al respirar; se entiende, pues, que la mayoría se haya protegido con abrigos gruesos, gorras y mantas de lana.

Bajo el rótulo del pub cuelga una guirnalda de bombillas de colores y justo debajo se encuentra la entrada. La puerta está pintada de verde oscuro y está descascarillada en algunas esquinas. Jude me la sostiene abierta y yo entro en el local.

El ambiente que reina en el interior es casi medieval. El techo de la Turf Tavern es bajo y las paredes son de piedra gruesa, toscamente tallada. Cuelgan de ellas unos farolillos y sobre las mesas hay unas lámparas con pantallas en forma de plato. A través de un estrecho corredor nos conducen a un espacio que está algo más atrás y apartado de la ruidosa sala principal.

Me precede Jude, que con sus casi dos metros apenas me deja ver algo más que su espalda. Pero entonces la oigo. Una risa que conozco bien.

Jude va a una mesa que han reservado para nosotros y se sienta. Los otros también buscan sitio mientras yo me quedo parada mirando a un grupo que se ha instalado en la mesa que está a nuestro lado. Ahí están sentados Wren, Alistair, Cyril, Camille, Keshav, Lydia y... James.

James, que hoy me ha deseado suerte y me ha acariciado la muñeca. James, que detiene la cerveza justo delante de su boca cuando me descubre y un segundo más tarde se vuelve hacia Cyril, a su derecha, para hacer como si nada hubiese sucedido.

Trago con dificultad.

No entiendo por qué me pilla tan poco preparada verlo aquí con su grupo. A fin de cuentas, sabía que habían solicitado su admisión en Oxford y que el encuentro de esta noche en el pub era uno de los puntos del programa destinados a todos los convocados a las entrevistas. De repente mi euforia se esfuma; debo asumir que Oxford no constituirá el comienzo desde cero que tan bonito me había imaginado hoy. Tendré que aguantar volver a ver a algunos de ellos.

Naturalmente, siempre que me admitan.

—¡Ruby!

Miro a mi alrededor y veo que Lin corre hacia mí con los brazos abiertos. Tiene las mejillas enrojecidas a causa del frío y se ha envuelto el cuello con un grueso chal de color gris que le oculta media cara. Un instante después me echa los brazos al cuello y yo la abrazo con la misma intensidad.

—Cuéntamelo todo —digo emocionada después de que nos hayamos separado.

—Sentaos —dice Jude señalando un banco frente a él.

Lin es la primera en sentarse y yo hago lo mismo después de quitarme el abrigo. De algún modo consigo no volver a dirigir la mirada hacia James.

—Qué guay es esto —comenta Lin después de que nos hemos instalado y cuando ya tenemos las cartas de bebidas y platos frente a nosotras—. Es casi como viajar en el tiempo.

—Sí, encuentro que se percibe bien la historia del pub —respondo dándole la razón—. Pero ahora, ¡cuenta! El mensaje que me has enviado era muy críptico. ¿Cómo te ha ido?

—¡Tú primero! —contesta Lin, y yo le hago un resumen de la entrevista de la mañana.

—Las dos tenían cara de póquer total, no podía valorar si encontraban bien o no lo que les decía. Probablemente estaban perplejas porque con la primera pregunta no pude evitar sonreír —digo.

—Al menos no te han mirado mal. A mí me ha tocado un profesor cejijunto que fruncía tanto el ceño que un par de veces me ha dejado cortada. Qué contenta me he puesto al acabar. —Suspira y apoya malhumorada la barbilla en la mano—. La verdad es que no ha ido bien.

—Pero todavía tienes otra entrevista —la animo apretándole el brazo—. Lo conseguirás.

—Tengo hasta dos más. En mi caso las entrevistas para Economía y Filosofía no van juntas. ¡Dichosa tú!

—Entonces tienes el doble de oportunidades de demostrar lo que sabes. Está bien, hazme caso.

—En la entrevista a mí me preguntaron si podía recoger un bolígrafo que había caído debajo del asiento —se entremete de repente Jude en nuestra conversación.

—¿Cómo? —pregunta Lin.

—Enseguida me planteé si formaba parte de la entrevista y empecé a explorar científicamente la cuestión y estructuré la respuesta de acuerdo con ello. —Ensancha su sonrisa—. Pero al final querían, efectivamente, que cogiera el bolígrafo.

Lin y yo nos echamos a reír.

Poco después llega el camarero y apunta el pedido. Jude nos advierte que en la Turf Tavern es indispensable beber cerveza al menos una vez, así que Lin y yo pedimos una acompañada de algo para picar. Mientras esperamos a que traigan las bebidas, le hablo a Lin de la tarde y de la clase en la que me he colado. Aprovechamos además la oportunidad para acribillar a Jude a preguntas sobre sus seminarios, sus profesores, sus compañeros y la vida en Oxford.

Pasado un rato, el camarero nos trae las bebidas. Es la primera vez que tengo una cerveza frente a mí. La única bebida alcohólica que he tomado jamás fue eso dulce que Wren me sirvió en la fiesta. Ahora, cuando brindamos, soy consciente de lo que estoy haciendo. Lo he decidido yo. Bebo voluntariamente porque forma parte de esta experiencia. Hacer algo que me he prohibido durante mucho tiempo me resulta maduro y emocionante.

Me llevo el vaso a la boca y bebo un primer trago. Enseguida contraigo la cara asqueada.

—Es horrible —digo.

Jude y Lin sueltan una sonora carcajada mientras los miro con auténtica preocupación.

—¿Por qué bebéis esto voluntariamente?

—¿Es ésta tu primera cerveza? —pregunta Jude.

Asiento.

—Y la última, definitivamente.

—Esto es lo que dices ahora —objeta Jude moviendo las cejas, y Lin le da la razón—. Pasa lo mismo que con el café. De niño lo encuentras repugnante, pero cuanto mayor te haces, más te gusta. —Me señala la boca—. Por cierto, tienes bigote.

Me la limpio azorada con el dorso de la mano.

—El café me encanta. Esto es... sabe a... es como si uno estuviera lamiendo la corteza de un árbol.

Lin y Jude vuelven a reírse con ganas.

—Prefiero no saber cómo conoces el sabor de una corteza de árbol —bromea Jude.

Empujo la cerveza ostentosamente al centro de la mesa.

—Tomad, ya podéis serviros. Voy a buscarme una Coca-Cola.

Me desplazo por el banco, paso junto a dos mesas y voy hacia la barra a través de un estrecho pasillo. Todavía está más lleno que antes; por lo visto la Turf Tavern no es sólo para alumnos, sino que representa toda una atracción turística. Hasta pasados diez minutos, el camarero no me coge el pedido y al final me tiende la Coca-Cola por el mostrador. Doy las gracias sonriendo y me vuelvo.

En ese momento veo a Lydia. Impaciente, se abre camino entre la gente en dirección a los baños y no parece haberme visto. Está muy pálida y me doy cuenta de que le tiembla la mano cuando la levanta para apartar a un hombre de su camino. Consternada, la sigo con la mirada hasta que desaparece tras la puerta del baño.

Es probable que haya bebido demasiado. Y sin embargo todavía no son ni las ocho. Moviendo la cabeza, regreso a mi mesa, en la que Jude, Lin y un par de personas con las que hemos venido hablan animadamente. Participo en la conversación mientras bebo a sorbos mi refresco. Voy echando vistazos al lugar donde estaba sentada Lydia, pero todavía no ha vuelto del baño. Pensándolo bien, no tenía buen aspecto. Más bien al contrario.

Observo con cautela a sus amigos. James y Wren parecen estar discutiendo acerca de algo, mientras Camille está sentada casi encima de Keshav y le susurra algo al oído que le hace sonreír. Enfrente de ellos dos, Alistair se bebe de un solo trago su pinta medio llena. Su expresión es amarga y frunce el ceño. Aunque contesta a lo que Wren le está preguntando, no aparta la vista de Camille y Keshav, que flirtean justo delante de sus narices. Ya encuentro bastante feo que Keshav esconda su relación con Alistair delante de sus amigos, pero ver que ahora se lo monta con una chica delante de él hace que caiga aún más bajo.

Ninguno de los chicos parece darse cuenta de que Lydia no ha vuelto. Dudo un momento más, pero luego me disculpo y me pongo en pie. El nivel de alcohol ha subido mucho en la última hora, se nota en quienes están en la barra. Ahora hablan tan alto que casi sofocan la música y, cuando paso por su lado, es una minoría la que me deja sitio voluntariamente. Suspiro aliviada cuando por fin consigo llegar al otro extremo de la sala. Entro en el baño de señoras con cautela y miro a mi alrededor. Hay distintas cabinas. Todas las puertas excepto una están abiertas.

Detrás oigo un leve gemido. Y luego... unas fuertes arcadas.

Golpeo la puerta con discreción y confirmo que no está cerrada. Se abre un poco, pero no me atrevo a empujarla del todo.

—¿Lydia?

—Por favor, déjame sola —responde con voz ronca.

Me acuerdo del lunes, después de la fiesta, cuando se sentó conmigo en la pausa del mediodía y se disculpó. Fue amable, sencillamente. Ahora tengo la oportunidad de compensar su conducta.

—¿Puedo ayudarte en algo? —pregunto en voz baja.

En lugar de responder, oigo que le viene una arcada y a continuación se escucha un desagradable chapoteo. Voy corriendo a los lavamanos y cojo un par de toallitas del expendedor y las humedezco bajo el grifo. Luego se las tiendo a Lydia con un leve carraspeo por debajo de la puerta del baño.

—Toma.

Las toallitas desaparecen de mi mano.

Sigo en cuclillas sin saber qué hacer. No quiero dejar a Lydia sola en este estado, pero tampoco sé cómo ayudarla.

Se oye el sonido de la cadena y poco después se abre una rendija de la puerta. Veo un pequeño fragmento de la cara de Lydia. Qué injusticia, pese a sus ojos acuosos y las manchas rojas de sus mejillas, sigue siendo guapísima. Reconozco muchas similitudes con su hermano en ese rostro. Pero, en esta situación, pensar en James no tiene razón de ser.

—¿Quieres que te traiga agua o alguna otra cosa?

—No, estoy bien. Sólo necesito un par de minutos para que las paredes dejen de dar vueltas.

Se inclina hacia atrás, hasta apoyar la espalda en la pared. Luego cierra los ojos y echa la cabeza hacia atrás.

—¿Has bebido mucho? —pregunto.

Lydia niega con un gesto casi imperceptible de la cabeza.

—No he bebido nada —murmura.

—¿Estás enferma? —insisto—. Seguro que por aquí encontraremos una farmacia de guardia, si no hay nada mejor.

Lydia no me contesta.

—O... —prosigo vacilante—, ¿son los nervios? ¿Estás nerviosa por lo de mañana?

Lydia me mira ahora. Tiene una expresión entre divertida y tristísima.

—No —responde—. No estoy nerviosa. He hecho las dos entrevistas hoy y me han ido realmente bien.

—Genial —digo recatada, aunque no veo que Lydia esté especialmente contenta por ello. Al contrario, en sus ojos vuelven a aparecer unas lágrimas—. ¿Por qué no te alegras?

Se encoge de hombros y se pone una mano en el vientre.

—Da igual cómo me hayan ido las entrevistas. No estudiaré aquí.

—¿Por qué no? ¿No quieres venir a Oxford?

Lydia traga saliva.

—Sí. En realidad, sí.

—¿Dónde está el problema? Si las entrevistas han ido bien, seguro que lo consigues.

—No me refiero a eso. Creo, simplemente, que... que no puedo estudiar aquí.

No entiendo.

—¿Por qué? —pregunto desconcertada.

No contesta. En lugar de ello baja la vista y mira la mano sobre su vientre. Empieza a moverla lentamente por la tela de la blusa o, mejor dicho, sobre lo que se encuentra debajo, una ligera redondez.

En circunstancias normales no habría sospechado nada. Todo el mundo tiene michelines cuando se sienta. Sin embargo, la mayoría de las personas no las acarician. Y no se las miran con una expresión tan cariñosa como la que he visto en la cara de Lydia.

En mi mente se hace la luz y tomo una profunda bocanada de aire.

—Es cierto que no has bebido nada —susurro.

Niega despacio con la cabeza. Una lágrima desciende por su mejilla.

—Desde hace meses.

Pienso en la bebida que ella tenía en la fiesta de Cyril pero que al final no bebió. Y, por supuesto, pienso en aquel día que la pillé con el señor Sutton. Se me hace un nudo en la garganta.

—¿Es de...? —No me atrevo a terminar la frase, pero no lo necesito. Lydia entiende lo que le pregunto y asiente—. No sé qué decir —admito.

—Entonces ya somos dos. —Se seca la comisura del ojo humedecida.

—¿De cuánto estás? —susurro.

Lydia se acaricia suavemente el vientre.

—Doce semanas.

—¿Quién lo sabe? —sigo preguntando.

—Nadie.

—¿Ni siquiera James?

Mueve la cabeza.

—No. Y así debe seguir.

—¿Cómo es que me lo has contado a mí?

—Porque no has parado de preguntar —responde al instante. Luego suspira—. Además, James confía en ti. Y, por lo general, no confía en nadie.

Aprieto los labios e intento no pensar en lo que esto significa.

—En algún momento, más bien pronto, no será tan fácil de ocultar —digo señalando el vientre.

—Lo sé. —Tiene la voz tan quebrada, tan triste que no puedo evitar angustiarme yo también.

—Puedes hablar conmigo cuando te apetezca. También en las semanas y meses próximos. Si quieres, claro.

Lydia me mira incrédula.

—¿Por qué iba a hacerlo?

Le acaricio con prudencia el brazo.

—Lo digo en serio, Lydia. Es un asunto importante. Entiendo que no quieras hablarlo con nadie, pero... —Miro su vientre—. Esperas un bebé.

Sigue mi mirada.

—Qué raro resulta escucharlo. Me refiero a que ya lo sé, pero hasta ahora nunca he oído a nadie pronunciarlo. Por eso no me parecía tan cierto.

Entiendo lo que quiere decir. En cuanto las cosas se pronuncian, se les da un espacio en que se despliegan y cobran autenticidad.

—¿No quieres que te lleve a casa? —pregunto al cabo de un rato.

Lydia duda unos segundos en silencio. Luego asiente y me dirige una tímida sonrisa, la primera de esta noche. No sé si realmente confía en mí, pero si es ése el caso, a lo mejor cambia en el futuro. Yo sé los dos secretos más grandes de su vida y tengo claro que los voy a guardar para mí. No voy a engañar a Lydia. Al contrario, puedo imaginarme que en esta época difícil necesitará una amiga.

Me levanto y le tiendo una mano para ayudarla a enderezarse.

—Sabes que hace un par de minutos todavía estaba vomitando encima del retrete, ¿verdad? —pregunta.

Arrugo la nariz.

—Gracias por recordármelo —respondo sin retirar la mano.

Lydia la coge sonriendo.

28

Ruby

Al día siguiente, la entrevista es un horror. Por una parte, porque he pasado la mitad de la noche despierta dándole vueltas a la situación de Lydia; y por la otra, porque no acabo de congeniar con los dos profesores. Al principio hacen unas bromas que no entiendo y, cuando por fin empezamos, no están satisfechos con mis respuestas. Me preguntan cuántas personas hay en la habitación y digo que no se puede determinar con exactitud. A fin de cuentas, podría ser que estuviera soñando o que los dos profesores sólo existieran en mi mente. Es un ejercicio que hemos practicado con Pippa, pero no les gusta en absoluto mi propuesta. El profesor de Filosofía la califica de «seudointelectual» y me pide que la ponga en cuestión y que averigüe por qué es incorrecta. Luego me pide una contestación lógica y le digo en voz baja:

—Tres.

A partir de ahí me siento insegura y me pienso tres veces cada pregunta que me plantean antes de contestar. Es toda una catástrofe y, cuando termino, al cabo de media hora, me zumba la cabeza.

Como un robot, me despido de los examinadores y salgo del despacho. Una vez fuera me doy cuenta de lo mareada que estoy y tengo que apoyarme en la pared para no perder el equilibrio.

Mi mirada se detiene en el aspirante que va detrás de mí. Como no, es James.

Me pone de los nervios que tenga esa costumbre de aparecer cada vez que estoy de bajón y que lo vea. Está conversando con la alumna que lo ha traído hasta aquí o, mejor dicho, ella habla con él mientras James se mira las puntas de los pies. No levanta la cabeza hasta que el profesor cierra la puerta detrás de mí.

Tiene un aspecto increíble. Lleva unos pantalones negros y una camisa verde oscuro que realza sus hombros y su torso. Odio que le quede tan bien. Además, detesto que vaya vestido tan formal y que, a pesar de eso, no parezca un aburrido. En realidad lo detesto todo en él.

Sobre todo la manera en que me rompió el corazón. Siempre que lo veo vuelvo a sentir el dolor que he estado reprimiendo estas últimas semanas. El pecho me late intensamente, se me seca la boca y una sensación de debilidad se extiende por mi estómago. Y luego aparece esa triste añoranza. La necesidad de acercarme a él y cogerle la mano, simplemente para tocarlo y sentir su piel cálida en la mía. También quiero desearle mucha suerte, como él a mí ayer, pero no consigo decirle nada. Si abro la boca se me quebrará la voz. Justo ahora, cuando, de todos modos, estoy a punto de ponerme a llorar.

De repente, James se levanta y da un paso hacia mí. Antes de que pueda decir nada, aparto la vista y me interno precipitadamente en el pasillo.

El resto del día se estira como un chicle.

Después de la entrevista me habría gustado irme a la habitación y acurrucarme bajo la colcha, pero me encuentro un par de aspirantes que van a dar una vuelta por el campus con dos alumnos de los últimos cursos. Ayer ya vi mucho, pero, como después de la horrible entrevista no estoy segura de volver a tener la oportunidad de pasar tiempo en St Hilda's, me uno al grupo. Qué horrible es que me enseñen el maravilloso campus de una universidad en la que es posible que no pueda estudiar, pero Tom y Liz ponen tanto empeño en la visita guiada que decido dejar a un lado los pensamientos lúgubres por un tiempo y concentrarme en lo que nos están explicando.

St Hilda's fue uno de los primeros *colleges* de Oxford fundado exclusivamente para mujeres. Los hombres también pueden estudiar aquí desde hace apenas nueve años. Ya sabía que esta universidad era conocida por su carácter abierto, pero mientras paseamos por el campus y entre los edificios percibo claramente que no son palabras vacuas. Los alumnos se saludan entre sí e incluso aquellos que están sentados en la biblioteca entre pilas de libros y parecen superestresados nos dedican un poco de su tiempo para contestar nuestras preguntas. El ambiente aquí es totalmente opuesto al que reina en Maxton Hall. Aquí no hay divisiones entre ricos y pobres, guais y no guais, respetables y no respetables: aquí todos parecen iguales.

Ante la perspectiva de haberla pifiado, siento una gran angustia.

Lin me manda un mensaje al mediodía para preguntarme qué tal me ha ido la entrevista, pero no consigo contestarle. Como tampoco logro responder a mis padres o a Ember. Estoy decepcionada conmigo misma y tengo que encajar lo sucedido antes de presentarme ante ellos. Sé perfectamente cómo van a reaccionar: serán comprensivos, cariñosos y me consolarán. Algo que en este momento soy incapaz de soportar.

A primera hora de la tarde volvemos a la sala común. Ya estoy lista para encerrarme en mi habitación, pero hay una última actividad, un encuentro con Jude y un par de alumnos que se han mostrado dispuestos a responder nuestras preguntas sobre los estudios y la vida en Oxford. Intento con todas mis fuerzas recuperar mi energía positiva, pero no hay manera de que funcione. Así que me siento en un sillón de orejas que aparenta ser cómodo, doblo las piernas bajo el cuerpo y decido sentarme ahí y escuchar.

La sala se va llenando poco a poco. James aparece en un momento dado. Viene con la alumna que lo ha acompañado a la entrevista y que lo ha esperado delante de la puerta. Están conversando entre ellos y yo no puedo apartar la vista de él, por mucho que lo intente.

Nunca he entendido por qué se habla de que a una le han roto el corazón, y menos ahora, porque a mí es como si se me hubieran roto todo, todo me hace daño. Además me cuesta respirar. Habría que hablar de dolor general con obstrucción en las vías respiratorias. No suena ni mucho menos tan romántico, pero en mi opinión es mucho más acertado.

Consigo apartar la vista justo en el momento en que James me descubre en la sala. Nuestras miradas se cruzan durante sólo una fracción de segundo; aun así, un cosquilleo empieza a extenderse por mi piel.

Estoy demasiado frustrada y cansada para luchar contra esto.

—¡Bien, chicos! —empieza a decir Jude mientras da unas palmadas—. ¿Estamos todos? Entonces podemos empezar. Por ahí detrás todavía queda sitio —dice señalando hacia donde estoy yo.

Mientras la mayoría de nosotros nos hemos puesto cómodos en sofás y sillones, a mi lado hay un par de sillas libres con cojines de colores. Con el rabillo del ojo veo que James y otros dos chicos se aproximan a mí. Me atrevo a mirar de reojo un momento. James me contesta con su mirada oscura.

Me muevo un poco hacia la derecha en mi sillón. No me importa lo que él piense de mí. Lo único que no quiero es estar demasiado cerca de él. Bastante dolor siento ya en el pecho.

—Podéis preguntárnoslo todo —explica Liz—. Sobre los estudios, la vida privada, los objetivos profesionales.

—¿Todo? —plantea un chico sentado a la izquierda de James.

—Puedes preguntar todo lo que quieras; que respondamos o no ya es asunto nuestro. —Jude le guiña el ojo y algunos ríen discretamente.

—De acuerdo, ¿empezamos? —pregunta la chica que ha acompañado a James. Es guapa de verdad, no va maquillada pero, a pesar de todo, sus mejillas desprenden un ligero efecto *glow*. Me gustaría preguntarle cómo lo ha conseguido, pero me temo que éste no es el tipo de cuestión para plantear aquí.

—¿Son muy duros los estudios? ¿Tenéis vida privada? —pregunta una chica a la que veo por primera vez.

Jude, Liz y la alumna guapa se miran y Jude le da la palabra a Liz con un gesto.

—Por lógica, aquí los estudios son más intensos que en otras universidades, precisamente porque se vive en el campus y al principio hay que adaptarse. Pero disponemos de tiempo suficiente para asuntos privados.

Un leve murmullo se extiende por la sala. La mayoría parece realmente tranquilizada por la respuesta.

—¡Siguiente pregunta, vamos! —anima Jude mirando con expectación al grupo.

Breve silencio. Luego...

—¿Es cierto lo que todo el mundo dice? ¿Que estudiar aquí es un chiste en comparación con hacerlo en Balliol?

Vuelvo la cabeza hacia James. Mira seriamente interesado hacia delante, donde están sentados los tres alumnos, que lo observan perplejos.

—Es el mismo ciclo de estudios —contesta dubitativo Jude con el ceño levemente fruncido—. Pero como yo he estudiado aquí y no allí, no puedo juzgarlo. Sólo puedo decirte cómo es St Hilda's.

—Un «sí» habría bastado.

Miro a James desconcertada. No puedo creer que haya dicho esto. Y menos aún en ese tono horrible que seguro que ha aprendido de su padre y que me pone de los nervios.

La necesidad de abrir la boca crece segundo a segundo, y mi escudo protector se va desmigajando poco a poco.

«No lo hagas, no lo hagas, no lo hagas...»

No hago caso de la razón.

—Está claro —reviento.

James se vuelve despacio hacia mí.

—¿Qué es lo que está claro?

—Que St Hilda's no es suficiente para ti sólo porque tu padre no ha estudiado aquí.

Me esfuerzo por mantener la voz calmada, pero no me obedece. No, después de este día. No, cuando él se comporta así. En los ojos de James centellea algo parecido al dolor.

—No es cierto —dice.

Con esta mentira, toda la rabia que llevo conteniendo con todas mis fuerzas durante las últimas semanas prorrumpe desde mi interior como una tormenta. No puedo seguir reprimiéndola ni un segundo más, y las palabras salen a borbotones, a gritos y sin filtro.

—¿Qué es lo que no es cierto? ¿Que St Hilda's no es lo suficientemente bueno para ti, como yo tampoco lo soy porque tus padres quieren algo distinto para ti? ¿Que siempre haces lo que ellos quieren en lugar de pensar qué es lo que tú quieres hacer en la vida? ¡Qué cobarde eres!

De repente reina un silencio sepulcral en la sala. Me cuesta respirar, el pecho se me sube y baja a toda velocidad, y empiezo a notar un picor detrás de mis ojos.

Oh, no. No.

No voy a llorar delante de toda esta gente y a ponerme en ridículo todavía más de lo que ya acabo de hacer.

Me levanto bruscamente y abandono la sala sin decir palabra. Recorro el pasillo y consigo llegar hasta la escalera, entonces oigo unos pasos rápidos detrás de mí. Subo de dos en dos los escalones hasta llegar arriba y girar por el pasillo. James me pisa los talones. Me adelanta y se queda parado frente a mí, de modo que tengo que frenar.

—No es cierto —repite sin aliento.

Tiene las mejillas enrojecidas y el cabello revuelto. Siempre que lo miro es como si mi cuerpo estuviera unido al suyo de una forma irracional. Cuanto más cerca está de mí, más crece la necesidad de tocarlo, sin importar lo enfadada que esté con él. No puede ser. ¿Cómo puedo desearlo pese al daño que me ha hecho?

—¿Qué es lo que no es cierto?

Casi no puedo pronunciar las palabras por la cantidad de sentimientos que hay en mí. El dolor que expresa su mirada me coge totalmente desprevenida.

—Que no seas suficientemente buena para mí.

Por unos instantes me lo quedo mirando pasmada. Luego aprieto los puños con tanta fuerza que se me clavan las uñas en la piel.

—Menuda chorrada —farfullo.

Da un paso más hacia mí.

—Ruby...

—¡No! —lo interrumpo—. No puedes hacer esto. No puedes cortar conmigo y humillarme delante de todos tus amigos sólo para después cogerme de la muñeca, acariciarme y desearme en un susurro que tenga mucha suerte. Ya me has demostrado con toda claridad que no me quieres incluir en tu estupenda vida.

—No era... yo...

Primero corre detrás de mí, luego no consigue hacer una frase seguida. Me encantaría agarrarlo por los hombros y zarandearlo.

—¿No eras tú? —Mi voz está impregnada de ironía.

—Siento haberme comportado así. Lo siento mucho, Ruby. Pero no puedo... no puedo. No es posible.

Levanto los brazos.

—Entonces ¿por qué demonios estás aquí? ¿Por qué estás hablando conmigo?

—Porque yo...

Se interrumpe de nuevo. Frunce el ceño como si él mismo no supiera la respuesta. Luego abre la boca, vuelve a cerrarla. Parece como si se negase a decir las palabras que en realidad tiene en la punta de la lengua.

—No sabes lo que quieres de mí. No sabes lo que quieres en la vida. Creo que no sabes nada en absoluto.

Sus mejillas se encienden todavía más. Ahora su postura es un reflejo de la mía: los hombros rígidos, los puños apretados. Nunca lo había visto así. Da un paso enfurecido hacia mí y siento el calor que irradia.

—Sé exactamente lo que quiero. —Ha desaparecido el titubeo y de repente su tono es de determinación.

—Entonces ¿por qué no lo haces?

—Porque lo que yo quiero nunca ha tenido importancia.

El poco dominio de mí misma que me quedaba colgaba de un hilo de seda que él, con sus palabras, ha desgarrado definitivamente.

—¡Para mí, sí! ¡Para mí lo que tú quieres siempre ha sido importante! —grito golpeándole con las dos manos el pecho.

James reacciona rápido como un rayo. Sujeta con firmeza mis muñecas sobre su pecho. Respiramos entrecortadamente. Deprisa y con brusquedad. Percibo sus fuertes latidos bajo los dedos. Su corazón palpita muy rápidamente. Por mi causa. Por lo que hay entre nosotros, por lo que crece desde hace meses entre nosotros.

Nos movemos al mismo tiempo, James me atrae contra

sí y yo salto hacia él. Nuestras bocas se encuentran. Mis manos, enfurecidas, van hacia su pelo, tiro de él, y él coge mis muslos y hunde sus dedos en mi carne. Le muerdo el labio inferior porque estoy muy enfadada. Él lanza un profundo gemido y desliza una mano hacia mi trasero. Con la otra recorre mi espalda hacia arriba hasta depositarla en la nuca. Todas las semanas que me he empeñado en ignorarlo y que he estado luchando contra mis sentimientos se me vienen encima como un tornado.

Nuestro beso es la continuación de nuestra pelea, una lucha que convierte la rabia que hay en mí en otra cosa y libera un sonido que nunca antes había emitido. Una especie de gemido desesperado que suena casi como un sollozo. Recorro con la lengua su labio inferior y disfruto de su sabor.

Acto seguido, James me coge por la nuca y me besa de forma profunda. Su beso como una disculpa. Percibo en sus dedos temblorosos que hacía tiempo que quería hacer esto y lo mucho que le ha costado negárselo a sí mismo. Me besa como si buscara sumergirse en mí, es una mezcla de deseo, desesperación, odio y todos los sentimientos que hay entre ellos, y esto me enloquece, pero al mismo tiempo hacía semanas que no me sentía tan viva. No entiendo cómo es posible. No entiendo cómo alguien a quien se quiere odiar puede causar este efecto.

James me agarra por la cintura, me levanta y avanza tambaleándose conmigo en brazos por el pasillo. Todo eso sin que nuestros labios se separen ni una sola vez. Mi espalda choca contra la puerta de la habitación de James e inspiro hondamente. Le araño rabiosa la nuca. James gime en mi boca y se aprieta contra mí, su cuerpo duro es lo único que evita que me caiga al suelo. Su mano avanza de mi cintura al muslo, desaparece luego y enseguida oigo el tintineo de la llave. A continuación me coge con más fuerza y se abre la puerta a mis espaldas. James cruza el umbral conmigo en brazos y cierra la puerta. Apenas me percato del portazo. No hay nada que me parezca más relevante, en este momento sólo estamos él y yo, y los sentimientos que nos mueven. Nadie nos interrumpirá esa vez. Nadie destrozará lo que hay entre nosotros.

Sólo los dos decidiremos lo que pasará a continuación.

Mis movimientos se suavizan, pero no por ello son menos apasionados. Dos pasos más y estamos junto a la cama y James se deja caer en ella. Coloca el brazo bajo mi espalda para amortiguar el impacto y al mismo tiempo se aprieta contra mí de una manera tan perfecta que suspiro y rodeo sus caderas con las piernas.

Su boca recorre tiernamente cada milímetro de mi rostro. Besa mis mejillas y las comisuras de mi boca. La punta de mi nariz. Sus labios se deslizan por mi barbilla. Yo me sujeto con fuerza a sus hombros y cierro los ojos. Unas estrellas estallan tras mis párpados cuando me chupa el cuello y presiona con sus labios el lugar donde siempre se me acelera el pulso.

—Ruby... —susurra mi nombre, justo como aquella noche, hace más de un mes, cuando nos besamos en la escalera de la escuela. El recuerdo me sobrecoge repentina y vehementemente, y con él llegan la desesperación y el dolor. No puedo contener el picor en mis ojos y unas ardientes lágrimas hacen su aparición y me resbalan por el rostro.

James se detiene. Se separa un poco de mí y me mira

bajo sus pesados párpados. Con las pupilas dilatadas y las mejillas rojas parece drogado. Me acaricia la cara con ternura y vuelve a repetir mi nombre.

Me cubro el rostro con un brazo, para que él no pueda verme llorar, pero me coge la mano y la levanta con cuidado. Entrecruza nuestros dedos y los coloca junto a mi cabeza en la cama. Con la otra mano me aparta un mechón de cabello que se me ha soltado. Después recorre lentamente con el dedo índice la sensible piel que hay bajo los ojos para seguir su trayecto alrededor de la nariz.

—Lo siento —susurra en mi sien, y me besa donde nace el cabello.

No deja de acariciarme la cara. Es como si sus brazos construyeran un espacio protector para los dos. Cuando miro hacia arriba veo lo hinchado que tiene el labio inferior. Se ve claramente dónde le he mordido y me da mala conciencia. Acaricio suavemente la piel roja y James cierra los ojos. Rozo su barbilla, recorro con los dedos su ceño fruncido y reproduzco las pecas salpicadas de sus mejillas. Ahora en inverno están tan pálidas que sólo se distinguen de cerca.

—Lo siento tanto... —susurra, y es como si de un momento a otro se le fuera a quebrar la voz.

—No me basta —respondo igual de bajo.

Se inclina hacia delante y apoya su frente caliente contra la mía.

—A mí tampoco.

Durante un rato no nos movemos. Me siento tan a gusto bajo su peso, le rodeo la espalda con los brazos, hundo los dedos en su camisa y simplemente me agarro fuertemente a él. Noto los latidos de su corazón tan rápidos e irregulares como los míos, y disfruto de esa sensación general de estar cerca de él.

Pero esto no cambia todo lo que ha pasado. Lo que me ha dicho y el modo en que me ha tratado. No lo puedo olvidar. No, si no me ofrece más que una disculpa susurrada. Quiero una explicación y creo que me la merezco.

—Esto no puede seguir así, James. —Sonríe. Las comisuras de sus labios se mueven mínimamente hacia arriba, pero lo distingo con claridad. Además, su cuerpo se está relajando. Las arrugas de su frente se alisan y todo en él parece templarse—. ¿Qué es lo que te hace sonreír?

Se aparta un poco y me mira. De una forma esperanzada.

—Hacía un montón de tiempo que no pronunciabas mi nombre. Me gusta que lo hagas.

Moviendo la cabeza, cojo su rostro entre las manos, me inclino hacia delante y lo beso con cuidado. Que esté haciéndolo es como un sueño, cuando estaba segura de que nunca más volvería a tener la posibilidad. Su boca tiene la forma perfecta para encajar con la mía. Es estupendo, como una pieza de puzle colocada en el lugar correcto. La mano de James avanza de mi rostro a mi cuello y mi hombro. Un cálido cosquilleo me recorre la columna vertebral cuando me acaricia el costado y, al final, me rodea la cintura. Su cuerpo tiembla sobre el mío. Quiero seguir justo ahí donde nos detuvimos, pero no puedo hacerlo si no sé en qué punto nos encontramos.

Al parecer, James lo nota y se separa con cuidado de mí.

—En el campo... te dije que no se puede perder aquello que no se posee.

El recuerdo de sus palabras me duele. Quiero apartar la

vista, pero no puedo. En los ojos de James se reflejan demasiados sentimientos que yo experimento en ese momento.

—Era mentira. Soy tuyo desde que me arrojaste el dinero a la cara, Ruby Bell.

29

James

Sus ojos se abren completamente cuando se lo digo. Me giro hasta tenderme a su lado y la estrecho contra mí, de modo que los dos estamos acostados de lado y frente a frente. Dejo la mano en su cintura y la acaricio. Lo que más me gustaría sería tocarla por todas partes, ya mismo, para siempre. La he echado tanto de menos que casi me muero y ahora es como si por primera vez en semanas volviera a tener aire en los pulmones.

Pero tengo que hacerlo bien. No voy a arriesgarme a perder a Ruby sólo porque no consigo decirle qué me pasa: por qué soy como soy y por qué tomo las decisiones que a los dos nos duelen tanto. Es difícil encontrar las palabras correctas, sobre todo porque me atenaza el miedo a que no me perdone. No sé qué haría en ese caso.

Ruby me mira tranquila, a la espera. Tiene el cabello revuelto y las mejillas y los labios rojos. Es tan bonita que tengo que apartar la mirada y la desvío hacia la mano que tengo en su cintura cuando carraspeo.

—Ya te he contado que después de terminar los estudios trabajaré en la empresa familiar. Y... mis padres consideran importante que entonces tenga a una esposa a mi lado. Es lo que toca. Si por ellos fuera, ya me habría prometido con alguien para que nada salga mal.

Ruby emite un sonido indefinido y cuando alzo la vista arruga la nariz. Es bueno saber que no le gusta la idea. Yo tampoco puedo imaginar qué haría si los padres de Ruby la emparejasen con alguien que no fuera yo.

—Desde el principio has sido especial. He cambiado. Yo no lo he notado, pero mis amigos y mi familia sí. Durante semanas tuve que someterme a sus preguntas sobre qué me sucedía, por qué estaba tan inmerso en mis pensamientos y cosas por el estilo. Cuando mi padre nos vio en la sastrería sospechó algo. Y cuando nos pilló en Halloween... —Traga con dificultad—. Confirmó sus sospechas.

—¿Por eso tenías la herida en el labio? ¿Te pegó? —pregunta colocando con cuidado el dedo en mi labio. Todavía me palpita el lugar en que me ha mordido, pero no de una forma desagradable.

—Sí —respondo en voz baja.

Nunca he hablado con nadie sobre mi padre. Ni siquiera con Lydia, que se entera de muchas cosas, pero ni de lejos de todo. Creo que mis amigos sospechan lo que sucede en casa, pero nunca he hablado con ellos al respecto cuando me han visto con un ojo morado o con el labio abierto. Es como si en algún momento hubiésemos decidido que ese tema no existe y todos siguen la pauta. A mí me conviene.

—¿Te pega con frecuencia, James? —susurra Ruby.

No puedo contestarle, sobre todo si me mira con tanta compasión. Sin embargo, ese no es el tema. Todo lo que quiero es explicarle la causa de por qué me he portado tan mal con ella, algo de lo que soy totalmente responsable, por muy abrumadora que sea mi situación.

—Eso no importa —respondo tras unos segundos. Tengo la voz algo ronca y he de volver a aclarármela—. En cualquier caso, mis padres han visto en ti un peligro. Se han dado cuenta de lo importante que eres para mí. Mucho más importante que la maldita empresa.

En la mirada de Ruby hay algo que cambia. Se vuelve tan intensa y penetrante que tengo la impresión de que alcanza a ver mi alma. No hay manera de esconderse de ella, y en ese momento me percato de que tampoco lo quiero. Mis padres estaban en lo cierto al preocuparse. Ruby es peligrosa para ellos y para todo lo que han planeado que sea mi futuro.

No puedo entender que hasta ahora no me haya dado cuenta.

Estoy enamorado de Ruby Jemima Bell.

Lo que siento por ella es universal y grandioso, y no desaparecerá por mucho que intente ignorarlo, eso lo he visto claramente estas últimas semanas. Ruby se ha instalado en mi vida, lo ha arrojado todo por la borda y se ha ganado un lugar en el caos que ha provocado.

Me da igual a quién tenga que enfrentarme y me da igual que mi padre me ponga de patitas en la calle. Lydia me preguntó una vez si Ruby valía tanto como para pasar por todo esto. Me dejé influir por mi entorno y creí que no merecía la pena. Fue la decisión más estúpida que he tomado jamás y me odio a mí mismo por haberla apartado de ese modo. Sé que no puedo dar marcha atrás, pero al menos tengo que intentarlo.

—Tienes razón..., no sé qué quiero en la vida. Siempre

me han dicho lo que tengo o no tengo que hacer. A veces me siento como si fuese el figurante de un guion que alguien ha escrito para mí y del que no puedo modificar nada. —Ruby refunfuña por lo bajo—. Después de habernos sorprendido, mi padre se asustó. Para él no entra en consideración que yo pase el tiempo con alguien que no responde a lo que él ha imaginado para mí. —Se estremece al oír mis palabras y yo le cojo la mano y se la sujeto con fuerza—. He estado pensando en qué aspecto tendría para nosotros el futuro y no he visto más que problemas. Mis padres son dictadores cuando se trata de la vida de sus hijos. Y tú... tú me dijiste entonces que te has preparado para una carrera exitosa. No puedo soportar la idea de que mi padre se interponga en tu camino sólo porque no acepta que estés con su hijo.

»Tengo miedo porque sé que no puedo hacer nada. Nunca podré protegerte de él. —Siento latir el corazón en el cuello. Yo mismo sé que parezco un pobre idiota, pero quiero ser sincero con ella, cueste lo que cueste—. Conquistarás el mundo, Ruby. Y deberías estar con alguien que te apoye en tu camino y cuya familia te reciba con los brazos abiertos. Pero yo no te lo puedo ofrecer. Yo sólo puedo acarrearte un montón de problemas que no sé cómo resolver.

Ruby me mira callada y yo no me atrevo a respirar. Cuento con que se levante y salga de la habitación sin hacer comentarios. Me lo tendría merecido, lo sé. Pero Ruby no da muestras de querer hacer eso. Al contrario, se inclina hacia delante y pone sus labios sobre los míos.

Estoy tan alucinado que ni siquiera puedo responder a su beso.

—Ay, James —musita. Me suelta la mano y me acaricia

el pecho hasta dejar su mano sobre mi corazón—. Qué... tontorrón eres.

De acuerdo, no contaba con esto.

—¿Por qué te rompes la cabeza pensando en el futuro cuando tenemos el ahora? —pregunta en voz baja.

—Porque te mereces algo mejor. Mi futuro está destinado a ser una mierda. El tuyo no.

Me coge firmemente la cara.

—No es verdad —susurra resoluta—. Tienes tantas oportunidades como cualquier otro. Sólo tienes que aprovecharlas, James.

Me encanta que pronuncie mi nombre. Su voz entona suavemente las letras y a mí me gustaría cerrar los ojos y pedirle que lo repita otra vez.

—¿Cómo es que no me lo contaste? —pregunta moviendo la cabeza—. En lugar de alejarme de ti sin dar ninguna explicación.

Percibo en sus ojos el dolor que le he causado con mi conducta. Pongo mi mano sobre la suya y entrelazo nuestros dedos sobre mi pecho.

—Lo siento tanto, Ruby... Realmente pensaba que estaríamos mejor separados.

—No estábamos mejor —musita con la voz ronca—. Me ignoraste, me diste las calabazas más grandes de la historia de la humanidad.

—Lo sé, Ruby. Me arrepiento tanto...

Cierro los ojos. No sé lo que haré si no me perdona. Si decide que altero demasiado su vida. Si no puedo volver a estar tan cerca de ella como ahora. Le cojo la mano con fuerza, la estrecho contra mi corazón, que late como un loco, y no consigo mirarla.

—James —dice Ruby.

Empieza a apartar su mano y yo preferiría mantenerla sujeta, pero sé que no tengo derecho. Si Ruby quiere marcharse, debo dejar que lo haga. Pero entonces noto sus dedos entre mis cabellos. Me acaricia tiernamente una y otra vez la cabeza.

No sé cuánto tiempo pasamos así, pero no me atrevo a moverme por miedo a destrozar el momento. Esa intimidad que tenemos es la mejor sensación del mundo. Lo daría todo por conservarla. No sé por qué he tardado tanto en darme cuenta.

—James —susurra de nuevo Ruby después de un largo rato—. Está bien. Te perdono.

Inspiro una profunda bocanada de aire para musitar mis disculpas de nuevo, pero me detengo cuando asimilo el significado de sus palabras. Abro los ojos. Ruby se ha separado un poco y me mira fijamente.

—¿Cómo? —pregunto con voz ronca.

—Está bien. Te perdono —repite lentamente acariciándome el torso—. Eso no significa que me olvide del modo en que te has comportado. Si vuelves a portarte...

Hace un vago gesto con los hombros. Cuando tomo conciencia de lo que acaba de decir y de su cautelosa sonrisa casi me veo abrumado por el alivio que siento. La rodeo con mis brazos, la estrecho contra mí y murmuro sin aliento contra sus labios:

—No lo haré. No lo haré, prometido.

Entonces la beso.

De este modo trato de mostrarle lo agradecido que estoy y de compartir con ella todos los sentimientos que me invaden. Ruby se coloca encima de mí y yo la sostengo.

Juguetea con su lengua y me acaricia con ella el labio inferior, que todavía palpita dolorido. De mi pecho sale un sonido profundo y yo succiono su lengua, lo que le arranca un jadeo.

No tengo ni idea de cómo hemos llegado a esta situación, pero en este momento me siento como si fuera a volar y no caer. Me perdona. Me perdona y quiere seguir estando en mi vida.

Acto seguido deja de besarme y empieza a desabrochar mi camisa.

—¿Qué estás haciendo? —pregunto con voz ronca.

—Desvestirte.

Sigue con la tarea hasta que ha desabrochado el último botón y tiene a la vista mi torso desnudo. Se mordisquea el labio inferior y acaricia mi vientre, primero tímidamente, luego con más atrevimiento. Por el modo en que me mira debo dar las gracias a las muchas horas de entrenamiento que he estado haciendo este último mes.

Cuando Ruby se inclina hacia delante y deja un rastro de besos en mi vientre, inspiro con fuerza. Luego, de repente, noto su lengua en las ingles y me enderezo apoyándome en los codos.

—¿Qué haces?

Me mira con los párpados entrecerrados.

—¿No es esto lo que hacen las parejas cuando se reconcilian?

—Entonces ¿lo somos?

—A ver, no eres sólo un amigo especial, eso seguro. No es eso lo que siento.

Sonrío.

—¿Amigo especial?

—Ya sabes a qué me refiero.

—¿Cómo puede alguien con un cociente de inteligencia tan alto como el tuyo emplear con toda seriedad una expresión como «amigo especial»? —murmuro divertido recibiendo un golpe en el estómago que me provoca un gemido de dolor—. Me gustaba más cuando utilizabas la lengua.

Otro golpe más, luego vuelve a deslizarse hacia arriba hasta que su rostro está a un palmo del mío.

—¿De verdad te has creído que ahora ya puedes volver a ser un insolente?

Tengo la impresión de que el pecho me va a estallar de un momento a otro por cómo me late el corazón. Ruby está sentada sobre mí, con las piernas abiertas, su torso contra el mío, los botones de su blusa me rozan ligeramente la piel. Mi miembro hinchado casi me duele al presionar contra la tela del pantalón, y entrecierro los ojos cuando Ruby empieza a mover las caderas.

La deseo.

La deseo más de lo que jamás en la vida he deseado a alguien.

—Soy todo lo que tú quieras —digo ronco, y lo digo en serio, palabra por palabra—. Amigo, amigo especial, todo.

Me da igual lo que digan mis padres o el futuro. Ruby no se equivoca: estamos en el ahora. Y no puedo negar ni un segundo más lo que siento por ella.

—¿De verdad, todo? —susurra.

—Todo —repito, y subo las manos por sus muslos.

Sus ojos de color verde musgo se encienden. Cuando paso el pulgar por la cara interior de su muslo, inhala haciendo ruido. Una sonrisa triunfal se dibuja en mis labios.

Es condenadamente sensible. Repito la caricia, esta vez algo más arriba. Ruby cierra los ojos. Está guapísima con su cabello ondulado, las pestañas oscuras y largas y esa bonita blusa con un lazo en el cuello. Me gustaría tirar de la cinta negra pero no me atrevo. Tiene que ser ella quien dé el siguiente paso si queremos pasar al siguiente nivel.

Como si hubiese leído mis pensamientos, se inclina hacia delante hasta que su boca está pegada a mi oído. Acto seguido desliza los labios por mi oreja hasta abajo y coge entre los dientes el lóbulo. Mi cuerpo reacciona con energía. Se me pone la piel de gallina y casi me mareo de excitación. Ella sigue provocándome, me deja una estela de besos en el cuello y desciende hasta chupar la curva del cuello.

Suelto una tenue maldición. Ruby se separa de mí y me mira seria.

—¿No te gusta?

—Al contrario. —Mi voz tiene un tono áspero y ronco de deseo—. Al contrario, me gusta.

Quería darle tiempo y no agobiarla, quería ser paciente y comportarme como un caballero, pero... ya no puedo más. Quiero mostrarle lo que hace conmigo. Con las manos temblorosas cojo su rostro y presiono mis labios contra los suyos. Gime sorprendida cuando ruedo a un lado para quedar encima de ella. En el momento en que presiono mis caderas contra ella, jadea en mi boca y se agarra enérgicamente a mi espalda. En esta posición me urge estar en su interior.

Un segundo después, me quita la camisa y ésta cae al suelo junto a la cama. Sus manos se deslizan por mi espalda, primero vacilantes, luego arañándola levemente con las uñas a lo largo de la columna vertebral hasta llegar a mi trasero y apretarlo.

—Joder, Ruby —susurro.

—Hace mucho tiempo que quería hacerlo —responde dándole una palmadita.

Me río con un jadeo en su cuello y le doy un mordisquito como castigo. Ella reacciona rodeándome las caderas con las piernas y estrechándose con más fuerza a mí. Por Dios, me va a matar.

Me inclino un poco hacia atrás, cojo entre los dedos la cinta del lazo del cuello. La miro a los ojos mientras tiro lentamente de ella. Ruby traga con dificultad y observa como hipnotizada cómo voy desabrochando la blusa. Se sienta para que pueda quitarle la prenda por los hombros. No sé adónde arrojo la blusa, ya que sólo tengo ojos para ella. La luz de la farola de fuera lanza un par de rayos luminosos sobre su piel y sobre el sujetador color carne. Ruby tiene un cuerpo maravilloso, suave y sinuoso, con un pecho abundante. En la escuela se ve que es una persona que sabe lo que quiere; que por lo visto en la cama suceda igual me deja atónito.

Me acerco y reparto una hilera de besos en su escote. Cojo sus pechos y los acaricio, lo que le provoca un jadeo sorprendido. Me gustaría arrancarle el resto de las prendas que lleva y hundirme en ella, pero me contengo.

Ésta es nuestra primera vez. Quiero que años después recordemos lo bonita que ha sido.

Así que me tomo mi tiempo para explorar su torso. Atrapo entre mis labios y mis dientes cada centímetro de su piel. Le lamo encima de los pechos y los agarro con más fuerza. Sigo hacia abajo y deslizo los dientes por encima del arco de sus costillas. El jadeo y el modo en que se tensa son como instrucciones para explorar su cuerpo. Cuando llego a la cinturilla del pantalón, entierra los dedos en mi cabello. Levanto la vista inquisitivo. Es ella quien me guía, ella determina lo que va a suceder a continuación.

—Sigue —me anima en un susurro apenas audible.

No necesito más.

Primero le quito los zapatos, luego los calcetines. Ruby me mira con un asomo de sonrisa en los labios. Al final le desabrocho los pantalones y la ayudo a desprenderse de ellos. Luego se queda en ropa interior ante mí y yo mantengo la respiración. No sé cómo me he ganado esto. No tengo ni idea. Tal vez sea lo que la gente siempre llama karma. Según el lema: «Eh, ¿te va todo de pena en la vida? Mira, a cambio te va a tocar la chica más guay del mundo. Te perdona y le gustas y deja que la desnudes aunque no te lo merezcas». O algo así.

Por la razón que sea, Ruby me permite hacer esto y voy a demostrarle lo que significa para mí.

Trazo una línea de besos en sus piernas hacia arriba. Ahora mi mente no trabaja, son los sentimientos los que me mueven. Deslizo las dos manos hasta su cintura. Suavemente le acaricio los costados, deslizo la mano sobre el vientre hasta la goma de sus braguitas. Ruby respira cada vez más deprisa.

«Sigue», resuenan como un eco sus palabras en mi cabeza.

Sigo. Atrapo las bragas y tiro de ellas hacia abajo. Está desnuda frente mí y ya no puedo pensar claramente. No vacilo ni un segundo, sino que empiezo a trazar un rastro pícaro descendiendo por su ingle. Cuando mi boca llega a su sexo, Ruby maldice en voz alta. Vuelve a hundir las manos en mi cabello y por un momento no sé si debo retirarme o si quiere que me acerque todavía más a ella. Muevo la boca y beso su centro con pasión. Cuando muevo la lengua, ella se retuerce y pongo una mano en su vientre para sujetarla. Disfruto notando sus dedos arañándome el cuero cabelludo y mostrándome dónde quiere que vaya y con qué intensidad. Cuando se acelera su respiración y tensa las piernas, deslizo un dedo en su interior húmedo. Me empapo en ella y lo muevo despacio y regularmente. Ruby no tarda mucho en gritar mi nombre y en arquearse debajo de mí.

Sigo lamiéndola y besándola hasta que disminuyen los temblores que recorren su cuerpo. Está sin aliento cuando me separo de ella y me tiendo sobre la cama para mirarla. Tiene el pelo alborotado y las mejillas enrojecidas. Mira al techo y necesita un par de minutos hasta normalizar su respiración.

Una vez repuesta, me rodea el cuello con sus brazos y me sonríe.

—Tienes que hacerlo de nuevo —dice. Le sonrío y me propongo en serio pasar toda una noche con la cabeza entre sus piernas—. Tu insolente boca se mueve de maravilla ahí abajo.

La miro moviendo la cabeza y le doy un beso suave en los labios. Ruby no permite que el beso sea tan superficial. Al contrario, me atrae más hacia ella y me mete la lengua en la boca. Me sorprende la forma en la que me besa. Por lo visto le gusta sentir su propio sabor en mis labios, me rodea con una pierna y se aprieta contra mí. Un ardiente hormigueo me recorre el cuerpo y gimo en su boca empujando con las caderas hacia delante, lo que le provoca un leve «oh». Acto seguido sus manos están en mi cinturón. Sus movimientos son descoordinados y llevados por el deseo. Me encanta verla así.

Después de desabrocharme los pantalones, quiere bajármelos, pero la detengo.

—Un momento —murmuro, y saco la cartera del bolsillo posterior. La abro y saco el condón que guardo. Lo coloco junto a la almohada y me desprendo de los pantalones y los calcetines. Lo dejo todo en el suelo junto a la cama, y justo después estoy encima de ella. Paso la mano por debajo de su espalda y abro el cierre de su sujetador. La ayudo a quitárselo y ya no hay ni un solo milímetro más de tela entre nosotros. Gime suavemente cuando envuelvo su pecho con mi mano y lo acaricio.

Me encanta cómo responde a cada una de mis caricias. Nunca había estado con una chica como ella. Sus reacciones me excitan tanto que no puedo parar. Cuando mete la mano por debajo de los calzoncillos y me acaricia el trasero casi pierdo la razón.

—¿Cómo quieres hacerlo? —susurro volviendo a besar su cara. Le aparto el cabello de la frente y recorro su barbilla con los dedos. Quiero mostrarle con cada caricia lo mucho que significa para mí.

—Justo así —me contesta, acariciando mi espalda.

Asiento y cojo el envoltorio de plástico. Me tiemblan las manos cuando me pongo el condón. Ruby se apoya en los codos y observa mis movimientos con un brillo curioso en los ojos. Sin más demora, le cojo la mano y la pongo en mi sexo. Se contrae con su contacto y ella me mira con sorpresa en los ojos. Muevo lentamente nuestras manos arriba y abajo y presiono. Ella traga con dificultad. Suelto su mano y ella empieza a moverla por sí sola, primero con timidez, luego más segura. Cuando aprieta en el lugar preciso, jadeo.

—Ruby... —susurro.

Acto seguido me suelta y vuelve a tenderse.

Su cabello oscuro se despliega sobre la almohada blanca como un abanico, sus ojos verdes centellean como en un sueño cuando cubro su cuerpo con el mío y me coloco entre sus piernas. Todo sucede con naturalidad, deslizo la punta en su interior y contengo el aliento mientras suspira debajo de mí. Es increíblemente estrecha, pero está lo bastante húmeda para que me atreva a penetrarla con cuidado. Rozo sus mejillas, acaricio con el pulgar su labio inferior antes de poner la boca sobre la suya. La beso despacio y con pasión mientras me separo un poco y luego vuelvo a penetrarla con cuidado. Justo en ese momento, Ruby cambia el ángulo de las caderas y la resistencia desaparece. Me hundo en ella hasta el fondo y los dos suspiramos. Una idea quiere emerger a la superficie de la conciencia, que ahora está cubierta de sentimientos, pero no la puedo captar. Ya no tengo más espacio en la cabeza. Está llena de Ruby, de su sabor y su calor. Vuelvo a empujar y Ruby emite un jadeo. Rodea mi cadera con una pierna y yo le sostengo el muslo.

Todo es tan perfecto que desearía haberlo hecho antes en lugar de crearnos más problemas. Hundo los dedos en su muslo y lo mantengo donde está mientras intento encontrar un ritmo regular. Sus manos están en todas partes, se inclina hacia delante y besa mi pecho, se aprieta contra mí en cada embestida como si quisiera aún más. A mí me pasa lo mismo. Es tan agradable que me resulta condenadamente difícil mantener el control de mis movimientos.

—Tiemblas —susurra mientras su mano asciende por mi espalda, se detiene en mis hombros y yo chupo su oreja y la penetro despacio.

—Porque tengo que dominarme.

—¿Es éste el James Beaufort que destroza camas de agua practicando el sexo?

Le mordisqueo el cuello.

—Ya te he dicho que no hubo cama de agua.

Ruby no hace caso de lo que digo y pasa la otra pierna alrededor de mis caderas, de modo que puedo introducirme más profundamente en ella. Gimo y mi cuerpo sigue casi por su propia voluntad su invitación. Pongo una mano alrededor de su nuca y la sostengo con firmeza para que la cabeza no le golpee en la cama. Luego la penetro, con más fuerza y velocidad que antes. Ruby me araña la espalda y consigue con cada una de sus caricias que vaya perdiendo el control. El cabezal comienza a golpear la pared, del fondo de mi pecho surge un sonido que no puedo reprimir. La respiración de Ruby se acelera, me clava las uñas en la piel. Tiene los ojos cerrados, pero necesito que me mire.

—Mírame —jadeo.

Lo hace y nuestras miradas se encuentran. El vínculo entre nosotros es más intenso que nunca. No puedo apartar la vista y a Ruby parece sucederle lo mismo. Nos movemos al mismo ritmo, como si estuviésemos hechos para esto. Yo la embisto una y otra vez hasta encontrar un punto en ella que le hace lanzar un sonoro gemido. Sus músculos se encogen a mi alrededor y de repente ya no aguanto más. La cama no cruje lo suficiente para apagar los sonidos que emitimos cuando alcanzamos el clímax a la vez. Mi mundo explota y queda un universo de estrellas y luces de colores donde sólo hay lugar para Ruby.

30

Ruby

—Tendrías que habérmelo dicho antes.

James me recorre con un dedo la columna vertebral y me estremezco.

—¿Por qué?

Estoy tendida con la cabeza apoyada sobre su pecho y acaricio ensimismada su duro vientre. Nuestras piernas están entrelazadas y seguimos desnudos, aunque James nos ha cubierto con la colcha.

—Porque entonces lo habría hecho con más suavidad —murmura, y presiona sus labios contra el nacimiento de mi cabello.

—Creo que entonces te habría asustado y habrías salido corriendo.

—No es cierto. Simplemente habría sido un poco más prudente.

Echo la cabeza hacia atrás y contemplo su rostro. Entre sus cejas se ha formado una arruga, parece muy preocupado.

—Pero yo no quería algo suave y prudente.

Una de las comisuras de sus labios se eleva ligeramente

y en sus ojos aparece un resplandor oscuro. Desaparece tan deprisa como ha surgido.

—Quizá debería haber pensado en cambiar de sitio. No se debería perder la virginidad en la habitación de una residencia sobre una cama que chirría.

Me levanto indignada. Durante la fracción de un segundo, la mirada de James se posa sobre mis pechos, luego enseguida me mira a la cara.

—¿Hola? Si he de perder la virginidad, que sea en Oxford.

Él mueve sonriendo la cabeza. Acto seguido me coge por los codos y tira de mí hacia delante hasta que caigo sobre él. Pasa sus brazos a mi alrededor y me aprieta con fuerza contra su cálido cuerpo.

—Estás como una cabra, Ruby Bell.

«Tal vez un poco», admito mentalmente.

Pero todo ha ido bien. James y yo... quizá no lo tengamos fácil, y quizá su padre seguirá haciendo todo lo que pueda para que yo desaparezca de la vida de su hijo, pero estoy dispuesta a luchar por James. Lo que hay entre nosotros es algo especial. Lo he confirmado hoy, y por el modo en que él me mira y me toca siento que opina lo mismo. Estoy convencida de que lo conseguiremos. Nunca había estado tan segura de algo.

—¿Cómo te fue a ti? —pregunto después de un rato sin mirarlo a los ojos.

—¿Humm?

Me concentro en el dibujo que trazo sobre su vientre.

—Me refiero a... ¿cómo fue tu primera vez?

Deja escapar ruidosamente el aire y su vientre desciende bajo mi mano.

—¿De verdad quieres saberlo?

Ahora sí lo miro.

—Pues claro.

—Estuvo bien. Tenía catorce años, estaba borracho y la cagué bastante.

—¿Catorce?

Ay, entonces ya lleva más de cuatro años de práctica. Prefiero no pensar con cuántas chicas se habrá acostado para llegar a ser tan bueno.

—Wren y yo hicimos una apuesta, así que me lancé. Duró unos dos minutos y no me dejó una buena sensación.

—Entonces tú no eres la persona que debería ir dando consejos a nadie sobre cómo desflorar convenientemente —digo en voz baja.

—Si algún día tienes que contar tu historia, espero que sea mejor.

Le estampo un beso en el pecho.

—Total. Ha sido perfecto.

No entiendo por qué, pero la sensación de estar acostada con él me resulta de lo más normal. Como si precisamente ése fuera mi sitio. Hacía semanas que no me sentía tan bien e incluso el leve dolor entre las piernas no me afecta. Quería decir lo que he dicho: ha sido perfecto. Y no podría haber imaginado ningún lugar o momento mejor para ello.

—Hoy por la mañana parecías muy triste —dice de repente James haciendo que recuerde el momento al que se refiere.

—La entrevista me ha ido fatal —mascullo.

Su boca vuelve a colocarse en mi frente, sobre el nacimiento de los cabellos, y me la acaricia.

—Los dos profesores eran unos idiotas. Creo que utilizan el truco de hacer que los aspirantes se sientan inseguros. Pero estoy convencido de que lo hiciste genial —dice con tal certidumbre que hasta yo misma casi me lo creo. Pero sólo casi.

—La verdad es que no. Di una respuesta totalmente equivocada a una de sus preguntas. Percibí con toda claridad que no aprobaban lo que había dicho.

—¿Hasta qué punto?

Le cuento la debacle de la mañana.

—Lo dicho, estoy seguro de que es un truco. No le des tantas vueltas. Si tú no consigues entrar en Oxford, no lo consigue nadie.

Suena más optimista de lo que yo me siento, pero me hace bien poder hablar de eso con alguien. Sobre todo porque James sabe lo que Oxford representa para mí.

—Gracias por decirlo.

Como respuesta, me besa en la boca. Me cuesta un montón no volver a empezar otra vez, en lugar de levantar la cabeza y preguntarle:

—¿Cómo te fue a ti?

Emite un gruñido difícil de clasificar y de repente su rostro adquiere esa expresión que siempre aparece cuando se habla de Beaufort, Oxford o su futuro. Parece abatido. Y a mí me duele en lo más hondo.

—Háblame —susurro.

James responde sombrío a mi mirada. Al final asiente e inspira profundamente.

—Sé que Oxford es lo más importante para ti, por eso me resulta difícil hablar precisamente contigo de esto, pero... Yo encuentro que este circo no tiene ni pies ni cabeza.

Intento que sus palabras no me afecten. No todos tenemos los mismos sueños ni las mismas metas. Que James opine así no tiene nada que ver conmigo, sino consigo mismo.

—Antes, durante la entrevista... Todo pasaba junto a mí, sin más. Como en una película en blanco y negro que alguien rebobina y en la que yo soy el único que no se mueve de su sitio —confiesa James.

—Si es cierto que no quieres estudiar aquí ni tampoco trabajar en la empresa de tu padre... ¿Qué es lo que te gustaría hacer?

Mueve la cabeza y distingo en sus ojos un sentimiento de pánico.

—Por favor, no me preguntes eso.

—¿Por qué no?

Le acaricio la mejilla y percibo lo áspera que es ahí su piel. Siento un par de cañones que mañana por la mañana sin duda se afeitará, aunque tiene un aspecto fabuloso con barba de dos días.

—Tenías razón cuando dijiste que no sé qué quiero hacer con mi vida. No pienso en todo lo que podría hacer porque, si me permito soñar, luego todavía me deprimiré más.

Aún cree que no tiene posibilidades de decidir por sí mismo cómo quiere que sea su vida. Pero ¿cómo hacerlo cuando lo espera una herencia tal y le pesa sobre los hombros como una enorme carga?

—Los sueños son importantes, James —susurro.

—Entonces, tú eres mi sueño.

Por unos segundos me quedo sin palabras, pero enseguida me doy cuenta de que eso sólo es un ridículo intento por su parte para no tener que responder a lo que le he preguntado.

—Por desgracia, esto no funciona así.

Me dirige una sonrisa torcida.

—Sería demasiado fácil.

—¿Qué te gusta? ¿Qué es lo que te fascina?

Tiene que pensarlo. Siento que de repente se tensa y beso su pecho para comunicarle que eso está bien y que debe tomarse su tiempo.

—Me gusta el deporte —contesta vacilante al final—. Y la literatura. El arte. La buena música. Oh, y la comida picante. La comida asiática picante para ser más exacto. Me gustaría viajar a Bangkok y probar todo lo que se vende en los mercadillos callejeros.

Sonrío junto a su piel.

—¿Algo así como saltamontes fritos?

—Eso mismo.

La tensión va cediendo gradualmente.

—Suena fácil de conseguir.

—Son cosas que uno hace cuando está de vacaciones, no que puedan considerarse como un objetivo vital.

Trazo suaves círculos en su vientre.

—Es un comienzo. Puedes hacer todo esto cuando dejes de ponerte trabas a ti mismo.

James no dice nada.

Se me ocurre una idea. Sin pensarlo, me levanto para recoger mi ropa interior del suelo. Lo encuentro todo cerca, junto a la cama, y me pongo primero las bragas y luego el sujetador. Veo una camisa gris de James en la silla del escritorio. Me la echo por encima y busco en el escritorio.

—¿Qué haces? —pregunta James a mis espaldas.

Antes de darme media vuelta, pillo su libreta negra con la ondulada B y un bolígrafo. Él también se ha vuelto a poner el bóxer.

—Vamos a hacer una lista —respondo, y de nuevo me subo a la cama con la libreta.

James me mira con curiosidad. Doy unos golpecitos junto a mí para que venga. La cama sigue estando caliente y su olor me envuelve. Despacio y con una mirada desconfiada se acerca a mí. El colchón se hunde bajo su peso cuando se sienta.

Me inclino hacia él y enciendo la lámpara de la mesilla de noche que está junto a la cama. Luego abro su libreta sobre mi regazo.

—Siempre que me va mal, hago listas. Ya de niña esto me ayudaba a estar motivada y conservar la mente clara. Incluso cuando las cosas no van estupendamente —explico—. Me busco citas que me inspiren o apunto cosas que quiero hacer a toda costa, que quiero algún día cambiar en el mundo o ideas por el estilo. —Levanto el bolígrafo—. Normalmente, lo hago todo con distintos colores, pero esta vez tendrá que bastar con esto.

La desconfianza desaparece de sus ojos y empieza a sonreír satisfecho.

—¿Quieres hacer una lista de ésas para mí?

Asiento.

—A lo mejor a ti también te motiva.

Contempla la página vacía de su libreta y da su conformidad.

—De acuerdo.

Preparo sonriendo el bolígrafo. Luego escribo en letras

alambicadas PARA HACER arriba en el centro. Subrayo el encabezamiento con una línea ondulada. A continuación escribo:

1. Viajar a Bangkok.

Miro expectante a James.

—¿Qué más? —Se rasca pensativo la barbilla—. Puede ser cualquier cosa —le recuerdo.

—Quisiera seguir jugando al lacrosse —dice a media voz.

—Ah, sí —musito yo, y anoto el segundo punto. Justo al lado dibujo un pequeño *stick* de lacrosse y la camiseta de James con el número diecisiete. Cuando vuelvo a levantar la vista, su mirada es tan cariñosa que siento un hormigueo en el estómago—. Y ¿qué viene después?

Vuelve a necesitar unos minutos para pensar. No quiero presionarlo, así que espero pacientemente.

—Quiero leer más —dice—. Y no sólo el género que leo habitualmente.

—¿Qué es lo que sueles leer?

—La lectura especializada que me da mi padre. Biografías de empresarios que han triunfado. —Frunce el ceño—. Pero hay muchas cosas más. Por ejemplo, me gustaría probar con el manga. —Sonríe con complicidad.

—Podría confeccionarte una lista de recomendaciones —digo sonriendo a mi vez.

—Lo devoraría todo al momento.

Me inclino sonriente sobre la lista y apunto:

3. Más lectura y más variada.

—¿Qué más?

James traga con dificultad.

—Está claro, deseo tener una profesión que me guste. Aún no sé el qué o si es posible algo así, pero...

Se encoge de hombros. Parece como si quisiera decir algo más, pero no se lo permitiese. Dejo el bolígrafo a un lado y le pongo las manos en las mejillas. Acaricio dulcemente con los pulgares su cálida piel y me inclino hacia delante para besarlo. Él cierra los ojos y suspira suavemente.

—Todo es posible, James —susurro retirándome hacia atrás de nuevo.

Cojo el bolígrafo y apunto:

4. Encontrar satisfacción profesional.

Luego examino pensativa mi obra.

—Todavía falta un punto —dice de golpe James cogiendo la libreta. Me quita el bolígrafo de la mano y anota algo—. Listo —musita sosteniendo la libreta frente a sí. Me deslizo a su lado hasta que mi muslo desnudo roza el suyo y leo lo que ha añadido.

5. Ruby.

Contengo la respiración y deslizo la mirada alternativamente entre él y la libreta.

—Cuando estás a mi lado tengo la sensación de que soy capaz de conseguirlo todo —dice afónico—. Por eso formas parte, pase lo que pase, de la lista que está confeccionada para hacerme feliz.

No sé qué decir. Así que me siento en su regazo y le rodeo el cuello con los brazos. Él coloca la mano tras mi nuca y me besa. Nos hundimos juntos en los almohadones con las bocas fundidas y sus sueños en la mano.

31

James

La noche más bonita de mi vida, con diferencia, por desgracia tiene que acabar. Ruby y yo hemos intentado no dormirnos, pero a eso de las cuatro de la madrugada nos hemos dormido para despertarnos al cabo de tres horas sobresaltados porque pensábamos que los padres de Ruby ya estarían esperando delante de la puerta. Por fortuna ha sido una falsa alarma, pero no nos queda mucho tiempo.

Me resulta increíblemente difícil dejar que se marche a su habitación. No quiero despedirme de ella, vuelvo a estrecharla una y otra vez contra mí y la beso como si fuera a pasar un mes como mínimo sin verla. Sin embargo, mañana como muy tarde nos veremos de nuevo en la escuela e incluso hoy por la tarde si consigo librarme de tener que quedarme en casa. Parece que hay posibilidades: que me convocaran en St Hilda's es para mi padre una ofensa. Hasta propuso que Lydia y yo hiciéramos un intercambio porque, a diferencia de mí, a ella la invitaron a presentarse en Balliol. Todavía siguen resonando en mi cabeza palabras como *vergüenza* y *nulidad*. No creo que le interese saber cómo me han ido las entrevistas.

A primera hora de la tarde, Percy pasa a recogerme. Coge las maletas y las mete en el maletero del Rolls-Royce antes de ponerse al volante, y vamos a buscar a Lydia. Ha subido la mampara de separación y desconectado el altavoz, por lo visto no tiene ganas de hablar conmigo. A mí ya me va bien, así puedo volver a repasar la lista. Ignoro hasta qué punto es realista lo que hay en ella, pero al menos siempre me recordará la noche pasada.

Me he puesto la camisa gris que Ruby se puso y estoy impregnado de su olor. Todavía tengo la sensación de conservar su sabor en la lengua y se me pone la piel de gallina cuando pienso en la forma en que pronunciaba mi nombre. Quiero repetirlo a toda costa. Cuanto antes mejor.

En cuanto Lydia se sube al coche, se da cuenta de que se ha producido un cambio en mí. Con los ojos entrecerrados desliza su mirada de arriba abajo por mi cara. Luego se despliega por su rostro una sonrisa de experta.

—Por lo visto, has pasado una noche genial. —Me conoce demasiado bien. Vuelvo a doblar el papel con la lista y lo guardo en mi cartera. Sustituye a la tarjeta con el «Que te folle un pez» que he roto y he tirado en la residencia—. ¿Vas a darme detalles?

La pregunta me sorprende. Aunque Lydia me ha confiado últimamente su historia con el señor Sutton, no somos muy abiertos entre nosotros en lo que a nuestra vida sentimental se refiere. La miro escéptico.

—¿Desde cuándo te interesa lo que hago por las noches?

Se encoge de hombros.

—Desde que Ruby es la persona con quien te lo montas.

La expresión *montárselo* no se ajusta en absoluto a lo que ha ocurrido esta noche.

—Primero, ¿quién dice que es con ella con quien he pasado esta noche? Y segundo, pensaba que no la soportabas.

Lydia pone los ojos en blanco.

—Primero, no soy tonta. Y segundo, si te gusta a ti, a mí también, así de simple.

—Está bien. Creo que en el futuro no la verás sólo en la escuela.

Lydia se queda boquiabierta.

—¿Va en serio?

No puedo evitar que se me extienda una sonrisa. Acto seguido, Lydia me da un golpe en el brazo.

—¡No me lo creo! ¡James!

—¿Qué?

—Cuando se entere papá se pondrá histérico —dice moviendo la cabeza. Todavía tiene la mano en mi brazo. Lo aprieta un momento—. Pero pareces muy feliz. Me alegro por vosotros.

No sabía que sería así. No sabía cómo se siente uno cuando está enamorado o que mi corazón se aceleraría sólo de pensar en Ruby. Me encantaría decirle a Percy que fuera directo a su casa, porque me temo que no aguanto ni un segundo más sin ella.

—¿Qué es lo que le pasa a Percy? —pregunta de repente Lydia como si me hubiese leído los pensamientos; habla más bajo que antes y señala la cabina del conductor con la barbilla.

—Ni idea.

—Ni siquiera me ha preguntado cómo me ha ido —murmura.

—Me lo puedes contar a mí —le pido, pero ella arruga la nariz.

—Qué raro estás cuando estás enamorado.

Hago una mueca.

Por común acuerdo, pasamos el resto del viaje en silencio. Lydia teclea en su móvil y yo miro por la ventanilla y pienso en la noche pasada. Cuando llegamos a casa, doy la vuelta al coche para ayudar a Percy con las maletas. Rechaza con un gesto mi ofrecimiento y me mira con seriedad.

—Tiene que entrar, señor Beaufort.

No había vuelto a hablar conmigo con tanta aspereza desde que a los siete años derramé una Coca-Cola en el asiento trasero recién tapizado. Percy nos observa alternativamente a Lydia y a mí, luego traga saliva y se vuelve hacia las maletas. Lydia y yo nos miramos perplejos y subimos los escalones hacia la entrada.

—Pero ¿qué le pasa? —susurra Lydia, aunque él ya no nos puede oír.

—Ni idea. ¿Has vuelto a hablar con papá desde ayer?

Niega con la cabeza y yo abro la puerta y entro con ella en el vestíbulo. Lydia deja su maleta sobre la mesita que está justo detrás de la puerta, y Mary, una de nuestras asistentas, hace su aparición. Cuando nos ve se pone blanca como la leche. Estoy a punto de saludarla, pero ella se da media vuelta y se precipita hacia el salón. Lydia y yo intercambiamos una mirada. Cruzamos juntos la habitación para seguir a Mary.

Papá está delante de la chimenea. Nos da la espalda, pero puedo ver que sostiene un vaso con un líquido marrón claro, aunque todavía no es mediodía. El fuego en la chimenea crepita suavemente y Mary le dice algo por lo bajo antes de marcharse acelerando el paso.

—¿Papá? —pregunto.

Se da media vuelta, con ese rostro impenetrable al que ya estoy acostumbrado. Pese a ello me invade una desagradable sensación cuando distingo las ojeras bajo sus ojos.

—Sentaos.

Señala con la mano el sofá tapizado con terciopelo verde mientras él se dirige al sillón que está justo al lado.

No quiero sentarme. Quiero saber qué demonios pasa aquí. Lydia toma asiento mientras yo me quedo en la entrada del salón mirando a mi padre. Se lleva el vaso a los labios y acaba el resto del whisky escocés que había dentro. Luego lo coloca en la mesa auxiliar.

—Siéntate, James.

Es una orden, no una petición. Pero no puedo moverme de mi sitio. Hay demasiada tensión. Algo ha pasado, lo he percibido en el momento en que he entrado en casa.

—¿Dónde está mamá? —pregunta Lydia con alegría forzada, como si quisiera templar los ánimos entre papá y yo. Pero también ella debe de notar que algo no va bien.

—Vuestra madre ha sufrido un derrame cerebral.

Se recuesta en el respaldo del sillón, en cuyos brazos se apoya, y cruza las piernas de modo que el talón de una reposa sobre la rodilla de la otra. Su expresión es de acero. Impávida. Como siempre.

—Esto... qué... ¿qué quieres decir? —balbucea Lydia.

—Cordelia ha sufrido un derrame cerebral. —Repite las mismas palabras como si las hubiese analizado—. Ha muerto.

Lydia se tapa la boca con las manos y ahoga un gemido.

Es como si yo no estuviera del todo presente. Mi espíritu se ha separado de mi cuerpo y contemplo la escena desde otro lugar.

Mi padre sigue hablando, pero yo sólo entiendo fragmentos de lo que dice.

«Se rompió el vaso craneal... llegaron demasiado tarde... hospital... ya no había nada que hacer.»

Su boca se mueve, pero sus palabras se mezclan con un sonoro gemido de Lydia. A todo ello se une otro ruido. Un jadeo rápido e intenso.

Creo que procede de mí.

Me aprieto el pecho con la mano intentando reprimirlo. No funciona. Cada vez respiro más deprisa, pero, a pesar de ello, no me llega el aire. Todos los consejos que he leído en internet sobre los ataques de pánico no me pueden ayudar en este momento. Mi cuerpo conecta el piloto automático y me invade un sudor frío.

Mamá está muerta. Está muerta.

Mi padre no muestra ninguna emoción. A lo mejor se trata de una broma pesada. Un castigo porque no me llamaron de Balliol.

—¿Cuándo? —consigo preguntar respirando con dificultad. Me estoy mareando. El suelo oscila bajo mis pies. Tengo que sujetarme a algún sitio, pero no sé cómo ordenar a mis brazos que se muevan.

Mi padre me mira, sus ojos son inescrutables.

—El lunes por la tarde.

Mi corazón. Seguro que se va a detener de un momento a otro o que me explota en el pecho. Primero no asimilo lo que ha dicho mi padre, porque estoy demasiado ocupado en llenar los pulmones de aire. Pero al cabo de un par de respiraciones entrecortadas absorbo el significado de sus palabras.

El lunes por la tarde. Hoy es miércoles.

—Resumamos —logro titubear—. ¿Mamá sufrió hace dos días un derrame cerebral y nos lo dices hoy?

No debería estar planteando esta pregunta. Más bien debería acercarme a mi hermana y rodearla con mis brazos. Deberíamos estar llorando juntos. No me parece real. Todavía siento como si esto no me estuviera ocurriendo, como si le sucediera a otra persona que por poco tiempo ha asumido el poder sobre mi cuerpo y yo sólo observo. Impotente y totalmente desconcertado.

Papá tamborilea con los dedos en el brazo del sillón.

—No quería echar por tierra vuestras entrevistas.

No puedo explicar lo que sucede a continuación. Es como si un rayo ardiente me cayera encima. Un instante después me abalanzo sobre mi padre y le propino un puñetazo en el rostro. Golpeo con tal fuerza que el sillón se vuelca hacia atrás y los dos nos precipitamos al suelo. Lydia suelta un penetrante chillido. Algo estalla y se hace añicos. Otra vez golpeo el rostro indiferente de mi padre. Le sangra la nariz y un hueso de mi mano cruje peligrosamente. A nuestro alrededor, por todas partes, hay astillas. Me arde y late la mano; aun así, continúo.

—¡Basta, James! —grita Lydia.

Alguien me agarra por detrás y me aparta de mi padre. Lucho como un animal salvaje. Quiero que mi padre pague. Que pague por todo lo que ha hecho.

Papá se levanta del suelo con ayuda de Lydia. Le fluye sangre de la nariz y de la comisura de la boca. Se toca la cara con los dedos y mira el rojo oscuro. Luego se dirige a Percy, que me tiene sujeto.

—Sáquelo de aquí hasta que se tranquilice.

Percy me da la vuelta bruscamente y me arrastra por el pasillo. Sus brazos me rodean el pecho con tal fuerza que no puedo ni respirar. Me arrastra por el pasillo, tropezamos contra una cómoda y algo más se rompe. Cuando salimos al exterior, Percy me suelta y yo quiero volver a entrar inmediatamente en casa.

—Señor Beaufort, no siga —dice Percy cogiéndome por los hombros. Me libro de sus manos y le doy un empujón en el pecho.

—Apártate, Percy.

—No. —El tono de su voz es decidido y sus dedos se clavan con fuerza en la tela de mi chaqueta.

—Él nos lo ha ocultado. Tú nos lo has ocultado —le reprocho—. Mi madre ha muerto y no me lo has dicho. —Esas palabras me dejan un regusto ácido y de pronto todo me arde: la boca, el cuello, el pecho, los ojos. Se me nubla la vista—. Mi madre está muerta.

Un dolor impreciso se extiende velozmente por todo mi cuerpo. Me duele tanto... Creo que no podré soportarlo. Me flaquean las rodillas y sigo sin poder respirar bien. Debe parar. Debo acallar este dolor. Me tiemblan tanto las manos que no puedo ni sujetarme a Percy. Acto seguido, giro sobre los talones y corro hacia el garaje.

—¡Señor Beaufort!

Hago un gesto de rechazo con la mano. Percy me sigue cuando corro hacia el garaje. Los pies me llevan a mi coche. Saco la llave del bolsillo del pantalón con las manos trémulas y abro la puerta del conductor. Los bordes de mi campo de visión se oscurecen y siento como si fuera a desmayarme en cualquier momento. Da igual. Todo da igual. Pongo el coche en marcha. Percy se coloca delante. También eso da igual. Aprieto el pedal del gas y él salta en el último momento fuera del camino. Arranco con un chirrido de neumáticos mientras paso el dorso de la mano por mis mejillas húmedas.

32

Ruby

Suena el timbre de la puerta justo en el momento en que, jugando a hacer castillos con piezas, retiro una de madera. Me sobresalto y mi brazo hace desmoronarse toda la torre. Mamá, papá y Ember me abuchean y yo maldigo en voz baja.

—En la próxima ronda tú no juegas —dice mamá frotándose las manos. Es la mejor de nosotros y se puede afirmar que nunca pierde.

Después de haber contado a mi familia el viaje, les he montado una pequeña exposición de diapositivas en el portátil, hemos comido juntos y después hemos decidido pasar la tarde jugando. Ya es nuestra tercera partida de jenga y he perdido dos veces. Reconozco mi derrota y me levanto. Mientras los otros vuelven a colocar las piececitas de madera unas encima de otras, voy a abrir la puerta. Se me abren los ojos como platos cuando veo quién está ahí.

—¿Lydia?

Mira abatida al suelo. Sus mejillas están enrojecidas y los ojos hinchados. Doy un paso hacia ella, pero enseguida levanta la mano para detenerme.

—¿Está James aquí?

Niego con la cabeza.

—No. ¿Qué ha pasado? —pregunto alarmada.

Lydia no parece oírme bien. Saca el móvil del bolsillo de la chaqueta y marca un número antes de llevárselo a la oreja. Salgo en calcetines afuera y la cojo del brazo. La miro con insistencia.

—¿Qué ha ocurrido?

Nada más mueve la cabeza.

—¿Cy? Soy yo —dice de repente—. ¿Está James contigo?

Cuando Cyril responde al otro extremo de la línea, su rostro se serena.

—Gracias a Dios.

De nuevo oigo la voz de Cyril, pero no entiendo lo que dice. Sea lo que sea, provoca que Lydia de nuevo adquiera una expresión sombría.

—De acuerdo. No, voy. —Él contesta algo más y Lydia me mira un instante—. Sí. Hasta ahora.

Después de colgar, pretende darse media vuelta e ir hacia el coche, en el que está apoyado Percy. También él parece tan inquieto que se me extiende por el estómago una desapacible sensación.

—Lydia, por favor, dime qué ha ocurrido —repito.

Se queda parada y me mira por encima del hombro.

—No puedo.

—Deja que vaya contigo —digo de repente.

Va a replicar algo, pero lo piensa mejor.

—No creo que sea una buena idea.

Le indico con un gesto que espere un segundo. Regreso a casa, me pongo las botas, pillo un abrigo y un chal de lana que me ha hecho papá. Le digo a mi familia que he de salir un momento y cojo mis llaves del gancho que hay junto a la puerta de la casa. Al marchar me envuelvo el cuello con el chal. Me parece que Lydia preferiría que me quedase, pero no tiene fuerzas suficientes para convencerme.

Sin pronunciar palabra, se mete en el coche. Yo saludo a Percy, quien inclina levemente la cabeza, y me subo también al Rolls. Lydia está sentada en el lugar que suele ocupar James. Tiene los ojos vidriosos y toquetea el dobladillo de su abrigo rojo. Me gustaría cogerle la mano, pero no me atrevo.

—La oferta sigue vigente. Lo digo por si quieres hablar —le comunico en voz baja.

Lydia se estremece, como si la hubiese quemado. Levanta la vista, en sus ojos brillan unas lágrimas. Con cada segundo que paso junto a ella esa desapacible sensación en mi estómago va empeorando. Qué debe de haber pasado para que esté tan hecha polvo. De repente me asola una idea horrible. Miro hacia arriba. La lamparita roja no alumbra, eso significa que Percy no puede oírnos.

—¿Todo bien con el bebé? —susurro.

Lydia mira aterrada la cabina del conductor, pero la mampara está levantada. Luego se vuelve hacia mí.

—Sí —contesta con voz ronca—. Hemos tenido... —Se detiene y parece pensar hasta dónde puede confiarme—. Una pelea en casa.

Desde que ayer James me habló de su padre, puedo hacerme una idea de lo que la palabra *pelea* significa en casa de los Beaufort. Se me pone la piel de gallina.

—¿James está bien? —susurro sin poder disimular el espanto en mi voz.

Lydia se encoge impotente de hombros.

—Cyril dice que sí.

El siguiente cuarto de hora se dilata una eternidad. Hundo los dedos en el borde de mi chaqueta e intento no enloquecer de preocupación. Ignoro todo lo que esto puede representar y Lydia evita mi mirada y se limita a acariciarse ensimismada el vientre. De vez en cuando parpadea con vehemencia, como si quisiera evitar unas lágrimas. En una ocasión su móvil vibra. Al leer el mensaje aprieta los labios y luego no da la impresión de querer hablar.

Al llegar a casa de Cyril, Lydia salta fuera del coche y se precipita hacia la mansión. Resbala en las escaleras heladas y consigo cogerla del brazo en el último momento para evitar que se caiga. Me da las gracias en un murmullo.

Cyril ya está en la puerta. Cuando Lydia se acerca a él, la saluda con los brazos extendidos.

—Mira quién nos honra con su presencia.

La abraza, pero ella se queda sin reaccionar, como si fuera una muñeca sin vida. Cyril tarda un rato en soltarla. Entonces se percata de que yo también estoy ahí.

—Y además vienes acompañada. Qué amable.

Pronuncia la última frase con un tono de voz que no deja duda de que opina justo lo contrario. Después da un paso a un lado y entramos. Ya aquí se oye la música atronadora que suena mucho más al fondo. Cyril todavía rodea con un brazo a Lydia por la espalda. Me pregunto si sabe lo que ha pasado o si simplemente tiene el tacto suficiente como para no mencionárselo.

Cruzamos el mismo vestíbulo que recorrí la última vez. En esta ocasión no hay invitados en la galería, la fiesta parece estar celebrándose exclusivamente en el salón. Cuando entramos nos asalta el estruendo de la música y miro a mi alrededor. No hay tanta gente como en la última ocasión que estuve aquí. De hecho, la fiesta casi se puede abarcar con la mirada. No sé por qué, pero eso todavía me inquieta más. Un par de personas a quienes no conozco bailan en ropa interior en medio de la sala. Alistair está sentado en un sofá y se besuquea con un cachas tatuado. Descubro a Kesh más atrás, junto al carrito de las bebidas, mirando a los dos con los ojos entrecerrados y vaciando el vaso de un trago.

Siento un hormigueo en la nuca... y descubro a James. Está sentado en un sofá junto a la piscina. Se me tensa la espalda cuando lo miro. Parece destrozado. El cabello revuelto, las mangas arremangadas y sobre la camisa gris —la que he llevado la noche pasada— distingo un par de manchas rojas. Se me encoge el corazón.

Estoy a punto de acercarme a él cuando veo que se echa hacia delante. Inclina la cabeza sobre la mesa, se tapa un orificio de la nariz con un dedo y con el otro aspira una sustancia blanca. Me quedo con la boca abierta. No habrá...

Una chica rubia que me resulta vagamente conocida sale de la piscina y se acerca a James. Dobla un dedo y le señala que vaya con ella. Él se levanta e inclina la cabeza. Ella avanza el último metro hacia él y se detiene muy cerca. Luego levanta las manos y empieza a desabrocharle la camisa. En ese momento la reconozco. La chica que lo está toqueteando es Elaine Ellington. Un escalofrío me recorre la espalda y siento un doloroso pinchazo en el estómago. Me quedo helada.

—¿Desde cuándo está aquí? —pregunta Lydia a Cyril.

—Desde este mediodía. Se ha cerrado del todo.

Lydia suelta un improperio entre dientes. Los dos siguen hablando, pero un zumbido en el oído no me permite escucharlos. Elaine va tirando de la camisa de James por los hombros hasta que la prenda cae al suelo. A continuación, se ocupa del cinturón.

Suficiente.

En ese momento, mi rabia supera el miedo al agua. En unas pocas zancadas me planto a su lado.

—¿Se puede saber qué demonios estás haciendo? —pregunto con un bufido.

James vuelve hacia mí la cabeza, pero no me ve, sino que me atraviesa con la mirada.

Me parece totalmente extraño. Su rostro está como petrificado, las pupilas tan dilatadas que ocupan gran parte del iris y ya no puedo distinguir ese extraordinario azul turquesa suyo. Sus mejillas están pálidas y los ojos con unos cercos rojos.

Éste no es mi James. Es el tipo que era hace unos meses, el tipo que unta a la gente con dinero, que se droga con sus amigos todos los fines de semana y que se acuesta con una chica tras otra. Es el tipo que no siente nada y a quien todo le importa una mierda.

—James —susurro cogiéndole la mano. Está frío como el hielo.

Durante un segundo, algo centellea en su mirada. Es oscuro y corrosivo, y parece estar consumiéndolo por dentro. Resopla, cierra un segundo los ojos y, cuando vuelve a abrirlos, la expresión ha vuelto a desaparecer.

—Aquí no se te ha perdido nada, Ruby.

—Pero yo...

Mientras todavía estoy hablándole, se gira y se zambulle

en la piscina. El fuerte estallido me sobresalta. Unas pequeñas gotitas de agua me salpican el rostro y doy un salto atrás. Elaine y un par de invitados, que sólo están en ropa interior, lo siguen. También Wren está entre ellos. Grita y, cuando sale a la superficie, salpica más a James. Éste sacude la cabeza sonriente desprendiéndose del agua del cabello.

Aquí todo, absolutamente todo, me resulta de una falsedad indescriptible. Me encantaría hablar con James, pero me es imposible. El miedo no me deja acercarme más al agua y, además, no creo que en ese estado se le pueda decir algo que él entienda. Parece tan indiferente... Como si el mundo pasara por su lado y él se dejara llevar aturdido.

Elaine se aproxima a James. Él retrocede hasta llegar junto a la pared y ella lo sigue riendo. El corazón me late cada vez más deprisa. No entiendo lo que está pasando. Es como un mal sueño. Distingo bajo el agua la silueta borrosa del cuerpo de ella apretándose contra él. Ahora está entre sus piernas, se inclina hacia delante y le susurra algo en el oído. Su trato es cercano. Como si esto no fuera la primera vez que sucede. Todo en mí me impulsa a acercarme y separarla de él, pero no puedo moverme. James no hace nada cuando Elaine le coge la cara entre las manos y lo besa.

Algo se hace añicos en mí. Unas pequeñas astillas de cristal penetran en mi pecho y se abren camino hacia lo más profundo de mi interior dejándome apenas respirar.

De repente, alguien me pone la mano en el hombro.

—Bien, éste es el James Beaufort que yo conozco —musita Cyril junto a mi oído.

Me gustaría responder: «Pero no es el James Beaufort

que yo conozco. No tienes ni idea de cómo es en realidad. Es mi novio, gilipollas».

Pero no es cierto. Si James Beaufort fuera mi novio, no haría eso. Si fuera mi novio, habría acudido a mí y me habría confiado su problema en lugar de acallar su dolor con alcohol y drogas junto a sus frívolos amigos. Si fuera mi novio, la lengua de otra chica no estaría ahora en su cuello.

Me doy media vuelta. Resbalo sobre el suelo mojado, pero consigo enderezarme. Me abro camino por el salón tan deprisa como puedo. Mis pasos resuenan sobre el suelo de la enorme sala mientras me precipito hacia la salida. Debo marcharme de aquí, cuanto antes mejor. Por desgracia, no creo que haya un lugar en el mundo en el que pueda olvidar lo que ha ocurrido.

—¡Ruby! —grita Lydia a mis espaldas.

Me detengo y miro por encima del hombro. Cuando veo lo abatida que está, siento mala conciencia.

—Lamento de verdad que la situación en vuestra familia sea tan asquerosa, Lydia —digo con voz trémula—. Pero no puedo. No así, no después...

¿Después de qué? ¿Después de haber pensado que justo habíamos superado esto? ¿Después de habernos acostado juntos? Me resulta imposible decírselo a ella.

—Es ahora cuando te necesita —me suplica.

Echo la cabeza hacia atrás para mirar al techo y suelto una amarga carcajada. Esta habitación es decadente en exceso. Oro, ahí donde alcanza la vista; un sinnúmero de cuadros al óleo; unos caros y antiguos jarrones... Cosas que de repente me resultan totalmente estúpidas. Me doy media vuelta y camino hasta que llego a la salida. Lydia dice algo más, pero ya no la escucho.

Cuando la pesada puerta se cierra tras de mí, lo veo como una señal.

Por unos breves instantes llegué a pensar que la relación con James iba a funcionar si los dos lo deseábamos lo suficiente. Pero ahora lo tengo claro.

Nunca formaré parte de su mundo.

Por desgracia, me doy cuenta ahora, cuando ya es demasiado tarde.

AGRADECIMIENTOS

Han sido muchas las personas implicadas en la creación de *Save Me* a quienes desearía expresar mi agradecimiento:

A mi marido Christian, que me apoya con sus palabras y sus actos, y siempre me anima.

A Jerome Scheuren, que se presentó como aspirante a Oxford y me ha sido de gran ayuda a la hora de elaborar la trama.

A las lectoras profesionales Laura Janssen, Ivy Bekoe y Saskia Weyel, cuyas observaciones valen todo el oro del mundo.

A Kim Nina Ocker, la madrina oficial de Ruby y James, por su contagioso entusiasmo y los días que hemos pasado juntas escribiendo.

A mis amigas Lucie Kallies y Maren Haase, quienes siempre tienen tiempo para escucharme; con ellas la vida es mucho más divertida.

A mis agentes, Gesa Weiss y Kristina Langenbuch, que representan un gran apoyo para mí.

A mi editora, Stephanie Bubley, por su participación en la trama, por escuchar mis alocadas ocurrencias, por ocuparse del k-pop por mí, por su estrecha colaboración en el texto. Además, mi eterno agradecimiento a todo el equipo de la editorial LYX, en especial a Ruza Kelava y Simon Decot, que han hecho posible que escribiera esta nueva serie.

Y por último, doy las gracias a todos los lectores que han elegido este libro. Sois maravillosos y siento lo del final..., por suerte la historia de Ruby y James ¡enseguida continúa!

Descubre la serie *Again* en Booket: